Die laatste zomer

Van Tatiana de Rosnay verscheen eveneens bij Artemis & co

Haar naam was Sarah
Kwetsbaar

TATIANA DE ROSNAY

Die laatste zomer

Vertaald door
Iris van der Blom

Artemis & co

VERANTWOORDING GEDICHTEN P. 232, 233 EN P. 318, 319:
W.H. Auden, 'Funeral blues' in *Vertel me de waarheid over de liefde*, vertaling Willem Wilmink (Amsterdam: Bert Bakker, 1995)

Christina Rossetti, 'Liedje', vertaling Ko Kooman

Eerste druk 2009
Negentiende druk 2010

ISBN 978 90 472 0166 3

Oorspronkelijke titel *Boomerang*
Oorspronkelijke uitgever Héloïse d'Ormesson
Omslagontwerp Janine Jansen
Omslagillustratie © Eric Kiel / Getty Images
Foto auteur © Philippe Matsas / Opale

Verspreiding voor België:
Veen Bosch & Keuning uitgevers n.v., Wommelgem

In liefhebbende herinnering aan Pierre-Emmanuel (1989-2006)

'Laat mijn naam even vanzelfsprekend blijven als altijd.
Ik wens dat hij moeiteloos wordt uitgesproken,
zonder een zweempje schaduw eromheen.'

Henry Scott Holland

Voor Sophie en Nicolas
Ze weten wel waarom

‘Manderley bestond niet meer.’

Daphne du Maurier
Rebecca

Ik word naar een klein, kleurloos kamertje gebracht en krijg te horen dat ik daar moet blijven wachten. Er staan zes onbezette, bruine kunststof stoelen tegenover elkaar op versleten linoleum. In een van de hoeken zie ik een groene kunstplant, de glimmende bladeren bedekt met stof. Ik doe wat me is verteld. Ik ga zitten. Mijn bovenbenen trillen. Mijn handpalmen voelen klam aan, mijn keel is droog. Mijn hoofd bonst. Ik denk: ik moet nu eigenlijk onze vader bellen, ik moet hem bellen voordat het te laat op de avond is. Maar mijn hand maakt geen aanstalten om de telefoon in de zak van mijn spijkerbroek te pakken. Als ik onze vader bel, wat moet ik dan zeggen? En hóé vertel ik het hem?

De verlichting is schel, verblindend felle neonstrepen lopen als tralies over het plafond. De wanden zijn gelig en er zitten scheuren in het stucwerk. Ik zit daar maar, half verdoofd. Hulpeloos. Verloren. Ik snak naar een sigaret. Ik vraag me af of ik zal moeten kokhalzen, de bittere koffie en de zwaar op de maag liggende brioche die ik twee uur eerder heb genuttigd, zal uitbraken.

Ik hoor nog steeds het gieren van de banden, voel nog steeds de plotselinge heftige slingerbeweging van de auto toen hij scherp naar rechts trok en snoeihard tegen de vangrail botste. En die gil. Haar gegil klinkt nog na in mijn oren.

Hoeveel mensen zouden hier hebben zitten wachten, denk ik. Hoeveel mensen hebben hier gezeten, waar ik nu zit, en gewacht op bericht over degenen die ze liefhadden. Ik kan de neiging niet onderdrukken me een voorstelling te maken van wat die vergeelde muren al hebben gezien. Wat ze weten. Wat ze onthouden hebben. Tranen, kreten of opluchting. Hoop, pijn of vreugde.

De minuten tikken weg. Ik kijk naar de ronde wijzerplaat van een vuile klok boven de deur. Er zit niets anders op dan afwachten.

Na ongeveer een halfuur komt er een verpleegkundige binnen. Ze heeft een lang gezicht dat doet denken aan een paard, magere bleke armen.

'Monsieur Rey?'

'Ja,' zeg ik, met dichtgeknepen keel.

'U moet deze formulieren invullen. Met haar gegevens.'

Ze overhandigt me twee velletjes papier en een pen.

'Gaat het goed met haar?' prevel ik.

Mijn stem klinkt ijl en gespannen.

Haar waterige, wimperloze ogen kijken me heel kort aan.

'Dat gaat de dokter u vertellen. De dokter komt zo.'

Ze loopt weg. Ze heeft een sneue platte kont.

Ik leg met trillende vingers de velletjes papier naast elkaar op mijn schoot.

Naam, geboortedatum en -plaats, burgerlijke staat, adres, burgerservicenummer, verzekeringspolisnummer. Mijn hand trilt nog steeds terwijl ik noteer: *Mélanie Rey, geboren 15 augustus 1967 in Boulogne-Billancourt, alleenstaand, Rue de la Roquette 49, Parijs 75011.*

Ik weet het burgerservicenummer van mijn zus niet. Trouwens, haar verzekeringspolisnummer ook niet. Al die dingen moeten in haar tas zitten. Waar is haar tas? Ik kan me niets over haar tas herinneren. Alleen dat haar lichaam slap voorover viel toen ze haar uit de auto trokken. En de manier waarop haar armen van de brancard omlaag bungelden. Nee, dan ik: geen haartje gekrenkt, geen blauwe plek te zien, terwijl ik vlak naast haar had gezeten. Ik krimp ineen. Ik heb steeds het idee dat ik zo wakker zal worden.

De verpleegkundige komt terug met een glas water. Ik drink het met grote teugen leeg. Het smaakt oud, naar metaal. Ik bedank haar. Ik zeg tegen haar dat ik Mélanies burgerservicenummer niet heb. Ze knikt, pakt de papieren en loopt weg.

De minuten kruipen voorbij. Het is stil in de kamer. Dit is een klein ziekenhuis. Een klein stadje, vermoed ik. Een van de voorsteden van Nantes. Ik weet niet zeker waar precies. Ik stink. Geen airco. Ik ruik het zweet dat van mijn oksels omlaagsijpelt en zich in mijn liezen verzamelt. De zweterige lijfgeur van wanhoop en paniek. Mijn hoofd bonst nog steeds. Ik probeer rustig adem te halen. Dat lukt me een paar minuten. Dan krijgt dat hulpeloze, afschuwelijke gevoel weer de overhand; het overspoelt me.

Parijs ligt meer dan drie uur hiervandaan. Ik vraag me opnieuw af of ik mijn vader moet bellen. Ik houd mezelf voor dat ik even moet afwachten. Ik weet nog niet eens wat de dokter te zeggen heeft. Ik kijk op mijn horloge. Halfelf. 'Waar zou onze vader nu zijn?' vraag ik me af. Een etentje ergens? Of zou hij in zijn studeerkamer naar de kabeltelevisie zitten kijken, terwijl Régine aan de telefoon in de kamer naast de zijne zit te bellen en ondertussen haar nagels lakt?

Ik besluit nog een poosje te wachten. Ik zou het liefst mijn exvrouw bellen. Astrids naam is nog steeds de eerste die bij me opkomt in tijden van stress of wanhoop. Maar de gedachte aan haar met Serge, in Malakoff, in ons oude huis, in ons oude bed, en het feit dat hij altijd de telefoon opneemt, zelfs haar mobiel verdomme, – 'Hé, Antoine, hoe is-ie, makker?' – is meer dan ik kan verdragen. En dus bel ik Astrid niet, hoewel ik niets liever zou doen.

Ik blijf in het kleine, benauwde kamertje en probeer opnieuw rustig te blijven. Probeer de opkomende paniek te onderdrukken. Ik denk aan mijn kinderen. Arno in de volle glorie en opstandigheid van zijn tienerjaren. Margaux, een mysterieus schepsel van veertien. Lucas, elf en nog maar een kleuter vergeleken bij de twee anderen met hun gierende hormonen. Ik kan me gewoon niet voorstellen tegen hen te moeten zeggen: 'Jullie tante is dood. Mélanie is dood. Mijn zus is dood.' Die woorden slaan nergens op. Ik duw ze weg.

Er kruipt weer een uur voorbij. Ik zit daar maar, met mijn hoofd in mijn handen. Ik probeer orde te scheppen in de groeiende chaos van mijn gedachten. Ik denk aan de deadlines die ik moet halen, morgen is het maandag en na dit lange weekend moeten er heel wat dringende kwesties afgehandeld worden, die onaangename Rabagny en zijn godsgruwelijke dagverblijf met wie ik niet in zee had moeten gaan, Florence, de hopeloze assistente die ik echt moet ontslaan. Maar hoe is het in vredesnaam mogelijk dat dat bij me opkomt, realiseer ik me geschrokken, hoe kan ik nu aan mijn werk denken, op dit moment, het moment dat Mélanie ergens tussen leven en dood zweeft? Ik vraag me neerslachtig af: Waarom Mélanie? Waarom juist zij? Waarom niet ik? Dit tripje was mijn idee geweest. Haar verjaardagscadeau van mij. Voor die veertigste verjaardag waar ze zo tegen opzag.

Er komt een vrouw van mijn leeftijd binnen, eindelijk. Een groen operatiehemd en zo'n grappig papieren mutsje dat chirurgen dragen. Schrandere bruine ogen, kort kastanjebruin haar met hier en daar wat zilvergrijs. Ze glimlacht. Mijn hart maakt een sprongetje. Ik sta haastig op.

'Het heeft niet veel gescheeld, Monsieur Rey,' zegt ze.

Ik zie wat kleine, bruine vlekjes op het voorpand van haar blouse. Ik vraag me ontzet af of het vlekjes van Mélanies bloed zijn.

'Uw zuster wordt weer helemaal beter.'

Tot mijn verbijstering vertrekt mijn gezicht zich en beginnen de tranen te stromen. Ik snotter. Ik schaam me ontzettend dat ik sta te huilen ten overstaan van deze vrouw, maar ik kan er niets aan doen.

'Geeft niks, hoor,' zegt de dokter. Ze grijpt me bij mijn arm. Ze heeft kleine, stevige handen. Ze duwt me zachtjes terug in de stoel, gaat naast me zitten. Ik brul zoals ik als kind wel deed, diepe snikken die vanuit mijn buik komen.

'Zij zat toch achter het stuur?'

Ik knik, probeer mijn vochtige neusgaten schoon te maken met de rug van mijn hand.

'We weten al dat ze niet had gedronken. Dat hebben we gecheckt. Kunt u me vertellen wat er is gebeurd?'

Ik slaag erin te herhalen wat ik eerder tegen de politie en de mensen van de ambulance heb gezegd. Dat mijn zuster het laatste stuk naar huis wilde rijden. Dat ze prima reed. Dat ik met haar achter het stuur nog nooit bang was geweest.

'Heeft ze een black-out gehad?' vraagt de dokter. Op haar badge staat: 'Docteur Bénédicte Besson'.

'Nee.'

En dan schiet het me te binnen. Iets wat ik niet aan de mensen van de ambulance had verteld, omdat ik het me nu pas herinner.

Ik kijk neer op het kleine, gebruinde gezicht van de dokter. Mijn eigen gezicht vertrekt nog steeds krampachtig van het huilen. Ik haal diep adem.

'Mijn zus was me net iets aan het vertellen... Ze wendde haar gezicht naar me toe. En toen gebeurde het. De auto reed zomaar van de snelweg af. Het ging ontzettend snel.'

De dokter spoort me aan verder te gaan.

'Wat was ze u aan het vertellen?'

Mélanies ogen. Haar handen, die het stuur omklemden. 'Antoine, er is iets wat ik je moet vertellen. Ik heb er de hele dag mee rondgelopen. Gisteravond, in het hotel, schoot me iets te binnen. Iets over...' Haar blik, verontrust, bezorgd. En toen de auto, die van de weg af reed.

Ze was in slaap gevallen zodra ze de hindernissen op de wegen van de voorsteden rondom Parijs achter zich hadden gelaten. Antoine glimlachte toen haar hoofd achterover tegen het autoraampje zakte. Haar mond viel open en hij dacht dat hij een heel zacht gesnurk hoorde. Toen hij haar die ochtend even na zonsopgang had opgepikt, was ze geïrriteerd geweest. Ze had een hekel aan verrassingen, altijd al. Dat moest hij toch weten? Waarom had hij dan in godsnaam een verrassingsreisje georganiseerd? Jezus! Was veertig worden soms niet erg genoeg? Of over een nare relatiebreuk heen moeten komen? Of nooit getrouwd zijn geweest, geen kinderen hebben en dan mensen in je omgeving om de haverklap over de biologische klok horen praten? 'Als iemand die woorden nog één keer in de mond neemt, sla ik erop,' siste ze met opeengeklemde kaken. Maar de gedachte dit lange weekend alleen te moeten doorkomen was ondraaglijk voor haar. Dat wist hij. Hij wist dat ze er niet aan moest denken om in haar hete, lege appartement boven de rumoerige rue de la Roquette te blijven, terwijl al haar vrienden die de stad uit waren vrolijke berichten op haar voicemail zouden achterlaten: 'Hé, Mel, je bent véértig!' Veertig. Hij keek heel even haar kant op. Mélanie, zijn kleine zusje, werd veertig. Hij kon het nauwelijks geloven. Dan was hij dus drieënveertig. Ook dat kon hij nauwelijks geloven.

Toch waren die ogen met de kraaienpootjes in de achteruitkijkspiegel de ogen van een man aan het begin van de middelbare leeftijd. Dik haar, peper-en-zoutkleurig, een lang, smal gezicht. Het viel hem op dat Mélanie haar haren bruin verfde. De wortels waren onmiskenbaar grijs. Dat Mélanie haar haren verfde had iets aandoenlijks. Hoezo, peinsde hij. Zoveel vrouwen verfden hun haar. Misschien omdat ze zijn jongere zusje was. Hij kon zich gewoon niet voorstellen dat ze ooit oud zou worden. Haar gezicht was nog steeds mooi. Misschien was het zelfs nog mooier dan toen ze in de twintig of dertig was, omdat ze zo'n fraaie beenderstructuur had. Hij kreeg er nooit genoeg van om naar Mélanie te kijken. Alles aan haar was klein, vrouwelijk, fijntjes. Alles aan haar – die groene ogen, die fraaie curve van haar neus, die verrassende witte glimlach, die slanke polsen en enkels – deed hem aan hun moeder denken. Ze vond het niet prettig te horen dat ze op Clarisse leek. Dat had ze nooit prettig gevonden. Maar voor Antoine was het alsof hun moeder door de ogen van Mélanie naar buiten keek.

De Peugeot kwam op snelheid en Antoine schatte dat ze er waarschijnlijk minder dan vier uur over zouden doen om er te komen. Ze waren vroeg genoeg vertrokken om de verkeersdrukte voor te zijn. Ondanks haar vragen had hij geen woord losgelaten over hun bestemming. Hij had alleen maar grijnzend gezegd: 'Pak genoeg in voor een paar dagen. We gaan je verjaardag in stijl vieren.'

Er was een klein probleempje geweest met Astrid, zijn exvrouw. Er moest even wat worden gladgestreken. Dat lange weekend was gewoonlijk 'zijn' weekend. De kinderen zouden vanuit het huis van Astrids ouders in de Dordogne vertrekken en naar hem toe komen. Hij was volhardend geweest toen hij belde, het was Mels verjaardag, ze werd veertig, hij wilde er voor haar iets bijzonders van maken, ze was nog steeds niet over Olivier heen, ze zat in een moeilijke periode. Astrids stem: 'O, *merde*, Antoine, ik heb de kinderen de afgelopen twee weken gehad. Serge en ik hebben echt behoefte aan wat tijd voor onszelf.'

Serge. De naam alleen al gaf hem de kriebels. Een fotograaf, begin dertig. Het gespierde, ruige type dat graag buiten is. Hij was gespecialiseerd in voedsel. *Natures mortes* voor fraai uitgevoerde kookboeken. Hij was er uren mee bezig om pasta te laten glanzen, kalfsvlees er smakelijk uit te laten zien, fruit sappig in beeld te krijgen. Serge. Steeds wanneer Antoine hem een hand gaf als hij de kinderen kwam ophalen, werd hij geconfronteerd met de afschuwelijke herinnering aan Astrids digitale camera en wat hij had ontdekt op de memorycard terwijl zij die cruciale zaterdag boodschappen aan het doen was. Aanvankelijk had hij alleen nog maar verbaasd gekeken naar een stel harige billen die zich aanspanden en ontspanden. Vervolgens had hij tot zijn ontzetting beseft dat die billen in feite bezig waren een penis te pompen in wat bijzonder veel leek op het lichaam van Astrid. Zo was hij erachter gekomen. Hij had Astrid, nog beladen met boodschappentassen, ermee geconfronteerd op die noodlottige zaterdagmiddag, en ze was in snikken uitgebarsten en had toegegeven dat ze van Serge hield en dat de verhouding al aan de gang was sinds die Club Med-vakantie met de kinderen in Turkije, en dat ze enorm opgelucht was dat hij het nu wist.

Antoine kwam in de verleiding om een sigaret op te steken om zijn onaangename herinneringen af te weren. Maar hij wist dat zijn zuster wakker zou worden van de rook, en dat ze een bitse opmerking zou maken over deze 'vieze gewoonte' van hem. Daarom concentreerde hij zich maar op de snelweg die zich voor hem ontrolde.

Astrid voelde zich nog steeds schuldig over Serge, dat voelde hij, over de manier waarop Antoine hun verhouding had ontdekt. Over de scheiding. Over de hele nasleep ervan. En ze was dol op Mélanie, ze waren al lang bevriend, zelfs nog voor Antoine, ze werkten op hetzelfde vakgebied, in de uitgeverij. Ze had het niet over haar hart kunnen verkrijgen nee te zeggen. Astrid had verzucht: 'Oké dan. De kinderen komen dan wel later naar je toe. Bezorg Mel maar een fantastische verjaardag.'

Eindelijk, toen Antoine bij een benzinestation stopte om te tanken, geeuwde Mélanie en ze draaide het autoraampje omlaag.

'Hé, Tonio,' sprak ze lijzig, 'waar zijn we in godsnaam?'

'Heb je echt geen idee?'

Ze haalde haar schouders op.

'Nee.'

'Je hebt twee uur geslapen.'

'Je stond ook al bij me op de stoep toen de zon opkwam, rotzak die je bent.'

Na een snel kopje koffie (zij) en een snel sigaretje (hij) stapten ze weer in de auto. Het leek of ze wat minder prikkelbaar was, viel Antoine op.

'Je bent een schat dat je dit doet,' zei ze.

'Dank je wel.'

'Je bent een schat van een broer.'

'Weet ik.'

'Je hoefde het niet te doen. Misschien had je wel andere plannen?'

'Geen andere plannen.'

'Een vriendin bijvoorbeeld?'

Hij slaakte een zucht.

'Geen vriendin.'

De gedachte aan zijn recente affaires maakte dat hij de auto wilde stilzetten, uitstappen en in snikken uitbarsten. Sinds de scheiding was er een opeenvolging van vrouwen geweest. En een opeenvolging van desillusies. Vrouwen die hij via internet had ontmoet, op die beruchte websites. Vrouwen van zijn eigen leeftijd, getrouwde vrouwen, gescheiden vrouwen, jongere vrouwen. Hij had zich met voortvarendheid in het datingproces geworpen, vastbesloten zich erdoor te laten opbeuren. Maar na de eerste twee seksueel acrobatische stunts, toen hij met bezwaard gemoed en uitgeput in zijn nieuwe, lege appartement terugkeerde, in zijn nieuwe, lege bed, kon hij de feiten niet meer ontkennen. Hij had er lang genoeg zijn ogen voor gesloten. Hij hield nog steeds van Astrid. Dat had hij zichzelf eindelijk toegegeven. Hij hield nog steeds van zijn ex-vrouw. Hij hield zo wanhopig veel van haar dat hij er misselijk van werd.

Mélanie zei ondertussen: 'Waarschijnlijk had je wel wat beters, wat opwindenders te doen dan met die oude vrijster van een zus van je een lang weekend op stap te gaan.'

'Doe niet zo gek, Mel. Dit is precies waar ik zin in heb. Ik wil dit voor je doen.'

Haar blik viel op een verkeersbord boven de snelweg.

'Hé, we rijden naar het westen!'

'Slimme meid!'

'Wat ligt er in het westen?' vroeg ze, en ze deed alsof ze de liefhebbende ironie in zijn stem niet had gehoord.

'Denk eens na,' zei hij.

'Eh, Normandië? Bretagne? De Vendée?'

'Je bent warm.'

Ze zei niets en luisterde naar de oude Beatles-cd die Antoine had opgezet. Even verderop slaakte ze een kreetje.

'Ik weet het! We gaan naar Noirmoutier!'

'Bingo,' zei hij.

Maar opeens was haar gezicht ernstig. Ze keek omlaag, naar haar handen in haar schoot, en haar mond stond strak.

'Wat scheelt eraan?' vroeg hij, bezorgd. Hij had een lach verwacht, kreetjes, glimlachjes, alles behalve haar onbewogen gezicht.

'Ik ben hier nooit meer teruggeweest.'

'Nou en?' zei hij. 'Ik ook niet.'

'Het is alweer...' Ze zweeg en telde het na op haar slanke vingers. '1973, toch? Het is 34 jaar geleden. Niets zal me bekend voorkomen! Ik was toen pas zes.'

Antoine verminderde snelheid.

'Dat geeft niets. We gaan gewoon je verjaardag vieren, meer niet. We hebben daar ook je zesde verjaardag gevierd, weet je nog?'

'Nee,' zei ze, nadenkend. 'Ik kan me helemaal niets van Noirmoutier herinneren.'

Ze moest hebben beseft dat ze zich gedroeg als een verwend kind, want ze legde snel haar hand op de arm van haar broer.

'Maar dat geeft niks, hoor, Tonio. Ik ben er heel blij mee. Echt waar. En het weer is schitterend. Het is heel fijn om samen met jou te zijn, en even alles achter te kunnen laten!'

Antoine wist dat ze met 'alles' Olivier bedoelde, en de verwoesting die het eind van hun relatie had aangericht. En haar enorm competitieve baan als uitgever bij een van de befaamdste uitgeverijen van Frankrijk.

'Ik heb voor ons gereserveerd in Hotel Saint-Pierre. Dat kun je je vast nog wel herinneren?'

'Ja!' riep ze uit. 'Jazeker! Dat oude, leuke hotel in het bos! Met Grand-père en Grand-mère... God, wat is dat lang geleden...'

De Beatles zongen door. Mélanie neuriede mee. Antoine voelde zich opgelucht, kalm. Zijn verrassing was bij haar in de smaak gevallen. Ze vond het prima om er nog eens heen te gaan. Maar toch knaagde er één klein dingetje aan hem. Eén klein dingetje waarmee hij geen rekening had gehouden toen de gedachte om terug te gaan bij hem was opgekomen.

Noirmoutier 1973 was hun laatste zomer met Clarisse geweest.

Waarom eigenlijk Noirmoutier, vroeg hij zich af terwijl de auto zich voortspoedde en Mélanie 'Let it be' meeneuriede. Hij had zichzelf nooit als een nostalgisch mens beschouwd. Hij had nooit omgezien. Maar sinds zijn echtscheiding was hij veranderd. Hij had vaak gemerkt dat hij meer over het verleden dan over het heden of over de toekomst nadacht. De druk van het afgelopen jaar, zijn eerste jaar alleen, dat grauwe jaar in eenzaamheid, had ellendige gevoelens van spijt, een terugverlangen naar zijn kinderjaren in gang gezet, de hoop zich te koesteren in gelukkige herinneringen. Zo was de gedachte aan het eiland bovengekomen, aanvankelijk schuchter, vervolgens dwingender, en vaster omlijnd toen de herinneringen zich begonnen op te stapelen als post in een brievenbus.

Zijn grootouders, statig en wit van haren, Blanche met haar parasol en Robert met zijn zilveren sigarettenetui dat hij altijd bij zich had, op de lommerrijke hotelveranda aan de koffie, en hij zwaaide dan naar hen vanuit de tuin. Zijn vaders zuster, Solange, mollig en gebruind door de zon, die in haar ligstoel modetijdschriften lag te lezen. Mélanie, klein en onvermoeibaar, met een zonnehoedje van dunne stof dat haar mollige wangen omlijstte. En Clarisse, met haar hartvormige gezicht opgeheven naar de zon. En hun vader, die de weekends kwam en naar sigaren en naar de stad rook. En de weg van kasseien die de zee liet overstromen en die hem als kind zo fascineerde, nog steeds trouwens. De Passage du Gois. Daar kon je alleen bij eb overheen rijden. Voordat in 1971 de brug werd gebouwd, was de passage de enige manier om op het eiland te komen.

Hij wilde iets bijzonders doen ter gelegenheid van Mélanies verjaardag. Hij was er al in april over gaan nadenken. Niet zomaar weer een surpriseparty met giebelende vrienden en vriendinnen die zich in de met flessen champagne volgestouwde badkamer verstopten. Nee, iets anders dan anders. Iets wat ze zich zou blijven herinneren. Hij moest haar uit de sleur zien te halen waarin ze was terechtgekomen: de baan die haar leek te verslinden, haar obsessie met haar leeftijd en bovenal, het feit dat ze maar niet over Olivier heen kon komen.

Hij had nooit veel opgehad met Olivier. Een verwaande, opgeblazen snob. Hij kon waanzinnig goed koken. Maakte zelf sushi. Was gespecialiseerd in oosterse kunst. Luisterde naar Lully. Sprak vier talen vloeiend. Kon goed walsen. En was na zes jaar met Mélanie nog niet in staat tot een volwassen relatie. Hoewel hij eenenveertig was. En dus had hij Mélanie verlaten, waarna hij van de weeromstuit een of andere vijfentwintigjarige manicure zwanger had gemaakt. Nu was hij de trotse vader van een tweeling. Mélanie had hem dat nooit vergeven.

Waarom Noirmoutier? Omdat ze daar onvergetelijke zomers hadden doorgebracht. Omdat Noirmoutier het symbool van de perfectie van de jeugd was, van die zorgeloze tijd toen er geen eind leek te komen aan de zomervakantie, toen je dacht dat je voor altijd tien jaar zou blijven. Toen er niets meer belofte inhield dan een volmaakte dag aan het strand met vriendjes en vriendinnetjes. Toen de school wel honderd jaar weg leek. Waarom had hij Astrid en de kinderen eigenlijk nooit meegenomen naar het eiland? vroeg hij zich af. Hij had ze er natuurlijk wel alles over verteld. Maar Noirmoutier was zijn eigen verleden, een zuiver, onaangetast verleden van Mélanie en hemzelf.

En hij had ook tijd met zijn zus willen doorbrengen, gewoon

samen met haar zijn. Alleen zij tweeën. Ze zagen elkaar niet zo vaak in Parijs, bedacht hij. Ze had het altijd druk, had lunches en diners met auteurs of was onderweg op promotietour voor een boek. Hij was zelf vaak weg om ergens buiten de stad naar een bouwplaats te kijken, of druk aan het werk vanwege een urgente deadline voor een opdracht. Soms kwam ze weleens brunchen op zondagochtend, als hij de kinderen had. Ze kon heerlijk romige roereieren maken. Ja, hij merkte nu dat hij bij haar wilde zijn, alleen wilde zijn met haar, op dit kwetsbare, gecompliceerde moment in zijn leven. Zijn vrienden waren belangrijk voor hem, hij had behoefte aan hun vrolijkheid, hun gastvrijheid, maar nu snakte hij naar de steun van Mélanie, haar aanwezigheid, mede vanwege het feit dat ze de enige verbinding vormde tussen hem en zijn verleden.

Hij was vergeten hoe ver het rijden was vanuit Parijs. Hij herinnerde zich de twee auto's: Robert, Blanche en Solange in de zwarte, slome DS met Clarisse en Mélanie erbij, en de nerveuze Triumph met hun vader aan het stuur, sigaren rokend, en Antoine achterin, enigszins misselijk. De rit nam zes of zeven uur in beslag, inclusief de uitgebreide lunch in de kleine *auberge* vlak bij Nantes. Grand-père was enorm kieskeurig met betrekking tot het eten, de wijn en de bediening.

Hij vroeg zich af wat Mélanie nog wist van die eindeloze rit. Zij was tenslotte drie jaar jonger geweest dan hij. Ze had gezegd dat ze zich er niets van herinnerde. Hij keek haar even van opzij aan. Ze neuriede niet meer en bestudeerde haar handen met die intense, ernstige gelaatsuitdrukking die hem soms beangstigde.

Was dit een goed idee? overwoog hij. Vond ze het echt leuk om na al die jaren hier terug te keren, terug te keren naar een plek waar vergeten jeugdherinneringen lagen, nu nog bewegingloos als stilstaand water?

'Kun je je dit alles nog herinneren?' vroeg Antoine terwijl de auto omhoogreed over de brede curve die de brug maakte. Rechts van hen, langs de kust van het vasteland, rijen gigantische, ronddraaiende zilveren windmolens.

'Nee,' zei ze. 'Ik herinner me alleen dat we een keer in de auto zaten te wachten op eb. En dat we over de Passage du Gois naar het eiland reden. Dat was leuk. En onze vader, die zich zo zat te ergeren omdat Grand-père wéér een verkeerde getijdentabel had gemaakt.'

Hij herinnerde zich ook hoe ze het tij hadden afgewacht. Urenlang hadden zitten wachten tot de Passage du Gois onder de zich langzaam terugtrekkende golfslag zichtbaar werd. En daar waren ze dan, de kasseien die glansden van het zeewater, een vier kilometer lange amfibische weg met erlangs hoge reddingspalen met kleine platformpjes erop voor onfortuinlijke automobilisten en voetgangers die door de opkomende vloed waren gestrand.

Ze legde snel een hand op zijn knie.

'Antoine, kunnen we teruggaan naar de Gois? Die zou ik heel graag willen terugzien.'

'Natuurlijk!'

Hij was opgetogen dat ze zich uiteindelijk toch iets had herinnerd. En nog wel zo iets belangrijks en geheimzinnigs als de Passage du Gois. *Gois*. Het woord zelf vond hij al fascinerend. Je sprak het uit als Boa. Het was een oude naam, voor een oude weg.

Grand-père had de nieuwe brug nooit genomen. Hij mopperde over het extreem hoge tolgeld en over het feit dat de reusachtige boog een smet op het landschap was. Dus hield hij het bij de Passage du Gois, hoewel zijn zoon hem bestookte met smalende opmerkingen en de wachttijd lang was.

Terwijl ze doorreden naar het eiland, besefte Antoine dat zijn herinneringen aan de Passage du Gois nog intact waren. Hij kon ze als een film afspelen in zijn hoofd. Hij vroeg zich af of Mélanie dezelfde ervaring had. Het grote sobere kruis aan het begin van de verbindingsweg schoot hem in gedachten. 'Beschermen en koesteren,' fluisterde Clarisse altijd, terwijl ze zijn hand stevig vasthield. Hij herinnerde zich dat ze aan de kust van het eiland zaten en toekeken hoe de golven langzamerhand in het niets verdwenen, tot de uitgestrekte grijze zandbank als bij toverslag verscheen. Als de zee sissend was verdwenen, verschenen er hordes schelpenzoekers met garnalennetten op de zandbank. Hij zag voor zich hoe Mélanie met haar korte beentjes over het strand rende en hoe Clarisses plastic emmertje algauw boordevol kokkels, mosselen en alikruiken zat. Hij herinnerde zich de schrale, scherpe geur van wier, de prikkeling van de zoute wind. Zijn grootouders die toekeken, minzaam in de wind, arm in arm. En het lange zwarte haar van Clarisse, dat alle kanten op waaide. Dan ronkten de auto's voorbij over de verbindingsweg. Noirmoutier was geen eiland meer. Dat vond hij een prettig idee. Maar de gedachte dat de zee de weg onverbiddelijk opnieuw heel langzaam zou overspoelen was zowel opwindend als angstaanjagend.

Hij had nooit genoeg kunnen krijgen van de gruwelijke verhalen over rampzalige gebeurtenissen op de Gois. In het Hotel Saint-Pierre vertelde de tuinman, de oude *père* Benoît, de verhalen met alle bloederige details erbij. Antoines favoriete verhaal ging over het ongeluk van juni 1968, waarbij drie leden van één gezin waren verdronken. Ze werden in hun auto verrast door opkomende vloed. Ze dachten er niet aan om een van de reddingspalen die vlakbij stonden te beklimmen. De tragedie haalde de voorpagina van de kranten. Antoine kon maar niet begrijpen hoe het mogelijk was dat een auto zomaar werd weggespoeld en dat mensen niet meer konden ontsnappen. Daarom had de oude père Benoît hem meegenomen zodat hij kon zien dat de vloed bijna onmerkbaar opkwam langs de Passage du Gois.

Lange tijd was er niets gebeurd. Antoine vond het maar saai. De oude père Benoît stonk naar Gitanes en rode wijn. Toen viel het de jongen op dat er steeds meer mensen om hen heen kwamen staan. 'Weet je,' fluisterde de oude man, 'ze zijn speciaal gekomen om te zien hoe de Gois onder water loopt. Elke dag komen er bij vloed mensen van heinde en ver voor dit schouwspel.'

Antoine zag dat er geen auto's meer over de verhoogde verbindingsweg kwamen aanrijden. Aan zijn linkerzijde vulde de immens grote baai zich langzaam, in doodse stilte, als een enorm, transparant meer. Het water leek dieper en donkerder te worden, en sijpelde verder over de modderige zandrichels. Aan de linkerkant speelden opeens gezwollen golven die uit het niets waren opgedoken, ongeduldig rond de verbindingsweg. De twee afzonderlijke waterstromen kwamen tot zijn verrassing in een eigenaardige en opzienbarende omhelzing samen, en vormden een lang lint van schuim boven de kasseien van de weg. De Passage du Gois verdween in enkele seconden, opgeslokt door het getij. Je kon je onmogelijk voorstellen dat daar ooit een geplaveide weg had gelopen. Nu waren daar slechts de blauwe zee en negen reddingspalen, die uit het kolkende water omhoogstaken. Noirmoutier was weer een eiland. Zeemeeuwen krijsten triomfantelijk en cirkelden boven hun hoofden. Antoine zat zich te verbazen.

'Zie je nu wel, jochie,' zei père Benoît. 'Zo snel gaat het dus. Er zijn mensen die denken dat ze nog voor de vloed opkomt het vasteland kunnen bereiken, vier kilometertjes maar. Maar je hebt nu die golf gezien, hè? Met de Gois valt niet te spotten. Onthoud dat goed.'

Antoine wist dat elke bewoner van Noirmoutier een exemplaar van de getijdentabel in zijn zak of in het handschoenenkastje had zitten. Hij wist ook dat de mensen daar nooit vroegen: 'Wanneer kun je oversteken?', maar: 'Wanneer kun je passeren?' Hij wist dat ze afstanden over de Gois niet in meters aangaven, maar aan de hand van de reddingspalen: 'Die Parijzenaar is blijven steken bij de tweede reddingspaal, zijn motor was onder water komen te staan.' Als jongen had hij alle boeken over de Gois die hij te pakken kon krijgen verslonden.

Voor zijn reisje ter gelegenheid van Mélanies verjaardag had hij die boeken weer opgesnord. Het duurde even voordat hij zich herinnerde dat ze ergens in de kelder in slordig opgestapelde kartonnen dozen moesten zitten, dozen die hij na zijn recente scheiding en verhuizing nog niet had uitgepakt. Zijn lievelingsboek zat ertussen: *De wonderbaarlijke geschiedenis van de Passage du Gois*. Hij sloeg het glimlachend open en herinnerde zich hoe hij urenlang de oude zwart-witfoto's van verongelukte auto's, waarvan de bumpers uit het zeewater omhoogstaken onder zo'n karakteristieke reddingspaal, had zitten bestuderen. Hij besloot het boek mee te nemen, en toen hij het dichtsloeg, dwarrelde er een wit kaartje uit. Nieuwsgierig raapte hij het op.

Voor Antoine, ter gelegenheid van je verjaardag, zodat de Passage du Gois geen geheimen meer voor je zal hebben.
Je liefhebbende Maman. 7 januari 1972.

Hij had zijn moeders handschrift al heel lang niet meer gezien. Er kriebelde iets achter in zijn keel. Hij had het kaartje snel weggestopt.

Mélanies stem bracht hem terug in het heden.

'Waarom hebben we de Gois niet genomen?' vroeg ze.

Hij glimlachte verontschuldigend.

'Sorry. Ik ben vergeten op de getijdentabel te kijken.'

Het eerste wat hun opviel was dat Barbâtre zo welvarend was geworden. Het was niet langer het dorpje met uitzicht op het strand dat ze zich herinnerden, maar een levendig, druk oord met moderne bungalows en winkelcentra. Er was veel verkeer op de wegen van het eiland, nóg een onaangename verrassing. Het zomerseizoen was op z'n hoogtepunt vanwege het lange weekend van 15 augustus. Maar toen ze het noordelijke deel van het eiland hadden bereikt, zagen ze tot hun opluchting dat daar niet veel was veranderd. Ze reden het Bois de la Chaise binnen, een groen bos vol dennenbomen en steeneiken met een bijzondere verscheidenheid aan huizen ertussen, die Antoine als kind zo grappig had gevonden: negentiende-eeuwse neogotische villa's, zomerhuisjes gebouwd als blokhut, boerderijen in Baskische stijl, Engelse landhuizen, en ze droegen allemaal namen die Antoine herkende alsof het gezichten van oude vrienden waren: 'Le Gaillardin', 'Les Balises', 'La Maison du Pêcheur'.

Opeens riep Mélanie uit: 'Dit kan ik me nog herinneren!' Ze zwaaide haar hand voor de voorruit heen en weer. 'Dit allemaal!'

Antoine kon niet inschatten of ze blij of nerveus was. Hij was zelf ook wel een beetje gespannen. Ze sloegen af en passeerden het hek van het hotel; de wielen knerpten op de witte kiezelsteentjes. Langs de oprijlaan stonden aardbeibomen en mimosa's. Het was niets veranderd, dacht Antoine, terwijl hij het portier dichtsloeg. Nee, het was helemaal niets veranderd, maar het zag er wel een stuk kleiner uit. Dezelfde ruige klimop tegen de gevel. Dezelfde groene voordeur, dezelfde entree met blauw tapijt, en rechts de trap.

Ze gingen voor het grote erkerraam dat op de tuin uitzag staan. Dezelfde stokrozen, dezelfde fruitbomen, granaatappelbomen, eucalyptussen en oleanders. Het was schokkend hoe bekend alles hun voorkwam. Zelfs de geur die bij de ingang hing was als vroeger. Een muffe, vochtige lucht, vermengd met bijenwas en lavendel, met de geur van fris, schoon wasgoed en vleugjes van goede, stevige kost. De typische geur die grote oude huizen aan zee jaar na jaar bij zich dragen. Voordat Antoine iets over die heerlijk herkenbare geur tegen zijn zus kon zeggen, werden ze begroet door een mollige jongedame, die achter de hotelbalie zat. Kamer 22 en 26. Tweede verdieping.

Op weg naar boven keken ze even om het hoekje van de eetzaal. Die was opnieuw geschilderd, geen van beiden herinnerden ze zich dat felle roze, maar de rest was nog precies als vroeger. Verbleekte sepiafoto's van de Gois, aquarellen van het kasteel van Noirmoutier, van de zoutmoerassen, van de regatta bij het Bois de la Chaise. Dezelfde rieten stoelen, dezelfde vierkante tafeltjes gedekt met gesteven witte tafellakens. Er was niets veranderd.

Mélanie fluisterde: 'We kwamen altijd de trap af voor het diner, en dan zat je haar met eau de cologne vastgeplakt op je hoofd, en je had een marineblauw jasje aan en een geel shirt van Lacoste...'

'O, ja!' Hij lachte en wees naar de grootste tafel in de eetzaal, die in het midden. 'En dan zaten we daar, weet je nog? Dat was onze tafel. En jij had roze met wit gesmokte jurkjes aan uit die dure winkel aan de avenue Victor-Hugo en een bijpassend lint in je haar.'

Wat had hij zich altijd trots en belangrijk gevoeld als hij, gekleed in zijn blazer en met zijn haar gekamd als een 'petit Monsieur' die met blauw tapijt beklede trap afdaalde, terwijl Robert en Blanche vanaf hun plaats aan tafel vol genegenheid naar hem keken, Blanche met een martini voor zich, Robert met een whisky on the rocks. Solange, die van haar champagne nipte met haar pink in de lucht. En dan keken ook alle anderen in bewondering op van hun bord, als deze schitterend verzorgde kinderen met roze wangen van de zonneschijn en glad achterovergekamde haren binnentraden. Ja, zij waren de familie Rey. De welgestelde, voorname, onberispelijke, keurige familie Rey. Ze hadden de beste tafel. Blanche gaf de grootste fooien, ze leek een onuitputtelijke voorraad opgerolde briefjes van tien franc in haar Hermès-tasje te hebben. De tafel van de Reys eiste voortdurende, zorgvuldige aandacht van de bediening. Roberts glas diende altijd halfvol te zijn. Blanche wenste absoluut geen zout vanwege haar bloeddruk. Solanges sole meunière moest perfect bereid zijn en niet het kleinste graatje bevatten, anders was het huis te klein.

Antoine vroeg zich af of hier nog iemand zich de familie Rey zou herinneren. Het meisje van de receptie was te jong. Wie zou zich de aristocratische grootouders nog voor de geest kunnen halen, de bemoeizieke dochter, de begaafde zoon, die alleen in de weekends kwam, de beleefde kinderen?

En de mooie schoondochter.

Plotseling raakte de haarscherpe herinnering aan zijn moeder, zoals ze in een zwarte strapless jurk de trap afdaalde, hem als een klap tegen zijn borst. Haar lange, zwarte haar, nog vochtig na het douchen, in een chignon gedraaid, haar kleine, slanke voetjes in suède muiltjes. En iedereen die keek terwijl ze de zaal in gleed met die balletpassen die ze Mélanie had meegegeven. Hij zag haar zo duidelijk voor zich dat het pijn deed. De sproetjes op haar neusbrug. De parels in haar oorlelletjes.

'Wat is er?' vroeg Mélanie. 'Je kijkt zo raar.'

'Niks,' zei hij. 'Laten we naar het strand gaan.'

Even later waren ze te voet onderweg naar de Plage des Dames, op een paar minuten van het hotel. Ook dit wandelingetje herinnerde hij zich, de opwinding van naar het strand gaan, en hoe langzaam volwassenen altijd liepen, en hoe irritant het was dat je in hun tempo mee moest blijven lopen.

Het was enorm druk op het pad: joggers, fietsers, tieners op scooters, gezinnen met honden, kinderen, baby's. Hij wees naar de grote bruine villa met de rode luiken die Robert en Blanche tijdens een zomer bijna hadden gekocht. Er stond een Audi voor geparkeerd. Een man van zijn eigen leeftijd en twee tieners waren bezig boodschappen uit de achterbak te halen.

'Ik vraag me af waarom ze dat huis uiteindelijk toch niet hebben gekocht,' zei Mélanie.

'Ik geloof niet dat er ooit nog iemand is teruggegaan naar het eiland, toen Clarisse was overleden,' zei hij.

'Ik vraag me af waarom,' zei Mélanie weer.

'Er was daar toen een kruidenierswinkeltje, weet je nog? Blanche kocht er altijd snoep voor ons. Het is weg.'

Ze wandelden in stilte nog even verder. Toen verscheen de zee aan het eind van de weg en ze moesten allebei grinniken, want de herinneringen kwamen nu als golven op hen af. Mélanie wees naar de lange, houten pier links van hen, terwijl Antoine naar de ongelijke rij strandhokjes zwaaide.

'Weet je nog, ons strandhokje, die rubberachtige, zoute houtgeur?' vroeg ze lachend. En toen riep ze uit: 'O, kijk daar eens, Tonio, de Plantier-vuurtoren, wat ziet die er opeens klein uit!'

Antoine kon een glimlach om haar enthousiasme niet onderdrukken. Maar ze had gelijk. De vuurtoren die hij als kind zo had bewonderd, die hoog boven de pijnbomen uittorende, leek te zijn gekrompen. Dat komt doordat je volwassen bent geworden, vriend, dacht hij bij zichzelf, jazeker, je bent nu volwassen. Maar wat verlangde hij er ineens naar om weer dat jochie op het strand te zijn, dat jochie dat zandkastelen bouwde, dat over de pier rende en splinters in zijn voeten kreeg, dat zijn moeder aan haar arm trok en om nog een glace à fraise bedelde.

Nee, dat jochie was hij niet meer. Hij was een gescheiden, eenzame man van middelbare leeftijd, wiens leven er nooit eerder zo leeg, nooit eerder zo triest had uitgezien als vandaag. Zijn vrouw had hem verlaten, hij verafschuwde zijn werk en zijn snoezige kindertjes waren veranderd in nukkige pubers. Hij werd uit zijn mijmeringen gewekt door een bloedstollende kreet. Mélanie stond niet meer naast hem, maar had haar kleding op een gedurfd kleine bikini na uitgetrokken en stortte zich in zee. Hij keek naar haar, verbijsterd. Ze leek te stralen van plezier en haar lange haren hingen als een zwart gordijn over haar rug.

'Kom er eens in, sufferd!' schreeuwde ze. 'Het is goddelijk!'

Ze sprak het woord 'goddelijk' uit zoals Blanche dat altijd deed: 'gód-delijk'. Hij had zijn zus in geen jaren meer in badkleding gezien. Ze zag er goed uit, strak en stevig. Beslist beter dan hij. Hij was zwaarder geworden in dat eerste, trieste jaar na zijn scheiding. De eenzame avonden achter de computer of de dvd-speler hadden hun tol geëist. Weg was Astrids gezonde, volwaardige voeding, met die perfecte balans van eiwitten, vitamines en voedingsvezels. Hij leefde nu op diepvries- en afhaalmaaltijden, vette troep die je snel in de magnetron kon opwarmen en die hem in de loop van die eerste, ondraaglijke winter heel wat pondjes extra had bezorgd. Zijn lange, slungelige lijf was nu voorzien van een buikje, net zo een als zijn vader, net zo een als zijn grootvader. Hij had niet voldoende energie gehad om op dieet te gaan. Het was al moeilijk genoeg om 's morgens op te staan en te proberen het zich opstapelende werk bij te houden. Al moeilijk genoeg om alleen te wonen, nadat hij de afgelopen achttien jaar bezig was geweest met de opvoeding van zijn kinderen. Moeilijk genoeg om te proberen iedereen, zichzelf in het bijzonder, ervan te overtuigen dat hij gelukkig was.

De gedachte aan de blik van Mélanie op zijn bleke, slappe buik deed hem huiveren.

'Ik heb mijn zwembroek in het hotel laten liggen!' schreeuwde hij terug.

'Sukkel!'

Hij ging op de houten pier staan, die ver de zee in reikte. Het strand raakte langzaam maar zeker voller, gezinnen, bejaarden, chagrijnige pubers. Er was niets veranderd. De tijd had geen invloed gehad op wat dan ook. De gedachte deed hem glimlachen, maar maakte ook dat zijn ogen zich vulden met tranen. Hij veegde ze boos weg.

Boten in alle soorten en maten dobberden op de woelige baren. Hij liep naar het einde van de gammele pier en keek vandaar naar het strand en vervolgens naar de zee. Hij was vergeten hoe mooi het eiland was. Hij ademde gretig diepe teugen zeelucht in.

Hij keek toe hoe zijn zuster het water uit kwam en haar haren uitschudde, zoals honden doen. Ondanks haar geringe lengte had ze lange benen. Net als Clarisse. Van veraf leek ze veel langer dan ze feitelijk was. Ze kwam naar de pier toe, rillend, met haar sweatshirt omgeknoopt.

'Dat was fantastisch,' zei ze, en ze legde haar arm om zijn schouders.

'Weet je nog die oude tuinman van het hotel? Père Benoît?'

'Nee, eigenlijk niet...'

'Een oude baas met een witte baard. Hij vertelde ons altijd de vreselijkste verhalen over mensen die op de Gois verdronken waren.'

'Ja, daar staat me wel iets van bij. Stonk vreselijk uit zijn mond, toch? Een mengeling van camembert en goedkope rode wijn. En Gitanes.'

'Precies,' grinnikte Antoine. 'Hij heeft me weleens meegenomen hierheen, naar de pier, en me toen het hele verhaal over de ramp met de Saint Philibert verteld.'

'Wat was er dan met die arme Saint Phili gebeurd? Is dat niet die monnik uit Noirmoutier naar wie de plaatselijke kerk is genoemd?'

'Die is al dood sinds de zevende eeuw, Mel,' zei Antoine met een glimlach. 'Nee, dit verhaal is van recentere datum. Ik vond het prachtig. Het was net een griezelverhaal.'

'Waar ging het dan over?'

'Over een schip dat naar die monnik was genoemd. Het is in 1931, geloof ik, ongeveer daar gezonken.' Antoine wees naar de baai van Bourgneuf. 'Het was heel tragisch. Een mini-Titanic. Volgens mij was de boot onderweg terug naar Saint-Nazaire. De passagiers hadden net hier op het Plage des Dames gepicknickt. Lekker weer, niks aan de hand. En toen ze nog maar nauwelijks waren vertrokken van deze pier stak er een storm op, een gigantische. Een golf liet het schip kapseizen. Er zijn ongeveer vijfhonderd mensen verdronken. Heel veel vrouwen en kinderen. Vrijwel geen overlevenden.'

Mélanies adem stokte.

'Hoe kon die oude man je nu zulke dingen vertellen? Wat pervers van hem! Je was nog maar een klein jochie.'

'Nee hoor, pervers was het niet, het was waanzinnig romantisch. Ik weet nog dat ik diepbedroefd was. Hij zei dat het kerkhof in Nantes vol lag met slachtoffers van de tragedie met de Saint Philibert. Hij zei dat hij me er een keertje mee naartoe zou nemen.'

'Godzijdank heeft hij dat niet gedaan en ligt hij nu onder de groene zoden.'

Ze lachten en bleven uitkijken over zee.

'Weet je, ik dacht dat ik me niets zou herinneren,' zei ze binnensmonds. 'Maar er komen heel veel herinneringen bij me boven. Ik word er emotioneel van. Ik hoop maar dat ik niet ga janken.'

Hij gaf haar een kneepje in haar arm.

'Dat heb ik ook, maak je geen zorgen.'

'Wat een stel suffe huilebalken!'

Weer lachten ze, en ze liepen terug naar het strand, waar Mélanie haar spijkerbroek en sandalen op een hoopje had achtergelaten op het zand. Ze gingen zitten.

'Ik neem een sigaret,' zei Antoine. 'Of je het leuk vindt of niet.'

'Het zijn jouw longen, niet de mijne. Blaas de rook maar van me af.'

Hij draaide haar zijn rug toe. Ze leunde tegen hem aan. Ze moesten hard praten vanwege de wind.

'Er komen heel veel dingen boven... over haar.'

'Over Clarisse?'

'Ja,' zei ze. 'Ik zie haar hier voor me. Ik zie haar op dit strand. Ze had een oranje badpak. Van een wollige stof. Weet je nog? En ze joeg ons altijd het water in. Ze heeft ons leren zwemmen, dat weet je vast nog wel.'

'Jazeker. We hebben het allebei in dezelfde zomer geleerd. Solange bleef maar mekkeren dat jij met zes jaar nog veel te jong was om te leren zwemmen.'

'Toen was ze dus al zo bazig.'

'Bazig en partnerloos, net als nu. Zie je haar weleens in Parijs?'

Mélanie schudde haar hoofd.

'Nee. Ik geloof trouwens dat ze vader ook niet vaak ziet. Volgens mij hebben ze ruzie gehad na Grand-pères dood. Iets met geld en de erfenis. En ze kan ook niet met Régine opschieten. Ze doet wel veel voor Blanche. Regelt haar hele medische team, houdt in de gaten dat het appartement goed wordt schoongehouden, dat soort dingen.'

'Vroeger had ze een zwak voor me,' zei Antoine. 'Ze kocht heel vaak ijsjes voor me en maakte lange wandelingen langs het strand met mij aan de hand. Ze ging zelfs met me zeilen, met die jongens van de jachtclub.'

'Weet je nog dat Robert en Blanche nooit het water in gingen? Ze zaten altijd daar boven, bij dat café.'

'Ze waren te oud om het water in te gaan.'

'Antoine!' zei ze bestraffend. 'Dat was meer dan dertig jaar geleden. Ze waren in de zestig.'

Hij floot.

'Je hebt gelijk. Jonger dan vader! Ze gedroegen zich zo oud. Voorzichtig met alles. Pietluttig. Kieskeurig.'

'Zo is Blanche nog steeds,' zei ze. 'De laatste tijd is het best zwaar om haar op te zoeken.'

'Ik ga bijna nooit meer,' gaf Antoine toe. 'De laatste keer dat ik er was, was het vreselijk. Ze had een slechte bui en klaagde overal over. Ik ben niet lang gebleven. Ik hield het er niet uit. Dat enorme, sombere appartement.'

'Er komt nooit zonlicht binnen,' zei Mélanie. 'De verkeerde kant van de avenue Henri-Martin. Herinner je je Odette nog? Die rondschuifelde op van die vilten slippers om de houten vloer te laten glanzen. En die altijd tegen ons zei dat we onze mond moesten houden.'

Antoine lachte.

'Haar zoon Gaspard lijkt veel op haar. Ik ben blij dat hij er nog is en de boel onderhoudt. Dat hij overweg kan met die verpleegkundigen die Solange inhuurt. En tegen de buien van Blanche opgewassen is.'

'Blanche was een lieve oma voor ons, vond je niet? Nu is ze een tiran.'

'Dat zou ik niet willen zeggen,' zei Mélanie langzaam. 'Ze was wel lief voor ons, maar alleen als we gehoorzaamden. Wat we ook deden.'

'Hoe bedoel je?'

‘Nou, we waren absoluut rustige, beleefde, meegaande kleinkinderen. We hadden nooit driftbuien of woedeaanvallen.’

‘Omdat we zo zijn opgevoed,’ zei Antoine.

‘Ja,’ zei Mélanie. Ze draaide zich om en keek haar broer aan, plukte de halfopgerookte sigaret tussen zijn vingers vandaan en begroef die vervolgens in het zand, doof voor zijn protesten. ‘Zo zijn we opgevoed.’

‘Waar wil je naartoe?’ vroeg hij.

Ze kneep haar ogen tot spleetjes.

‘Ik probeer me gewoon te herinneren in hoeverre Clarisse met Blanche en Robert overweg kon. Of ze het ermee eens was dat wij de hele tijd meegaand en beleefd moesten zijn. Wat weet jij er nog van?’

Hij krabbelde aan zijn achterhoofd.

‘Wat ik er nog van weet?’

‘Ja. Van Clarisse en hen.’

‘Ik weet er niets meer van,’ zei hij mat.

Ze keek hem aan en glimlachte.

‘Wacht maar af. Dat komt nog wel. Als ik me nu al dingen herinner, zul jij dat ook gaan doen.’

Vanavond heb ik op de pier op je gewacht, maar je kwam niet. Het werd koud en na een poosje ben ik weggegaan, denkend dat het deze keer misschien moeilijk voor je was om weg te komen. Ik heb hun gezegd dat ik behoefte had aan een strandwandelingetje na het diner, en ik vraag me af of ze me geloofden, zij kijkt voortdurend naar me alsof ze iets weet, hoewel ik er zeker van ben, heel zeker, dat niemand ervan afweet. Niemand weet ervan. Hoe zouden ze het ook kunnen weten? Hoe zou iemand iets kunnen vermoeden? Als ze me zien, zien ze een aardige, bedeesde moeder, met haar beleefde, alleraardigste zoon en dochter. Als ze jou zien... ach, wie jou ziet, ziet verleiding. Hoe zou iemand jou kunnen weerstaan? Hoe had ik je kunnen weerstaan? Dat weet je toch? Je wist dat al vanaf het moment waarop je mij vorig jaar zag, op die eerste dag aan het strand. Je bent de duivel in vermomming.

Er was zojuist een regenboog aan de hemel, een heel mooie, en nu valt de avond snel, het wordt steeds donkerder en de bewolking neemt toe. Ik mis je.

Ze gingen laat lunchen in het Café Noir, in Noirmoutier-en-l'Île, het grootste stadje op het eiland. Het was er druk en lawaaierig, kennelijk was het een favoriete uitgaansgelegenheid voor de plaatselijke bevolking. Antoine bestelde sardines van de grill en een glas witte wijn, Mélanie nam een portie *bonnottes*, de befaamde ronde aardappeltjes uit de regio, met spek, boter en grof zeezout gebakken. Het was een heel warme dag geworden, maar een frisse bries hield de warmte binnen de perken. Het terras van het café kwam uit op het haventje en de smalle kade van een donker kanaal vol roestige vissersboten en kleine zeilbootjes, met aan weerszijden oude zoutpakhuizen.

'Hier kwamen we toch niet zo vaak?' vroeg Mélanie met volle mond.

'Nee,' zei hij. 'Blanche en Robert bleven graag in de buurt van het hotel. Ze kwamen nooit verder dan het strand.'

'Maar we kwamen hier ook nooit met Solange of Clarisse, dacht ik.'

'Solange heeft ons een paar keer meegenomen naar het *château* van Noirmoutier, en naar de kerk. Weet je dat nog? Clarisse zou ook meegaan, maar ze had weer een migraineaanval.'

'Ik kan me het château helemaal niet herinneren,' zei Mélanie. 'Maar die migraineaanvallen van Clarisse herinner ik me wel.'

Hij keek hoe de aangrenzende tafel werd bezet door een groepje gebruinde tieners. De meeste meisjes droegen een heel kleine bikini. Nauwelijks ouder dan zijn dochter Margaux. Hij had zich nooit aangetrokken gevoeld tot vrouwen die veel jonger dan hijzelf waren. Maar degenen die hij sinds zijn scheiding had ontmoet, via internet of vrienden, hadden hem verbaasd door de schaamteloze vrijpostigheid van hun seksuele gedrag. Hoe jonger ze waren, hoe grover en agressiever ze in bed bleken te zijn. Aanvankelijk was hij er enorm opgewonden door geraakt. Maar daarna was het nieuwtje er al heel snel af. Waar was de romantiek gebleven? Waar waren de emotie, de trilling, het elkaar deelgenoot maken, de heerlijke gêne gebleven? Deze meisjes voerden schaamteloos de gladde, gewiekste handelingen van pornosterren uit en pijpten met een nonchalance die zo blasé was dat het weerzin bij hem wekte.

'Waar denk je aan?' vroeg Mélanie terwijl ze het puntje van haar neus inwreef met sunblock.

'Heb jij op het ogenblik iemand?' vroeg hij op zijn beurt. 'Ik bedoel: heb je een vriend?'

'Geen serieuze. En jij?'

Hij keek nog eens naar de groep tieners. Eén meisje was een opvallende schoonheid. Lang donkerblond haar, een figuur dat Egyptisch aandeed: brede schouders, smalle heupen. Iets te mager, stelde hij vast. En iets te zelfingenomen.

'Dat heb ik je in de auto al gezegd. Niemand.'

'Zelfs niet voor één nacht?'

Hij slaakte een zucht, bestelde nog wat wijn. Helemaal niet goed voor zijn dikke pens, schoot het door zijn hoofd. Jammer dan.

'Dat soort affaires ben ik zat.'

'Ja, ik ook.'

Daar keek hij van op. Hij had niet gedacht dat Mélanie daarvoor in zou zijn geweest.

Ze snoof minachtend.

'Ik geloof dat jij denkt dat ik een preutse trut ben.'

'Natuurlijk niet,' zei hij.

'Wel waar, ik zie het toch aan je. Nou, lieve broer, je mag het best weten: ik heb een verhouding met een getrouwde man.'

Hij staarde haar aan.

'En?'

Ze haalde haar schouders op.

'En ik heb er de pest over in.'

'Waarom ga je er dan mee door?'

'Omdat ik er niet tegen kan alleen te zijn. Dat lege bed. Die eenzame nachten. Daarom.'

Haar woorden klonken heftig, bijna dreigend. Ze aten en dronken een poosje in stilte. Toen ging ze verder.

'Hij is veel ouder dan ik, in de zestig. Ik denk dat ik me daardoor jong voel.' Een wrang glimlachje. 'Zijn vrouw walgt van seks, ze is een intellectueel type, zegt hij. Hij heeft veel verhoudingen. Het is een machtige zakenman, werkt in de financiële wereld. Hij heeft heel veel geld. Koopt cadeautjes voor me.' Ze houdt hem een zwaar gouden armband voor. 'Hij is verslaafd aan seks. Hij bespringt me en likt me helemaal af. Net een krankzinnige vampier. In bed is hij tienmaal zoveel waard als Olivier ooit is geweest, of welke van mijn minnaars van de laatste tijd dan ook.'

De gedachte aan Mélanie die ronddartelde met een geile zestiger was absoluut onappetijtelijk. Ze giechelde om de uitdrukking op Antoines gezicht.

'Het zal niet makkelijk zijn om je je kleine zusje voor te stellen tijdens de daad. Zoals het ook niet makkelijk is je je ouders zo voor te stellen.'

'Of je kinderen,' voegde hij er bars aan toe.

Haar adem stokte.

'O, jee! Daar had ik niet aan gedacht. Je hebt gelijk.'

Ze vroeg hem niet om details en hij voelde zich opgelucht. Hij dacht aan de condooms die hij een paar maanden eerder in zijn sporttas had gevonden. Arno had die tas een poosje geleend. Hij had ze teruggegeven en Arno had schaapachtig gegrijnsd. Antoine had zich uiteindelijk ongemakkelijker gevoeld dan zijn zoon.

Hij was er niet op voorbereid geweest. Dat schattige jongetje was in een mum van tijd uitgegroeid tot een lange, dunne reus met een vachtje aan zijn kin, die, als hij moest communiceren, alleen gegrom uitbracht. Antoine had dat wel verwacht. Hij was er getuige van geweest dat de zoons van vrienden dezelfde brute transformatie hadden doorgemaakt. Maar dat maakte het geenszins makkelijker toen het voor zijn neus gebeurde. Vooral omdat Arno's luidruchtige overgang naar de puberteit was samengevallen met Astrids bedrog. Heel ongelukkige timing. Dit betekende dat Antoine het hoofd moest bieden aan de onvermijdelijke conflicten in het weekend over thuiskomen voor middernacht, huiswerk maken, ten minste één keer per dag douchen. Astrid had ongetwijfeld met dezelfde kwesties te maken, maar in haar geval was er nog een man in huis. Wat haar waarschijnlijk minder kribbig en ongeduldig maakte dan haar voormalige echtgenoot. Antoine voelde zich terneergeslagen en gedeprimeerd door zijn leven in afzondering. Het feit dat hij het zwaar te verduren had van de stormachtige conflicten met Arno, die zich steeds vaker voordeden, maakte dat hij zich nog beroerder ging voelen. Astrid en hij waren een team geweest. Ze hadden altijd alles samen gedaan. Samen besluiten genomen. Een front tegenover de buitenwereld gevormd. Dat was voorbij. Antoine stond er nu alleen voor. En als het weer vrijdagavond was, en hij hoorde dat zijn kinderen hun sleutel in het slot staken, moest hij zich vermannen, zich breed maken als een soldaat die ten strijde trok.

Margaux was ook al ten volle begonnen aan haar eerste stappen op weg naar de adolescentie. Antoine vond het in haar geval zelfs nog moeilijker te hanteren. Hij had geen idee hoe hij ermee moest omgaan. Ze had wel iets weg van een kat: zwijgzaam, lenig en teruggetrokken. Ze bracht uren door met chatten op de computer of vastgeklonken aan haar mobiele telefoon. Een 'naar' sms'je kon tranen of een doodse stilte tot gevolg hebben. Ze reageerde schichtig op haar vader en meed elke vorm van lichamelijk contact met hem. Hij miste haar knuffels, haar genegenheid. Die kwebbel met haar scheve lachje en haar vlechtjes was voorgoed verdwenen. Haar plaats was ingenomen door een slanke *femme-enfant* met ontluikende borstjes, een onzuivere huid en opzichtige make-up die hij dolgraag met zijn vingers wilde wegvegen. En het feit dat Astrid er niet meer was en hij er alleen voorstond, maakte het alleen maar neteliger om zijn positie te bepalen tegenover Margauxs gecompliceerde ontluiken.

Dank je voor je lieve briefje. Ik weet dat ik je brieven niet kan bewaren, hoe graag ik dat ook zou willen, zoals jij de mijne niet kunt bewaren. Ik kan maar niet geloven dat de zomer spoedig voorbij zal zijn en dat jij dan weer weggaat. Jij lijkt er kalm onder, en vol vertrouwen, maar ik ben bang. Misschien komt het doordat jij wijzer bent dan ik. Jij maakt je geen zorgen. Jij hebt het gevoel dat er hoop voor ons is. Jij denkt dat alles goed zal komen voor ons beiden. Ik weet het niet. Het maakt me bang. Je hebt me zo in je macht gekregen dit afgelopen jaar. Je bent als het getij, dat meedogenloos over de Gois golft. Ik geef me aan je over, keer op keer. Maar algauw volgt angst op de extase.

Ze kijkt vaak naar me, onderzoekend, alsof ze weet wat er speelt, en ik heb het gevoel dat we heel voorzichtig moeten zijn. Maar hoe zou ze iets kunnen weten? Hoe zou ze iets kunnen vermoeden? Zou iemand iets kunnen vermoeden? Ik voel me niet schuldig, want wat ik voor je voel is zuiver. Glimlach alsjeblieft niet als je dit leest. Maak me niet belachelijk. Ik ben vijfendertig, moeder van twee kinderen, en bij jou voel ik me zelf een kind. Dat weet je best. Je weet wat je in mijn binnenste hebt teweeggebracht. Je hebt me tot leven gewekt. Niet lachen.

Jij komt uit een modern land, je bent wereldwijs en belezen, je hebt een graad, een baan, status. Ik ben alleen maar huisvrouw. Ik ben opgegroeid in een zonnig dorpje waar het rook naar lavendel en geitenkaas. Mijn ouders verkochten fruit en olijfolie op de markt. Toen ze overleden waren, zijn mijn zus en ik de kraampjes in Le Vigan gaan beheren. Ik was nog nooit met de trein geweest vóór die keer dat ik mijn man ontmoette. Ik was vijfentwintig en ontdekte een andere wereld. Ik was voor een korte vakantie naar Parijs gegaan. Maar ik ben nooit meer naar huis teruggekeerd. Ik heb hem in een restaurant ontmoet, aan de grands boulevards, waar ik iets zat te drinken met een vriendin. En zo is het begonnen tussen hem en mij.

Soms vraag ik me af wat je in me ziet. Maar ik voel steeds sterker dat je mij naar je toe trekt, zelfs aan de manier waarop je naar me kijkt, in stilte. Je blik trekt me naar je toe.

Morgen zul je bij me zijn, mijn liefste.

Na de lunch gingen ze zwemmen in het hotelbad. Antoine had het zo warm dat hij besloot Mélanie toch maar in een zwembroek onder ogen te komen. Ze leverde geen commentaar op de staat van zijn lichaam. Hij was haar dankbaar. Wat had hij toch een gruwelijke hekel aan zichzelf. Te bedenken dat hij minstens acht kilo minder woog toen Astrid nog zijn vrouw was. Hij zou er echt iets aan moeten doen. En ook aan het roken.

Het zwembad had een felle kunstmatig blauwe kleur en zat vol krijsende kinderen. Indertijd, in de jaren zeventig, was het er nog niet. Robert en Blanche zouden ervan hebben gegruwd, dacht Antoine. Ze walgden van vulgariteit, luidruchtige mensen, alles wat *nouveau riche* was. Hun enorme, kille appartement aan de rustige avenue Henri-Martin, niet ver van het Bois de Boulogne, was een oase van elegantie, verfijning en rust. Odette, de kinloze *bonne*, strompelde er rond en opende en sloot geluidloos de deuren. Zelfs de telefoon klonk gedempt als hij overging. De maaltijden duurden uren en het ergste was, herinnerde hij zich, dat je op kerstavond direct na het eten naar bed moest en dan even voor middernacht werd gewekt voor de cadeautjes. Hij zou het versufte jetlaggevoel dat je had als je wankelend de woonkamer weer binnenkwam, nooit vergeten. Waarom mochten ze toch niet opblijven in afwachting van *Père Noël*? Het was maar één keer per jaar kerst.

'Ik denk steeds aan wat je zei,' zei hij.

'Wat dan?'

'Over Clarisse en onze grootouders. Ik denk dat je gelijk hebt. Ik denk dat ze het haar erg lastig hebben gemaakt.'

'Wat weet je daar nog van?'

'Niet zoveel.' Hij haalde zijn schouders op. 'Niets specifieks, maar alleen hoe moeilijk ze overal over deden.'

'Aha. Dus het begint je weer te dagen...'

'Er begint me wel iets te dagen.'

'Zoals?'

Hij keek haar aan met toegeknepen ogen tegen de zon.

'Ik herinner me een ruzie. Tijdens onze laatste zomer hier.'

Mélanie ging rechtop zitten.

'Een ruzie? Niemand maakte ooit ruzie. Alles verliep altijd gladjes, rimpelloos.'

Antoine ging ook rechtop zitten. Het zwembad puilde uit van de kronkelende, glanzende lijven, en ouders die stoïcijns toekeken.

'Op een avond waren ze aan het bekvechten. Blanche en Clarisse. In de kamer van Blanche. Ik kon het horen.'

'Wat hoorde je dan?'

'Ik hoorde Clarisse huilen.'

Mélanie zei niets.

Hij ging verder.

'Blanche had een kille, staalharde stem. Ik kon niet horen wat ze zei, maar het klonk alsof ze erg boos was. En toen kwam Clarisse de kamer uit en zag me daar staan. Ze knuffelde me en wreef haar tranen weg. Ze glimlachte en zei dat ze een beetje ruzie had gehad met Grand-mère. En wat deed ik eigenlijk uit bed, vroeg ze, en ze joeg me weer terug naar mijn kamer.'

'Waar ging het over, denk je?' vroeg Mélanie peinzend.

'Ik weet het niet. Geen idee. Misschien stelde het niets voor.'

'Denk je dat ze samen gelukkig waren?'

'Vader en zij? Jazeker. Dat denk ik wel. Ja, dat weet ik nog wel. Clarisse maakte iedereen gelukkig. Dat weet je toch nog wel?'

Ze knikte. Er viel een stilte.

Toen fluisterde ze: 'Ik mis haar.'

Hij hoorde de onderdrukte snik in haar stem en stak zijn hand uit naar de hare.

'Nu we hier weer zijn, is het net of ze weer bij ons is,' fluisterde ze.

Hij kneep in haar hand, blij dat ze zijn ogen achter de donkere brillenglazen niet kon zien.

'Ik weet het. Het spijt me. Daar heb ik niet aan gedacht toen ik dit reisje boekte.'

Ze glimlachte naar hem.

'Het hoeft je niet te spijten. Integendeel. Het is een prachtig cadeau. Zo is ze weer even bij me. Dank je wel.'

Hij wilde tranen langs zijn wangen laten lopen, maar hield ze zwijgend tegen, beteugelde zijn emoties, zoals hij dat zijn leven lang al deed, zoals hij het had geleerd.

Ze gingen weer achteroverliggen met hun bleke Parijse gezichten naar de zon. Ze had gelijk. Hun moeder kwam weer terug bij hen, langzaam, zoals het zeewater over de Gois gleed. Fragmenten van herinneringen, als vlinders die ontsnapten uit een net. Niet chronologisch, niet nauwkeurig, eerder als een vage, lome droom. Beelden van haar op het strand in haar oranje badpak, haar glimlach, haar lichtgroene ogen.

Hij herinnerde zich dat Blanche er streng de hand aan had gehouden dat de kinderen na de lunch ten minste twee uur wachtten voordat ze mochten gaan zwemmen. Het was ontzettend slecht om direct na het eten te zwemmen, zei ze telkens weer. En dus bouwden ze eindeloos veel zandkastelen en wachtten ze af. Dat wachten duurde heel lang, wist Antoine nog. Maar soms viel Blanche in slaap terwijl ze aan het wachten waren. Dan lag ze daar, met haar mond open onder haar parasol, zwetend in haar lange rok en haar tricot vest, met haar stadse schoenen onder het zand, haar breiwerk scheefhangend op haar schoot. Solange was, zoals zo vaak, aan het winkelen, en zou later, beladen met allerlei lekkers voor iedereen, terugkomen in het hotel. Robert was al Gitanes rokend teruggewandeld naar het hotel, met zijn strohoed op zijn achterhoofd geschoven. Clarisse floot dan naar de kinderen, en wees met haar kin naar de zee. 'Maar we moeten nog een halfuur wachten!' fluisterde Antoine dan. En dan glimlachte Clarisse schalks naar hem. 'O, ja? Wie zegt dat?' En dan renden ze gedrieën in stilte naar het water en lieten Blanche snurkend in de schaduw achter.

'Heb jij eigenlijk nog foto's van haar?' vroeg Antoine. 'Ik heb er maar een stuk of twee.'

'Ik heb er heel weinig,' zei Mélanie.

'Ik ook. Ik snap niet dat we niet meer foto's van onze moeder hebben.'

'Dat is nu eenmaal zo,' zei ze.

Een peuter naast hen begon te jengelen toen hij door een vrouw met een rood gezicht uit het water werd getrokken.

'Er zijn geen foto's meer van haar in het appartement aan de avenue Kléber.'

'Maar die waren er eerst wel,' antwoordde hij. Hij begon zich op te winden. 'Die van haar, jou en mij in de Jardin d'Acclimatation, in dat treintje. Wat is daarmee gebeurd? En met die van hun bruiloft?'

'Die kan ik me niet herinneren.'

'Ze stonden bij de voordeur, en op vaders bureau. Maar ze zijn na haar dood allemaal verdwenen. De albums ook.'

Hij vroeg zich af waar die foto's en de albums nu waren. Wat zou hun vader ermee hebben gedaan? vroeg hij zich af.

Uit niets bleek dat Clarisse tien jaar lang aan de avenue Kléber had gewoond, dat het haar thuis was geweest.

Régine, hun stiefmoeder, had alles flink onder handen genomen, had de woning opnieuw ingericht en elk spoor van François Reys eerste vrouw Clarisse uitgewist. En pas nu besefte Antoine dit alles ten volle.

Soms, als ik in je armen lig, vraag ik me af of ik ooit eerder gelukkig ben geweest. Ik bedoel, voordat ik jou ontmoette, een jaar geleden. Ik moet me wel gelukkig hebben gevoeld, gelukkig hebben geleken, mezelf altijd hebben beschouwd als een gelukkig mens, en toch lijkt alles wat ik vóór jou heb ervaren, banaal en vlak. Ik kan me jouw volmaakte linker wenkbrauw voor de geest halen, zoals je hem optrekt als je dat ironische glimlachje laat zien. Het kan me niets schelen, deze brieven zullen toch vernietigd worden, in duizend stukjes gescheurd, dus kan ik schrijven wat ik wil.

Ik was gelukkig als kind, in mijn dorpje met uitzicht op de rivier, en we spraken met dat grove zuidelijke accent waar de familie van mijn man zo'n hekel aan heeft omdat het niet 'Parijs' is, niet chic. Ik ben heus niet dom. Als ik er niet zo uitzag, zouden ze me nooit hebben geaccepteerd. Ze pikken mijn accent omdat ik er leuk uitzie in een cocktailjurkje. Omdat ik mooi ben. Nee, ik ben niet ijdel, dat weet je. Je komt er snel genoeg achter dat je mooi bent. Je merkt het aan de manier waarop mensen naar je kijken. Dat zal mijn dochter ook gebeuren. Ze is nog zo jong, pas zes, maar ze zal een mooie vrouw worden. Waarom vertel ik je dit eigenlijk? Het kan jou niets schelen dat ik uit het zuiden kom en het verkeerde accent heb. Jij houdt van me zoals ik ben.

Ze aten die avond in de roze eetzaal. Antoine had 'hun eigen tafel' willen reserveren, maar de mollige jongedame had gezegd dat die tafel werd vrijgehouden voor grote *familles*. De eetzaal liep vol met kinderen, paren, bejaarden. Mélanie en Antoine leunden achterover en keken toe. Er was niets veranderd. Glimlachend bekeken ze het menu.

'Kun je je die soufflé met Grand Marnier herinneren?' fluisterde Antoine. 'Die hebben we één keer gegeten, één keer maar.'

Mélanie lachte.

'Hoe zou ik die soufflé met Grand Marnier ooit kunnen vergeten?'

Antoine wist het nog goed. De kelner die hem had gebracht, ernstig, plechtstatig, en de andere gasten, gebiologeerd door de oranje-blauwe vlammetjes. De stilte die neerdaalde over de eetzaal. De schaal werd voor de kinderen neergezet. Iedereen hield zijn adem in.

'We waren zo'n volmaakt gezin,' zei Mélanie met ironie. 'In elk opzicht volmaakt.'

'Te volmaakt, denk je?' vroeg hij.

Ze knikte.

'Ja. Tot vervelens toe volmaakt. Kijk eens naar jouw gezin. Dat noem ik nu een echt gezin, met kinderen met een persoonlijkheid, met buien, kinderen die soms erg direct zijn, maar dat vind ik juist leuk aan ze. Jouw gezin is mijn idee van een volmaakt gezin.'

Hij voelde zijn mondhoeken zakken en probeerde te glimlachen.

'Mel, ik maak niet langer deel uit van een gezin.'

Ze sloeg een hand voor haar mond.

'Tonio, sorry. Ik kan je scheiding kennelijk nog steeds niet accepteren.'

'Ik ook niet, hoor,' zei hij treurig.

'Kun je het een beetje aan?'

'Laten we het ergens anders over hebben.'

'Sorry.'

Ze legde haastig haar hand op zijn mouw. Ze bestelden, en aten in stilte. Antoine voelde hoe de leegte van zijn bestaan hem weer overviel. Hij vroeg zich af of dit vacuüm misschien de voorbode was van een midlifecrisis. Waarschijnlijk wel. Een man bij wie alles waarvoor hij leefde naar de verdommenis ging. Een echtgenote die hem had verlaten voor een andere vent. Werk als architect waar hij geen plezier meer in had. Hoe was dat toch gebeurd, vroeg hij zich af. Hij had zo hard gevochten om zijn eigen bedrijf op poten te zetten, het had zo lang geduurd voordat hij zijn voet tussen de deur had gekregen, en het had zo veel niet-aflatende inspanning gekost. En nu leek het wel alsof hij totaal geen energie meer had. Alles leek triviaal, saai. Hij had zelfs geen zin meer om met zijn team samen te werken, de opdrachten te verdelen, de voortgang op de bouwplaatsen te stimuleren, al die dingen die zijn functie van hem eisten. Hij had er de energie niet meer voor. Die was geleidelijk verdwenen.

Hij dacht terug aan het feestje waar hij vorige maand was geweest, waar hij geconfronteerd was met de vrienden uit zijn verleden, mensen die hij niet meer had gezien sinds zijn vijftiende, allemaal van zijn oude school, het strenge Collège Stanislas, befaamd om de uitstekende resultaten, berucht om de keiharde godsdienstige scholing en de onmenselijke houding van de docenten ('Frans zijn zonder angst en christen zonder blaam' was het onverbiddelijke motto van de school). Jean-Charles de Rodon, een listig lievelingetje van de leraren, die hij nooit had gemogen, had hem opgezocht op internet. Hij was van plan de uitnodiging voor een etentje met 'de hele groep' af te slaan, maar de aanblik van zijn troosteloze woonkamer had hem ertoe gebracht toch ja te zeggen. En zo was hij verzeild geraakt aan een ronde tafel in een oververhit appartement vlak bij het Parc Monceau, omgeven door lang getrouwde stellen die met onwrikbaar vertrouwen erfgenamen leken te produceren en die medelijdend hun wenkbrauwen hadden opgetrokken toen hij vertelde gescheiden te zijn. Hij had zich nooit eerder zo buitengesloten gevoeld. Zijn schoolvrienden waren kalende, zelfgenoegzame, welgestelde zuurpruimen geworden, zonder uitzondering met een baan in de financiële, de bank- of de verzekeringswereld, en hun geldverslindende echtgenotes waren mogelijk nog erger, gehuld als ze waren in dure Parijse kleding en opgaand in gedetailleerde conversaties die uitsluitend draaiden om de opvoeding van de kinderen.

Wat had hij Astrid die avond gemist, Astrid met haar onconventionele kleren: haar donkerrode fluwelen jas met de dubbele rij knopen waarmee ze eruitzag als de hoofdpersoon uit een roman van de Brontë's, haar sieraden van de rommelmarkt, haar leggings. Wat miste hij haar grapjes, haar diepe lach. Om zo snel mogelijk weg te kunnen, had hij gemompeld dat hij er morgen weer vroeg uit moest. Hij werd overspoeld door gevoelens van opluchting toen hij door de verlaten straten van het 17de arrondissement reed. Hij zat vele malen liever in zijn lege kamers dan dat hij een halfuur langer verkeerde in het gezelschap van Monsieur de Rodon en zijn kliek.

Toen hij in de buurt van Montparnasse was gekomen, werd er op Radio Nostalgie een oud nummer van de Stones gedraaid. 'Angie'. Hij zong mee.

Angie, I still love you baby
Everywhere I look, I see your eyes.
There ain't a woman that comes close to you

Hij had zich bijna gelukkig gevoeld.

Antoine had moeite om in slaap te komen, die eerste nacht in Hotel Saint-Pierre. Toch waren er geen geluiden. Het oude gebouw was stil, rustig. Zijn eerste nacht hier sinds 1973. De laatste keer dat hij onder ditzelfde dak had geslapen, bedacht hij, was hij negen jaar oud geweest en had zijn moeder nog geleefd. Die gedachte had iets onrustbarends.

Aan de kamers was heel weinig veranderd. Hetzelfde dikke, mosgroene vloerkleed, het blauwe behang, de ouderwetse foto's van badende schonen. De badkamer was vernieuwd, merkte hij op. Het bidet was vervangen door een toilet. Vroeger moest je naar het toilet op de gang gaan om te plassen, herinnerde hij zich. Hij tuurde vanachter de vaal geworden blauwe gordijnen naar de donkere tuin beneden hem. Daar was niemand. Het was al laat. Die luidruchtige kinderen waren eindelijk naar bed gebracht.

Hij had voor haar oude kamer gestaan, op de eerste verdieping. Die kon hij zich goed herinneren, de kamer tegenover de trap. Kamer 9. Hij had nog maar een vaag beeld van zijn vader in die kamer. Zijn vader kwam zelden naar het eiland. Te druk. In de volle twee weken dat de familie Rey daar verbleef, maakte hij misschien een of twee keer heel kort zijn opwachting.

Maar áls zijn vader kwam, was het alsof er een keizer terugkeerde naar zijn rijk. Blanche zorgde dat er verse bloemen op de kamer van haar zoon werden neergezet, en maakte de hotelstaf hoorndol met uiterst nauwkeurige aanwijzingen over de wijnen en nagerechten die François het liefst kreeg voorgezet. Robert keek elke vijf minuten op zijn horloge, pafte ongeduldig zijn Gitanes weg en gaf voortdurend zijn mening over de plaats waar François zich hoogstwaarschijnlijk op dat moment bevond tijdens zijn autorit naar hen toe. Papa komt eraan, papa komt eraan, herhaalde Mélanie voortdurend opgewonden op zangerige toon, terwijl ze van de ene kamer naar de andere huppelde. En Clarisse droeg het zwarte jurkje dat hij zo mooi vond, dat korte, waarbij haar fraaie knieën zo goed uitkwamen. Alleen Solange, die op het terras in het zonnetje lag, leek onaangedaan door de terugkeer van de langverwachte zoon, het lievelingskind van haar ouders. Antoine vond het altijd geweldig om te zien hoe zijn vader met een overwinnaarskreet uit de Triumph stapte en zijn armen en benen uitrekte. De eerste op wie hij altijd met uitgestoken armen toeliep, was Clarisse. Iets in de manier waarop zijn vader op zo'n moment naar zijn moeder keek, maakte dat hij zijn blik wilde afwenden. Er lag een ruwe, naakte liefde in de blik van zijn vader, en hij geneerde zich als zijn vader zijn handen even op zijn moeders heupen liet rusten.

Op weg naar boven was Antoine ook kort voor de kamer van Blanche blijven staan. Zijn grootmoeder liet zich altijd pas op z'n vroegst om tien uur zien. Ze ontbeet op bed terwijl Solange, Mélanie, Clarisse en hijzelf samen met Robert op de veranda ontbeten, bij de mangroveplant. Later maakte Blanche dan haar grootse entree, met haar parasolletje aan haar onderarm, nadat haar afdaling van de trap al was aangekondigd door bedwelmende wolken Heure Bleue.

Het was nog vroeg toen Antoine de volgende ochtend opstond, vermoeid na een rusteloze nacht, en Mélanie was nog niet wakker. Het hotel zag er verlaten uit. Hij genoot van zijn koffie en keek ervan op dat de kleine ronde *pains* nog dezelfde waren die hij meer dan dertig jaar geleden opschrokte. Wat hadden ze indertijd toch een rustig, overzichtelijk leven geleid, dacht hij. Die eindeloze, lome zomers.

Het hoogtepunt van het seizoen was het vuurwerk op de Plage de Dames op 15 augustus, dat samenviel met de verjaardag van Mélanie. Toen ze nog heel klein was, dacht ze dat het vuurwerk voor haar was, dat al die mensen op het strand daar speciaal waren bijeengekomen voor haar verjaardag. Er schoot hem een akelig natte 15de augustus te binnen, toen het vuurwerk werd afgelast en iedereen binnenbleef, en iedereen elkaar nors in de weg zat in het hotel. Hij vroeg zich af of Mélanie zich dat nog herinnerde. Ze was bang geweest. Maar dat gold ook voor Clarisse. Ja, Clarisse was bang voor storm, het kwam allemaal weer bij hem boven, dan zat ze in elkaar gedoken en begroef ze trillend haar hoofd in haar armen. Als een klein meisje.

Na het ontbijt bleef hij nog even in de hal op Mélanie wachten. Er zat een dame van in de vijftig bij de receptie. Ze legde de telefoon neer en keek hem glimlachend aan toen hij langsliep.

'Je weet niet meer wie ik ben, hè?' kirde ze.

Hij keek haar eens goed aan. Haar ogen hadden wel iets bekends.

'Ik ben Bernadette.'

Bernadette! Bernadette was zo'n lief, spichtig meisje geweest, donker en aantrekkelijk, heel wat anders dan de moeke die voor hem zat. Als jonge jongen was hij smoorverliefd geweest op Bernadette met haar lange, glanzende vlechten. Dat wist ze best, en ze gaf hem dan ook altijd het beste stukje vlees, of een extra broodje, of wat meer *tarte Tatin*.

'Ik herkende u meteen, Monsieur Antoine. En Mademoiselle Mélanie ook!'

Bernadette met haar witte tanden en haar bevallige figuurtje. Haar vrolijke glimlach.

'Wat fantastisch om je weer te zien,' mompelde hij, en hij schaamde zich omdat hij haar niet had herkend.

'U bent niets veranderd,' dweepte ze met haar handen ineengeslagen. 'Wat een geweldige familie waren jullie toch. Uw grootouders, uw tante, uw moeder.'

'Kun je je hen nog herinneren?' vroeg hij glimlachend.

'Maar natuurlijk, Monsieur Antoine. Uw grootmoeder gaf ons de grootste fooien van het seizoen! En uw tante ook! Hoe zou een serveerstertje dat kunnen vergeten? En uw moeder, zo'n mooie vrouw, en zo vriendelijk ook. Geloof me maar, we waren er allemaal kapot van toen uw familie niet meer kwam.'

Antoine keek op haar neer. Ze had nog wel dezelfde ogen, zwart en glanzend.

'Niet meer kwam?' zei hij haar na.

'Ja,' zei ze, en ze knikte. 'Uw familie was hier een paar jaar achtereen geweest, en toen, op een zomer, kwam er opeens niemand van jullie meer. De eigenares, de oude Madame Jacquot – weet u nog wel? –, was er erg door van streek. Ze vroeg zich af of uw grootouders ontevreden waren geweest over het hotel, of er iets was dat hun niet was bevallen. Jaar in, jaar uit bleven we wachten, maar de familie Rey is nooit meer gekomen. Tot vandaag.'

Antoine slikte iets weg.

'De laatste zomer dat we hier waren, was geloof ik die van 1973.'

Bernadette knikte, en na een korte aarzeling reikte ze omlaag en haalde ze een oud zwart boek tevoorschijn uit een grote lade. Ze legde het open, sloeg wat vergeelde bladzijden om. Haar vinger hield stil boven een met potlood geschreven naam in een kolom.

'Ja, dat klopt, 1973. De laatste zomer.'

'Weet u,' stamelde hij. 'Onze moeder is het jaar daarop overleden. Daarom is niemand meer teruggekomen.'

Bernadettes gezicht werd knalrood. Haar adem stokte en ze drukte een trillende hand tegen haar sleutelbeen.

Er viel een ongemakkelijke stilte.

'Uw moeder is overleden? Dat wist ik niet, dat wisten we niet... Het spijt me vreselijk...'

'Dat geeft niet,' mompelde Antoine, 'u wist het niet. Het is al heel lang geleden.'

'Ik kan het gewoon niet geloven,' fluisterde ze, 'zo'n mooie, jonge vrouw...'

Schoot Mélanie maar een beetje op. Hij kon de gedachte niet verdragen dat Bernadette zou doorvragen naar zijn moeders overlijden. Hij wachtte in doodse stilte af, met zijn hand op de receptie en zijn ogen neergeslagen.

Maar Bernadette zei niets. Ze bleef onbeweeglijk zitten terwijl het vurige rood langzaam wegtrok uit haar gezicht. Haar ogen stonden somber en verdrietig.

Ik geniet van ons geheim. Ik geniet van onze geheime liefde. Maar hoe lang nog? Hoe lang zullen we ons geheim nog laten voortduren? Het duurt nu al een jaar. Ik laat mijn hand langs jouw zijdezachte huid glijden en vraag me af of ik echt wil dat dit openbaar wordt. Ik kan wel raden wat dit teweeg zal brengen. Het is alsof je de regen kunt ruiken op een inkomende bries. Ik weet wat dit inhoudt, wat dit voor jou betekent, wat dit voor mij betekent. Maar ik weet ook, heel diep vanbinnen, zo diep dat het pijn doet, dat ik je nodig heb. Jij bent de ware. Ik word er heel bang van, maar jij bent de ware.

Hoe zal dit ooit goed aflopen? En mijn kinderen? Wat zullen de gevolgen voor hen zijn? Hoe kunnen we een manier vinden om samen te leven, jij en ik, met de kleintjes? Waar? Wanneer? Je zegt dat je niet bang bent ermee naar buiten te komen. Maar je ziet toch wel dat dit voor jou veel makkelijker is? Jij bent onafhankelijk, je verdient je eigen geld, je bent eigen baas. Je bent niet getrouwd. Je hebt geen kinderen. Je bent vrij. Maar kijk eens naar mij. Dat huisvrouwtje uit de Cevennes. Dat er zo aardig uitziet in een zwart jurkje.

Ik ben nu al zo lang niet meer teruggeweest in mijn geboortestad. Naar dat oude, stenen huis dat verscholen ligt tussen de heuvels. Herinneringen aan de blatende geiten op de uitgedroogde grond van ons erf, de olijfbomen, mijn moeder, die de lakens buiten te drogen hangt. Het uitzicht op de Mont Aigoual. De perziken en de abrikozen die mijn vader altijd zo teder in zijn eeltige handen hield. Als ze nog hadden geleefd, als ze dit hadden geweten, of mijn zuster, van wie ik ben vervreemd sinds ik naar het noorden ben gegaan om met een Parijze-

naar te trouwen, wat zouden ze dan zeggen, vraag ik me af. En zouden ze het ooit kunnen begrijpen?

Ik houd van je en houd van je en houd van je.

Mélanie had goed en lang geslapen. Haar ogen waren dik, zag hij, maar haar gezicht straalde, gladgestreken als het was door een goede nachtrust, en roze door de zon van gisteren. Hij besloot haar niets te vertellen over Bernadette. Waarom zou hij dat gesprek te berde brengen? Dat had geen enkele zin. Het zou haar pijnlijk treffen, zoals het ook hem pijnlijk had getroffen. Ze zat kalm en rustig te ontbijten terwijl hij de plaatselijke krant las en verse koffie dronk. Het weer zou zo blijven, zei hij. Ze glimlachte. Opnieuw vroeg hij zich af of dit tripje een goed idee was geweest. Was het wel zo gezond om het verleden op te rakelen? Vooral het hunne?

'Ik heb geslapen als een blok,' zei ze terwijl ze haar servet neerlegde. 'Dat is me al heel lang niet gebeurd. En jij?'

'Prima geslapen,' loog hij. Om de een of andere reden wilde hij haar niet vertellen dat hij wakker had gelegen doordat hij maar bleef denken aan hun laatste zomer hier. Keer op keer hadden zich beelden uit het verleden op zijn gesloten oogleden geprojecteerd.

Er kwam een jonge vrouw met haar zoontje binnen, ze gingen aan een naburig tafeltje zitten. Het kind had een jengelende, hoge stem, zijn hele wezen was hermetisch afgesloten voor zijn moeders berispingen.

'Ben jij ook zo blij dat je kinderen die leeftijd gehad hebben?' fluisterde Mélanie.

Hij trok zijn wenkbrauwen op.

'Momenteel heb ik het gevoel dat mijn kinderen vreemden zijn.'

'Wat bedoel je?'

'Ze leiden hun eigen afzonderlijke leven, waar ik niets van afweet. Als ze bij mij zijn, zitten ze voor de tv of achter de computer, of zijn ze sms'jes aan het versturen.'

'Daar geloof ik niets van,' zei ze.

'Echt waar. We komen elkaar tijdens het eten tegen, en dan hangt er een diepe stilte. Soms komt Margaux zelfs met haar iPod aan tafel. Godzijdank heeft Lucas dat stadium nog niet bereikt. Maar daar kan ik op wachten.'

Mélanie staarde hem aan.

'Waarom zeg je niet dat ze daarmee moet ophouden? Waarom zorg je er zelf niet voor dat Arno en Margaux met je praten?'

Hij keek over tafel zijn zuster aan. Wat kon hij tegen haar zeggen? Wat wist zij nu van kinderen af, en van tieners in het bijzonder? De stiltes die ze lieten vallen, hun uitbarstingen, hun innerlijke woede? Hoe kon hij haar zeggen dat hij de minachting van zijn kinderen soms zo sterk voelde dat hij ervoor terugdeinsde?

'Je moet zorgen dat ze respect voor je hebben, Antoine.'

Respect. Ja, ja, zelf had hij ook zo'n respect voor zijn vader gehad, als tiener. Alsof hij zelf nooit te ver was gegaan. Nooit opstandig was geweest. Nooit had teruggeschreeuwd. Nooit een deur had dichtgesmeten.

'Volgens mij is dit een gezonde en normale periode die ze doormaken,' mompelde hij. 'Het is normaal om op die leeftijd onbeschoft en moeilijk in de omgang te zijn. Dat moet er gewoon uit.'

Ze zei niets, nipte aan haar thee. Hij ging door, zijn gezicht een tikje roder. Het jongetje aan de tafel naast hen bleef maar brullen.

'Wat er zo moeilijk aan is, is dat ik er helemaal alleen voor sta. Zonder Astrid. Het is allemaal zo plotseling gebeurd. Van de ene dag op de andere. Het zijn je kinderen, maar toch zijn het vreemden. En je weet niets van hun leven af, met wie ze omgaan, waar ze heen gaan.'

'Hoe is dat nu mogelijk?'

'Door internet, door de mobiele telefoons. Toen wij zo oud waren, moesten onze vrienden en vriendinnen langskomen, met vader of Régine praten, vragen of we thuis waren. Dat is voorbij. Tegenwoordig weet je niet meer met wie je kind omgaat. Je praat nooit meer rechtstreeks met hun vrienden.'

'Behalve als ze ze mee naar huis nemen.'

'Wat ze lang niet altijd doen.'

Het jongetje was eindelijk opgehouden met jengelen en knabbelde gretig aan een croissant van het formaat van zijn bord.

'Gaat Margaux nog steeds met Pauline om?' vroeg Mélanie.

'Jazeker. Maar Pauline is de uitzondering. Ze zitten al sinds hun zesde bij elkaar op school. Je zou Pauline niet herkennen.'

'Hoezo?'

'Ze heeft het figuur van Marilyn Monroe.'

'Dat meen je niet. Dat magere Paulientje met die vooruitstekende tanden en die sproeten?'

'Inderdaad, dat magere Paulientje.'

'Jezus,' zei Mélanie, onder de indruk. Toen stak ze haar hand uit en klopte zachtjes op de zijne. 'Je doet het prima, hoor, Antoine. Ik ben trots op je. Het moet een enorme klus zijn om twee tieners groot te brengen.'

Hij voelde zijn ogen vochtig worden. Snel stond hij op.

'Wat denk je van een vroege duik?' Hij glimlachte naar haar.

Na hun zwempartij en, later, de lunch ging Mélanie naar boven om op haar kamer een manuscript uit te lezen, en Antoine besloot even rustig in de schaduw te gaan zitten. Het was minder heet dan hij had verwacht, maar hij dacht dat hij uiteindelijk toch wel in het zwembad zou belanden. Hij installeerde zich in een houten ligstoel op het terras, onder de grote parasol, en probeerde een paar bladzijden van een roman die Mélanie hem had gegeven, te lezen. Een van haar sterauteurs, een vrijpostige jongeman, net twintig, met gebleekt haar en een arrogante houding. Antoine verloor algauw zijn belangstelling.

Rondom het zwembad was het een komen en gaan van gezinnen. Het was veel leuker om daarnaar te kijken. Er zat een stel van in de veertig, het hadden Astrid en hij kunnen zijn, mijmerde hij. De man was in goede conditie, strakke buik en gespierde armen, maar zij wat minder, aan de dikke kant. Hun twee tieners waren exacte replica's van de zijne. Het meisje trok voortdurend een pruilmondje, haar oortelefoontje zat muurvast en haar nagels waren zwart gelakt. De jongen, jonger, meer van de leeftijd van Lucas, besloot hij, ging helemaal op in een Nintendo. Als hun ouders hen aanspraken, antwoordden ze met schouderophalen en gegrom. Welkom bij de club, dacht Antoine. Maar dit stel kon er tenminste nog samen het hoofd aan bieden. Ze vormden een team. Ze zouden de stormachtige tijd die in het verschiet lag, gezamenlijk kunnen behappen. Hij moest dat alleen doen.

Wanneer had hij voor het laatst een gesprek met Astrid over de kinderen gehad? Hij kon het zich niet herinneren. En hoe gedroegen ze zich bij haar, bij Serge? Net zo erg? Erger? Beter? Hoe ging ze ermee om? Verloor ze haar geduld weleens? Schreeuwde ze weleens terug? En Serge? Hoe ging hij om met de drie kinderen die niet eens van hemzelf waren?

Antoine merkte een ander gezin op, jonger, met hun peuters. Achter in de twintig, begin dertig, twee kleine kindjes. De moeder zat samen met het meisje op het gras en hielp haar dochter geduldig een grote plastic puzzel te maken. Steeds als het meisje het goed deed, klapte en kirde haar moeder. Dat deed hij vroeger ook, bedacht hij. Die heerlijke tijd, toen de kinderen nog klein en lief waren. Je kon ze knuffelen en kietelen. Verstoppertje spelen. Het monster zijn. Achter ze aan lopen, ze optillen in je armen, over je schouder gooien. Hun gegil en gekrijs in je oren. Je kon ze in slaap zingen, en urenlang naar ze blijven kijken en je verwonderen over de volmaaktheid van hun fijne gelaatstrekken.

Hij keek toe hoe de vader de baby zijn flesje gaf: voorzichtig strikte hij hem een slabbetje om en deed hij de rubberen speen in de mond van zijn zoontje. Antoine werd overspoeld door droefenis om wat niet meer was en nooit meer zou komen, om die gekoesterde periode in zijn leven waarin Astrid en hij het nog fijn hadden gehad samen, toen hij nog plezier had in zijn werk, voelde dat hij het goed deed, vrede met zichzelf had, zich jong voelde. Hij herinnerde zich hoe hij met zijn gezin door Malakoff had gewandeld, 's zondags op de markt, met Lucas nog in de kinderwagen en Astrid erachter, en de twee andere kinderen, die meedrentelden met hun warme, kleverige handjes in de zijne. De buren, de winkeliers zwaaiden en knikten hen toe. Toen was hij zo trots geweest. Had hij zich zo veilig gevoeld in zijn eigen wereldje. Alsof niets dat ooit overhoop zou kunnen halen. Alsof alles altijd bij het oude zou blijven.

Wanneer was het allemaal begonnen? Hij had het niet zien aankomen. En als hij het wel had zien aankomen, als hij gewaarschuwd was, zou het nu dan allemaal makkelijker zijn geweest? Had dit gewoon te maken met het proces van ouder worden? Zou hij het voortaan hiermee moeten doen? Hij merkte dat hij de aanblik van dit gelukkige gezinnetje, dat hem aan vroeger deed denken, niet langer kon verdragen, dus stond hij op, trok zijn buik in en liet zich het zwembad in glijden. Het koele water deed hem goed en hij trok wat baantjes, tot zijn armen en benen zeer deden en hij buiten adem was geraakt. Hij ging terug naar zijn ligstoel en spreidde zijn handdoek uit op het gazon.

De zon scheen fel op hem neer, heftig en krachtig. Net wat hij nodig had. De bedwelmende geur van rozen zweefde zijn neusgaten binnen en dat deed hem eraan denken hoe ze ooit op een middag op ditzelfde gazon thee hadden gedronken met zijn grootouders, bij de rozen; hij herinnerde zich de dunne, luchtige madeleines, die hij in zijn darjeelingthee met melk doopte, de scherpe rook van zijn grootvaders sigaret, de fluwelige, sopraanachtige stembuigingen van zijn grootmoeder, de abrupte, hese lach van zijn tante. En hij herinnerde zich zijn moeder en haar glimlach, en de manier waarop haar ogen begonnen te stralen als ze naar haar kinderen keek.

Weg. Allemaal weg. Hij vroeg zich af wat het komende jaar in petto had. En hoe hij in vredesnaam die overweldigende droefheid die hem zo wreed in haar greep hield kon afschudden. Niet eerder had hij die zo intens gevoeld dan sinds zijn terugkeer naar Noirmoutier. Hij kon gaan reizen. Hij kon vrijaf nemen van zijn werk en naar een heel verre bestemming gaan, ergens waar hij al jaren niet meer was geweest, zoals China, of India. Maar de gedachte dat hij dat alleen zou moeten doen deed hem terugschrikken. Hij zou een van zijn beste vrienden kunnen meevragen, Hélène, of Emmanuel, of Didier. Onzin. Wie kon er tegenwoordig nog twee weken tot een maand vrij nemen? Hélène was moeder van drie veeleisende kinderen, Emmanuel werkte in de reclamebusiness en maakte de langste dagen ooit. Didier was een collega-architect en leek helemaal nooit te stoppen met werken. Niemand kon zomaar ineens op reis gaan naar Azië.

Morgen was Mélanie jarig. Hij had gereserveerd bij een van de beste restaurants van Noirmoutier, L'Hostellerie du Château. Een restaurant waar ze nog niet eerder waren geweest, zelfs niet in de hoogtijdagen van Blanche en Robert.

Terwijl hij omrolde van zijn rug naar zijn buik dacht hij aan de week die komen ging. Iedereen kwam na de vakantie weer terug in de stad. Visioenen van gebruinde gezichten in de straten van Parijs. De werkdruk waar hij weerstand aan moest bieden. De nieuwe assistent die hij moest vinden. De kinderen, die weer naar school moesten. Augustus zou weer overgaan in september. En hoe moest hij in godsnaam nog een winter in zijn eentje doorkomen.

Tijdens die afschuwelijke storm op de verjaardag van de kleine meid was ik bang, zoals gewoonlijk, maar toen zij allemaal bijeen waren gekropen in de met kaarsen verlichte eetzaal, kwam jij in het donker naar me toe, mijn lief, de kaarsjes waren uitgegaan, maar we hadden ze niet nodig, je handen waren als zonnestralen die mijn binnenste beschenen, fel, bijna wit door hun hartstocht, en je bracht me tot alweer grotere hoogten, waar ik nooit eerder was geweest, waar mijn echtgenoot me nooit had heen geleid, niemand, hoor je wel, niemand. Ik ging naar hen terug toen de lampen aangingen en de taart kwam, ik hervatte mijn rol als volmaakte echtgenote en moeder, maar ik glansde van jouw begeerte, was ermee doordrenkt, en zij keek me weer aan alsof ze iets vermoedde, alsof ze ervan afwist, luister, ik ben niet bang, ik ben niet langer bang voor hen. Ik weet dat ik spoedig zal moeten vertrekken, terug moet gaan naar Parijs, mijn dagelijkse bezigheden moet oppakken, aan de avenue Kléber met de kalme sfeer van welstand die daar hangt, de kinderen...

Ik heb het veel te vaak tegen jou over mijn kinderen, hè? Maar het zijn dan ook mijn schatjes. Ze zijn het allerliefste wat ik heb. Je kent die uitdrukking zeker wel, haar oogappel? Dat zijn ze, mijn heerlijke engeltjes, mijn oogappeltjes. Als ik ooit samen met jou zal leven, wat ik het liefst van alles ter wereld zou doen, mijn lief, dan zou dat een leven met jou en hen moeten zijn. Wij vieren. Als een gezinnetje. Maar is dat wel mogelijk? Denk je?

Mijn echtgenoot heeft zijn komst dit weekend afgezegd. Wat betekent dat je weer naar mijn kamer kunt komen, in het holst van de nacht. Ik zal op je wachten.

Ik begin al te sidderen bij de gedachte wat je met me zult doen en hoe ik jou zal overweldigen.

Vernietig dit.

Zijn zuster zag er deze avond adembenemend uit: haar haren glad achterover en op hun plaats gehouden door een zwart strikje, haar slanke figuur geaccentueerd door een eenvoudig zwart jurkje. Zijn moeder keek hem door haar ogen recht aan. Maar dat vertelde hij haar niet. Dat was zijn eigen persoonlijke herinnering. Hij was tevreden over de keuze van het restaurant. Het lag op een steenworp afstand van het Château Noirmoutier, en het had er vanbuiten bedrieglijk eenvoudig uitgezien met dat smalle portaal en die olijfgroene luiken. De ruimte was groot en had een hoog, in een punt toelopend plafond, roomkleurige wanden, houten tafels en een grote open haard, maar hij had voor buiten besproken, op het kleine, intieme, van luifels voorziene *terrasse*, waar een tafeltje voor hen klaarstond onder een geurige vijgenboom die tegen een afbrokkelende muur groeide. Hier waren geen luidruchtige gezinnen, merkte hij, geen krijsende baby's, geen temperamentvolle tieners. De perfecte plek om de veertigste verjaardag van Mélanie te vieren. Hij bestelde twee flûtes roze champagne, die haar voorkeur had, en zwijgend bekeken ze het menu. *Foie gras poêlé au vinaigre de framboises et au melon. Huîtres chaudes au caviar d'Aquitaine et à la crème de poireaux. Homard bleu à l'Armagnac. Turbot de pleine mer sur galette de pommes de terre ailées.*

'Dit is heel erg leuk, Tonio,' zei ze ten slotte, toen ze hun glazen hadden laten klinken. 'Dank je wel.'

Hij glimlachte. Dit was precies wat hij in gedachten had gehad toen hij dit tripje plande, een maand of twee geleden.

'En hoe is het nu om veertig te zijn?'

Ze trok een gezicht.

'Vreselijk. Ik kan het niet uitstaan.'

Ze sloeg haar champagne achterover.

'Je ziet er verdomd goed uit voor iemand van veertig, Mel.'

Ze haalde haar schouders op.

'Daar word ik niet minder eenzaam door, Tonio.'

'Wie weet gaat het dit jaar...'

Ze sneerde: 'Ja, wie weet. Wie weet kom ik dit jaar een leuke vent tegen. Dat zeg ik elk jaar. Het probleem is, zoals we allemaal weten, dat mannen van mijn leeftijd niet op zoek zijn naar een vrouw van veertig. Óf ze zijn gescheiden en op zoek naar een jongere vrouw, óf ze zijn single – wat ze alleen maar verdachter maakt – en ook dan moeten ze niks hebben van vrouwen van hun eigen leeftijd.'

Hij glimlachte.

'Nou, ik ben bijvoorbeeld niet geïnteresseerd in jongere vrouwen. Daar heb ik mijn bekomst van gekregen. Het enige wat ze willen is uitgaan in clubs, winkelen of trouwen.'

'Aha,' zei ze. 'Trouwen. Je raakt de kern van het probleem. Kun jij me vertellen waarom niemand met me wil trouwen? Zal ik net zo eindigen als Solange? Als een dikke, bazige oude vrouw?'

Haar groene ogen schoten vol. Hij kon niet verdragen dat die fijne avond zou worden bedorven door haar verdriet. Hij legde zijn sigaret weg en pakte haar pols zachtjes maar stevig vast. Hun gerechten werden gebracht en hij hield zijn mond tot de serveerster was weggelopen.

'Mel, je bent gewoon de juiste man nog niet tegengekomen. Olivier was een vergissing, en die heeft te lang geduurd. Je bleef maar hopen dat hij je ten huwelijk zou vragen, wat hij nooit heeft gedaan, en ik ben blij dat hij het niet heeft gedaan, want hij zou de verkeerde voor je zijn geweest. Dat weet je best.'

Ze wreef langzaam over haar oogleden en glimlachte naar hem.

'Ja, dat weet ik. Hij heeft zes jaar van mijn leven genomen en wat heeft hij een puinhoop achtergelaten. Ik vraag me weleens af of ik wel het juiste vak heb om mannen te ontmoeten. Misschien is de uitgeverswereld geen goede plek. Heel wat schrijvers en journalisten zijn óf homo, óf gecompliceerd en neurotisch. Ik heb er schoon genoeg van relaties met getrouwde mannen zoals mijn ouwe geile minnaar te hebben. Misschien moet ik wel voor jou komen werken. Jij komt immers de hele dag mannen tegen?'

Hij lachte ironisch. Ja, dat klopte, hij kwam de hele dag mannen tegen, en eigenlijk maar heel weinig vrouwen. Mannen als Rabagny, die zo'n gebrek aan charme hadden dat het bijna oneerlijk was, mannen als de norse voormannen met wie hij voortdurend te maken had en met wie hij soms nog minder geduld had dan met zijn eigen kinderen, mannen als de loodgieters, timmerlieden, schilders, elektriciens die hij al jaren kende en wier grove grappen hij had leren verdragen.

'Dat type mannen zou je niet bevallen,' merkte hij op, en slikte een oester door.

'Hoe kun jij dat nu weten? Laten we de proef op de som nemen. Neem me maar eens mee naar een van je bouwplaatsen.'

'Oké, oké,' zei hij grijnzend. 'Ik zal je voorstellen aan Régis Rabagny. Maar zeg nooit dat ik je niet heb gewaarschuwd.'

'Wie is Régis Rabagny in vredesnaam?'

'Een nagel aan mijn doodskist. Een jonge, ambitieuze ondernemer. Hij is heel dik met de stadsdeelvoorzitter op het deelraadkantoor van het 12de arrondissement. En denkt dat hij de held van alle Parijse ouders is, omdat hij een keten van avant-gardistische, tweetalige dagopvangcentra heeft opgericht, en ze zíjn ook best spectaculair. Maar hij heeft er nog een flinke klus aan om ze gecertificeerd te krijgen wat betreft veiligheid, en hoe vaak ik ook probeer hem aan zijn verstand te brengen dat we ons aan de regels moeten houden en geen risico mogen nemen als het om kinderen gaat, hij luistert niet naar me. Hij vindt dat ik niets begrijp van zijn "kunst", zijn "creaties".'

Hij had gehoopt Mélanie aan het lachen te kunnen maken met een paar grappige beschrijvingen van Rabagny's beruchte woedeuitbarstingen, maar hij merkte dat zijn zus niet langer naar hem luisterde. Ze keek over zijn schouder.

Er was een stel het terras op komen lopen, dat naar een tafeltje niet ver van het hunne werd gebracht. Een man en een vrouw van in de vijftig, lang, uiterst elegant. Ze hadden beiden zilvergrijs haar – het hare was witter, het zijne meer peper-en-zoutkleurig – en een gebruind gezicht, maar dan het soort bruin dat je opdoet tijdens het zeilen, of paardrijden, en niet door langdurig in een ligstoel te gaan liggen. Ze waren zo adembenemend mooi dat alle geluiden op het terras leken te verstommen. Alle dinergasten hadden zich omgedraaid om naar het paar te kijken. De man en de vrouw gingen zitten zonder zich bewust te zijn van de aandacht die ze hadden getrokken, en algauw kwam de champagne, gebracht door de serveerster. Antoine en Mélanie zagen hoe ze naar elkaar glimlachten, een toost uitbrachten en elkaars hand stevig vasthielden.

'Wauw,' zei Mélanie zachtjes.

'Schoonheid en harmonie.'

'Ware liefde.'

'Die bestaat dus toch.'

Mélanie boog zich voorover.

'Misschien doen ze alsof. Gewoon een stel acteurs die hun rol spelen.'

Antoine lachte.

'Om ons jaloers te maken, bedoel je?'

Haar gezicht stond opeens vrolijk.

'Nee! Om ons hoop te geven. Om te zorgen dat we gaan geloven dat het mogelijk is.'

Hij voelde met haar mee, zoals ze daar zat in haar zwarte jurkje, haar vingers om haar champagneglas, en de fraaie lijn van haar schouders en armen die zich scherp aftekenden tegen de vijgenboom op de achtergrond. Er moest toch een man bestaan, dacht hij, een goede man, een leuke, intelligente man, een man die kon vallen voor een vrouw als Mélanie, hij hoefde niet zo volmaakt te zijn als die man aan het tafeltje naast hen, hij hoefde er niet half zo knap uit te zien, maar hij kon sterk zijn, en trouw, en haar gelukkig maken. Hij vroeg zich af waar die man zich op dit moment bevond. Duizenden kilometers ver weg of gewoon om de hoek van de straat? De gedachte dat Mélanie in haar eentje oud zou worden was onverdraaglijk voor hem.

'Waar denk je aan?' vroeg ze.

'Ik wil dat je gelukkig wordt,' antwoordde hij.

Haar mond vertrok.

'Dat wil ik ook voor jou.'

Ze zaten even zwijgend te eten, terwijl ze hun best deden het perfecte stel niet aan te staren.

Uiteindelijk zei ze: 'Je moet Astrid echt achter je laten.'

Hij slaakte een zucht.

'Ik weet niet hoe dat moet, Mel.'

'Ik wil zó graag dat je dat doet.'

'Ik ook.'

'Soms haat ik haar gewoon om wat ze je heeft aangedaan,' mompelde ze.

Hij kromp ineen.

'Niet doen. Je mag haar niet haten.'

Mélanie speelde met zijn aansteker. Ze zei: 'Dat kan ik ook niet. Je kunt Astrid nu eenmaal niet haten. Het is onmogelijk Astrid te haten.'

En daar had ze zeker gelijk in. Het was onmogelijk Astrid te haten. Astrid was een zonnetje. Haar glimlach, haar lach, haar zwierige gang, haar giechel, haar zangerige stem, vol licht en beweging. Ze knuffelde, ze kuste, ze neuriede, ze pakte je hand en hield hem stevig vast, ze was er altijd voor haar vrienden, voor haar gezin. Je kon Astrid altijd bellen. Ze luisterde, knikte, gaf advies, probeerde je te helpen. Ze werd nooit boos, of in elk geval alleen als het voor je eigen bestwil was.

De taart kwam eraan, en de kaarsjes brachten licht in de schemering. Iedereen klapte en het mooie zilverharige paar hield de champagneflûtes op naar Mélanie, net als alle andere aanwezige dinergasten. Antoine glimlachte en klapte mee.

Achter zijn glimlach zat nog steeds die oude pijn verscholen. Er schoot zo'n felle pijn door zijn lijf dat hij bijna naar adem snakte. Hij had Astrid laten gaan. Hij had niet eens beseft dat ze hem ontglipte. Hij had het niet zien aankomen. Het was als een frontale botsing geweest.

Toen ze aan hun koffie en kruidenthee zaten verscheen de kok, die langs de tafeltjes ging om zijn gasten te begroeten en zich ervan te verzekeren dat ze van hun diner genoten hadden. Toen hij zich tot hen wendde en Mélanie zag zitten in haar zwarte jurkje, riep hij tot hun schrik opeens uit: 'Madame Rey!'

Het gezicht van Mélanie werd vuurrood. Dat van Antoine ook. Deze zestigjarige man dacht kennelijk dat hij Clarisse aankeek.

Hij pakte in een snelle beweging Clarisses hand en overdekte hem met vurige kussen.

'Wat is dat lang geleden, Madame Rey. Ik denk wel meer dan dertig jaar! Maar ik ben u nooit vergeten. Nooit! U kwam hier altijd dineren met uw vrienden uit het Hotel Saint-Pierre, het lijkt wel of het gisteren was. Ik was toen net begonnen, in die tijd.'

Er viel een gespannen stilte. De kok keek van Mélanie naar Antoine, zijn ogen dansten heen en weer. Toen begon het hem langzaam te dagen. Hij liet zachtjes haar hand los.

Mélanie zei nog steeds niets, er hing een gegeneerd glimlachje om haar lippen.

'Mon Dieu, wat een ouwe domkop ben ik! U kunt Madame Rey helemaal niet zijn, u bent veel te jong...'

Antoine schraapte zijn keel.

'Maar toch lijkt u zoveel op haar... U kunt alleen maar...'

'Haar dochter,' zei Mélanie uiteindelijk, rustig. Ze streek een lok haar glad die zich uit haar paardenstaart had losgemaakt.

'Haar dochter! Maar natuurlijk! En dan bent u...'

'Haar zoon,' zei Antoine houterig, en hij wenste dat deze man weg zou gaan. Hij wist waarschijnlijk niet eens dat hun moeder dood was. Antoine kon het niet over zijn hart verkrijgen het hem te vertellen. Hij hoopte dat Mélanie ook niets zou zeggen, en dat deed ze ook niet, ze hield haar mond terwijl de man maar door bleef ratelen. Antoine concentreerde zich op de rekening en liet een flinke fooi achter. Mélanie en hij stonden op om weg te gaan. De kok stond erop hun de hand te schudden.

'Wilt u alstublieft de groeten doen aan Madame Rey, haar vertellen hoe vereerd ik ben haar kinderen ontmoet te hebben, hoewel het een nog grotere verrassing zou zijn als ze zelf nog eens bij me langs zou komen.'

Ze knikten beiden, mompelden een bedankje en vluchtten weg.

'Lijk ik zoveel op haar?' fluisterde Mélanie.

'Eigenlijk wel. Ja, echt.'

Je hebt net je kamer verlaten en ik schuif dit onder je deur in plaats van het achter te laten op ons gebruikelijke geheime plekje, en ik hoop van harte dat je het nog krijgt voordat je op de trein terug naar Parijs stapt. Ik heb met je rozen naast me geslapen en het was alsof jij naast me sliep. Ze zijn teer en zacht, net als jouw huid, net als de geheime plekjes van je lichaam die ik zo graag aanraak, die plekjes die nu van mij zijn, want ik wil er mijn stempel op achterlaten, zodat je me nooit zult vergeten, nooit onze tijd samen zult vergeten, nooit zult vergeten hoe we elkaar hier vorig jaar hebben ontmoet, die eerste blik, die eerste glimlach, dat eerste woord, die eerste kus. Ik weet zeker dat je zult glimlachen als je dit leest, maar dat maakt me niet uit, dat maakt me helemaal niet uit, want ik weet hoe sterk onze liefde is. Soms vind je dat ik jong en erg dwaas ben. We zullen spoedig een manier vinden om de wereld tegemoet te treden, jij en ik. Heel spoedig.

Vernietig dit.

Ze zaten naast elkaar, schouder aan schouder, en keken hoe de zee geleidelijk over de Gois gleed. Mélanie zei maar heel weinig, haar donkere haren waaiden in de wind, haar gezicht stond sip. Ze had niet goed geslapen, had ze verklaard toen ze beneden kwam voor het ontbijt, en haar ogen waren deze ochtend smalle spleetjes, waardoor ze er bijna Aziatisch uitzag. Aanvankelijk had hij er geen aandacht aan besteed, maar naarmate de ochtend vorderde, en ze steeds stiller werd, in zichzelf gekeerd, had hij haar voorzichtig gevraagd of er iets mis was. Ze had zijn vraag slechts met een schouderophalen beantwoord. Hij zag dat ze haar mobiel had afgezet, wat ze maar zelden deed, ze leek er gewoonlijk mee vergroeid te zijn, was continu aan het kijken of ze sms'jes had of oproepen had gemist. Hij vroeg zich af of dit iets met Olivier te maken kon hebben, misschien had hij haar voor haar verjaardag gebeld of een berichtje achtergelaten en zo de oude wond opnieuw opengereten. Onhandige klootzak, dacht hij. Of ging het om die vrijer op leeftijd die was vergeten haar gisteren te bellen?

Hij keek met dezelfde fascinatie die hij in zijn jeugd had gevoeld, toe hoe het water van beide zijden begerig knabbelde aan de geplaveide weg. Zo. Het was gebeurd. Er was geen weg meer. Er schoot een felle pijn door zijn lichaam, alsof een bijzonder moment voor altijd voorbij was, nooit meer zou terugkomen. Misschien zag hij toch liever de Passage du Gois uit zee opdoemen, krachtig, grijs, een lange strook die het water doorkliefde. Liever dan toe te zien hoe die onder de schuimende golven weggleed, alsof je staat te kijken naar iemand die verdrinkt. Hij wenste nu dat ze een ander moment hadden gekozen om hierheen te gaan. Vandaag had deze plek iets sinisters, en de vreemde gemoedstoestand van Mélanie hielp niet echt mee om verlichting te brengen.

Dit was hun laatste ochtend hier. Was dat de reden dat ze bleef zwijgen en geen acht sloeg op wat er om hen heen gebeurde: de meeuwen die voor hen uit rondcirkelden, de wind die in hun oren beet, en de mensen die weer naar het binnenland liepen, nu de Gois was overstroomd? Ze had haar knieën opgetrokken en liet haar kin erop rusten, haar armen strak om haar benen. Haar groene ogen stonden glazig. Hij vroeg zich af of ze een migraineaanval zou krijgen, net als hun moeder vroeger had, van die zware, heftige, die haar letterlijk verlamden. Hij dacht aan de lange rit terug naar Parijs, de onontkoombare files in het verkeer. Zijn lege appartement. Haar lege appartement. Misschien zat zij daar ook aan te denken. Terug te gaan naar een stille, geluidloze woning. Niemand die voor je was opgebleven. Niemand die je begroette als je binnenkwam, afgepeigerd na uren achter het stuur, niemand die je omhelsde. Er was natuurlijk wel die hitsige oude minnaar, maar hij was waarschijnlijk bij zijn vrouw dit lange weekend waarin het grootste deel van de Fransen eropuit trok. Misschien zat ze aan morgen te denken, maandag, als ze weer naar haar kantoor in Saint-Germain-des-Prés ging en te maken zou hebben met de neurotische, egocentrische schrijvers over wie ze hem had verteld, of met haar ongeduldige, veeleisende baas en zijn gedeprimeerde assistent.

Hetzelfde soort mensen waarmee Astrid te maken had, bij een andere, concurrerende uitgeverij. Antoine had zich nooit aangetrokken gevoeld tot het uitgeverswereldje. De glitter van de literaire feestjes waar champagne vloeide en schrijvers contacten legden met journalisten, uitgevers, redacteuren en publicisten was nooit aan hem besteed geweest. Hij stond er maar te kijken hoe

Astrid in haar fraaie cocktailjurkje en op hoge hakken tussen de menigte door glimlachend van het ene naar het andere groepje fladderde, altijd met evenveel flair, met hetzelfde elegante knikje, terwijl hij kettingrokend aan de bar bleef hangen en zich ellendig voelde, niet op zijn plaats. Na enige tijd ging hij niet meer mee. Dat was misschien een slecht idee geweest, dacht hij nu. Misschien was het zijn eerste fout geweest zich terug te trekken uit het professionele leven van zijn vrouw. Wat was hij blind geweest. En dom.

Morgen, maandag. Zijn treurige kantoortje aan de avenue du Maine. De dermatologe met wie hij het deelde, een stille vrouw met een flets gezicht, die alleen genoegen leek te beleven aan het wegbranden van wratten van de voeten van haar patiënten.

Florence, zijn assistente. Haar bolle wangen, haar glimmende voorhoofd, zwarte kraaloogjes en vettige, bruine haren. Haar weinig fraaie kuiten, haar korte, dikke vingers. Florence was van het begin af een ramp geweest. Ze deed nooit iets goed – hoewel ze er zelf sterk van overtuigd was dat ze dat wel deed en dat hij juist niets goed uitlegde –, ze was overdreven gevoelig, in staat tot suffragetteachtige woede-uitbarstingen die er altijd op uitliepen dat ze zat te snikken boven haar toetsenbord.

Morgen, maandag, en de saaie avonden daarna regen zich in zijn gedachten aaneen als een file op een eindeloze snelweg. Een replica van het afgelopen jaar, geweven uit eenzaamheid, verdriet en zelfverachting.

Was het een goed idee geweest om hier weer heen te gaan? vroeg hij zich af, en hij wierp een steelse blik op het strakke gezicht van zijn zuster. Deze confrontatie met herinneringen van zo lang geleden, waardoor haar moeders ogen, haar stem, haar lach, de manier waarop ze lichtvoetig over ditzelfde strand zweefde weer zo tastbaar waren geworden. Misschien had hij dat alles moeten laten voor wat het was, en Mélanie moeten meenemen naar Deauville of Saint Tropez of Barcelona of Amsterdam, waarheen dan ook, naar welke plek ook, ergens heen waar die familieherinneringen zich niet zouden aandienen en hun stemming zouden beïnvloeden.

Hij sloeg zijn arm om haar schouders en schudde haar onhandig heen en weer, alsof hij wilde zeggen: hé, niet zo somber, verknoei het nu niet. Ze lachte niet terug, maar wendde haar gezicht naar hem toe en keek hem onderzoekend aan, alsof ze iets diep in zijn ogen probeerde te ontcijferen. Toen deed ze haar mond open om iets te zeggen, maar sloot hem weer, schudde haar hoofd, vertrok haar gezicht tot een grimas en slaakte een zucht.

'Wat is er aan de hand, Mel?'

Ze glimlachte, een glimlachje dat hem niet beviel, gespannen en onaangenaam, het was niet meer dan een strak trekken van haar lippen en het maakte haar ouder en droeviger.

'Niks,' mompelde ze tegen de wind in. 'Helemaal niks.'

De ochtend kroop voorbij en nog steeds zei ze geen woord. Pas later, toen ze hun bagage in de auto hadden gezet, leek ze zich enigszins te ontspannen, toen ze eenmaal onderweg waren en hij achter het stuur zat, belde ze een paar mensen en neuriede ze zelfs mee met een oud nummer van de Bee Gees. Hij voelde dat zich opluchting van hem meester maakte, dan ging het dus toch goed met haar, alles was in orde, gewoon een flinke hoofdpijnaanval, gewoon een slecht moment.

Ergens voorbij Nantes stopten ze langs de snelweg voor een kop koffie en een snack. Ze zei dat ze wel wilde rijden. Ze reed goed, altijd al. Hij ruilde met haar van plaats en zag hoe ze de stoel naar voren schoof, haar gordel vastmaakte en de achteruitkijkspiegel lager draaide, tot haar niveau. Zo klein, zo frêle als ze was, met haar slanke armen en benen. Zo breekbaar ook. Hij had zich altijd haar beschermer gevoeld. Ook vóór het overlijden van hun moeder al. Hij herinnerde zich nog goed hoe bang Mélanie was geweest in het donker, tijdens de sombere, verwarrende jaren die volgden op de dood van Clarisse, dat er altijd een nachtlampje moest branden als ze lag te slapen, net als bij Bonnie, het dochtertje van Scarlett O'Hara. Hij herinnerde zich ook dat de steeds wisselende au-pairmeisjes, ook de liefste, nooit wisten hoe ze haar moesten troosten als ze een nachtmerrie had gehad; alleen hij kon dat: hij knuffelde haar dan en zong dezelfde slaapliedjes die Clarisse had gezongen om hen in slaap te wiegen. Hun vader kwam maar zelden. Hij leek zich er niet van bewust te zijn dat Mélanie nachtmerries had, ook als het nachtlampje brandde, en dat ze elke nacht weer lag te huilen om haar moeder. Antoine herinnerde zich dat Mélanie de dood van Clarisse niet had kunnen bevatten. Ze was steeds opnieuw blijven vragen: waar is *Maman*? Waar is Maman? Wanneer komt Maman terug? En niemand gaf haar antwoord, zelfs Robert en Blanche niet, noch hun vader, noch Solange, noch die eindeloze reeks vrienden van de familie die na de dood van hun moeder naar de avenue Kléber kwamen en die hun wangen besmeurden met lippenstift en door hun haren woelden. Niemand wist wat hij moest zeggen tegen dat wanhopige, bange kleine meisje. Hij was tien en wist intuïtief wat de dood was, hij begreep dat die onherroepelijk was, dat zijn moeder nooit zou terugkeren.

Mélanies kleine, fijne handen aan het stuurwiel. Eén ring maar, aan haar rechterhand, een eenvoudige, brede gouden ring die van hun moeder was geweest. Het verkeer voor hen uit stokte toen ze in de buurt van Angers kwamen, op hun weg terug naar Parijs. Ze zouden op den duur waarschijnlijk in een gigantische file terechtkomen, dacht hij, en zijn longen snakten naar een sigaret.

Na een lange stilte begon Mélanie te spreken.

'Antoine, er is iets wat ik je moet vertellen.'

Haar stem klonk zo gespannen dat hij zich snel naar haar toe wendde. Haar ogen waren op de weg gericht, maar hij zag dat haar kaken enigszins gespannen waren.

Ze zweeg weer.

'Vertel het me maar,' zei hij zacht. 'Maak je geen zorgen.'

Haar knokkels waren wit, zag hij. Zijn hart begon iets sneller te slaan.

'Ik heb er de hele dag mee rondgelopen,' zei ze gejaagd. 'Gisteravond, in het hotel, schoot me iets te binnen. Iets over...'

Het gebeurde zo snel dat hij nauwelijks de tijd had om adem te halen. Eerst wendde ze haar blik naar hem toe, donker, bezorgd, toen pas haar gezicht, en het scheen hem toe dat ook de auto een wending maakte, naar rechts schoot, met de handen van Mélanie opeens machteloos aan het stuur. Daarna volgde het schrille geluid van piepende banden, luid getoeter van een auto achter hen, en het vreemde, misselijkmakende gevoel dat hij uit balans was toen Mélanie plotseling boven hem hing, haar gil die intenser werd toen ze naar opzij overhelden, de luchtstoot die zijn oren verdoofden toen de airbag zich als een bloem pijnlijk tegen zijn gezicht ontvouwde. De kreet van Mélanie was een verstikt gekreun, dat werd overtroefd door het geluid van versplinterend glas en verwrongen metaal. Daarna slechts het gedempte geluid van zijn hartslag.

Antoine, er is iets wat ik je moet vertellen. Ik heb er de hele dag mee rondgelopen. Gisteravond, in het hotel, schoot me iets te binnen. Iets over...

De dokter wacht tot ik iets zal zeggen. Haar vraag zal beantwoorden: 'Wat was ze u aan het vertellen?'

Maar hoe kan ik de woorden uitspreken die Mélanie zei voordat de auto van de snelweg raakte? Ik wil dit niet met de dokter bespreken. Ik wil het vooralsnog met niemand hebben over wat Mélanie zei. Mijn hoofd doet zeer en mijn ogen voelen geïrriteerd en rood aan, de tranen prikken nog steeds.

'Mag ik naar haar toe?' vraag ik ten slotte aan dokter Besson, waardoor de stilte tussen ons wordt verbroken. 'Ik kan er niet tegen hier te moeten blijven zitten en haar niet te zien.'

Ze schudt vastberaden haar hoofd.

'U mag haar morgen zien.'

Ik staar haar niet begrijpend aan.

'U bedoelt dat we nog niet weg mogen?'

De dokter staart terug.

'Uw zuster heeft het bijna niet gehaald.'

Ik slik. Ik voel me licht in het hoofd.

'Hoe bedoelt u?'

'We hebben haar moeten opereren, haar milt was gescheurd. En ze had ook een paar wervels in haar bovenrug gebroken.'

'En wat houdt dat in?' stamel ik.

'Dat houdt in dat ze een poosje moet blijven. En zodra ze kan worden vervoerd, wordt ze per ambulance overgebracht naar Parijs.'

'Hoe lang moet ze blijven?'

'Misschien wel een week of twee.'

'Maar u zei toch dat het goed kwam?'

'Het gaat nu ook weer goed met haar. Het zal alleen tijd kosten voordat ze hersteld is. En u hebt geluk gehad, Monsieur. U bent er genadig van afgekomen. Ik moet u nu onderzoeken. Wilt u alstublieft even meekomen?'

Enigszins verbijsterd volg ik haar naar een spreekkamer even verderop. Het ziekenhuis ziet er leeg uit, stil, het lijkt wel alsof dokter Besson en ik de enige aanwezigen zijn. Ze zegt dat ik moet gaan zitten, rolt mijn mouw op en controleert mijn hartslag. Terwijl ze haar werk doet, herinner ik me dat ik mezelf heb opgetrokken om uit de auto te komen, die als een gewond dier op zijn kant lag. Mélanie lag ineengedoken in de verste linkerhoek, bewegingloos. Ik kon haar gezicht niet zien, de opgeblazen airbag lag eroverheen. Ik weet nog dat ik haar riep, zo hard ik kon haar naam uitschreeuwde.

Na een poosje zegt dokter Besson dat alles in orde is, op een iets verhoogde bloeddruk na. 'U kunt hier vannacht blijven, we hebben kamers voor naaste familie. De zuster komt zo.'

Ik bedank haar en loop de spreekkamer uit, terug naar de ingang van het ziekenhuis. Ik weet dat ik onze vader moet bellen. Ik moet hem vertellen wat er is gebeurd, dat kan niet wachten. Het is al bijna middernacht. Ik loop het gebouw uit en steek een sigaret op. De parkeerplaats voor me is verlaten, op een paar rokers na. De stad lijkt te slapen. Boven me strekt de hemel zich uit, nachtblauw. Sterren twinkelen. Ik ga op een houten bank zitten. Ik rook mijn sigaret op en gooi de peuk weg. Ik bel de vaste lijn van de avenue Kléber. Het antwoordapparaat met Régines nasale zeurstem klikt aan. Ik hang op en probeer zijn mobiele telefoon.

'Wat is er?' blaft hij, nog voordat ik één enkel woord kan uitbrengen.

Ik geniet van het beetje macht dat ik nu heb, die minieme macht die ik eindelijk eens kan laten gelden tegenover onze ouder wordende, dominante, tirannieke vader, mijn vader, die mij nog steeds het gevoel geeft dat ik twaalf ben en op alle fronten nutteloos, die mijn werk als middelmatige, weinig opwindende architect afkeurt, evenals mijn recente echtscheiding, het feit dat ik rook, de manier waarop ik mijn kinderen opvoed, mijn kapsel met volgens hem altijd te lange haren, het feit dat ik nu in spijkerbroek loop en niet in kostuum, dat ik nooit een stropdas draag, mijn niet-Franse auto, mijn treurige nieuwe appartement aan de rue Froidevaux dat uitkijkt op de begraafplaats van Montpernasse. Het genoegen dat ik hieraan ontleen is even piekend zoet als een snelle ejaculatie onder de douche.

'We hebben een ongeluk gehad. Mélanie ligt in het ziekenhuis. Ze heeft iets in haar rug gebroken en ze hebben haar aan haar milt moeten opereren.'

Ik geniet als ik hem snel hoor inademen.

'Waar ben je nu?' zegt hij uiteindelijk, buiten adem.

'In het ziekenhuis van Le Loroux-Bottereau.'

'Waar is dat nu weer?'

'Twintig kilometer voor Nantes.'

'En wat doen Mélanie en jij daar eigenlijk?'

'We hebben een tripje gemaakt voor haar verjaardag.'

Stilte.

'Wie reed er?'

'Zij.'

'Wat is er precies gebeurd?'

'Geen idee. De auto raakte ineens van de weg af.'

'Morgenochtend ben ik er. Ik zal alles wel regelen. Maak je geen zorgen. Tot dan.'

Hij hangt op. Ik kreun inwendig. Hij, hier, morgen. De baas spelen over de verpleegkundigen. Gerespecteerd willen worden.

Neerkijken op de dokter. Onze vader is geen lange man meer, maar voelt zich nog wel zo. Als hij een kamer binnenloopt, wenden alle gezichten zich naar hem, als zonnebloemen naar de zon. Erg knap om te zien is hij ook niet met zijn terugwijkende haarlijn, knobbelneus en priemende donkere ogen. In zijn jonge jaren was hij dat wel. Ik krijg vaak te horen dat ik op hem lijk, dezelfde lengte, dezelfde bruine ogen. Maar ik heb niets autoritairs. Hij is dik geworden, dat viel me op, de laatste keer dat ik hem zag. Wat zes maanden geleden is. We zochten elkaar al niet vaak meer op, en nu de kinderen oud genoeg waren om hun grootvader zonder mij te bezoeken, zag ik hem nog minder.

Onze moeder is in 1974 gestorven. Sindsdien noemen Mélanie en ik haar bij haar voornaam, Clarisse. We kregen 'Maman' niet meer over onze lippen. Een aneurysma. François – ja, dat is de naam van onze vader, François Rey, klinkt er geen echte autoriteit en grandeur in door? – was pas zevenendertig toen zijn vrouw stierf. Zes jaar jonger dan ik nu ben. Ik kan me niet herinneren waar en wanneer hij de blonde, ambitieuze Régine met haar dunne lippen (binnenhuisarchitecte) heeft ontmoet, maar ik herinner me wel de pompeuze bruiloft in mei 1977 in het appartement met uitzicht op het Bois de Boulogne van Robert en Blanche Rey, en hoe verdrietig Mélanie en ik toen waren. Onze vader leek helemaal niet verliefd te zijn, hij keek Régine niet één keer aan, deed niets liefs voor haar. We vroegen ons af waarom hij dan toch met haar trouwde. Omdat hij zich eenzaam voelde? Omdat hij behoefte had aan een vrouw die de lege plaats in zijn gezin zou innemen? We voelden ons verraden. Daar stond Régine dan, nog maar dertig jaar, onnozel glimlachend in een beige jurk van Courrèges die haar achterwerk niet al te best deed uitkomen. Zeker, ze had een goede partij aan de haak geslagen. Een weduwnaar, maar wel een vermogende weduwnaar. Een van de briljantste advocaten van Parijs. Nazaat van een bekende en gerespecteerde familie, zoon van een advocaat van aanzien en van de rijke dochter van een beroemde kinderarts, kleindochter van een rijke onroerendgoedbezitter, de crème de la crème van de veeleisende, conservatieve Parijse bourgeoisie uit Passy, op de rechteroever. Een schitterend appartement aan de *bon chic bon genre* avenue Kléber. Het enige minpuntje waren twee kinderen van dertien en tien jaar, die nog steeds aangeslagen waren door de dood van hun moeder. Ze verdroeg ons. Ze nam het op de koop toe. Ze richtte het appartement opnieuw in, veranderde het interieur van prachtige Haussmanniaanse proporties in ultramoderne, vierkante, witte ruimten, sloopte de open haarden en het stucwerk, brak de oude, krakende vloerdelen weg en maakte van de woning een decor van kastanjebruin met essen dat eruitzag als een boarding gate van een luchthaven. Al hun vrienden vonden het de gewaagdste en knapste verbouwing die ze ooit hadden gezien. Wij vonden het afschuwelijk.

Ze voedde ons op op die stijve, traditionele manier van de Franse bourgeoisie. *Bonjour Madame. Au revoir Monsieur.* Onberispelijke manieren, uitstekende schoolresultaten, elke zondag naar de mis in de Saint-Pierre de Chaillot. Emoties van welke aard ook werden in bedwang gehouden. Kinderen diende je te zien, maar niet te horen. Nooit werd er over politiek, seks, religie, geld of liefde gesproken. De naam van onze moeder werd nooit genoemd. We hadden algauw in de gaten dat we er beter aan deden die niet uit te spreken. Ook spraken we nooit over haar dood. En trouwens evenmin over alle andere dingen aangaande onze moeder.

Ons halfzusje Joséphine kwam in 1982 ter wereld en werd het lievelingetje van onze vader. Mélanie en zij verschilden vijftien jaar. En ik, toen achttien, woonde samen met wat vrienden ergens op de linkeroever en studeerde politicologie aan de faculté aan de rue Saint-Guillaume.

Ik had het ouderlijk huis verlaten, als je de avenue Kléber en wat ervan was geworden sinds Clarisses overlijden tenminste nog een ouderlijk huis kon noemen.

Als ik de volgende ochtend wakker word, voelt mijn hele lichaam stijf aan. Ik heb nog nooit op zoiets oncomfortabels als dit hobbelige ziekenhuisbed geslapen. Had ik eigenlijk wel geslapen? De gedachte aan mijn zuster doemt bij me op. Zou het goed met haar gaan? Zal ze het redden? Ik kijk naar de andere kant van de kale kamer, waar mijn koffer en mijn laptoptas staan. Ze hebben het ongeluk zonder beschadigingen overleefd. Nog geen scheurtje of krasje. Ik heb de computer uitgeprobeerd voordat ik gisteravond naar bed ging en die was probleemloos opgestart. Hoe was dat mogelijk? Ik had gezien hoe de auto eraan toe was. Ik had in die auto gezeten. En toch waren mijn koffer, mijn laptop en ikzelf ondanks de ravage nog heel.

Er heeft vanochtend een andere verpleegster dienst, ze heeft pukkels en is dikker.

'U mag nu naar uw zuster,' zegt ze met een brede glimlach. Ik volg haar door een paar gangen waar halfslapende oude mensen langsschuifelen, vervolgens een trap op en een kamer binnen, waar Mélanie op een ingewikkeld bed ligt met allerlei apparaten om haar heen. Haar bovenlichaam zit helemaal ingepakt, van haar schouders tot haar middel. Haar nek steekt eruit, lang en dun, als die van een giraffe. Ze lijkt langer en magerder dan ze in werkelijkheid is.

Ze is wakker, haar groene ogen zijn donker met vlekkerige

schaduwen eromheen. Haar huid ziet erg bleek. Ik heb haar nog nooit zo bleek gezien. Ze ziet er anders uit dan anders, ik begrijp niet goed wat het is of hoe het komt.

'Tonio,' fluistert ze.

Ik wil sterk zijn, een grote broer, maar mijn ogen worden vochtig als ik haar zo zie. Ik durf haar niet aan te raken, uit angst dat ik iets breek, haar pijn doe. Ik ga op de stoel naast het bed zitten en voel me onhandig.

'Gaat het goed met je?' Ze vormt de woorden met haar lippen.

'Prima. En met jou?' fluister ik terug.

'Ik kan me niet bewegen. Dit ding schrijnt verschrikkelijk.'

Heel even vraag ik me af of het echt goed met haar gaat, of ze zich echt ooit weer zal kunnen bewegen, of dokter Besson wel de hele waarheid heeft verteld.

'Doet het pijn?' vraag ik.

Ze schudt haar hoofd.

'Ik voel me heel raar.' Haar stem is traag, zwak. 'Alsof ik niet meer weet wie ik ben.'

Ik streel haar hand.

'Antoine,' zegt ze. 'Waar zijn we?'

'In een stadje dat Le Loroux-Bottereau heet. We hebben een ongeluk gehad op de snelweg, voorbij Nantes.'

'Een ongeluk?'

Ik besef dat ze zich er niets meer van herinnert.

Ik besluit haar niet wijzer te maken. Nog niet. Ik vertel haar dat ik me er ook niets van herinner. Dat lijkt haar gerust te stellen en ze knijpt in mijn hand.

Dan zeg ik: 'Hij komt eraan.'

Ze weet wie ik bedoel. Ze slaakt een zucht en wendt haar hoofd af, en ik zie hoe haar wimpers trillend op haar bleke wang neerkomen. Ik blijf naar haar kijken. Het voelt alsof ik haar beschermengel ben. Sinds Astrid heb ik niet meer naar een slapende vrouw gekeken. Vroeger kon ik urenlang naar Astrid kijken. Ik werd nooit moe van het kijken naar haar vredige gezicht, het trillen van haar lippen, die parelmoeren oogleden en het langzame op en neer gaan van haar boezem. In haar slaap leek ze kwetsbaar en jong, zoals Mélanie nu. Ik heb Astrid niet meer zien slapen sinds onze laatste zomer samen, nu een jaar geleden.

In de zomer waarin ons huwelijk kapotging hadden Astrid en ik een vierkant, wit huisje gehuurd op het Griekse eiland Naxos. We hadden al in juni besloten uit elkaar te gaan (of liever gezegd, Astrid had besloten me te verlaten voor Serge), maar het was onmogelijk zo kort tevoren de huur en de vlieg- en boottickets te annuleren. Dus begonnen we maar aan de beproeving van onze laatste zomer als officieel getrouwd stel. We hadden de kinderen nog niets verteld en deden ons best de normale ouders te zijn die ze gewend waren. Uiteindelijk deden we zo gemaakt enthousiast dat de kinderen doorkregen dat er iets niet in orde was. Astrid bracht het grootste deel van haar tijd door met lezen op het zonnedak, naakt. Ze kreeg een chocoladebruine huid, waar ik misselijk van werd, wetende dat niet ik maar Serge die binnenkort met zijn handen als hammen zou strelen.

De drie hele weken van ons dodelijk vermoeiende verblijf had ik me het liefst een kogel door de kop willen jagen. Ik zat daar maar op het terras beneden, dat uitzag op Orkhos en Plaka, kettingrokend als ik niet net een slok lauwe ouzo nam. Het uitzicht was adembenemend en ik zat het te bewonderen door een dronken waas van pijnlijk verdriet heen. Het bruine, ronde eiland Paros leek op zwemafstand te liggen, de zee glinsterde ultramarijn met hier en daar schuimig witte vlekjes, veroorzaakt door de sterke wind. Als ik te wanhopig of te dronken werd, of allebei, wankelde ik over het steile, stoffige pad omlaag naar de kreek en wierp ik me in het water. Eén keer werd ik gebeten door een kwal, maar ik was er zo slecht aan toe dat ik het nauwelijks voelde. Later wees Arno ergens naar en toen ik omlaag keek, ontdekte ik een felrode striem, alsof iemand me een zweepslag tegen mijn borst had gegeven.

Die helse zomer. Mijn ongemak werd nog verhevigd doordat de serene kalmte van de vroege ochtend steeds werd doorbroken door het raspende geluid van bulldozers en boormachines afkomstig van een plek die hoger op de heuvel lag, waar een ambitieuze Italiaan een villa aan het bouwen was als uit een Bondfilm. Ontelbare, logge vrachtwagens, beladen met opgegraven aarde, zwoegden omhoog en omlaag over het paadje dat vlak langs ons huis liep. Zonder enige sjoege te geven ging ik languit op het terras liggen, waar wolken zwarte uitlaatgassen in mijn gezicht terechtkwamen. De chauffeurs waren vriendelijk en zwaaiden steeds als ze langsdenderden. Hun monsterachtige dieselmotoren passeerden mijn onaangeraakte ontbijt op luttele meters.

Alsof dat niet genoeg was, stond het water in de watertank laag, viel de elektriciteit avond aan avond uit, waren de muggen bloeddorstig en maakte Arno het high-tech, marmeren hangtoilet kapot, alleen maar door erop te gaan zitten. Elke nacht weer lag ik in hetzelfde bed als mijn toekomstige ex-vrouw, zag ik haar slapen en moest ik stilletjes huilen. Ze had me steeds opnieuw toegefluisterd, als een geduldige moeder met een tegenstribbelend kind: 'Antoine, ik houd gewoon niet meer van je zoals vroeger', waarna ze me in haar armen nam met moederlijk enthousiasme, terwijl ik nog steeds trilde van verlangen bij haar aanraking. Hoe is dat mogelijk? Hoe kan dat gebeuren? Hoe kan een man daar ooit overheen komen?

Ik had Astrid achttien jaar eerder aan Mélanie voorgesteld. Astrid was promotiemedewerker bij een concurrerende uitgeverij. Ze werden al snel goede vrienden. Ik wist nog wat een interessant contrast ze vormden: Mélanie klein, fijngebouwd en donkerharig, en Astrid met haar blonde haar en lichtblauwe ogen. Astrids moeder, Bibi, is een Zweedse, uit Uppsala, ontspannen, artistiek en absoluut een beetje eigenaardig. Maar wel charmant. Astrids vader, Jean-Luc, is een bekende voedingsdeskundige, zo'n gebruinde, walgelijk fitte man die maakt dat je je een van cholesterol vergeven sukkel voelt. In zijn obsessie voor een regelmatige stoelgang strooit hij zemelen over alles wat Bibi klaarmaakt.

Nu ik aan Astrid denk, voel ik de behoefte haar te bellen en te vertellen wat er is gebeurd. Ik loop op mijn tenen de kamer uit. Haar telefoon blijft maar overgaan. Ze neemt niet op. Mijn paranoia geeft me in dat ik eigenlijk de nummermelding moet uitzetten, zodat mijn nummer niet op haar scherm verschijnt en ze niet weet dat ik het ben. Ik laat een kort berichtje achter. Negen uur. Ze zit nu waarschijnlijk in haar auto, onze oude Audi. Ik ken haar dagindeling uit mijn hoofd, ze heeft Lucas al afgezet bij het schooltje in de buurt en Arno en Margaux in Port Royal, waar hun *lycée* is, en nu probeert ze door de ochtendspits naar Saint-Germain-des-Prés te komen, naar haar kantoor aan de rue Bonaparte, vlak voor de kerk Saint-Sulpice. Ze brengt haar make-up aan als het verkeerslicht rood is en vanuit de auto naast de hare kijken mannen naar haar en ze denken: wat een mooie vrouw. Dan schiet me te binnen dat het half augustus is. Ze is nog op vakantie. Met hem. Ze zijn vast in Malakoff, met de kinderen, ze zijn er dit weekend vanuit de Dordogne heen gereden.

Als ik terugloop naar Mélanies kamer staat er een oude man met een dikke buik voor haar deur. Het duurt een paar seconden voordat tot me doordringt wie het is.

Hij sluit me ruw in zijn armen. Ik ben altijd verrast door de bruuske omhelzingen van mijn vader. Ik omhels mijn zoon nooit op die manier. Arno heeft de leeftijd dat hij er een gruwelijke hekel aan heeft, dus als ik het doe, doe ik het zachtjes.

Hij doet een stap achteruit en kijkt me steels aan. Uitpuilende ogen, volle rode lippen, wat dunner nu, mondhoeken naar beneden. Zijn handen met de vele zichtbare aderen zien er kwetsbaar uit, afhangende schouders. Ja, mijn vader is een oude man. Het is nogal een schok. Zien onze eigen ouders ons ook ouder worden? Mélanie en ik zijn niet meer jong, ook al blijven we zijn 'kinderen'. Ik herinner me dat een van de zorgvuldig gelifte en opgespoten vriendinnen van onze vader, Janine, tegen Mélanie en mij zei: 'Het is zo vreemd om te zien dat de kinderen van je vrienden de middelbare leeftijd bereiken.' En Mélanie had met een lief glimlachje geantwoord: 'Het is nog vreemder om te zien hoe de vriendinnen van je vader oude dames worden.'

Mijn vader mag er dan afgeleefd uitzien, hij is zijn spirit nog niet kwijt.

'Waar is die arts, verdomme?' grauwt hij. 'Wat is er in godsnaam aan de hand? Wat een waardeloos ziekenhuis.'

Ik zeg niets. Ik ben zijn uitbarstingen gewend. Ze doen me niets meer. Er vliegt een jonge verpleegster langs, als een bang haasje.

'Heb je Mel al gezien?' vraag ik.

Hij haalt zijn schouders op.

'Ze slaapt,' gromt hij.

'Ze gaat het wel redden,' zeg ik.

Hij staart me woedend aan.

'Ik laat haar overbrengen naar Parijs. Het heeft geen enkele zin haar hier te houden. Ze heeft de beste artsen nodig.'

Mijn gedachten gaan naar Bénédicte Bessons kalme, bruine ogen, de bloedvlekjes op het voorpand van haar blouse, en naar wat ze gisteravond heeft gedaan om het leven van mijn zusje te redden. Mijn vader laat zich zwaar zakken op een stoel die daar staat. Hij kijkt me aan en verwacht een antwoord of een reactie. Hij krijgt geen van beide.

'Vertel me nog eens wat er gebeurd is.'

Dat doe ik.

'Had ze gedronken?'

'Nee.'

'Hoe kun je nu zomaar van de snelweg af raken?'

'Toch is het zo gebeurd.'

'Waar staat je auto?'

'Die is min of meer total loss.'

Hij kijkt me aan, nors, twijfelend.

'Wat deden jullie samen in Noirmoutier?'

'Het was een verrassing voor Mels verjaardag.'

'Leuke verrassing,' mompelt hij.

Ik voel woede opkomen. Hij weet me nog steeds op de kast te krijgen, merk ik tot mijn verbazing, het lukt hem nog steeds, ik laat het nog steeds toe.

'Ze heeft ervan genoten,' zeg ik opgefokt. 'We hebben er drie heerlijke dagen gehad. Het was...'

Ik zwijg. Ik klink als een nijdig kind. Precies in zijn straatje. Zijn mond vertrekt zoals altijd wanneer iets hem amuseert. Doet Mélanie misschien maar alsof ze slaapt? Ik weet gewoon dat ze achter de gesloten deur ligt te luisteren naar alles wat wordt gezegd.

Onze vader is niet altijd zo geweest. Na het overlijden van Clarisse is hij in zichzelf gekeerd geraakt. Hij werd hard, bitter en had altijd haast. Het was moeilijk om me de echte vader voor de geest te halen, de gelukkige vader, de vader die glimlachte en schaterde, degene die aan je haar kon trekken en op zondagochtend *crèpes* voor ons bakte. Hij speelde vaak spelletjes met ons, nam ons mee naar het Bois de Boulogne of reed met ons naar Versailles, waar we in het park gingen wandelen en de vlieger van Mélanie oplieten.

Hij toont ons nooit meer zijn liefde. Dat doet hij al sinds 1974 niet meer.

'Ik had nooit zoveel op met Noirmoutier,' verklaart hij.

'Hoezo niet?'

Hij trekt zijn borstelige wenkbrauwen op.

'Maar Robert en Blanche kwamen er toch wel graag?' vraag ik.

'Ja, dat klopt. Ze hebben daar bijna een huis gekocht. Weet je dat nog?'

'Ja,' zeg ik. 'Een groot huis, vlak bij het hotel. Met rode luiken. In het bos.'

'Les Bruyères.'

'Waarom hebben ze het niet gedaan?'

Hij haalt zijn schouders op. Maar alweer geeft hij me geen antwoord. Ik wist wel dat hij nooit goed met zijn ouders kon opschieten. Robert, mijn grootvader, had er een hekel aan te worden tegengesproken. En hoewel Blanche zachtaardiger was, was ze zeker geen overdreven moederlijk type. En met zijn zuster Solange had hij ook nooit een hechte band gehad.

Is mijn vader zo'n harde man omdat zijn ouders allesbehalve liefhebbend met hem zijn omgegaan? Ben ik een milde, zachtmoedige vader ('Te mild, veel te zachtmoedig!' klaagde Astrid na een van de vele ruzies met Arno), omdat ik er bang voor ben Arno te kortwieken zoals mijn vader dat met mij had gedaan? Ik besef dat ik er geen moeite mee heb zwak over te komen, omdat ik de harde benadering van mijn vader absoluut niet zou kunnen reproduceren tegenover mijn eigen zoon.

'Hoe is het met die lamzak van een puberzoon van je?' vraagt hij. Hij vraagt nooit naar Margaux of Lucas. Zal te maken hebben met het feit dat Arno stamhouder is.

Ik zie Arno's bleke, puntige gezicht voor me. Zijn piekhaar vol gel, zijn bakkebaarden, zijn gepiercete linkerwenkbrauw. Zijn onregelmatige baardstoppels. Zestien. Een kind met het lichaam van een man.

'Het gaat prima met hem,' zeg ik. 'Hij is nu bij Astrid.'

Onmiddellijk heb ik spijt dat ik haar naam heb uitgesproken. Ik weet dat hij erop door zal gaan en dat ik een eindeloze monoloog heb aangezwengeld. Hoe had ik kunnen toelaten dat die vrouw me voor een andere man verliet, hoe had ik kunnen instemmen met de scheiding, wist ik dan niet wat dat voor mij zou betekenen, voor de kinderen, had ik dan geen trots, geen ballen? *Des couilles*. Bij mijn vader kwam het daar altijd op neer: ballen. Als ik me schrap zet en hij er vol in gaat, verschijnt de dokter. Zijn opgetrokken wenkbrauwen zakken direct. Zijn kaak verstrakt.

'En nu vertelt u me precies hoe de zaken ervoor staan, Mademoiselle. En wel direct.'

'Jawel, meneer,' antwoordt ze, heel ernstig.

Terwijl hij zich omdraait om de deur naar de kamer van Mélanie open te doen, kruist haar blik de mijne. Tot mijn verbazing knipoogt ze.

Dus hij komt inderdaad over als een irritant oud mannetje. Niemand is bang voor hem. Hij is niet meer die indrukwekkende jurist met de scherpe tong. En toch word ik daar een beetje treurig van.

'Helaas kan uw dochter nu nog niet worden vervoerd,' zegt dokter Besson geduldig en haar blik toont vrijwel geen spoortje ergernis.

Mijn vader blijft tieren.

'Ze hoort in de beste handen te zijn, in Parijs, bij de beste artsen. Ze kan onmogelijk hier blijven.'

Bénédicte Besson geeft geen krimp. Maar ik zie aan het verstrakken van haar mond hoe hard de klap aankomt. Ze zegt niets.

'Ik moet uw leidinggevende spreken. Degene die hier de baas is.'

'Er is geen leidinggevende,' zegt dokter Besson rustig.

'Hoe bedoelt u?'

'Ik bedoel dat dit mijn kliniek is. Ik heb hier de leiding. Ik ben verantwoordelijk voor de kliniek en voor elke patiënt die hier verblijft.'

Ze zegt dit met zo'n kalme autoriteit dat mijn vader eindelijk zijn mond houdt.

Mélanie had haar ogen geopend. Onze vader grijpt haar hand en klampt zich eraan vast, alsof dit de laatste keer is dat hij haar ooit nog zal aanraken. Hij buigt zich over haar heen, zijn halve lijf ligt op het bed. De manier waarop hij haar hand vastklampt ontroert me. Hij realiseert zich nu dat hij zijn dochter bijna kwijt was geweest. Zijn *petite Mélabelle*. Haar koosnaampje van heel vroeger. Hij veegt langs zijn ogen met de katoenen zakdoek die hij altijd bij zich heeft. Hij lijkt geen woord te kunnen uitbrengen. Hij kan daar alleen maar blijven zitten en hoorbaar ademhalen.

Mélanie voelt zich ongemakkelijk bij zijn vertoon van emoties. Ze wil zijn verfomfaaide, vochtige gezicht niet zien. Dus kijkt ze naar mij. Zoveel jaren lang heeft onze vader nooit zijn emoties getoond, op ongenoegen of boosheid na. Dit is een onverwachte terugblik op de toegenegen, liefhebbende vader die hij vroeger was, voordat onze moeder stierf.

We blijven een poosje zwijgend zitten. De dokter gaat weg en sluit de deur achter zich. Als ik zie hoe mijn vaders hand die van zijn dochter stevig omsluit, komen alle keren dat ik met mijn kinderen op de spoedeisende hulp ben geweest bij me boven. Toen Lucas van zijn fiets was gevallen en een snee in zijn voorhoofd had opgelopen. Toen Margaux van de trap was gevallen en haar scheenbeen had gebroken. Toen Arno koorts had, hoger dan ik ooit had meegemaakt. De haast. De paniek. Astrid, die zich aan me vastklampte. Haar gezicht, wit als was. De handen krampachtig ineengevouwen.

Ik kijk naar mijn vader en ik ben me ervan bewust dat ik nu eindelijk eens iets met hem deel, woordeloos, ook al weet hij het niet, ook al ziet hij het niet. We delen de bodemloze put van angst die je alleen kunt voelen als je vader of moeder bent geworden en er iets met je kind gebeurt.

Mijn gedachten keren terug naar deze kamer en de reden van onze aanwezigheid. Wat had Mélanie geprobeerd me te vertellen vlak voor het ongeluk? Dat haar in de laatste nacht in Hotel Saint Pierre iets te binnen was geschoten. Dat ze het de hele dag voor zich had gehouden. Wat kon haar te binnen zijn geschoten? Ik loop in gedachten de periode van ons verblijf na. Er waren zoveel herinneringen langsgekomen. Wat kon het zijn geweest? Waarom had ze het voor zich gehouden? Was dat de reden dat ze zich sinds het ontbijt zo vreemd had gedragen, bijna alsof ze in trance was? Toen ik naast haar zat bij de Gois, had ik haar gevraagd wat er aan de hand was. Ze had haar schouders opgehaald. Niet goed geslapen, had ze gemompeld. En nu ik eraan terugdenk heeft ze zich die hele ochtend afstandelijk opgesteld. Haar eigenaardige houding verdween pas een beetje toen we 's middags in de auto stapten om terug te rijden naar Parijs.

Een bedrijvige verpleegster komt de kamer binnen met een karretje, dat ze voor zich uit duwt. Tijd voor Mélanies bloeddrukmeting en de controle van haar hechtingen. Ze vraagt of mijn vader en ik even de kamer uit willen gaan. Hechtingen? denk ik. Dan weet ik het weer. Ze is aan haar milt geopereerd. Mijn vader en ik staan op de gang, ongemakkelijk, gespannen. Hij lijkt zich weer te hebben vermand, hoewel zijn neus nog steeds rood is. Ik pieker me suf om iets te bedenken wat ik tegen hem kan zeggen. Ik kan niets bedenken. Inwendig moet ik lachen om de ironie van de situatie. Vader en zoon zijn herenigd aan het ziekbed van de dochter en zijn niet in staat met elkaar te praten.

Gelukkig begint mijn telefoon te zoemen in mijn achterzak. Ik stap snel het gebouw uit om het gesprek aan te nemen. Het is Astrid. Er klinken tranen door in haar stem. Ik vertel haar dat het volgens mij goed komt met Mel. Ik vertel haar wat een geluk we hebben gehad. Ze vraagt of ik wil dat ze langskomt met de kinderen. Ik voel dat ik word overspoeld door een golf van pure vreugde. Als ze zoiets zegt, betekent dat dan niet dat ze nog gevoelens voor me heeft? Betekent het niet dat ze ergens nog van me houdt? Voordat ik iets kan zeggen, hoor ik de schorre stem van Arno. Hij klinkt ook geschrokken. Ik weet hoe dol hij op mijn zuster is. Toen hij nog klein was, paradeerde ze vaak met hem door het park van Luxembourg en ze deed dan alsof hij haar zoon was. Daar genoot hij van. En zij ook. Ik vertel hem dat Mel hier een poosje zal moeten blijven, dat ze van haar middel tot haar nek in het gips zit. Hij zegt dat hij haar wil komen opzoeken. Hij zegt dat Astrid hen zal brengen. De gedachte dat ik mijn gezin zal terugzien, dat we allemaal samen zullen zijn, zoals vroeger – dus niet alleen bij het uitwisselen van kinderen op drempels met gehaaste opmerkingen als: 'O ja, vergeet haar hoestdrank deze keer niet', of: 'Wil je er alsjeblieft aan denken de rapporten te tekenen?' –, maakt dat ik opeens wil gaan zingen en dansen. Astrid neemt de telefoon over en vraagt hoe ze moet rijden. Ik probeer mijn stem rustig en beheerst te houden. Dan geeft ze de telefoon aan Margaux. Zacht, fluisterend, vrouwelijk. 'Papa, zeg maar tegen Mel dat we van haar houden en dat we onderweg zijn.' Ze hangt op voordat ik de kans krijg met Lucas, de onstuimige nummer drie, te praten. 'We zijn al onderweg,' zei ze.

Ik steek een sigaret aan en rook hem met smaak op. Ik kan de gedachte niet verdragen de kamer weer in te gaan en met mijn vader te moeten praten. Dus rook ik er nog een en geniet er net zo van. Ze zijn onderweg. Ik vraag me af of dat met of zonder Serge is.

Als ik terugkom bij de kamer van Mélanie, tref ik daar onze halfzus Joséphine aan, tegen de wand geleund. Ze moet met onze vader zijn meegekomen. Ik ben verbaasd haar hier te zien, zo'n hechte band heeft ze niet met Mélanie. Of met mij. Ik heb haar al maanden niet gezien, waarschijnlijk niet sinds de vorige kerst aan de avenue Kléber. We gaan naar het lege zelfbedieningsrestaurant op de benedenverdieping. Mélanie ligt kennelijk te rusten en onze vader zit in zijn auto te bellen.

Joséphine is modieus slank en draagt een laag gesneden, gebleekte spijkerbroek, All Stars en een kaki haltertopje. Haar blonde haar is in een kort jongenskopje geknipt. Ze heeft de vale huid en de dunne lippen van Régine, en de bruine ogen van onze vader.

We steken onze sigaretten op. Dat is waarschijnlijk het enige wat we gemeen hebben. Roken.

'Mogen we hier wel roken?' fluistert ze terwijl ze zich naar me toe buigt.

'Er is niemand in de buurt,' antwoord ik schouderophalend.

'Wat deden Mel en jij eigenlijk in Noirmoutier?' vraagt ze, en ze inhaleert diep.

Ze draait er nooit omheen. Ze gaat direct op haar doel af. Dat mag ik wel aan haar.

'Mels verjaardag. Een verrassing.'

Ze knikt en nipt aan haar koffie.

'Jullie gingen daar als kind altijd heen, toch? Met jullie moeder.'

Door de manier waarop ze dit zegt kijk ik haar eens goed aan.

'Ja. Onze moeder, vader en grootouders,' zeg ik.

Vijfentwintig jaar oud. Niet dom. Een beetje ijdel, hoewel ikzelf haar uiterlijk van *gamine* niet vind om over naar huis te schrijven. Het feit dat zij en ik dezelfde vader hebben, heeft nooit tot gevolg gehad dat ik broederlijke gevoelens voor haar heb gekregen.

'Wij praten eigenlijk nooit ergens over, jij en ik,' vervolgt ze.

'Vind je dat vervelend?' vraag ik.

Ze draait aan de ringen om haar vingers, haar sigaret hangt uit haar mond, als bij een man.

'Ja, eigenlijk wel. Ik weet helemaal niks van je.'

Er komen mensen het restaurant binnen die ons woedende blikken toewerpen omdat we roken. We doven onze Marlboro's.

'Vergeet niet dat ik al weg was uit de avenue Kléber toen jij werd geboren,' zeg ik.

'Dat is zo. Maar je bent toch mijn halfbroer. Ik ben hier omdat ik meeleef. Ik mag Mel graag. Ik mag jou graag.'

Dit is zo volkomen ongewoon voor haar doen, dat ik haar alleen maar kan aangapen.

'Doe je mond dicht, Antoine,' grijnst ze.

Ik grinnik luidruchtig. Ze zegt: 'Vertel eens iets over je moeder. Niemand heeft het ooit over haar.'

'Wat wil je weten?'

Ze trekt een wenkbrauw op.

'Maakt niet uit.'

'Ze is in 1974 gestorven. Ze had een aneurysma in haar hoofd. Ze was vijfendertig jaar. Het is heel snel gegaan. We kwamen thuis van school en toen was ze al overgebracht naar het ziekenhuis. Ze was dood.' Ik kijk haar van opzij aan. 'Heeft Régine of Papa je dat nooit verteld?'

'Nee,' zegt ze. 'Vertel eens verder.'

'Dat was het.'

'Nee, ik bedoel: wat was ze voor iemand?'

'Mélanie lijkt op haar. *Petite*, donker, groene ogen. Ze lachte veel. Ze maakte ons allemaal blij.'

Ik had de indruk dat onze vader was opgehouden met glimlachen toen Clarisse was gestorven, en dat hij zelfs nog minder vaak glimlachte sinds zijn huwelijk met Régine. Dat wil ik niet tegen Joséphine zeggen, dus houd ik mijn mond. Maar ik ben ervan overtuigd dat ze even goed als ik weet dat haar ouders twee verschillende levens leiden. Mijn vader gaat om met zijn gepensioneerde vrienden, ook voormalige advocaten, brengt uren door in zijn werkkamer met lezen of schrijven, klaagt veel, en Régine biedt zijn gemopper geduldig het hoofd, gaat bridgen op haar damesclub en probeert te doen alsof alles prima in orde is aan de avenue Kléber.

'En haar ouders? Zie je die ooit nog?'

'Ze zijn gestorven toen ze een jong meisje was. Ze kwamen uit een eenvoudig plattelandsmilieu. Ik weet nog wel dat ze een zuster had, ouder dan zij, die ze zelden zag. En na haar dood is het contact met die zus verloren gegaan. Ik weet niet eens waar ze woont.'

'Hoe heette ze?'

'Clarisse Elzyère.'

'En waar kwam ze vandaan?'

'De Cévennes.'

'Gaat het wel?' vraagt ze opeens. 'Je ziet er vreselijk uit.'

Ik grijns.

'Dank je wel.'

Dan zeg ik, na een korte stilte: 'Je hebt eigenlijk wel gelijk. Om je de waarheid te zeggen ben ik bekaf. En toen kwam hij ook nog eens.'

'Ja,' zegt ze. 'Je kunt niet met hem overweg, hè?'

'Niet al te best.'

Wat een halve onwaarheid is, want ik kon prima met hem overweg toen Clarisse nog leefde. Hij was de eerste die me Tonio noemde. We hadden een woordeloze vorm van verbondenheid die goed paste bij het rustige jongetje dat ik toen was. Geen gedoe over voetballen. Geen zweterige mannenactiviteiten in het weekend, maar wandelingen door onze buurt terwijl we in gedachten waren verzonken en veelvuldige bezoekjes aan het Louvre, aan de Egyptische vleugel, waar ik het liefste kwam. Soms ving ik daar tussen de sarcofagen en mummy's gefluister op: 'Is dat niet die advocaat, François Rey?' En dan was ik er trots op dat men zag dat ik zijn hand vasthield, trots dat ik zijn zoon was. Maar dat was meer dan dertig jaar geleden.

'Hij brult harder dan hij bijt.'

'Makkelijk voor jou om te zeggen, jij bent zijn kleine *chouchou*, zijn lievelingetje.'

Ze was zo hoffelijk dit met een zekere gratie te bevestigen.

'Ach, het is niet altijd makkelijk de *chouchou* te zijn, hoor,' mompelt ze. Dan zegt ze: 'Hoe is het met de kinderen?'

'Ze zijn onderweg. Je zult ze wel zien als je nog even blijft.'

'Wat leuk!' zegt ze, iets te enthousiast. 'En je werk, hoe is het daarmee?'

Ik vraag me af waarom ze zo haar best doet om met geveinsde belangstelling door te vragen. Joséphine heeft me nooit eerder iets anders gevraagd dan haar een sigaret te geven. Wel het laatste waarover ik het wil hebben is mijn werk. Alleen al de gedachte eraan bezorgt me een ranzig gevoel.

'Ik werk nog steeds als architect en dat doe ik nog steeds met evenveel tegenzin.'

Voordat ze kan vragen waarom, kom ik zelf met een vraag.

'En jij dan? Vriend, baan, dat soort dingen? Hoe staat het daarmee? Ga je nog steeds om met die nachtclubeigenaar? En werk je nog steeds voor die ontwerper in de Marais?'

Ik begin niet over de getrouwde man met wie ze vorig jaar een verhouding had, of de lange periode zonder werk, toen ze het grootste deel van haar tijd leek te besteden aan het kijken naar dvd's in de werkkamer van haar vader of aan shoppen in haar moeders glanzend zwarte Mini.

Heel plotseling kijkt ze me met een brede glimlach aan. Die lijkt eigenlijk meer op een grimas. Ze strijkt haar haren naar achteren en schraapt haar keel.

'Zeg, Antoine, ik zou je ontzettend dankbaar zijn als je...' Ze zwijgt even, schraapt opnieuw haar keel. 'Als je me wat geld zou kunnen lenen.'

Haar bruine ogen, smekend en schaamteloos tegelijk, staren me aan.

'Hoeveel?' vraag ik.

'Nou, laten we zeggen duizend euro.'

'Zit je in de problemen?' vraag ik, en ik zet de vaderlijke stem op die ik bij Arno gebruik.

Ze schudt het hoofd.

'Nee, natuurlijk niet! Ik heb gewoon wat contanten nodig. En ik wil hun eigenlijk nergens om vragen, dat begrijp je wel.'

Ik neem aan dat 'hun' haar ouders zijn.

'Zoveel geld heb ik niet bij me.'

'Er is een geldautomaat aan de overkant van de straat,' zegt ze behulpzaam.

Ze wacht af.

'Ik neem aan dat je het nu nodig hebt?'

Ze knikt.

'Joséphine, ik wil het je best lenen, maar ik moet het wel weer terughebben. Sinds de scheiding leef ik niet bepaald in welstand.'

'Tuurlijk, geen probleem. Dat beloof ik.'

'En ik denk niet dat ik zo'n bedrag kan pinnen.'

'En als we het zo doen dat je me geeft wat je kunt pinnen en de rest per cheque?'

Ze staat op en loopt nonchalant weg, waarbij ze haar broodmagere heupen triomfantelijk heen en weer zwaait. Terwijl we het ziekenhuis verlaten om naar de bank te gaan en onderweg onze sigaretten aansteken, krijg ik toch het gevoel te zijn beetgenomen. Nu weet ik waar die nieuwe zusterlijke houding van haar vandaan kwam.

Nadat ik het papiergeld en de cheque aan Joséphine heb overhandigd, die me een tikje tegen mijn wang geeft en wegslentert, wandel ik de stad in, want ik heb even geen zin om terug te gaan naar het ziekenhuis. Het is zo'n provinciestadje waar niets bijzonders aan is. De kleine *mairie* met een versleten driekleur aan de gevel, met ertegenover een sobere kerk. Een *bar-tabac* en een *boulangerie*. Een eenvoudig uitziend hotel met de naam 'L'Auberge du Dauphin'. Ik zie nergens iemand. De bar-tabac is verlaten. Nog te vroeg voor de lunch. Een norse jongeman groet me door zijn kin naar me op te heffen als ik binnenkom. Ik bestel een kop koffie en ga zitten. Een onzichtbare radio blèrt het nieuws van Europe 1. De plastic tafelbladen voelen vettig aan. Zou ik wat telefoontjes moeten plegen, mijn beste vrienden vertellen wat er is gebeurd? Emmanuel, Hélène, Didier bellen? Ik blijf het maar uitstellen. Komt dat doordat ik die woorden niet nog eens wil uitspreken? Het ongeluk niet steeds opnieuw wil beschrijven? En de vrienden van Mélanie? En haar baas? Wie gaat het hem vertellen? Ik waarschijnlijk. De komende week is een belangrijke week voor Mélanie, met de voorbereidingen voor het literaire seizoen in de herfst. De drukste periode van het jaar voor iedereen die werkzaam is in de uitgeverswereld, en daar valt ook mijn ex-echtgenote onder. En dan is daar ook nog mijn eigen berg met werk. Rabagny en zijn woedeaanvallen, de lay-outs die hij opnieuw wil veranderen, de assistent die ik moet zoeken zodra het me lukt mijn huidige, Florence, te ontslaan.

Ik steek een sigaret op.

'Dat zult u volgend jaar niet meer kunnen doen,' sneert de jongeman met een onbehouwen lachje. 'Dan moet iedereen naar buiten om te roken. Of ze komen helemaal niet meer. Er zijn slechte tijden op komst. Echt slechte tijden. Dan kan ik de boel wel opdoeken.'

Hij ziet er zo opgefokt uit dat ik, nogal lafhartig, besluit me niet aan een gesprek te wagen. In plaats daarvan glimlach ik, knik ik, haal ik mijn schouders op en verdiep ik me monter in de mogelijkheden van mijn mobiele telefoon.

Ik ben weer gaan roken toen Astrid me vertelde dat ze van Serge hield. Ik was toen al tien jaar gestopt. Met één vlammetje van een aansteker werd ik een roker. Iedereen gaf me er geweldig van langs. Het kon me niets schelen. Roken was het enige wat niemand me af kon pakken. Het was het enige deel van mijn huidige leven waaruit ik tot op zekere hoogte bevrediging kon putten. Ik wist best dat ik een slecht voorbeeld was voor mijn kinderen, vooral nu Arno en Margaux op de kwetsbare leeftijd waren, waarop kinderen zo makkelijk te beïnvloeden zijn en roken wordt beschouwd als iets wat riskant, cool is. Het appartement aan de rue Froidevaux stinkt naar oude rook. Als ik thuiskom, word ik daarop onthaald. En op het uitzicht over de begraafplaats. Uitzien over de dood. Ik mag natuurlijk niet klagen, mijn overleden buren vormen een prestigieus groepje: Baudelaire, Maupassant, Beckett, Sartre, Beauvoir. Maar ik leer algauw weg te kijken van het woonkamerraam. Of ik kijk alleen 's avonds, als de grimmige kruisen en stenen grafmonumenten niet langer te zien zijn, als dat lange stuk naar de Tour Montparnasse alleen nog een geheimzinnig zwart gat is, gevuld met niets.

Ik heb tijd besteed aan pogingen van dat appartement zowel voor het oog als voor mijn gevoel een thuis te maken. Vergeefs. Ik had Astrids fotoalbums doorgevlooid, er genadeloos mijn favoriete foto's van de kinderen, van ons, uitgescheurd en ze in het hele appartement aan de wand gehangen. Arno vlak na zijn geboorte, in mijn onhandige armen, Margaux in haar eerste jurkje, Lucas triomfantelijk boven op de Eiffeltoren, zwaaiend met een plakkerige lolly. Skivakanties, zomervakanties, reisjes langs de *châteaux* aan de Loire, verjaardagen, toneelopvoeringen op school, kerstvieringen: een eindeloze, treurige uitstalling van wat ons gelukkige gezin ooit geweest was.

Ondanks de foto's, ondanks de fleurige gordijnen (Mélanie had geholpen ze uit te zoeken), de vrolijke keuken, de comfortabele banken van Habitat, de ingenieuze verlichting, is de woning op de een of andere manier toch hartverscheurend leeg. Ze lijkt uitsluitend tot leven te komen als de kinderen arriveren op de mij toebedeelde weekends. Nog steeds word ik wakker in mijn nieuwe bed, krab ik me op het hoofd en vraag me af waar ik ben. Ik zou het niet aan kunnen om terug te gaan naar Malakoff en daar te worden geconfronteerd met Astrid en haar nieuwe leven in ons oude huis. Waarom zijn mensen zo gehecht aan hun huis? Waarom is het zo pijnlijk om een huis te laten schieten?

We hebben dat huis twaalf jaar geleden samen gekocht. Het was toen nog een niet-gewilde omgeving, die werd beschouwd als onaantrekkelijk, een arbeidersbuurt. Onze verhuizing naar dat 'rottige voorstadje' ten zuiden van Parijs had velen de wenkbrauwen doen optrekken. En er moest nog zoveel aan gebeuren. Het hoge, smalle *pavillon de banlieue* was bouwvallig, vochtig en verwaarloosd. Daarom was het ook goedkoop. We zagen het als een uitdaging. We vonden het allemaal geweldig, zelfs de tegenslagen, de problemen met de bank, met een collega-architect, met de installateur, de metselaar, de timmerman. We waren er dag in, dag uit aan het werk. En uiteindelijk werd het perfect. Malakoff, ons kleine *paradis*. Onze jaloerse Parijse vrienden zagen in hoe dicht het bij de stad lag, hoe makkelijk je er kon komen, net voorbij de Porte de Vanves.

En we hadden zelfs een tuin – wie heeft er nu een tuin in Parijs? –, wat inhield dat we 's zomers buiten aten, ondanks het doffe gegrom van de vlakbij gelegen périphérique, waaraan we snel gewend raakten. Een tuin, die ik met liefde verzorgde, en een hond, een onhandige oude Labrador, die nog steeds niet begreep waarom ik was verhuisd en wie die nieuwe vent in Astrids bed was. Die goeie, ouwe Titus.

Ik mis dat huis nog steeds ontzettend. De winters, en die gezellige open haard. De grote woonkamer, kaal door de slijtage die drie kinderen en een hond nu eenmaal teweegbrengen. De tekeningen van Lucas. De wierookstokjes van Astrid, die me hoofdpijn bezorgden. Margaux en haar huiswerk. De sportschoenen maat 46 van Arno. De donkerrode bank, die betere dagen had gekend, maar die nog steeds comfortabel genoeg was om erop te slapen. De doorgezakte fauteuils die je omarmden als oude vrienden.

Ons thuis. De dag dat ik het moest verlaten. De dag dat ik op de drempel stond, me omdraaide en er voor het laatst naar keek. De laatste keer dat het mijn thuis was. De kinderen waren niet thuis. Astrid keek naar me met een weemoedige blik. 'Je gaat het wel redden, Antoine. De kinderen komen om het weekend naar je toe. Je zult wel zien, het gaat lukken.' En ik had geknikt, wilde niet dat ze tranen zag opwellen. Ze had gezegd: 'Neem maar mee wat je wilt hebben. Neem alles maar mee waarvan jij denkt dat het van jou is.' Ik was verhuisdozen gaan vullen met al mijn troep, woest, boos, en toen wat rustiger. Ik wilde geen aandenkens hebben, behalve de foto's. Ik wilde helemaal niets, behalve de foto's. Ik wilde niets uit dit huis, wilde alleen maar dat ze weer van me ging houden.

Ik had mijn werkkamer op de bovenste verdieping. De ideale werkkamer. Ruimte, licht en rust. Ik had er zelf de tekeningen voor gemaakt. Toen ik daarboven was en uitkeek over de roodachtige daken en de grijze streep van de ringweg, altijd vol verkeer, voelde ik me als Leo DiCaprio terwijl hij zich verkneukelde en zei: 'Ik heb de wereld aan mijn voeten!', daar op het dek van de verdoemde Titanic, met zijn armen uitgestrekt naar de horizon. Mijn verdoemde werkkamer. Het was mijn hol, mijn leger. Astrid klom in de goeie tijd vaak stilletjes naar boven als de kinderen sliepen en dan bedreven we de liefde op het vloerkleed, terwijl we naar Cat Stevens luisterden. 'Sad Lisa'. Lisa, Lisa, sad Lisa, Lisa. Nu zal Serge vermoedelijk daar zijn werkkamer hebben. Ik moet er niet aan denken wat ze op het vloerkleed uitvoeren.

Terwijl ik daar zit te wachten tot mijn kinderen komen, in dat vieze café, luisterend naar een banaal liedje van Michel Sardou, vraag ik me opeens af of mijn vader misschien toch gelijk had.

Ik heb nooit voor haar geknokt. Ik heb nooit problemen gemaakt. Ik heb nooit stampij gemaakt. Ik heb haar laten gaan. Ik was volgzaam en netjes, net als dat kleine jochie van vroeger. Degene met zijn achterovergekamde haar en zijn donkerblauwe blazer. Degene die *s'il vous plaît*, *merci* en *pardon* zei.

Eindelijk vang ik een glimp op van de bekende Audi, overdekt met stof. Ik zie ze uit de auto stappen. Ze weten niet dat ik hier zit, ze kunnen me nog niet zien. Ik verschuil me achter een grote boom aan de rand van de parkeerplaats. Mijn borst zwelt op. Ik had ze al een poosje niet gezien. Arno's haar is blonder, gebleekt door de zon. Hij draagt het tot op zijn schouders. Ik zie dat hij probeert een pluizig sikje te laten groeien, dat hem gek genoeg heel aardig staat. Margaux draagt een bandana om haar hoofd. Ze heeft rondingen gekregen, ze is niet meer zo mager. Ze loopt onhandig, niet op haar gemak met zichzelf. Lucas is degene die me het meest verrast. Dat mollige joch bestaat nu alleen nog uit armen en benen. Ik zie hoe de toekomstige tiener in hem worstelt om naar buiten te komen, als de *incredible Hulk*.

Ik wil niet meteen naar Astrid kijken, maar ik kan me niet veel langer beheersen. Ze draagt een verschoten, lange jurk van spijkerstof, die ik altijd leuk heb gevonden, aan de voorkant dichtgeknoopt en slank gesneden. Ze heeft haar blonde haar, iets zilverachtig, zie ik, opgestoken. Ze ziet er flets uit. Maar nog altijd heel mooi. Serge is er niet bij. Ik slaak een zucht van verlichting.

Ik zie hen de parkeerplaats verlaten en in de richting van het ziekenhuis lopen. Ik kom tevoorschijn. Lucas slaakt een luide kreet en werpt zich op me, zijn armen en benen klemmen zich om me heen. Arno grijpt mijn hoofd en geeft me een kus op mijn voorhoofd. Hij is nu echt langer dan ik. Margaux staat ter zijde, op één been, als een flamingo, komt dan naar me toe en begraaft haar hoofd in mijn schouder. Ik kan net zien dat haar haren onder haar bandana helder oranje zijn geverfd. Ik schrik, maar zeg niets.

Ik bewaar Astrid tot het laatst. Ik wacht tot de kinderen met me klaar zijn, en dan strek ik mijn armen naar haar uit en omhels haar met een soort koortsachtige gretigheid die ze waarschijnlijk aanziet voor ongerustheid om mijn zuster. Het is ongelooflijk fijn haar weer tegen me aan te houden. Haar geur, haar zachtheid, de fluwelige aanraking van haar blote armen doet me duizelen. Ze duwt me niet van zich af. Ze houdt mij ook vast, stevig. Ik wil haar kussen en doe dat ook bijna. Dan herinner ik me dat ze niet voor mij zijn gekomen. Ze zijn hier voor Mel.

Ik neem ze mee naar binnen en breng ze naar haar toe. Onderweg lopen we mijn vader en Joséphine tegen het lijf. Mijn vader begroet iedereen met zijn onbehouwen omhelzing. Hij trekt aan het sikje van Arno. 'Wat is dit in godsnaam?' buldert hij. Hij slaat Arno op zijn rug. 'Ga eens rechtop staan, luie opdonder. Zegt je vader dat nooit tegen je? Hij is al net zo erg als jij, verdorie!'

Ik weet dat hij het grappig bedoelt, maar zoals altijd heeft zijn humor een scherp randje. Al sinds Arno klein was, heeft mijn vader commentaar op mijn manier van opvoeden, altijd de verkeerde, in zijn ogen. We lopen met z'n allen op onze tenen de kamer van Mélanie binnen. Ze slaapt nog. Haar gezicht is nog bleker dan die ochtend. Ze ziet er breekbaar uit, opeens ouder dan haar veertig jaar. Er wellen tranen op in Margauxs ogen en ik zie ze glinsteren. Ze lijkt geschokt door de manier waarop haar tante erbij ligt. Ik leg mijn arm stevig om haar schouder en trek haar naar me toe. Ze ruikt naar zweet, naar zout. Niet langer de kaneelgeur van een klein meisje. Arno staat te staren, met open mond. Lucas frummelt ergens aan, kijkt van mij naar zijn moeder en weer terug naar Mélanie.

Dan draait Mélanie haar hoofd om en opent ze langzaam haar ogen. Ze ziet de kinderen, en haar hele gezicht licht op. Ze glimlacht zwakjes. Margaux barst in snikken uit. Ik zie dat de ogen van Astrid ook vochtig zijn, dat haar mond beeft, en dit alles is te veel voor mij. Ik trek me discreet terug en glip de gang op. Ik pak een sigaret en blijf hem even vasthouden.

'Verboden te roken!' galmt de stem van een matroneachtige verpleegster, die nijdig met haar vinger naar me zwaait.

'Ik heb hem alleen maar in mijn hand,' leg ik uit. 'Ik houd hem vast zonder te roken.'

Ze staart me aan alsof ik een winkeldief ben die ze op heterdaad heeft betrapt. Ik stop de sigaret terug in het pakje. Ik moet ineens aan Clarisse denken. Zij is de enige die hier ontbreekt. Als ze nog leefde, zou ze hier nu zijn, in die kamer, bij haar dochter, haar kinderen, haar kleinkinderen. Haar man. Ze zou nu negenenzestig zijn geweest. Ze zal altijd een jonge vrouw blijven. Ik ben een man van middelbare leeftijd. Zij heeft de middelbare leeftijd nooit meegemaakt. Ze heeft nooit geweten hoe het is om tieners groot te brengen. Ze is voor die tijd al gestorven. Ik vraag me af wat voor moeder ze voor ons als pubers zou zijn geweest. Het zou anders zijn gegaan als ze was blijven leven. Alles zou anders zijn geweest. Mélanie en ik hebben ons ingehouden als pubers. We waren wel gedwongen ons te onderwerpen. Geen uitbarstingen, geen geschreeuw, geen knallende deuren, geen beledigingen. Geen gezonde puberrebellie. De benepen Régine had ons gemuilkorfd. Blanche en Robert hadden instemmend toegekeken. Zo hoorde het, vonden zij. Je moest ze zien en niet horen. En onze vader was van de ene op de andere dag iemand anders geworden. Iemand die niet werkelijk in zijn kinderen geïnteresseerd was, of in degenen die ze uiteindelijk ooit zouden worden.

Het werd ons niet toegestaan pubers te zijn.

Als ik met mijn gezin weer naar buiten ga, loopt er een lange vrouw met een lichtblauw uniform voorbij, ze glimlacht naar me. Ze draagt een badge, maar ik kan niet zien of ze verpleegkundige of arts is. Ik beantwoord haar glimlach. Ik vraag me terloops af wie ze is en bedenk hoe leuk het is dat de mensen in die provinciale ziekenhuizen je gewoon groeten, wat in Parijs nooit gebeurt. Astrid ziet er nog steeds moe uit, en ik begin te vermoeden dat het geen goed idee is om bij deze verzengende hitte terug te rijden naar de stad. Kunnen ze niet iets langer blijven? Ze aarzelt en mompelt dan iets over Serge, die op haar zit te wachten. Dan zeg ik dat ik een kamer in een naburig hotel heb genomen, omdat Mélanie nog niet vervoerd kan worden. Waarom gaat ze daar niet even wat rusten? De kamer is klein, maar koel. Ze kan er zelfs douchen. Ze houdt haar hoofd schuin en lijkt het een goed idee te vinden. Ik geef haar de sleutel en wijs haar het hotel, even voorbij de mairie. Ik kijk hen na terwijl ze weglopen.

Arno en ik gaan terug naar het ziekenhuis en nemen plaats op de houten bank voor de ingang.

'Ze gaat het toch wel redden?'

Ik knik naar hem.

'Mel? Zeker weten. Het komt helemaal in orde met haar.'

Maar zelfs ik hoor dat mijn stem gespannen klinkt.

'Je zei dat de auto van de weg af raakte, pa.'

'Ja. Mel reed. En toen gebeurde het.'

'Maar hoe dan? Hoe is het gebeurd?'

Ik besluit hem de waarheid te vertellen. De afgelopen tijd is Arno in zichzelf gekeerd, afstandelijk, en geeft hij alleen met een kort gebrom antwoord op mijn vragen. Ik kan me niet eens herinneren wanneer we voor het laatst een normaal gesprek hebben gevoerd. Nu ik zijn stem weer hoor, nu hij me in de ogen kijkt en zijn blik niet richt op een plek bij mijn voeten, verlang ik ernaar dit onverwachte contact te laten voortduren, onverschillig hoe.

'Ze was net bezig me te vertellen over iets wat haar van streek had gemaakt. En toen gebeurde het.'

Zijn blauwe ogen, die zo sterk op Astrids ogen lijken, focussen zich op de mijne.

'Wat was ze je aan het vertellen?' fluistert hij.

'Ze had alleen nog tijd om te zeggen dat ze zich iets had herinnerd. Iets waar ze over in zat. Maar sinds het ongeluk weet ze het niet meer.'

Arno zwijgt. Hij heeft al zulke grote handen. Mannenhanden.

'Wat denk je dat het was?'

Ik haal diep adem.

'Ik denk dat het met onze moeder te maken had.'

Hij kijkt verrast.

'Jullie moeder? Je praat nooit over je moeder.'

'Nee. Maar die drie dagen die we in Noirmoutier hebben doorgebracht, hebben oude herinneringen losgemaakt.'

'Waarom denk je dat Mel zich iets over jullie moeder herinnerde?'

Ik waardeer de manier waarop hij me ondervraagt, eenvoudige, snelle vragen, zonder eromheen te draaien, zonder aarzelen.

'Omdat we tijdens ons verblijf veel over haar hebben gepraat. We herinnerden ons weer allerlei dingen.'

Ik zwijg. Hoe kan ik dit allemaal uitleggen aan mijn zoon van zestien? Wat zal hij ervan denken? Waarom zou het hem iets kunnen schelen?

'Ga eens door,' dringt hij aan. 'Wat voor dingen?'

'Zoals hoe ze was.'

'Weet je dat dan niet meer?'

'Zo bedoel ik het niet. Ik herinner me de dag waarop ze stierf als de zwartste dag van mijn leven. Stel je eens voor dat je je moeder gedag zegt, dan met de au pair naar school gaat, een normale dag op school doorbrengt, weer samen met de au pair naar huis gaat, zoals elke middag, met je *pain au chocolat* in de hand. Behalve dat je vader er is als je thuiskomt, en je grootouders ook, en ze hebben een afschuwelijke uitdrukking op hun gezicht. En dan vertellen ze je dat je moeder dood is. Dat er iets in haar hersenen is gebeurd, en dat ze is overleden. En dan, in het ziekenhuis, krijg je een lichaam onder een laken te zien en vertellen ze je dat het je moeder is. Ze trekken het laken een stukje terug, maar jij doet je ogen dicht. Dat heb ik tenminste gedaan.'

Hij staart me geschokt aan.

'Waarom heb je me dit allemaal nooit eerder verteld?'

Ik haal mijn schouders op.

'Omdat je er nooit naar hebt gevraagd.'

Hij laat zijn wenkbrauwen, waarvan er een een piercing heeft met een zilveren bolletje die ik weerzinwekkend vind, weer zakken.

'Wat een stomme smoes.'

'Ik wist niet hoe ik het er met jou over moest hebben.'

'Hoezo?'

Nu begin ik me ongemakkelijk te voelen onder zijn vragen. Maar ik wil ze blijven beantwoorden. Ik voel een dwingende behoefte mijn hart te luchten en mijn zoon er voor het eerst over te vertellen.

'Omdat alles na haar dood veranderde voor Mel en mij. Niemand heeft ons uitgelegd wat er was gebeurd. Het was in de jaren zeventig, moet je weten. Tegenwoordig past iedereen goed op met kinderen, ze brengen ze naar een psychotherapeut als er zoiets gebeurt. Maar wij werden door niemand geholpen. Onze moeder is gewoon weggevlogen uit ons leven. Onze vader is hertrouwd. De naam van onze moeder is nooit meer genoemd. Al haar foto's zijn verdwenen.'

'Echt waar?' mompelt Arno.

Ik knik.

'Ze is uit ons leven gewist. En wij lieten dat toe, omdat we verdoofd waren van verdriet, we waren kinderen, we waren hulpeloos. En toen we eenmaal oud genoeg waren om voor onszelf op te komen, was het tijd om uit huis te gaan. Wat we ook deden, Mélanie en ik. En ergens in de loop van de tijd lieten we toe dat alles wat met onze moeder te maken had werd ingepakt en weggeborgen. En dan heb ik het niet over haar kleding, haar boeken, haar spullen, ik bedoel onze herinneringen aan haar.'

Ik heb opeens moeite met ademhalen.

'Wat was ze voor iemand?' vraagt hij.

'Fysiek leek ze op Mel. Dezelfde huidkleur, hetzelfde figuur. Ze was bruisend, vrolijk. Enorm levendig.'

Dan val ik stil. Ergens te dicht bij mijn hart voel ik iets pijn doen. Ik kan niet spreken. Er komen geen woorden.

'Sorry,' mompelt Arno. 'We hebben het er een andere keer wel over. Geen probleem, pa.'

Hij strekt zijn lange benen uit, en klopt me vriendschappelijk op mijn rug. Hij lijkt zich niet op zijn gemak te voelen met mijn emoties en weet zich geen houding te geven.

De lange vrouw met de blauwe blouse die ik al eerder heb gezien, loopt nogmaals langs en glimlacht weer. Mooie benen. Leuke glimlach. Ik lach terug.

Arno's mobiele telefoon gaat en hij haalt hem tevoorschijn om de oproep te beantwoorden. Hij gaat zachter praten en loopt bij me vandaan. Ik kan niet verstaan wat hij zegt. Ik heb geen flauwe notie van het intieme leven van mijn zoon. Hij brengt vrijwel nooit vrienden mee naar huis, afgezien van een gothic-meisje met zwartgeverfd haar en paarse lippen die me een naar gevoel geven, want zo ziet ze eruit als een verdronken Ophelia. Ze zitten dan in zijn kamer naar muziek te luisteren die op z'n hardst staat. Ik vind het niet prettig om hem te ondervragen. Ooit reageerde hij op mijn schijnbaar opgewekte verhoor door op ijzige toon te vragen: 'Zit je bij de Gestapo of zo?' Sindsdien houd ik mijn mond dicht. Ik weet nog goed wat een hekel ik eraan had als mijn vader zijn neus in mijn zaken stak toen ik zo oud was als Arno. Alleen zou ik het niet hebben gewaagd hem zo'n antwoord te geven.

Ik steek een sigaret op en sta op om wat heen en weer te lopen. Ik blijf piekeren over wat ik nu zou moeten doen, hoe ik alles met betrekking tot het verblijf van Mélanie in het ziekenhuis moet regelen. Waarmee ik moet beginnen.

Ik voel dat er iemand naast me staat en als ik me omdraai, zie ik dat het de lange vrouw met haar lichtblauwe blouse is.

'Zou ik een sigaret mogen?'

Ik bied haar onhandig frommelend met mijn handen het pakje aan. En dan frommel ik met mijn onwillige aansteker.

'Werkt u hier?'

Ze heeft interessante goudgele ogen. Begin veertig, maar ik ben niet goed in leeftijden raden. Ze zou best jonger kunnen zijn. Ze is in elk geval leuk om te zien.

'Ja,' zegt ze.

Daar staan we dan, een beetje ongemakkelijk. Ik kijk omlaag, naar haar badge. Angèle Rouvatier.

'Bent u arts?' vraag ik.

Ze glimlacht.

'Nee, niet precies.'

Voordat ik nog een vraag kan stellen, vraagt ze: 'Is die jongeman uw zoon?'

'Ja. We zijn hier vanwege...'

'Ik weet waarom jullie hier zijn,' zegt ze. 'Dit is een klein ziekenhuis.'

Haar stem klinkt zacht, vriendelijk. Maar er is iets vreemds aan haar, iets licht terughoudends. Ik kan er niet goed mijn vinger op leggen.

'Uw zuster heeft geluk gehad. Het was een zware botsing. En u hebt zelf ook geluk gehad.'

'Ja,' zeg ik. 'Behoorlijk.'

We staan zwijgend te roken.

'Dus u werkt samen met dokter Besson?' vraag ik.

'Zij is hier de baas.'

Ik knik. Het valt me op dat ze geen trouwring draagt. Dat soort dingen valt me tegenwoordig op. Vroeger nooit.

'Ik moet gaan. Bedankt voor de sigaret.'

Ze loopt weg. Ik sta haar lange, slanke kuiten te bewonderen. Ik kan me niet eens herinneren met welke vrouw ik voor het laatst seks heb gehad. Waarschijnlijk zo'n meisje dat ik op internet ben tegengekomen. Een treurig affairetje van een paar uur. Een gebruikt condoom, haastig gedag zeggen, over en uit.

De enige leuke jonge vrouw die ik sinds mijn scheiding heb gehad, was getrouwd. Hélène. Een van haar dochters zat bij Margaux in de klas bij tekenen. Maar ze was niet uit op een verhouding. Ze wilde gewoon vrienden zijn. Dat vond ik prima. Ze werd een fijn en dierbaar maatje. Ze nam me weleens mee uit eten in een lawaaierige brasserie, ergens in het Quartier Latin, en hield dan mijn hand vast en luisterde naar mijn gemok. Haar man leek het niets uit te maken. Niet dat ik welke echtgenoot dan ook jaloers zou maken. Hélène woont aan de boulevard de Sébastopol, in een nogal onsamenhangend appartement dat ze van haar grootvader heeft geërfd en dat ze met grote voortvarendheid heeft gerenoveerd. Haar gebouw heeft een brokkelige, oude façade in een wijk die tussen de Hallen en het Centre Pompidou geperst zit, twee symbolen van openlijke presidentiële ijdelheid. Als ik Hélène ga opzoeken krijg ik nog altijd visioenen van mijn jeugdjaren, toen mijn vader en ik vaak tussen de vies ruikende marktkraampjes door zwierven, die nu niet meer bestaan. Hij genoot ervan me mee te nemen het 16de arrondissement uit en me dan het *vieux Paris* met zijn Zola-achtige overblijfselen te laten zien. Ik weet nog goed hoe ik mijn ogen uitkeek bij het zien van de opzichtig geklede hoeren die langs de rue Saint-Denis stonden opgesteld, tot mijn vader me streng gebood ermee op te houden.

Ik kijk naar Astrid en Margaux, die terug komen lopen van het hotel, opgefrist na het douchen. Astrids gezicht staat nu wat meer ontspannen, ze ziet er minder vermoeid uit. Ze houdt Margauxs hand vast en zwaait hem van voor naar achter, zoals toen Margaux nog een klein meisje was.

Ik weet dat ze binnenkort zullen moeten vertrekken. Ik weet dat ik mezelf moet vermannen voor dat moment. Dat duurt altijd even.

Op het eind van de dag lijkt Mélanies gezicht iets meer kleur te hebben tegen het witte kussen, of zie ik wat ik wil zien? De familie is vertrokken en we zijn weer alleen, in de langzaam wegtrekkende augustushitte, met het snorrende geluid van de ventilator in onze oren. Ik heb vanmiddag haar baas gebeld, Thierry Drancourt, haar assistente Lucie, haar beste vrienden, Valérie, Laure, Édouard. Ik heb geprobeerd de situatie zo goed mogelijk uiteen te zetten op een uiterst rustige en geruststellende toon – ongeval, gebroken rug, ziekenhuis, rust, komt allemaal goed –, maar ze hadden allemaal ongerust geklonken. Konden ze iets sturen, konden ze ergens mee helpen, had ze veel pijn? Ik had ze in korte bewoordingen en met overtuiging in mijn stem gerustgesteld, ze kwam er weer bovenop, helemaal. In Mels telefoon, die ik te pakken had gekregen, vond ik een paar berichten van haar oude minnaar, maar ik heb hem niet teruggebeld.

Toen heb ik in de privacy van de herentoiletten verderop in de gang, mijn eigen beste vrienden Hélène, Didier en Emmanuel gebeld, en hun met een heel andere, bevende stem verteld hoe bang ik was geweest, hoe bang ik nog steeds was, als ik haar daar zag liggen, in het gips, bewegingloos, met een doodse blik in haar ogen. Hélène klonk alsof ze in tranen was, en Didier kon nauwelijks praten. Alleen Emmanuel slaagde erin me troost te bieden met zijn oorverdovende bariton en zijn warme lachje.

Hij bood aan te komen om me bij te staan, en even speelde ik met de gedachte.

'Ik geloof niet dat ik ooit weer wil autorijden,' zegt Mélanie zwakjes.

'Denk er maar niet aan. Daar is het toch nog te vroeg voor.'

Ze haalt haar schouders op, probeert het althans, en krimpt ineen.

'De kinderen zijn groot geworden. Lucas is al een jongeman. Margaux met haar oranje haar. Arno met zijn sikje.'

Ze spreidt haar uitgedroogde lippen tot een glimlach.

'En Astrid...' zegt ze.

'Ja...' zucht ik. 'En Astrid.'

Ze strekt langzaam haar hand uit en pakt de mijne. Ze knijpt er even in.

'Hoe heet-ie heeft zich niet laten zien, hè?'

'Godzijdank niet.'

De dokter komt met een verpleegster binnen voor de avondvisite en ik ga de kamer uit nadat ik mijn zus gedag heb gekust. Ik loop de gang op en af, de rubberachtige zolen van mijn gympen maken piepende geluiden. Als ik op weg ga naar de hoofdingang, zie ik haar weer, net buiten de deur.

Angèle Rouvatier. Ze draagt een zwarte spijkerbroek en een mouwloos, zwart T-shirt. Ze zit schrijlings op een schitterende, vintage-zwarte Harley Davidson en heeft haar helm onder een van haar armen geklemd. Met haar andere hand houdt ze een telefoon tegen haar oor. Haar bruine haar valt over haar gezicht en ik kan de uitdrukking op haar gezicht niet onderscheiden. Ik blijf een poosje naar haar staan kijken, mijn blik glijdt langs haar slanke dijen, omlaag langs haar smaller wordende rug, langs haar ronde, vrouwelijke schouders. Haar onderarmen zijn gebruind, ze moet kortgeleden nog een poosje in de zon hebben gezeten. Ik vraag me af hoe ze er in een badpak uitziet. Ik vraag me af wat voor leven ze leidt, of ze getrouwd of alleenstaand, moeder of kinderloos is. Ik vraag me af hoe ze ruikt, daar onder dat glanzende gordijn van haren. Ze moet er iets van hebben gevoeld, want ze draait zich snel om en ziet me naar haar kijken. Ik doe snel een stap achteruit, mijn hart bonkt van verlegenheid. Ze glimlacht naar me, stopt haar telefoon in haar zak en maakt een klein gebaartje met haar vinger: kom eens hier. Ik sjok naar haar toe en voel me een idioot.

'Hoe gaat het vanavond met je zuster?' vraagt ze.

Haar ogen zijn van goud, zelfs in dit licht.

'Het lijkt beter te gaan,' mompel ik. 'Dank je wel.'

'Je hebt een leuk gezin. Je vrouw en je zoons en dochter.'

'Dank je wel.'

'Zijn ze weer weg?'

'Ja.'

Stilte.

'Ik ben gescheiden.'

Ik weet niet waarom ik dat zeg. Het klinkt zielig.

'Dus waarschijnlijk zit je hier even vast?'

'Ja. Ze mag niet worden vervoerd.'

Ze knikt, stapt van de Harley af. Ik bewonder de soepele manier waarop ze haar been over het zadel zwaait.

'Heb je tijd om iets te gaan drinken?' vraagt ze.

Ze kijkt me recht aan.

'Ja, hoor,' zeg ik en ik probeer het te laten klinken alsof zoiets me dagelijks overkomt. 'Enig idee waar?'

'Er is weinig keus. Daar bij de mairie is een bar. Maar die is om deze tijd waarschijnlijk dicht. En je hebt de bar van het Dauphin Hotel.'

'Daar heb ik een kamer,' zeg ik.

Ze knikt.

'Er is geen andere mogelijkheid. Het is het enige hotel dat in deze tijd van het jaar open is.'

Ze loopt sneller dan ik, en ik raak buiten adem als ik haar probeer bij te houden. We zwijgen, maar de stilte is niet ongemakkelijk. Als we bij het hotel aankomen, zit er niemand in de bar. We blijven even wachten. Het hotel lijkt volkomen verlaten.

'Je zult toch wel een minibar in je kamer hebben,' zegt ze.

Weer zo'n directe blik, recht in mijn ogen. Ze heeft iets wat angstaanjagend en tegelijkertijd opwindend is. Ze volgt me naar mijn kamer. Ik frommel wat met mijn sleutels. De deur glijdt open, klikt dicht, en dan ligt ze in mijn armen, met haar glanzende haren tegen mijn wang. Ze kust me intens, langdurig. Ze smaakt naar pepermunt en tabak. Ze is sterker, langer dan Astrid. Dan welke andere vrouw ook die ik de laatste tijd in mijn armen heb gehad.

Ik voel me dwaas, zoals ik daar sta en word gekust als een onhandige tiener, overweldigd door mijn eigen inertie. Mijn handen komen plotseling tot leven, ik grijp haar vast, zoals een drenkeling een reddingsvest, ik klem haar koortsachtig tegen me aan, met mijn handpalmen plat tegen haar onderrug. Ze smelt tegen me aan, maakt zachte, zangerige, zuchtende geluidjes die van diep binnen in haar komen. We vallen op het bed en ze gaat schrijlings op me zitten met dezelfde gemakkelijke beweging waarmee ze van haar motor kwam. Haar ogen lijken te glanzen als die van een kat. Ze glimlacht loom, maakt vervolgens mijn riem los, en ritst mijn gulp open. Ze raakt me aan met een doelgerichte en toch tedere sensualiteit die me binnen enkele seconden een keiharde erectie bezorgt. Ze laat haar blik niet van me afdwalen, glimlacht naar me, ook als ik bij haar binnenga. Ze verlaagt direct mijn tempo, meesterlijk, verhindert dat mijn heupen heftig op en neer gaan, en ik besef dat dit niet zo'n snelle, rudimentaire neukpartij zal worden die binnen enkele minuten voorbij is. Dit is iets bijzonders.

Ze berijdt me, en ik kijk naar de goudbruine lijnen van haar lichaam. Ze leunt voorover om mijn gezicht tussen haar handen te nemen en ze kust me met een tederheid die me verrast. Ze neemt de tijd, geniet ervan. Wat er gebeurt is langzaam, ongehaast, maar de opbouw is zo krachtig dat ik voel hoe het door mijn tenen naar mijn stuitje en ruggengraat vlamt, me verzengt, bijna als pijn. Ze gaat vlak over me heen liggen, ademloos. Haar rug is vochtig onder mijn handpalm.

'Dank je wel,' fluistert ze. 'Precies wat ik nodig had.'

Ik slaag erin een droog gegrinnik te produceren.

'Geen dank, hoor. Het was ook wat ik nodig had.'

Ze strekt haar hand uit naar het nachtkastje, pakt een sigaret, steekt hem aan en geeft hem aan mij.

'Zodra ik je zag, wist ik het.'

'Wat wist je?' vraag ik.

'Dat ik het met je zou doen.'

Ze pakt de sigaret uit mijn vingers.

Ik merk opeens dat ik een condoom om heb. Het staat me niet bij dat ze me er een heeft omgedaan. Ze moet het hebben aangebracht met een behendigheid die mijn verstand te boven gaat.

'Je houdt nog steeds van haar, hè?'

'Van wie?'

Dat zeg ik nu wel, maar ik weet precies wie ze bedoelt.

'Je vrouw.'

Waarom zou ik iets verborgen houden voor deze ongewone, schone vreemdelinge?

'Ja, ik houd nog steeds van haar. Ze heeft me verlaten voor een andere man, een jaar geleden. Ik voel me er beroerd onder.'

Angèle drukt haar sigaret uit. Dan wendt ze haar gezicht weer naar me toe.

'Ik kon het merken. Alleen al door de manier waarop je naar haar kijkt. Het moet pijn doen.'

'Klopt.'

'Wat doe jij? Wat voor werk, bedoel ik.'

'Ik ben architect. Maar een van het saaie soort. Ik verbouw kantoren en pakhuizen. Ziekenhuizen, bibliotheken, labs. Niets opwindends. Ik ben geen schepper.'

'Je vindt het wel lekker om jezelf naar beneden te halen, geloof ik.'

'Niet waar,' zeg ik, geprikkeld.

'Houd er dan mee op.'

Ik zwijg en laat het condoom discreet van me afglijden. Ik sta op om het in de badkamer weg te gooien. Ik vermijd mezelf in de spiegel aan te kijken, zoals altijd.

'En hoe zit het met u, Madame Rouvatier? Wat doet u?' zeg ik, op weg terug naar het bed terwijl ik mijn buik inhoud.

Ze kijkt me onverstoorbaar aan.

'Ik ben lijkverzorger.'

Ik moet even slikken.

Ze glimlacht. Volmaakte witte, vierkante tanden.

'Ik ben de hele dag bezig met dode mensen. Met dezelfde handen waarmee ik zojuist je pik nog streelde.'

Ik kijk vluchtig naar haar handen. Sterk en kundig. En toch zo vrouwelijk.

'Sommige mannen willen niet meer als ze horen wat ik voor werk doe. Dus zeg ik het niet. Als ik dat wel doe, raken ze hun erectie kwijt. Ben je geschokt?'

'Nee, hoor,' zeg ik naar waarheid. 'Wel verbaasd, eigenlijk. Vertel eens wat over je werk. Ik heb nog nooit een lijkverzorger ontmoet.'

'In mijn werk leer je de dood te respecteren. Dat is alles. Als je zus gisteren ten gevolge van dat ongeluk was overleden, en goddank is dat niet gebeurd, zou het mijn taak zijn geweest haar er vredig uit te laten zien. Zodat jij en je familie haar nog een laatste keer zouden kunnen zien zonder er bang van te worden.'

'Hoe doe je dat?'

Ze haalt haar schouders op.

'Het is gewoon werk. Net zoals jij kantoren renoveert. Ik renoveer doden.'

'Is dat zwaar?'

'Ja. Bij kinderen. Of baby's. Of zwangere vrouwen.'

Er gaat een rilling door me heen.

'Heb je ze zelf ook? Kinderen of een baby?'

'Nee,' zegt ze. 'Ik ben niet zo'n gezinsmens. Daarom heb ik eerbied voor die van een ander.'

'Ben je getrouwd?'

'Je lijkt wel een politieman. Ik heb het ook niet zo op trouwen. Nog meer vragen?'

Ik glimlach.

'Nee hoor.'

'Mooi zo. Want ik moet er nu vandoor. Mijn vriend zal zich afvragen waar ik blijf.'

'Je vriend?' Het lukt me niet mijn verwarring uit mijn stem te houden.

Ze ontbloot haar tanden tot een glimlach.

'Ja, daar heb ik er een paar van.'

Ze staat op, gaat de badkamer binnen. Ik hoor de douche kort lopen. Ze komt in een handdoek gewikkeld terug. Ik kijk naar haar. Ik kan er niets aan doen, maar ze fascineert me. Dat weet ze ook. Ze trekt haar ondergoed, haar spijkerbroek, haar T-shirt aan.

'Ik ga je nog eens zien. Dat weet je toch wel?'

'Ja,' fluister ik.

Ze leunt voorover en kust me vol en gretig op de mond.

'Ik kom dit nog eens doen, Monsieur Parijzenaar. Je hoeft echt je buik niet zo in te houden, hoor. Je bent heus sexy genoeg.'

De deur klikt dicht. Ze is weg. Ik probeer mezelf onder controle te krijgen. Ik voel me nog steeds afgemat, alsof ik een vloedgolf over me heen heb gekregen. Terwijl ik een douche neem, moet ik grinniken bij de gedachte aan haar doortastendheid. Maar achter haar schaamteloze optreden zit iets ongelooflijk aantrekkelijks, een warmte, een onweerstaanbare charme. Ze heeft iets geweldigs teweeggebracht, concludeer ik, terwijl ik een schoon T-shirt en een spijkerbroek aantrek, ze heeft gezorgd dat ik tevreden ben met mezelf en dat is tijdenlang niet zo geweest. Ik betrap mezelf erop dat ik loop te neuriën en moet er bijna hardop om lachen.

Ik bekijk me eens goed in de spiegel. Dat heb ik al een hele poos niet gedaan. Mijn gezicht, iets aan de lange kant. Dikke wenkbrauwen. Slanke ledematen, maar wel een flinke buik. Ik grijns. De man daar voor me ziet er niet langer uit als Deputy Droopy. Nee, hij is eigenlijk best sexy, vind ik, met zijn warrige peper-en-zouthaar en dat schalkse glimpje in zijn donkerbruine ogen.

Als Astrid me nu eens zou zien, dacht ik. Als Astrid me eens even graag zou willen als Angèle Rouvatier-die-dit-nog-eens-komt-doen. Ik kreun. Wanneer zal ik eindelijk eens ophouden met hunkeren naar mijn ex-vrouw? Wanneer zal ik dat boek kunnen sluiten en doorgaan met leven?

Ik denk aan het werk van Angèle. Ik heb geen idee wat een lijkverzorger precies doet. Wil ik het wel weten? Het fascineert me, op een onduidelijke manier waar ik me niet in wil verdiepen. Ik herinner me een tv-documentaire over wat ze na het overlijden met lijken doen. Er worden serums ingepompt, verwrongen gezichten worden gladgetrokken, wonden worden gehecht, ledematen goed neergelegd, er wordt speciale cosmetica aangebracht. Een luguber vak, had ik tegen Astrid gezegd, die er samen met me naar zat te kijken. Met wat voor soort sterfgevallen krijgt Angèle Rouvatier elke dag te maken in dit provinciale ziekenhuis? Oude mensen die sterven. Auto-ongevallen. Kanker. Hartinfarcten. Ik vraag me opeens af of mijn moeders lichaam al die jaren geleden door een lijkverzorger is afgelegd. Ik herinner me de dag waarop we werden meegenomen naar het ziekenhuis. Ik heb toen mijn ogen dichtgedaan. Ik vraag me af of Mélanie dat ook gedaan heeft. De uitvaartdienst vond plaats in de kerk van Saint-Pierre de Chaillot, tien minuten verwijderd van de avenue Kléber. Mijn moeder werd begraven op de nabijgelegen Trocadéro-begraafplaats. In het familiegraf van de Reys. Ik had de kinderen daar jaren geleden mee naartoe genomen, om haar graf te laten zien, het graf van een grootmoeder die ze nooit hadden gekend. Hoe komt het dat ik me zo weinig kan herinneren van haar uitvaart? Alleen maar wat korte beelden van de donkere kerk, vreemden die ons steeds maar weer omhelsden. Ik moet hierover met mijn zuster praten, eens kijken wat zij zich herinnert, of ze zich het dode gelaat van onze moeder herinnert, maar ik weet dat dit niet het juiste moment is.

Opnieuw denk ik aan wat Mélanie me had willen vertellen toen de auto van de weg raakte. Het is niet uit mijn gedachten geweest sinds het ongeval, het is me steeds bijgebleven, het zit in mijn achterhoofd als een zware last die op me drukt. Ik vraag me af of ik er met dokter Besson over moet praten, hoe ik het haar zal vertellen, hoe ze erover zal denken. Wat haar voorstel zal zijn. Maar de enige persoon met wie ik er op dit moment over wil praten is mijn ex-vrouw, en zij is hier niet.

Ik zet mijn mobiele telefoon aan en luister de berichten af. Een uit Florence over een nieuw contract. Drie van Rabagny. Ik heb er alleen mee ingestemd zijn uiterst geavanceerde dagverblijf vlak bij de Bastille te ontwerpen omdat het goed betaalde, en ik kon het me tegenwoordig niet veroorloven om kieskeurig te zijn. De alimentatie die ik maandelijks aan Astrid overmaak, is fors. Onze advocaten hebben het uitgezocht. Ik kon er niets tegen inbrengen. Ik had altijd meer geld verdiend dan zij. Vermoedelijk was het naar behoren geregeld. Hoewel ik tegenwoordig aan het eind van de maand nogal krap zit.

Rabagny begrijpt maar niet waar ik uithang en waarom ik hem niet terugbel, hoewel ik hem gisteren een sms heb gestuurd, waarin ik heb verteld over het ongeval op de terugweg naar Parijs, zonder verder in detail te treden. Ik heb een hekel aan zijn stem. Hoog en zeurderig, als die van een verwend kind. Er is een probleem met de vloer van het speelgebied. De kleur is verkeerd. De consistentie is verkeerd. Hij blijft maar tekeergaan, spuugt zijn woorden uit. Ik zie zijn ratachtige gezicht bijna voor me, met zijn uitpuilende ogen en de te grote oren. Ik mocht hem vanaf het begin al niet. Hij is nog maar net dertig en even arrogant als onaangenaam om naar te kijken. Ik kijk even op mijn horloge. Zeven uur. Ik zou hem nog kunnen terugbellen. Ik doe het niet. Ik verwijder al zijn berichten met een ruwheid waaruit ik bevrediging put.

Het volgende bericht is van Hélène. Haar zachte, koerende stem. Ze wil weten hoe het met Mélanie is, hoe het met mij is, sinds we elkaar enkele uren eerder hebben gesproken. Ze zit nog steeds in Honfleur, met haar gezin. Ik ben vaak bij hen thuis geweest sinds mijn scheiding. Hun huis kijkt uit over zee, het is een prettig, rommelig, gezellig huis, waar ik me op mijn gemak voel. Hélène is een dierbare vriendin, want ze weet precies hoe ze kan zorgen dat ik me beter voel, over mezelf en mijn leven. Althans, een poosje. Wat ik zo verschrikkelijk vond aan de scheiding was de scheuring in onze vriendenkring. Sommige vrienden kozen voor Astrid, andere voor mij. Waarom? Daar ben ik nooit achter gekomen. Vinden ze het niet raar om te gaan eten in het huis in Malakoff terwijl hij op mijn plek zit? Vinden ze het niet treurig om mij te bezoeken in het lege appartement aan de rue Froidevaux, waar het zo duidelijk is dat ik mezelf niet kan herpakken sinds ze me heeft verlaten? Sommigen van die vrienden hebben de voorkeur gegeven aan Astrid boven mij omdat zij geluk uitstraalt. Het is makkelijker om met iemand om te gaan die gelukkig is, denk ik. Niemand wil ergens gaan zitten somberen met de verliezer. Niemand wil horen over mijn eenzaamheid, over de eerste maanden waarin ik me moest redden zonder gezin na achttien jaar lang de pater familias te zijn geweest, en hoe verloren ik me toen voelde. En hoe stil die vroege ochtenden in mijn Ikeakeuken leken, met slechts de geur van een verbrande baguette en de herkenningsmelodie van het RTL-nieuws op de radio als gezelschap. Dan stond ik daar maar, verdoofd door het gebrek aan lawaai: Astrid, die omhoogbrulde dat de kinderen moesten opschieten, het luide gebonk als Arno de trap af kwam denderen, Titus, die opgewonden liep te blaffen, Lucas, krijsend omdat hij zijn gymtas niet kon vinden. Ik moet zeggen dat ik een jaar later wel gewend ben geraakt aan die nieuwe stilte van de ochtend. Maar ik mis de herrie nog steeds.

Er zijn ook een paar berichten van andere cliënten. Sommige zijn dringend. De zomervakantie is voorbij, de mensen zijn weer aan het werk, alles gaat weer zijn gewone gangetje. Ik overdenk hoe lang ik hier nog zal moeten blijven. Hoe veel langer ik hier nog kan blijven. Het is nu alweer drie dagen. En Mel kan nog niet vervoerd worden. Dokter Besson geeft me niet meer informatie. Ik denk dat ze wil afwachten hoe het verder met Mélanie gaat voordat ze in details treedt. Nog wat berichten van de verzekering over de schade aan de auto en wat formulieren die ik moet invullen. Ik schrijf dit alles ijverig op in mijn notitieboekje.

Ik zet mijn laptop aan en gebruik de telefoonlijn naast het bed om mijn e-mail te checken. Twee van Emmanuel en een paar zakelijke berichten. Ik beantwoord ze snel. Dan open ik AutoCAD-bestanden die betrekking hebben op projecten waaraan ik zou moeten werken. Ik vind het bijna grappig te merken hoe weinig belangstelling ik ervoor heb als ik ze onder ogen krijg. Er is een tijd geweest dat het bedenken van nieuwe kantoorruimten, een bibliotheek, een ziekenhuis, een sportcentrum, een lab, me een kick gaven. Nu word ik er alleen maar chagrijnig van. Erger nog, ze geven me het gevoel dat ik het grootste deel van mijn leven en mijn energie heb verspild aan werk dat me niets positiefs oplevert. Hoe is dit gebeurd? Wanneer is het vlammetje gedoofd? Waarschijnlijk toen Astrid me verliet. Misschien heb ik wel een depressie, misschien is dit eigenlijk een midlifecrisis. Ik heb het gewoon niet zien aankomen. Maar zie je die dingen ooit aankomen?

Ik sluit de laptop en ga weer op bed liggen. De lakens ruiken nog naar Angèle Rouvatier en dat vind ik fijn. Het is een kleine kamer, modern, zonder enige charme, redelijk comfortabel. De wanden zijn parelgrijs en de versleten vloerbedekking verschoten beige. Het raam ziet uit op een parkeerplaats. Op dit moment heeft Mélanie haar avondmaaltijd al gehad, die belachelijk vroeg wordt gebracht, zoals altijd in ziekenhuizen. Ik heb de keuze tussen een McDonald's aan de rand van de stad en een klein *pension de famille* aan de hoofdstraat, waar ik al twee keer ben geweest.

De bediening is traag, de kamer zit vol tandeloze tachtigers, maar de maaltijden zijn gezond. Vanavond ga ik vasten, besluit ik. Dat zal me goed doen.

Ik zet de televisie aan en probeer me te concentreren op het nieuws. Politieke onrust in het Midden-Oosten, bommen, ongeregeldheden, dood, geweld. Ik zap van het ene kanaal naar het andere en word beroerd van wat ik zie, tot ik ten slotte uitkom midden in *Singing in the Rain*. Zoals altijd raak ik in de ban van de gebeeldhouwde benen van Cyd Charisse en haar strakzittende smaragdgroene korset, als ze rondjes draait om die onnozele, bebrilde Gene Kelly.

Terwijl ik daar lig en me vergaap aan die lange, ronde, stevige dijen, voel ik een vredig gevoel over me komen. Ik kijk verder naar de film met de kalmte van een slaperig kind. Het is een ontspannen geluksgevoel dat ik al lang niet meer heb gekend. Waarom, vraag ik me af? Waarover zou ik me vanavond in vredesnaam gelukkig kunnen voelen? Mijn zus ligt tot aan haar middel in het gips en zal niet kunnen lopen tot Joost mag weten wanneer, ik ben nog steeds gek op mijn ex-vrouw en ik gruw van mijn werk.

Maar het krachtige, vredige gevoel trekt door mijn hele lijf, overheerst al die negatieve gedachten. Het spoelt de pijn weg van de herinneringen aan Astrid die steeds weer opduiken als een duveltje uit een doosje, het strijkt de ongerustheid over Mélanie glad, het wist de woede en de frustratie over de problemen op het werk uit. Ik lig daar en geef me eraan over. Wat is Charisse toch mooi met die witte sluier om zich heen gewikkeld, haar armen verlokkend uitgestrekt tegen het paarse filmdecor. Haar benen zijn zo lang dat ze zelfs blootsvoets nog eindeloos lijken. Het voelt alsof ik hier voor eeuwig kan blijven liggen, getroost door de muskusgeur van Angèle Rouvatier en de dijen van Cyd Charisse.

Mijn telefoon piept om me te laten weten dat er een sms is binnengekomen. Met tegenzin maak ik mijn blik los van Charisse om mijn telefoon te pakken.

'Dream a little dream of me.'

Het telefoonnummer dat bij de sms hoort is onbekend. Ik glimlach. Ik weet van wie dit is. Het kan alleen van Angèle Rouvatier zijn. Ze heeft mijn nummer waarschijnlijk uit Mélanies dossier, voor haar toegankelijk als staflid van het ziekenhuis.

Het rustige, tevreden gevoel vlijt zich traag tegen me aan als een spinnende poes. Ik wil er zo intens mogelijk van genieten, want ergens zie ik wel in dat het niet zo zal blijven. Het is alsof ik beschutting zoek in het oog van een orkaan.

Hoezeer ik ook mijn best doe er niet aan te denken, die noodlottige vakantie waarin Astrid Serge ontmoette blijft maar terugkomen. Vier jaar is het nu geleden. De kinderen hadden nog geen last van de turbulenties van de puberteit. We hadden een vakantie in Turkije geboekt, bij de Club Med in Palmiye. Dat was mijn idee geweest. Meestal brachten we het grootste deel van de zomer door bij de ouders van Astrid – Bibi en Jean-Luc – in hun huis in de Dordogne, vlak bij Sarlat. Mijn vader en Régine hadden een huis in het Loire-dal, een pastorie die Régine ook al had omgevormd tot een verblindend moderne verschrikking, waar we zelden werden uitgenodigd en waar we ons vrijwel nooit welkom voelden.

De zomers met Bibi en Jean-Luc begonnen zo langzamerhand hun tol te eisen. Ondanks de weidse schoonheid van de Périgord Noir werd het steeds moeilijker om met mijn schoonouders in één huis te verblijven. Er was iets frikkerigs aan de dwangmatige aandacht van Jean-Luc voor zijn spijsvertering, de consistentie van ontlasting, sobere maaltijden, het tellen van calorieën en voortdurende lichaamsbeweging. Bibi pikte dit allemaal, was altijd druk bezig in de keuken, kuiltjes in haar roze vollemaansgezicht, haar sneeuwwitte haar opgestoken in een knotje, immer vrolijk neuriënd en bereid tot een warme knuffel. Elke ochtend als ik mijn zwarte koffie met suiker dronk – 'Héél slecht voor je!'

blafte Jean-Luc dan, 'zo haal je de vijftig niet eens!' – en me achter een grote hortensia verstopte om snel een sigaretje te roken – 'Per sigaret daalt je levensverwachting met wel vijf minuten, wist je dat?' –, wandelde Bibi kwiek met twee skistokken zwaaiend door de tuin, volledig in plastic gewikkeld om zo veel mogelijk te transpireren. Dit werd de 'nordic walk' genoemd, en omdat ze uit Zweden kwam, nam ik maar aan dat het haar goed deed, hoewel ze er idioot uitzag.

De manier waarop mijn schoonouders bij het zwembad en in huis teruggrepen op het naaktlopen uit de jaren zestig begon me inmiddels ook de keel uit te hangen. Ze sprongen vrolijk in het rond als bejaarde reekalfjes, zich niet bewust van het feit dat hun afhangende achterwerk niets dan medelijden opwekte. Maar ik had het niet aangedurfd dit aan te kaarten bij Astrid, die 's zomers ook graag naakt liep, op een wat beperktere schaal. De alarmbellen gingen rinkelen toen Arno, net twaalf, tijdens het eten mompelde dat hij het gênant vond om vriendjes te vragen bij het zwembad te komen spelen, omdat zijn grootouders liepen te pronken met hun geslachtsdelen. Toen hebben we besloten onze zomers elders door te brengen, hoewel we nog weleens bij hen langsgingen.

En zo verruilden we de beboste Dordogne met haar eikenbomen, de bircher-muesli en de nudistenschoonfamilie voor de waanzinnig hete, overdadig vrolijke en energieke Club Med. Aanvankelijk was Serge me niet opgevallen. Ik zag geen enkel waarschuwingssignaal. Astrid ging naar haar aquajogging- en tennislessen, de kinderen gingen naar de Mini-Club en zelf bracht ik uren door op het strand, of in zee, met doezelen, zwemmen, zonnen en lezen. Ik heb die zomer veel gelezen, herinner ik me, romans die Mélanie me had meegegeven van haar uitgeverij, nieuwe getalenteerde schrijvers, gearriveerde schrijvers, buitenlandse schrijvers. Ik las ze graag, op mijn gemak, zonder me volledig te concentreren. Alles wat ik die zomer deed, deed ik loom en traag. Ik had op mijn hoede moeten blijven. In plaats daarvan lag ik maar te niksen in de zon, ervan overtuigd dat alles in orde was in mijn wereldje.

Ik denk dat ze hem op de tennisbaan heeft ontmoet. Ze hadden dezelfde leraar, een kruiperige Italiaan met een strak wit tennisbroekje, die zijn werk even pronkzuchtig deed als John Travolta zich op de dansvloer bewoog. Ik kreeg pas later het gevoel dat er iets niet klopte, tijdens een excursie naar Istanbul. Serge maakte deel uit van onze groep, vijftien man van de Club Med, met een gids, een rare Turk die in Europa naar school was geweest en tot onze verrassing met een Belgisch accent sprak. We sjouwden door het Topkapi-paleis, de Blauwe Moskee, de Hagia Sofia, de antieke Basilica Cisterne met de eigenaardige omgekeerde Medusahoofden, de bazaar, daas van uitputting en hitte. Lucas was pas zes en liep enorm te zeuren. Hij was de jongste van de groep.

Wat me als eerste opviel was de lach van Astrid. We zaten op een boot die over de Bosporus voer en de gids wees ons op de bezienswaardigheden langs de Aziatische kust, toen ik haar steeds opnieuw hoorde lachen. Serge stond met zijn rug naar me toe, hij had zijn arm om een meisje heen geslagen, en ze lachten alle drie. Het meisje was jong, had een fris gezichtje, en haar haren waren tot een paardenstaart gebonden. Hé, Tonio, kom eens kennismaken met Serge en Nadia. Dus was ik erheen geklauterd en had ik hun de hand geschud, mijn ogen tot spleetjes geknepen in het zonlicht om zijn gezicht te kunnen zien. Er was niets bijzonders aan hem. Kleiner dan ik, stevig gebouwd. Onopvallende gelaatstrekken. Behalve dat me opviel dat Astrid maar naar hem bleef kijken. En hij naar haar. Hij was daar met zijn vriendin, en kon toch zijn ogen niet van mijn vrouw af houden. Ik had zin hem overboord te gooien.

Wat me ook opviel, met groeiende onrust, was dat we hem plotseling overal tegenkwamen, toen we eenmaal terug waren in Palmiye. Kijk eens aan, daar had je Serge in de hammam, daar had je Serge, bezig met de gebruikelijke *crazy signs* met de kinderen bij het zwembad, daar had je Serge, aan het tafeltje naast het onze! De ene keer was Nadia erbij, de andere keer niet. 'Het is een modern stel,' had Astrid uitgelegd. Ik had geen idee wat dat inhield, maar ik vond het helemaal niks.

Tijdens de aquajoggingles was hij er altijd bij, hij watertrappelde naast mijn vrouw en kneedde haar nek en schouders tijdens de onderlinge ontspannende massage aan het eind. Er was niets wat ik kon doen om hem kwijt te raken. Ik begon met een mat, hopeloos gevoel in te zien dat ik zou moeten wachten tot het eind van ons verblijf om verlost van hem te zijn. Ik had er geen idee van dat ze vlak nadat we allemaal terug in Frankrijk waren, met hun verhouding begonnen. Wat mij betrof was Serge een onaangenaam aspect van onze verder geslaagde vakantie geweest. Wat was ik blind geweest.

Vanaf dat moment begon Astrid tekenen van stress te vertonen. Ze was vaak moe, kribbig. We leken nooit meer te vrijen, ze viel vroeg in slaap, opgekruld aan haar kant van het bed, met haar rug naar me toe. Een enkele keer betrapte ik haar er 's avonds op, als de kinderen al naar bed waren, dat ze in haar eentje zat te huilen in de keuken. Ze slaagde er steeds weer in me ervan te overtuigen dat het pure uitputting was, of een probleem op kantoor, niets ernstigs. En ik geloofde haar.

Het was zo makkelijk om haar te geloven. Haar geen vragen te stellen. Mezelf geen vragen te stellen.

Ze huilde omdat ze verliefd op hem was en niet wist hoe ze me dat moest vertellen.

De volgende dag komt de beste vriendin van Mélanie, Valérie, met haar vierjarige dochter Léa (Mélanies petekind), haar man Marc en hun jackrussellterriër Rose op bezoek. Ik moet buiten blijven wachten met het kind en de hond terwijl zij binnen een poosje bij Mélanie gaan zitten. De hond is van het energieke soort dat niet stil kan blijven zitten, lijkt wel springveren onder zijn poten te hebben en blaft aanhoudend. Het meisje is net zo erg, ondanks haar engelachtige uiterlijk. In een poging ze alle twee stil te krijgen, loop ik rondjes om het ziekenhuis met de een aan de riem en de ander aan de hand, tot groot genoegen van Angèle Rouvatier, die naar me kijkt vanuit een raam op de eerste verdieping. Ik voel hoe een trage warmte zich door mijn bekken verspreidt terwijl ze me met haar blik aftast. Maar het is lastig om er sexy uit te zien als je een jankend kind en een keffend hondje meetrekt. Rose gaat overal waar ze de kans krijgt onelegant zitten plassen, zoals tegen het wiel van Angèles Harley, en Léa wil haar *maman* en snapt niet waarom ze met mij zit opgescheept op zo'n hete middag in augustus op een waardeloze plek waar nergens een fatsoenlijke speelplaats is, of ijsjes te koop zijn. Nu ik ermee word geconfronteerd, besef ik dat ik volstrekt geen raad weet met een kind van die leeftijd. Ik ben vergeten hoe tiranniek, hoe traag van begrip, hoe lawaaierig ze kunnen zijn. Ik merk dat ik verlang naar de doffe stiltes van pubers waaraan ik gewend ben geraakt en waarvan ik denk te weten hoe ik ermee om moet gaan. Waarom krijgen mensen in godsnaam kinderen, gaat er door me heen nu de combinatie van het gejengel van Léa en het grommen van Rose inmiddels tot gevolg heeft dat verpleegsters ramen openen en me wanhopige of minachtende blikken toewerpen.

Valérie komt eindelijk het gebouw uit en neemt het krijsende stel tot mijn grote opluchting van me over. Ik wacht tot Marc naar buiten komt en Rose en Léa meetrekt voor een wandeling, en dan ga ik met Valérie in de schaduw van een kastanjeboom zitten. Het is vandaag nog heter, er hangt zo'n withete, zanderige hitte die alles gortdroog maakt en die je doet verlangen naar ijskoude, peilloos diepe fjorden. Valérie ziet er majestueus en bruingebrand uit, net terug van een vakantie in Spanje. Mélanie is al jaren met haar bevriend, vanaf de school Sainte-Marie de l'Assomption aan de rue de Lubeck, waar ze allebei op zaten. Ik vraag me opeens af of Valérie zich mijn moeder nog herinnert. Ik wil het haar vragen maar doe het niet. Valérie is beeldhouwer, en vrij bekend. Ik vind haar werk goed, ook al is het openlijk seksueel en veel te expliciet om neer te zetten in een huis vol kinderen, maar dat zal wel komen doordat ik een 'anaal gefixeerd, burgerlijk joch uit het 16de arrondissement' ben. Het is alsof ik Mels stem de spot met me hoor drijven.

Valérie ziet er aangedaan uit. De afgelopen dagen ben ik gewend geraakt aan Mélanies toestand, en ik moet mezelf eraan blijven herinneren dat de eerste aanblik onvermijdelijk een schok teweegbrengt. Ik steek mijn hand uit en pak de hare.

'Ze ziet er zo fragiel uit,' fluistert ze.

'Ja,' zeg ik, 'maar ze ziet er beter uit dan op de eerste dag.'

'Je verbergt toch niets voor me?' vraagt ze scherp.

'Hoe bedoel je?'

'Nou, dat ze bijvoorbeeld verlamd blijft of zoiets vreselijks?'

'Nee, natuurlijk niet. Maar de dokter vertelt me nu eenmaal niet veel. Ik heb geen idee hoe lang Mel hier zal moeten blijven of wanneer ze weer zal kunnen lopen.'

Valérie krabt aan haar kruin.

'We hebben haar arts gezien toen ze daar binnen was. Aardige vrouw, vond ik.'

'Ja, dat klopt.'

Ze draait zich naar me toe.

'En jij, Tonio? Houd je het een beetje vol?'

Ik glimlach en haal mijn schouders op.

'Het voelt als een soort verdoving.'

'Het moet vreselijk zijn geweest, vooral na zo'n leuk weekend. Ik heb Mel op haar verjaardag nog gesproken, het klonk alsof jullie het enorm naar de zin hadden.'

'Ja,' zei ik tam, 'dat was ook zo.'

'Ik vraag me steeds af hoe dit heeft kunnen gebeuren.'

Weer kijkt ze me aan. Ik weet er geen antwoord op, dus kijk ik weg.

'Ze is gewoon van de weg geraakt, Valérie,' verzucht ik uiteindelijk. 'Dat is alles. Zo is het gegaan.'

Ze legt haar gebruinde arm om me heen.

'Weet je wat, zal ik hier een paar dagen blijven? Dan kun jij met Marc meerijden naar Parijs en blijf ik hier een poosje voor Mel zorgen.'

Ik speel zwijgend met de gedachte.

Ze gaat verder: 'Er is hier op dit moment toch niet veel wat je kunt doen. Ze kan nog niet vervoerd worden, waarom zou je dan niet naar huis gaan? Laat mij het overnemen en dan zien we wel hoe het gaat. Je moet weer terug naar je werk, je hebt de kinderen het weekend, en dan kun je bijvoorbeeld met je vader mee terugrijden.'

'Het voelt niet goed om haar achter te laten.'

Ze lacht me uit.

'Kom op, zeg, ik ben haar oudste, beste vriendin. Ik doe dit voor haar en ook voor jou. Voor jullie allebei.'

Ik knijp haar in haar arm. Ik blijf even stil. Dan zeg ik: 'Valérie, kun jij je mijn moeder herinneren?'

'Je moeder?'

'Je bent al zo lang bevriend met Mel, ik dacht dat je je haar misschien kon herinneren.'

'Wij hebben elkaar pas ontmoet nadat ze was overleden. We waren acht, geloof ik. Ik weet nog wel dat mijn ouders tegen me zeiden dat ik Mel er nooit naar mocht vragen. Maar Mel heeft me wel foto's van haar laten zien, brieven, kleine dingetjes die van haar waren geweest. En toen hertrouwde je vader. En toen werden we frivole tieners en kregen we belangstelling voor jongens en dat soort dingen. En spraken we niet zoveel over je moeder. Maar ik had erg met jullie beiden te doen. Jullie waren de enige kinderen die ik kende wier moeder was overleden. Ik voelde me er schuldig en verdrietig door.'

Schuldig en verdrietig. Ik herinner me dat schoolvriendjes zich ook zo gedroegen. Sommige vriendjes waren zo van streek dat ze niet meer normaal met me konden praten. Ze meden me of kregen een kleur als ik ze aansprak. De directrice had een onhandige toespraak gehouden, weet ik nog, en er was een speciale mis voor Clarisse gehouden. De docenten waren een paar maanden lang allemaal erg aardig tegen me. Ik werd die jongen wiens moeder was gestorven. Er werd achter mijn rug gefluisterd, men stootte elkaar aan, er werd met de kin naar me gewezen. Kijk, dat is hem, zijn moeder is overleden.

In de verte zie ik Marc terugkomen met het kleine meisje en de hond. Ik weet dat ik Valérie met een gerust hart bij mijn zuster kan achterlaten. Ze zegt dat ze een tas met spullen bij zich heeft, ze kan een paar dagen blijven, het is simpel en noodzakelijk, en ze doet het graag.

Dus neem ik snel mijn besluit. Ik zal met Marc, Rose en Léa meegaan. Ik heb even tijd nodig om in te pakken, het hotel te laten weten dat Valérie een kamer nodig heeft, en afscheid te nemen van mijn zuster, die zo blij is haar beste vriendin te zien dat ze het niet erg lijkt te vinden dat ik wegga.

Ik blijf even rondhangen voor wat ik vermoed dat het kantoor van Angèle is, in de hoop dat ik haar tref. Ze lijkt er niet te zijn. Ik vraag me af wat ze nu aan het doen is, met welk lijk ze op dit moment bezig is. Als ik wegloop, zie ik dokter Besson en ik leg haar uit dat ik mijn zuster onder de hoede van een goede vriendin achterlaat en dat ik snel terug zal zijn.

Ze stelt me gerust, vertelt me dat Mélanie in uitstekende handen is en dan zegt ze deze vreemde zin: 'Houd maar een oogje op uw vader.'

Ik knik en loop weg, maar vraag me toch af wat ze bedoelt. Vindt ze dat mijn vader er slecht uitziet? Is haar iets opgevallen wat ik niet heb gezien? Ik overweeg even om terug te gaan en haar om uitleg te vragen, maar Marc staat op me te wachten en het kind is al begonnen heibel te maken, dus vertrekken we snel, al zwaaiend naar Valérie, lang en troostrijk zoals ze daar op de drempel staat.

De rit is lang en erg warm, maar wonderbaarlijk rustig, want zowel de hond als het kind valt in slaap. Marc is zwijgzaam van aard, we luisteren naar klassieke muziek en praten niet veel, wat voor mij een opluchting is.

Het eerste wat ik doe als ik thuiskom is alle ramen opengooien. Het is benauwd en bedompt in de kamers. In Parijs hangt die stoffige, zware, broeierige zomerlucht, doortrokken van uitlaatgassen en hondenpoep. De lawaaiige rue Froidevaux, drie verdiepingen onder me, spuwt zijn onophoudelijke verkeersherrie omhoog. Ik kan de ramen nooit lang openlaten, daarvoor is het lawaai veel te erg.

De koelkast is leeg. Ik moet er niet aan denken in eenzaamheid te eten. Ik bel Emmanuel, krijg zijn antwoordapparaat, smeek hem om het bloedhete, overvolle Parijs te doorkruisen, helemaal vanaf de Marais, om mij bij het avondeten, dat uiteindelijk ongetwijfeld door hem zal worden bereid, wat morele steun te verlenen. Een paar minuten later piept mijn telefoon en ik verwacht een sms van Emmanuel. Maar nee.

Dat heet een Frans compliment maken. Wanneer ben je terug?

Mijn bloed raast door mijn borstkas, waardoor ik nog meer ga zweten. Angèle Rouvatier. Ik moet er wel om lachen. Ik houd de telefoon liefdevol in mijn hand als een sentimentele tiener. Ik sms snel terug: *Ik mis je. Bel je snel.* Meteen voel ik me onnozel. Had ik dat wel moeten versturen? Had ik wel moeten toegeven dat ik haar mis? Ik haast me naar beneden en ga naar de Monoprix aan de avenue du Général Leclerc, waar ik wijn, kaas, ham en brood koop. De telefoon piept opnieuw als ik de winkel verlaat. Het is Emmanuel, die sms't dat hij onderweg is.

Terwijl ik op hem wacht, zet ik een oude cd van Aretha Franklin op en draai de volumeknop ver open. De oude dame van boven is stokdoof en het stel onder me is nog met vakantie. Ik schenk een glas chardonnay voor mezelf in en loop door mijn lege appartement, 'Think' meeneuriënd. In het weekend komen mijn kinderen. Ik werp even een blik in hun kamers. Ze vonden het een leuk idee om twee kamers te hebben in twee verschillende huizen, herinner ik me, toen de scheiding eenmaal in volle gang was. Dat hielp. Ik stond ze toe de kamers elk op hun eigen, specifieke manier aan te kleden. Bij Lucas zijn de wanden beplakt met Jedi's en Darth Vaders. Arno heeft de zijne donkerblauw geverfd, wat er eigenaardig aquatisch uitziet. Margaux heeft een poster van Marilyn Manson op zijn ergst opgehangen. Ik kijk er alleen naar als het moet. Er is nog een verontrustende foto, van Margaux en Pauline, haar beste vriendin, waarop ze beiden zwaar zijn opgemaakt en hun middelvinger omhoog steken. Mijn werkster, de energieke en praatgrage Madame Georges, klaagt over de staat waarin Arno's kamer zich bevindt. Ze zegt dat ze de deur niet open krijgt, zoveel rommel ligt er over de vloer verspreid. Bij Margaux is het net zo erg. Alleen Lucas doet enigszins zijn best om op te ruimen. Ik laat ze te midden van hun rommel leven. Ze brengen maar weinig tijd bij me door en de gedachte hun keer op keer te vertellen dat ze moeten opruimen trekt me helemaal niet. Dat laat ik over aan Astrid. En aan Serge.

Ik zie dat Lucas een stamboom boven zijn bureautje heeft hangen. Die heb ik nooit eerder gezien. Ik zet mijn glas neer om hem te bekijken. Astrids ouders, de ene kant Frans, de andere Zweeds, en daarboven haar grootouders. Aan onze kant de familie Rey, en een vraagteken naast de foto van mijn vader. Ik realiseer me dat Lucas maar heel weinig weet over mijn moeder. Ik vraag me zelfs af of hij haar naam kent. Wat heb ik mijn kinderen over haar verteld? Vrijwel niets.

Ik pak een potlood van zijn bureau en schrijf heel nauwkeurig in blokletters *Clarisse Elzyère 1939-1974* in het vakje naast *François Rey 1934*.

Er zitten foto's van alle ouders aan die boom, behalve van mijn moeder. Ik voel een vreemd gevoel van frustratie opkomen.

De deurbel kondigt de komst van Emmanuel aan. Ik ben opeens blij hem te zien, heel blij niet alleen te hoeven zijn en ik sla enthousiast mijn armen om zijn forse, potige lijf. Hij klopt me troostend, vaderlijk op mijn rug.

Ik ken Emmanuel al meer dan tien jaar. We hebben elkaar leren kennen toen ik met mijn team het kantoor van zijn reclamebureau ging verbouwen. Hij is van mijn leeftijd maar ziet er, denk ik, ouder uit door zijn volledig kale kop. Hij compenseert zijn gebrek aan hoofdhaar met een warrige rode baard, waar hij graag aan plukt. Emmanuel draagt felle, excentrieke kleuren die ik nooit zou durven aantrekken en doet dat met flair. Vanavond is zijn Ralph Lauren-hemd tropisch oranje van kleur. Zijn ogen kijken me sprankelend aan, maagdenpalmblauw vanachter zijn randloze brillenglazen.

Ik wil hem zeggen hoe blij ik ben dat hij er is, hoe dankbaar ik ben voor zijn aanwezigheid, maar zoals gewoonlijk – ik ben nu eenmaal een Rey – besterven de woorden op mijn tong en houd ik ze voor me.

Ik pak het plastic draagtasje dat hij bij zich heeft van hem aan en hij volgt me naar de keuken. Hij gaat direct aan de slag, en ik kijk naar hem en bied mijn hulp aan, hoewel ik weet dat dat volstrekt zinloos is. Hij neemt de keuken over alsof die zijn domein is en ik laat het toe.

'Heb je nog steeds geen fatsoenlijk schort?' gromt hij.

Ik wijs naar Margauxs roze schort met Mickey Mouse erop, dat aan een haakje bij de deur hangt en dat ze al sinds haar tiende heeft. Hij zucht en slaagt erin het om zijn mollige lijf te binden. Ik probeer niet te lachen.

Emmanuels privéleven is een raadsel voor me. Hij heeft een soort relatie met een triest, gecompliceerd schepsel dat Monique heet en twee tieners heeft uit een eerder huwelijk. Ik weet niet goed wat hij in haar ziet. En ik ben er vrij zeker van dat hij affaires heeft als ze er niet is, zoals nu, want ze is nog met vakantie in Normandië met haar kinderen. Ik merk dat er iets speelt, want hij staat fluitend de avocado's te hakken en hij heeft die uitdrukking als van een stout jongetje op zijn gezicht die ik vaak bij hem zie in deze tijd van het jaar.

Ondanks zijn extra kussentjes lijkt Emmanuel nooit last van de hitte te hebben. Terwijl ik van mijn wijntje zit te drinken, voel ik bij mijn slapen en op mijn bovenlip zweet glimmen, maar hij blijft geheel onaangedaan. Het keukenraam staat open, het komt uit op een typisch Parijse binnenplaats, die zelfs midden op de dag zo donker als een grot is en uitzicht biedt op de vuile ruit en de over de vensterbank hangende vochtige theedoeken van de overbuurman. Geen zuchtje frisse lucht waagt zich naar binnen. Ik gruw van Parijs als het zo heet is. Ik mis Malakoff en de kleine, koele tuin, de gammele tafel en stoel onder de oude populier. Emmanuel loopt bedrijvig heen en weer en klaagt over mijn gebrek aan goede messen en een pepermolen.

Ik heb nooit iets met koken gehad. Van ons tweeën was Astrid degene die kookte. Ze wist verrukkelijke, originele maaltijden samen te stellen, die altijd grote indruk op onze vrienden maakten. Ik vraag me opeens af of mijn moeder goed kon koken. Ik heb geen herinneringen aan heerlijke geuren vanuit de keuken van de avenue Kléber. Voordat onze vader met Régine trouwde had hij een gouvernante aangenomen die voor het huishouden en voor ons moest zorgen. Madame Tulard. Een magere vrouw met haren op haar kin. Waterige soep. Papperige spruitjes. Kalfsvlees als leer. Kleffe *riz-au-lait*. Ineens herinner ik me volkorenbrood met gloeiend hete geitenkaas. Dat kwam van onze moeder. De pittige smaak van de gesmolten kaas, de tarweachtige, bloemige sensatie van het brood, het zoete vleugje verse tijm en basilicum, het drupje olijfolie. Ik weet nog dat ze me vertelde dat ze als kind in de Cévennes altijd geitenkaas at. Ze hadden een naam, die kleine ronde kaasjes... Pélardons... Picadons...

Emmanuel vraagt me hoe het met Mel gaat. Ik vertel hem dat Valérie onverwacht langskwam en het een paar dagen van me heeft overgenomen. Ik vertel hem dat ik eigenlijk niet goed weet hoe het met mijn zuster gaat, maar dat ik haar chirurg, Bénédicte Besson, graag mag en vertrouw, dat ze serieus en vriendelijk is, dat ze me heeft gerustgesteld op de avond van het ongeval, hoe goed ze onze vader had aangepakt. Dan vraagt hij hoe het met de kinderen is, terwijl hij keurig twee borden met fijngehakte verse groenten, plakjes Goudse kaas, pittige yoghurtdressing en Italiaanse ham neerzet. Dit is slechts onze hors-d'oeuvre, want ik weet dat hij een forse eetlust heeft. Als we beginnen met eten, vertel ik hem dat de kinderen dit weekend bij me komen. Ik kijk even opzij naar hem terwijl hij zit te buffelen. Wat weet Emmanuel over het opvoeden van kinderen? Even weinig als Mélanie. Wat weet hij over tieners? Niets. Geluksvogel. Ik verberg een scheef lachje. Hoezeer ik ook mijn best doe, ik kan me Emmanuel niet als vader voorstellen.

Ik wacht tot hij zijn bord leeg heeft en weer is opgestaan om onze zalm te bereiden. Dat doet hij snel en handig. Ik kijk toe en verbaas me over zijn vaardigheid. Hij bestrooit de vis met dille en overhandigt me mijn portie en een halve citroen. Dan zeg ik: 'Mélanie is van de weg af geraakt toen ze iets over onze moeder wilde vertellen.'

Hij kijkt me verbaasd aan. Er zit een klein stukje dille tussen zijn tanden. Hij plukt eraan.

'Nu kan ze zich er niets meer van herinneren,' ga ik door, terwijl ik rustig van mijn zalm eet. Hij eet ook door, met zijn ogen op mij gericht.

'Maar dat komt wel weer,' zegt hij. 'Dat weet je natuurlijk wel.'

'Ja,' zeg ik. 'Dat komt wel terug. Maar op dit moment nog niet, en het blijft maar in mijn kop zitten. Ik word er gek van.'

Ik wacht tot hij zijn zalm op heeft en steek dan een sigaret op. Ik weet dat hij er een hekel aan heeft, maar ik zit tenslotte in mijn eigen huis.

'Wat denk je dat het was?'

'Iets wat haar enorm van streek bracht. Zo erg dat ze de controle over het stuur verloor.'

Ik zit zwijgend te roken en hij probeert nog eens het stukje dille los te krijgen.

'En toen heb ik die vróuw ontmoet,' zeg ik, met overdrijving.

Zijn gezicht fleurt op. Hij trekt een wenkbrauw op.

'Ze is lijkverzorger.'

Hij schiet in een bulderende lach.

'Je houdt me voor de gek.'

Ik glimlach.

'Ze is waanzinnig sexy.'

Hij wrijft over zijn kin, zijn ogen stralen.

'En?' moedigt hij me aan. Emmanuel is dol op dit soort verhalen.

'Nou, ze kwam zonder omwegen zomaar op me af. Ze is geweldig. Fantastisch.'

'Blond?'

'Nee. Bruin haar. Geelgroene ogen. Geweldig lijf. Geweldig gevoel voor humor.'

'Waar woont ze?'

'In Clisson.'

'Waar ligt dat?'

'Ergens in de buurt van Nantes.'

Hij grinnikt.

'Nou, je moet zeker nog eens met haar afspreken, want ze heeft je goed gedaan, beste kerel. Je hebt er niet zo energiek uitgezien sinds...'

'Sinds Astrid bij me weg is.'

'Nee, sinds voor die tijd. Je hebt er al jaren niet zo goed uitgezien.'

Ik hef mijn glas chardonnay.

'Op Angèle Rouvatier.'

Onze glazen tinkelen.

Ik denk aan haar in dat ziekenhuis in de provincie. Ik denk aan haar lome glimlach en haar gladde huid en aan hoe ze smaakte. En ik verlang zo hevig naar haar dat ik bijna plof. Emmanuel heeft gelijk. Ik heb me al jaren niet zo gevoeld.

Op vrijdagmiddag vertrek ik van kantoor om mijn vader te bezoeken. De hitte is niet afgenomen. Parijs staat in brand. Hier en daar staan groepjes toeristen, afgepeigerd. De boomtakken hangen slap, stof en vuil verzamelen zich tot grijze wolken. Ik besluit het stuk van de avenue du Maine naar de avenue Kléber te gaan lopen, wat me ruwweg drie kwartier zal kosten. Het is te heet om op de fiets te gaan en ik heb wel zin in wat lichaamsbeweging.

Het laatste nieuws uit het ziekenhuis is goed. Dokter Besson en Valérie hebben allebei gebeld om te zeggen dat Mélanie sterker wordt. (Er is ook een aantal sms'jes van Angèle Rouvatier binnengekomen, maar zij waren erotischer van aard, wat ik natuurlijk fantastisch vond. Ik heb ze stuk voor stuk bewaard in mijn mobiel.)

Als ik na de Invalides links afsla, begint mijn telefoon te trillen in mijn zak. Ik kijk even naar het nummer dat oplicht op het schermpje. Rabagny. Ik neem het gesprek aan, maar wens ogenblikkelijk dat ik het niet had gedaan.

Hij neemt niet eens de moeite te groeten. Dat doet hij nooit. Hij is vijftien jaar jonger dan ik, op z'n minst, en hij heeft totaal geen respect voor me.

'Ik kom net uit het dagverblijf,' blaft hij. 'En ik kan alleen maar zeggen dat ik ben geschokt door je gebrek aan professionaliteit. Ik heb je ingehuurd omdat je een goede reputatie had en omdat bepaalde mensen onder de indruk leken te zijn van je werk.'

Ik liet hem maar doorkletsen. Dit is niets nieuws. Het gebeurt vrijwel elke keer als we elkaar spreken. Ik had al vaak geprobeerd hem er zo rustig mogelijk aan te herinneren, dat het in Frankrijk in de maand augustus onmogelijk is iets snel voor elkaar te krijgen en dat het even weinig zin heeft te verwachten dat bestellingen snel worden afgeleverd.

'Ik denk niet dat de burgemeester het leuk gaat vinden dat het dagverblijf begin augustus niet klaar zal zijn voor de opening, zoals gepland was. Heb je daar ooit over nagedacht? Ik weet wel dat je problemen in je familie hebt, maar soms vraag ik me af of je die problemen niet als smoesje gebruikt.'

Ik laat het mobieltje in het borstzakje van mijn overhemd glijden zonder het uit te zetten en ga sneller lopen. Ik heb er stevig de pas in als ik in de buurt van de Seine kom. Er is een hele reeks onfortuinlijke tegenslagen geweest wat het dagverblijf betreft: het verkeerde houtwerk en een schilder (niet van mijn ploeg) die de kleuren niet juist had aangebracht. Ik had met geen van deze gebeurtenissen iets te maken. Maar dat kon Rabagny niets schelen. Hij was eropuit me te grazen te nemen. Hij mocht me al vanaf het begin niet. Wat ik ook deed of zei. Ik kon het alleen al merken aan de manier waarop hij naar me keek. Soms staarde hij nadrukkelijk naar mijn schoenen. Ik vroeg me af hoe lang ik zijn gedrag nog zou pikken. Het werk werd goed betaald, boven het gebruikelijke tarief. Ik wist dat ik het moest zien uit te zitten. De vraag was: hoe?

Na de Place de l'Alma en hordes betraande toeristen die van bovenaf de tunnel in turen waar Lady Di is omgekomen, begin ik aan de langzame klim van de avenue du Président-Wilson. Er zijn hier minder auto's, het is meer een woonwijk. Mijn eigen buurt, als kind. Het rustige, vreedzame, welgestelde, benepen, sombere 16de arrondissement. Als je je tegenover een Parijzenaar laat ontvallen dat je in het 16de arrondissement woont, denkt hij direct: geld. Hier wonen de welgestelden, hier pronken ze ermee. Je vindt hier oud geld, en je hebt er de *nouveau riche*. Beide varianten leven min of meer fatsoenlijk naast elkaar. Ik mis het 16de arrondissement niet. Ik ben blij dat ik op de linkeroever van de Seine woon, in het lawaaiige, kleurrijke, trendy Montparnasse, ook al kijkt mijn appartement uit op een begraafplaats. In de zomer raakt de wijk onrustbarend leeg. Iedereen is weg, zit in Normandië, in Bretagne, aan de Rivièra.

Terwijl ik in de richting van de avenue Kléber loop en een stuk afsnijd via de rue de Longchamp, denk ik terug aan mijn jeugd, geen prettig gevoel. Ik zie het rustige, serieuze jochie dat ik was voor me, met die flanellen korte broek en de donkerblauwe trui. Waarom, vraag ik me af, is er iets triests en duisters aan deze lege straten met de luisterrijke Haussmanniaanse gebouwen aan weerszijden? Waarom krijg ik het zo benauwd als ik erlangs loop?

Als ik de avenue Kléber bereik, kijk ik op mijn horloge en zie ik dat ik aan de vroege kant ben. Ik wandel verder, de rue des Belles-Feuilles door. Ik ben hier al jaren niet meer geweest. Ik herinner me hem als een bedrijvige, levendige straat. Als kind kwam ik hier vaak, het was de winkelstraat. Je kon hier de allerverste vis krijgen, het sappigste vlees, knapperige baguettes, zo uit de oven. Hier deed mijn moeder elke ochtend haar boodschappen met het rieten mandje aan haar arm en Mel en mij achter zich aan, en dan ademden we de verrukkelijkste geuren van kip in de oven en warme croissants in. Tegenwoordig is de straat verlaten. Er heerst een triomfantelijke McDonald's waar vroeger een goed restaurant zat, en waar ooit een bioscoop was, is nu een winkel in diepvriesproducten. De meeste kraampjes waar je etenswaren kon kopen zijn verruild voor chique kleding- en schoenenwinkels. De verlokkende geuren zijn verdwenen.

Ik kom aan het einde van de straat. Als ik links afsla, de rue de la Pompe in, kom ik rechtstreeks bij de woning van mijn grootmoeder aan de avenue Henri-Martin uit. Ik speel even met de gedachte haar op te zoeken. De slome, vriendelijke Gaspard zou me stralend binnenlaten, zo blij zou hij zijn 'Monsieur Antoine' te zien.

Ik stel het uit tot een andere dag. Ik loop terug in de richting van mijn vaders huis.

Ik weet nog dat halverwege de jaren zeventig, na het overlijden van onze moeder, hier vlak achter de Galerie Saint-Didier werd gebouwd, een afzichtelijke, reusachtige driehoek die een deel van de exquise *hôtels particuliers* uit de wijk verdreef, waarna er winkelcentra en supermarkten uit de grond schoten. Als ik erlangs loop, valt me op dat de enorme constructie niet goed bestand is geweest tegen de tijd, de gevel zit vol roest en vlekken. Ik loop haastig door. Iemand heeft twee berichten op mijn voicemail achtergelaten. Ik luister ze niet af, want ik weet dat het Rabagny moet zijn.

Mijn stiefmoeder doet open en geeft me een vluchtige zoen op mijn wang. Régine heeft een donkere, getaande huid die haar ouder en verweerder maakt dan ze is. Zoals gewoonlijk draagt ze een van haar outfits in neo-Courrègesstijl en baadt ze in de Chanel N° 5. Ze vraagt hoe het met Mel gaat, ik geef antwoord en volg haar naar de woonkamer. Ik heb het nooit prettig gevonden hier weer te komen. Het is alsof ik terugga in de tijd, terug naar een plek waar ik ongelukkig was. Mijn lichaam voelt het nog en ik merk dat ik al mijn spieren span, alsof ik me teweer moet stellen. Het appartement is evenmin als de Galerie Saint-Didier goed tegen de tijd bestand gebleken. De gewaagde moderniteit ervan is vervaagd en ziet er nu onmogelijk ouderwets uit. De donkerbruin-met-grijze wanden, de pluizige vaste vloerbedekking zijn zowel in kleur als in textuur achteruitgegaan. Alles ziet er sjofel uit, vol vlekken.

Mijn vader komt schuifelend binnen. Ik kijk op van zijn verschrompelde verschijning, hoewel ik hem nauwelijks een week geleden nog heb gezien. Hij ziet er oververmoeid uit. Zijn lippen zijn kleurloos. Zijn huid heeft een vreemde, gele teint. Ik kan nauwelijks geloven dat dit die geduchte advocaat is die zijn opponenten deed sidderen zodra hij de rechtszaal betrad.

De beruchte zaak-Vallombreux, begin jaren zeventig, vormde de aanzet van mijn vaders carrière als eminent advocaat. Edgar Vallombreux, een invloedrijke politiek adviseur was halfdood aangetroffen in zijn landhuis nabij Bordeaux, na een vermoedelijke zelfmoordpoging die volgde op een rampzalig resultaat voor zijn partij bij recente verkiezingen. Verlamd, niet in staat tot spreken en depressief was hij gedoemd de rest van zijn leven in een ziekenhuisbed door te brengen. Zijn vrouw Marguérite had nooit in een zelfmoordpoging geloofd. Voor haar stond vast dat er een overval op haar man was gepleegd, omdat hij onbewust gegevens over fiscale onregelmatigheden met betrekking tot een paar hooggeplaatste ministers in handen had gekregen.

Ik wist nog dat *Le Figaro* eens een hele pagina aan François Rey had gewijd, de schaamteloze jonge advocaat die het had aangedurfd zonder scrupules het ministerie van Financiën aan te pakken, en die na een weken durend, bloedstollend proces dat het hele land in zijn ban had gehouden, had bewezen dat Vallombreux inderdaad het slachtoffer was geworden van een substantieel financieel schandaal, dat achteraf diverse koppen heeft doen rollen. In mijn tienerjaren werd me vaak gevraagd of ik familie was van 'die legendarische advocaat'. Soms geneerde ik me of ergerde het me en dan zei ik van niet. Mélanie en ik werden buiten het beroepsleven van onze vader gehouden. We hadden hem zelden in actie gezien in de rechtszaal. We wisten alleen dat hij werd gerespecteerd en gevreesd.

Mijn vader geeft me een schouderklopje, schuifelt naar de bar en reikt me een glas whisky aan, dat hij met bevende hand heeft ingeschonken. Ik houd niet van whisky, maar heb het hart niet hem hieraan te herinneren. Ik doe alsof ik eraan nip. Hij gaat zitten, kreunt en wrijft over zijn knieschijven. Hij is nu met pensioen en dat bevalt hem niets. Er zijn jongere advocaten in zijn schoenen gaan staan, en hij maakt geen deel meer uit van het juridische wereldje. Wat zou hij de hele dag doen, vraag ik me af. Leest hij, bezoekt hij vrienden? Praat hij met zijn vrouw? Ik weet niets van mijn vaders leven. Hij weet niets van het mijne. En wat hij ervan denkt te weten, keurt hij af.

Joséphine verschijnt, mompelend in de mobiele telefoon die tussen haar wang en haar schouder geklemd zit. Ze glimlacht naar me en geeft me iets. Ik kijk omlaag en zie een opgevouwen briefje van vijfhonderd euro. Ze knipoogt naar me en maakte een soort gebaar om aan te geven dat de rest nog volgt.

Mijn vader praat tegen me, iets over problemen met leidingen in hun buitenhuis, maar ik luister niet. Ik kijk de kamer rond en probeer me te herinneren hoe die eruitzag toen mijn moeder nog leefde. Er stonden planten voor de ramen, de houten vloer had een glanzende kastanjebruine kleur, er stonden boeken in de hoek, en een bank bekleed met chintz, en een bureautje, waaraan ze vaak zat te schrijven in het ochtendzonnetje. Wat schreef ze dan, vraag ik me af. En waar zijn al haar spullen gebleven? Al haar boeken, haar foto's, haar brieven? Ik wil het mijn vader vragen, maar doe het niet. Ik weet dat ik dat niet kan doen. Hij zit nu te klagen over de nieuwe tuinman die Régine heeft ingehuurd.

Niemand praat ooit over mijn moeder. Hier al helemaal niet. Ze is hier gestorven. Haar lichaam is door die deur weggedragen, over de met rood tapijt beklede trap naar beneden. Waar is ze precies gestorven? Het is me nooit verteld. In haar kamer, die vlak achter de voordeur lag, hier, in de keuken helemaal achter aan de eindeloze gang? Hoe is het gebeurd? Wie was er nog meer in huis? Wie heeft haar gevonden?

Een aneurysma. Ik heb het pas nog op internet opgezocht. Het kan gebeuren. Als een blikseminslag. Het gebeurt bij mensen van alle leeftijden. Zomaar.

Drieëndertig jaar geleden is mijn moeder gestorven in dit appartement, waar ik me nu bevind. Ik weet niet meer wanneer ik haar voor het laatst heb gekust. En dat doet me pijn, dat ik het niet meer weet.

'Luister je eigenlijk wel naar me, Antoine?' vraagt mijn vader sarcastisch.

Als ik thuiskom, zijn de kinderen er al. Ik hoor de herrie van hun aanwezigheid als ik moeizaam de trap op loop. Muziek, voetstappen, harde stemmen. Lucas zit televisie te kijken met zijn vieze schoenen op de bank. Als ik binnenkom, staat hij haastig op om me te begroeten. Margaux verschijnt in de deuropening. Ik kan maar niet wennen aan dat oranje haar, maar ik zeg er niets van.

'Hé, pa...' zegt ze lijzig.

Er beweegt iets achter haar en over haar schouder zie ik Pauline opduiken. Haar beste vriendin sinds ze klein waren. Alleen ziet Pauline er nu uit als een vrouw van twintig. Nog maar pas geleden was het een iel meiske. Nu is het onmogelijk haar volle boezem en vrouwelijke heupen niet op te merken. Ik omhels haar niet zoals ik deed toen ze nog klein was. Ik geef haar niet eens een kus op haar wang. We maken een soort zwaaiende beweging, beleefd op afstand.

'Is het goed als Pauline blijft slapen?'

Ik ben teleurgesteld. Ik weet dat ik mijn dochter niet zal zien als Pauline blijft slapen, behalve bij het avondeten. Daarna zullen ze zich terugtrekken in de kamer van Margaux en de hele nacht blijven giechelen en fluisteren, en er zal geen tijd voor contact tussen mij en mijn kind overblijven.

'Natuurlijk,' zeg ik lauw. 'Vinden je ouders het goed?'

Pauline haalt haar schouders op.

'Ja, hoor. Geen punt.'

Ze is nog groter geworden deze zomer, lijkt het. Ze torent boven Margaux uit. Ze draagt een kort rokje van spijkerstof en een strak paars T-shirt. Veertien jaar. Niemand zou haar zo jong schatten. Ze menstrueert waarschijnlijk al. Ik weet dat Margaux zover nog niet is. Astrid heeft me dat niet zo lang geleden verteld. Ik besef dat Pauline met zo'n lijf aantrekkelijk is voor allerlei soorten mannen. Jongens van school, en oudere. Kerels van mijn leeftijd. Ik vraag me af hoe haar ouders hiermee omgaan. Wat ze haar vertellen. Wat ze weet. Misschien heeft ze een vast vriendje, misschien heeft ze al seks, is ze al aan de pil. Veertien jaar oud.

Arno komt binnenstormen, geeft me een klap op mijn rug. Zijn mobiel gaat en hij neemt het gesprek aan, zegt: 'Blijf even aan de lijn.' Lucas wendt zich weer naar de tv en de meisjes lopen weg. Ik blijf alleen achter in de deuropening. Ik voel me een sukkel.

Ik ga de keuken in, mijn voeten maken veel kabaal op de krakende houten vloer. Er zit niets anders op dan eten voor hen klaar te maken. Een pastasalade met mozzarella, kerstomaatjes, verse basilicum en blokjes ham. Terwijl ik daar sta en de kaas in blokjes snijd, doet mijn leven zo leeg aan dat ik er bijna om moet lachen. Wat ik dus maar doe. Later, als het eten klaar is, lijkt het eeuwen te duren voordat ze aan tafel komen. Ze hebben allemaal iets beters te doen.

'Geen iPods, Nintendo's of mobieltjes aan tafel alsjeblieft,' zeg ik streng, terwijl ik luidruchtig de maaltijd op tafel neerzet.

Mijn woorden worden beantwoord met schouderophalen en gezucht. Vervolgens stilte met af en toe geslurp en geknaag als ze beginnen te eten. Ik kijk naar ons groepje alsof ik op een afstand sta. Mijn eerste zomer zonder Astrid. Ja, ik baal van elke seconde.

De avond strekt zich voor me uit als een verdord weiland. De meisjes hebben zich opgesloten in de kamer van Margaux. Lucas is versmolten met zijn Nintendo en Arno zit vastgeketend aan het internet in zijn eigen kamer. Ik heb een fout gemaakt, besef ik nu, door hier WiFi en voor elk een computer te installeren. Ze trekken zich terug in hun eigen persoonlijke wereldje en ik krijg ze nauwelijks meer te zien. Niemand kijkt meer televisie in familieverband. Het internet heeft de macht gegrepen, steels, als een dief in de nacht.

Ik ga op de bank liggen en kijk een dvd. Een actiefilm met Bruce Willis. Op een gegeven moment druk ik op *pause* om Valérie en Mélanie te bellen en Angèle een sms'je te sturen over onze volgende ontmoeting. De avond sleept zich voort. Uit de kamer van Margaux komt gedempt gegiechel, uit die van Lucas komen pingetjes en pongetjes, en uit die van Arno klinkt net hoorbaar de metalige beat uit zijn hoofdtelefoon. Ik krijg last van de warmte en dommel in slaap.

Als ik mijn ogen weer open, suffig, is het bijna twee uur 's nachts. Ik sta wankel op. Lucas is diep in slaap en ligt met zijn wang op zijn Nintendo. Ik leg hem voorzichtig in bed en doe mijn best hem niet wakker te maken. Ik besluit maar niet op Arno's deur te kloppen. Hij heeft tenslotte nog vakantie en ik heb even geen behoefte aan weer een ruzie over het tijdstip en dat hij op dit uur zou moeten slapen. Als ik naar de kamer van mijn dochter loop, kriebelt de onmiskenbare geur van een sigaret in mijn neus. Die komt rechtstreeks uit haar kamer. Ik blijf staan met mijn hand op de deurknop. Weer wordt er gesmoord gelachen. Ik klop. Het gelach houdt op. Margaux doet de deur open. De kamer staat blauw van de rook.

'Zitten jullie hier te roken?' Mijn stem klinkt verstikt, bijna onderdanig, en ik krimp ineen als ik mezelf hoor.

Margaux haalt haar schouders op. Pauline ligt uitgestrekt op het bed met niets anders aan dan een miniem slipje en een bh met kantjes. Ik wend mijn blik af van de rondingen van haar borsten, die op me af lijken te springen.

'Gewoon een paar sigaretjes, papa,' zegt Margaux en ze slaat haar ogen ten hemel.

'Maar je bent pas veertien,' roep ik uit, 'dit is zo dom...'

‘En als het dan zo dom is, waarom doe jij het dan, papa?’ sneert ze.

Ze sluit de deur in mijn gezicht.

Daar sta ik dan, met mijn armen gespreid. Ik hef mijn hand op om aarzelend nog eens te kloppen. Ik doe het niet. Ik trek me terug in mijn kamer en ga op mijn bed zitten. Wat zou Astrid in mijn plaats hebben gedaan, vraag ik me af. Zou ze haar van repliek hebben gediend? Haar hebben gestraft? Met dreigementen zijn gekomen? Waagt Margaux het om onder haar moeders dak te roken? Waarom voel ik me zo nutteloos? Het kan niet erger worden dan het nu is. Of wel?

Zelfs in haar strenge, blauwe ziekenhuisblouse ziet Angèle er nog sexy uit. Ze slaat haar armen om me heen, geen acht slaand op het feit dat we ons in het mortuarium van het ziekenhuis bevinden, dat er vlak achter de deur lijken liggen te wachten, dat er in de wachtkamer even verderop rouwende nabestaanden zitten.

Haar aanraking windt me op.

'Wanneer ben je vrij?' fluister ik. Ik heb haar al meer dan drie weken niet gezien. De laatste keer dat ik Mélanie ben komen opzoeken was ik met mijn vader en had ik absoluut geen gelegenheid tijd met Angèle door te brengen. Mijn vader was moe en moest weer naar huis worden gebracht.

Ze zucht.

'Een kettingbotsing op de snelweg, twee hartinfarcten, één kanker, één aneurysma, iedereen lijkt hetzelfde moment te hebben uitgekozen om dood te gaan.'

'Een aneurysma...' mompel ik.

'Een jonge vrouw van in de dertig.'

Ik houd haar dicht tegen me aan en streel haar gladde, glanzende haar.

'Mijn moeder is aan een aneurysma gestorven, toen ze midden dertig was.'

Ze kijkt me aan.

'Je was nog maar een kind.'

'Ja.'

'Heb je haar gezien toen ze dood was?'

'Nee. Ik heb op het laatste moment mijn ogen dichtgedaan.'

'Iemand die aan een aneurysma is overleden, ziet er meestal goed uit. Deze jonge vrouw ziet er dood heel mooi uit. Ik had nauwelijks werk aan haar.'

De plek waar we staan is koel, rustig, het is een gangetje naast de wachtkamer.

'Ben je al bij je zuster geweest?' vraagt ze.

'Ik ben net binnen. De verpleegkundigen zijn met haar bezig. Ik ga er nu weer heen.'

'Oké. Geef me een uur of twee de tijd. Dan zou ik wel klaar moeten zijn.'

Ze kust me op mijn mond, een warme, vochtige kus. Ik loop weer terug naar de afdeling van Mélanie. Het ziekenhuis lijkt voller, drukker dan anders. Het gezicht van mijn zuster is minder bleek, bijna roze. Haar ogen beginnen te stralen als ze me ziet.

'Ik kan niet wachten om hier weg te gaan,' fluistert ze. 'Ze zijn allemaal reuze aardig, maar ik wil gewoon naar huis.'

'Wat zegt dokter Besson ervan?'

'Volgens haar kan het misschien al heel snel.'

Ze vraagt hoe het me deze week is vergaan. Ik grijns, weet niet goed waar ik moet beginnen. Een ellendige week, op alle fronten. Saai schrijfwerk voor de autoverzekering. Weer een meningsverschil met Rabagny over het kinderdagverblijf. Nog meer irritatie vanwege Florence. Onze vader en zijn oud wordende, vermoeide gezicht, zijn opvliegendheid. Een moeizaam weekend met de kinderen. De school was net weer begonnen en ze waren alle drie gespannen. Ik was nog nooit zo opgelucht geweest dat ik ze in Malakoff kon afzetten. Ik zeg maar tegen Mélanie dat het zo'n kloteweek was waarin alles fout gaat.

Ik blijf een poosje bij haar zitten. We hebben het over de brieven die ze heeft gekregen, de bloemen, de telefoontjes. Haar oude aanbidder heeft een ring met een robijn van een juwelier aan de place Vendôme gestuurd. Af en toe denk ik dat ze over het ongeval gaat beginnen, maar dat gebeurt niet. Ze kan zich nog steeds niets herinneren. Ik moet geduldig zijn.

'Ik kan niet wachten tot het herfst is, of winter,' verzucht Mélanie. 'Ik haat het einde van de zomer. Ik haat die hitte, ik haat alles wat erbij komt kijken. Ik kan niet wachten tot we weer koude winterochtenden krijgen, en warme kruiken.'

Dokter Besson komt binnen, schudt me de hand. Ze zegt dat de verwachting is dat Mélanie binnen een paar weken per ambulance naar Parijs zal kunnen worden overgebracht, waarschijnlijk rond half september. Ze mag in haar eigen huis herstellen, ten minste twee maanden, onder begeleiding van een fysiotherapeut en met regelmatige bezoekjes aan haar huisarts.

'Uw zuster is heel flink geweest,' zegt ze later, als we bezig zijn formulieren in te vullen in haar spreekkamer. Ze overhandigt me een stapel verzekeringsformulieren. Dan kijkt ze me strak aan. 'Hoe gaat het met uw vader?'

'U denkt, geloof ik, dat hij ziek is?'

Ze knikt. Ik zeg: 'Hij heeft mij noch mijn zuster verteld wat hem mankeert. Ik zie wel hoe vermoeid hij is, maar meer kan ik u niet vertellen.'

'En uw moeder?' vraagt ze. 'Weet zij er iets van?'

'Onze moeder is gestorven toen we nog heel jong waren.'

'O, sorry,' zegt ze haastig.

'Onze vader is hertrouwd. Maar ik weet niet goed wat mijn stiefmoeder me over zijn toestand kan vertellen. We hebben niet zo'n hechte band.'

Ze knikt. Zwijgt even. Zegt dan: 'Ik zou alleen graag horen dat hij onder medisch toezicht staat.'

'Vanwaar uw zorg?'

Ze kijkt me aan, pienter, bruine irissen.

'Ik zou dat graag weten.'

'Wilt u dat ik met hem ga praten?'

'Ja,' zegt ze. 'Vraag maar of hij bij de dokter is geweest.'

'Oké,' zeg ik. 'Dat zal ik doen.'

Terwijl ik terugloop naar het kantoor van Angèle, vraag ik me af wat dokter Besson is opgevallen aan mijn vader. Wat heeft ze met haar deskundige, medische blik gezien dat ik heb gemist? Ik ben geïrriteerd, bezorgd. Ik heb mijn vader na mijn laatste bezoekje niet meer gezien. Ook heb ik hem niet meer gesproken. Maar ik heb de afgelopen weken wel van hem gedroomd, zoals ik ook van mijn moeder heb gedroomd. Noirmoutier is weer terug in mijn herinnering, net als de vloed die opkomt en de Passage du Gois overspoelt, en de meeuwen die boven de reddingspalen cirkelen. Dromen van mijn vader, mijn moeder, toen ze jong waren, op het strand. Mijn moeders glimlach, mijn vaders lach. Dromen over mijn recente verblijf met Mélanie. De avond van haar verjaardag, hoe mooi ze eruitzag in haar zwarte jurk. Het elegante, zilverharige paar naast ons, dat hun champagneglazen naar ons ophief. De kok, die uitriep: 'Madame Rey!' Kamer 9. De kamer van mijn moeder. Sinds de avond van het ongeval droom ik steeds weer van Noirmoutier. Noirmoutier is nooit weggeweest.

‘Ziekenhuismortuarium’ staat er op het bordje. Ik klop één keer, dan twee keer. Geen reactie. Ik blijf lang buiten Angèles deur staan. Ik neem aan dat ze nog niet klaar is. Ik ga in de kleine wachtkamer voor de nabestaanden zitten. Die is nu leeg, en ik ben blij dat ik daar als enige zit. De tijd kruipt voorbij. Ik kijk op mijn mobiel. Geen gemiste oproepen. Geen voicemail. Geen sms'jes.

Een zacht geluidje doet me opkijken. Iemand met een beschermende bril, een masker, een papieren mutsje, latex handschoenen, een lichtblauwe overall waarvan de pijpen in rubber laarzen zijn gepropt staat voor me. Ik haast me op te staan. Een gehandschoende hand zet de bril en het masker af. Angèles fraaie, gebeeldhouwde gelaatstrekken komen tevoorschijn.

‘Wat een dag,’ zegt ze. ‘Sorry dat ik je heb laten wachten.’

Ze ziet er vermoeid uit, haar gezicht afgetrokken.

Achter haar staat de deur naar haar kantoor gedeeltelijk open. Ik werp een blik in de ruimte voor zover ik die van hieraf kan zien. Een klein, blauw kamertje. Volkomen leeg. Linoleum. Daarachter weer een deur, ook open. Witte wanden, de vloer wit betegeld. Brancards. Medicijnflesjes en diverse instrumenten die ik niet herken. Er hangt een vreemde, krachtige geur in de lucht. Zij ruikt er ook naar, het komt van haar overall. Is dit de geur van de dood? Van formaline? Ik weet alleen dat ik dit voor het eerst ruik, en voor de eerste keer dat ik het bij haar ruik.

'Vind je het eng?' vraagt ze vriendelijk.

'Nee, hoor,' zeg ik.

'Wil je mee naar binnen?'

Ik aarzel niet.

'Jawel.'

Ze trekt haar handschoenen uit en haar warme hand pakt de mijne.

'Kom mee Morticia's hol binnen,' fluistert ze. Ze sluit de zware deur achter zich. We staan nu in het eerste blauwe kamertje. 'Hier worden de lichamen heen gereden, zodat de nabestaanden ze voor het laatst kunnen zien. De kamer waar ze worden opgebaard.'

Ik probeer me voor te stellen wat hier allemaal gebeurt. Was het in een ruimte als deze geweest dat Mélanie en ik het lichaam van onze moeder te zien kregen? Dat zal wel. Ergens in mijn hoofd wordt iets uitgeschakeld en ik kan me niets meer voorstellen of voor de geest halen. Als ik haar al die jaren geleden dood had gezien, als ik mijn ogen niet had gesloten, zou dat in een kamer als deze zijn geweest. Ik loop achter Angèle aan de grotere, witte kamer erachter in. De geur is hier sterker, bijna overheersend. Als zwavel. Er ligt een lichaam, bedekt door een wit ziekenhuislaken, op een brancard. Het is hier erg schoon. Kraakheldere oppervlakken. Blinkende instrumenten. Geen vlekken. Veel licht, dat door de jaloezieën binnenkomt. Ik hoor het zoemen van een airconditioning. Het is hier koeler, koeler dan op welke andere plek ook in het ziekenhuis.

'Wat wil je weten?' vraagt Angèle.

'Wat je me kunt vertellen.'

Ze glimlacht.

'Mag ik je voorstellen aan de patiënt van vanmiddag?'

Ze slaat zorgvuldig het laken terug van de gedaante op de brancard. Ik voel mezelf verstijven, net als al die jaren geleden, toen het laken van het lichaam van mijn moeder werd afgehaald, maar het gezicht dat eronder vandaan komt, ziet er vredig, kalm uit. Een oude man, met een warrige witte baard. Hij draagt een grijs pak, een wit overhemd, een donkerblauwe stropdas en lakschoenen. Zijn handen liggen gekruist over zijn borst.

'Kom maar dichterbij,' zegt ze. 'Hij bijt niet.'

Hij lijkt te slapen, maar als ik naderbij kom, merk ik de totale onbeweeglijkheid van de dood op.

'Dit is Monsieur B. Hij heeft een hartinfarct gehad. Hij was vijfentachtig.'

'Zag hij er bij binnenkomst al zo goed uit?'

'Toen hij werd binnengebracht had hij een pyjama met vlekken aan, zijn gezicht was vertrokken en hij had een lichtpaarse kleur.'

Ik krimp ineen.

'Om te beginnen was ik mijn patiënten. Daar neem ik de tijd voor. Ik was ze van top tot teen. Daarvoor gebruik ik deze speciale slang.' Ze wijst naar een gootsteen met een kraan vlakbij. 'Ik gebruik er een spons en een wasmiddel voor. Terwijl ik dat doe, buig en strek ik de armen en benen, zodat de rigor mortis niet te snel inzet. Ik sluit de ogen met speciale kapjes, en ik hecht de mond, maar ik heb een hekel aan dat woord, dus zeg ik liever dat ik de mond sluit, en soms gebruik ik er een lijm voor, omdat dat er natuurlijker uitziet. Ik heb een hekel aan die monden die met kleine steekjes vastzitten, zoals sommige lijkverzorgers het doen. Als er een trauma op het gezicht of het lichaam aanwezig is, bewerk ik die gebieden met was of op een andere manier. Dat kan soms wat tijd kosten. Dan begin ik met het balsemen. Weet je wat dat is?'

'Niet precies,' zeg ik naar waarheid.

'Ik injecteer de balsemvloeistof via de halsslagader. Kijk, hier.' Ze wijst naar de hals van Monsieur B. 'Die pomp ik erin. Langzaam. En ik tap het bloed af door de halsader. Weet je wat de balsemvloeistof doet?'

'Nee.'

'Die laat de natuurlijke kleur terugkomen. Ook wordt het ontbindingsproces vertraagd, tenminste enige tijd. Toen ik bijvoorbeeld bij Monsieur B. de vloeistof erin pompte, verdween de paarse kleur helemaal uit zijn gezicht. Na het balsemen via de halsslagader gebruik ik een aspirator om alle lichaamsvloeistoffen weg te zuigen. Uit de maag, de buik, het hart, de longen, de blaas.' Ze zwijgt even. 'Gaat het wel?'

'Ja, hoor,' zeg ik, en ook deze keer naar waarheid. Dit is de eerste keer dat ik een lijk zie, afgezien van de gedaante van mijn moeder onder het laken. Ik ben vierenveertig jaar oud en heb nooit een dode gezien. Inwendig bedank ik Monsieur B. voor het feit dat hij er zo rozig en vredig uitziet. Ik vraag me af of mijn moeder er ook zo had bijgelegen.

'En wat doe je daarna?'

'Ik vul alle holten met geconcentreerde chemicaliën en dan hecht ik alle incisies en openingen. Dat duurt ook wel even. Ik zal niet in detail treden. Dat wil je niet horen. En dan kleed ik mijn patiënten aan.'

Ik vind het leuk zoals ze 'mijn patiënten' zegt. Ze zijn morsdood, maar toch zijn het haar patiënten. Het valt me op dat ze de hele tijd dat ze tegen me praat haar ongehandschoende hand op de schouder van Monsieur B. laat liggen.

'Het laatste wat ik doe, en daarmee was ik bezig toen je op de deur klopte, is de make-up. Die moet er natuurlijk uitzien. Soms vraag ik om een recente foto van mijn patiënt, zodat ik kan zien hoe die er in levenden lijve uitzag. Daar probeer ik dicht bij te blijven.'

'Is de familie van Monsieur B. al langsgeweest om hem te zien?'

Ze kijkt op haar horloge.

'Morgen. Ik ben heel gelukkig met Monsieur B. Daarom heb ik hem ook aan je laten zien. Ik ben minder gelukkig... met mijn andere patiënten van vandaag.'

'Hoezo?'

Ze loopt weg van de brancard en blijft bij het raam staan. Ze zegt een tijdje niets.

'De dood kan erg lelijk zijn. Wat je er ook aan doet, hoe hard je je best doet, je krijgt het dan gewoon niet voor elkaar het lichaam er vredig genoeg uit te laten zien voor de familie.'

Ik ril bij de gedachte wat ze dagelijks onder ogen krijgt.

'Hoe is het mogelijk dat dit niet aan je vreet?'

Ze wendt zich naar me toe.

'O, maar dat gebeurt ook wel.' Ze slaakt een zucht, legt het laken weer over het gezicht van meneer B. 'Ik doe dit werk vanwege mijn vader. Hij heeft zelfmoord gepleegd. Ik was dertien. Ik was degene die hem vond. Ik kwam thuis uit school en daar lag hij, voorover op de keukentafel en met zijn hersenen in spetters tegen de muur.'

'Jezus,' fluister ik.

'Mijn moeder was er zo erg aan toe dat ik iedereen moest bellen, alles moest doen, de begrafenis moest regelen. Mijn oudere zus stortte in. Die dag werd ik volwassen. Werd ik de keiharde meid die ik nu ben. De lijkverzorger die aan hem heeft gewerkt, heeft zijn werk ongelooflijk goed gedaan. Hij heeft mijn vaders hoofd met was gereconstrueerd. Mijn moeder en de familie konden naar het lichaam kijken zonder flauw te vallen. Maar ik was de enige die mijn vader had gezien toen hij net dood was. Ik was de enige die de vergelijking kon maken. Ik was zo onder de indruk van het vakmanschap van de lijkverzorger, dat ik wist dat ik dat later ook wilde gaan doen. Ik heb het examen gehaald en werd op mijn tweeëntwintigste lijkverzorger.'

'Was het moeilijk?'

'Aanvankelijk wel, ja. Maar ik weet hoe belangrijk het is om, als je iemand is ontvallen, een laatste, vredige blik te kunnen werpen op het lichaam van die geliefde persoon.'

'Zijn er veel vrouwelijke lijkverzorgers?'

'Meer dan je zou denken. Als ik baby's krijg, of kinderen, zijn de ouders opgelucht dat ik vrouw ben. Ik vermoed dat ze denken dat een vrouw er meer gevoel in legt, een zachtere hand heeft, meer aandacht voor detail en voor waardigheid zal hebben.'

Ze kijkt me aan, pakt mijn hand. Toont me haar lome glimlachje.

'Laat me even snel douchen en dan neem ik je mee. Laten we naar mijn huis gaan.'

We lopen de aangrenzende kantoorruimte binnen. Daarachter is een witbetegelde badkamer.

'Ik ben zo terug,' zegt ze. Ze loopt het kantoor uit.

Op haar bureau zie ik foto's staan. Zwart-witte van een man van in de veertig. Hij lijkt zo sterk op haar, dat het wel haar vader moet zijn. Dezelfde ogen, dezelfde kin. Ik ga achter haar bureau zitten en kijk naar het papierwerk, de agenda's, de computer, wat brieven. Van alles en nog wat. De gebruikelijke rommeltjes voor het dagelijkse werk. Er ligt een kleine agenda naast haar mobiele telefoon. Ik kom in de verleiding hem te pakken. Erdoorheen te bladeren. Ik wil alles van deze fascinerende Angèle Rouvatier weten. Haar afspraakjes, haar ontmoetingen, haar geheimen. Maar uiteindelijk doe ik het niet. Ik heb er vrede mee hier gewoon op haar te zitten wachten, ook al ben ik waarschijnlijk maar een van de vele vriendjes die ze in onzekerheid laat verkeren. Ik hoor de douche lopen in de aangrenzende ruimte. Water op haar naakte huid. Ik blijf maar denken aan mijn handen op die huid en op dat gladde lichaam. Ik blijf maar denken aan haar warme, vochtige mond. Aan wat ik met haar ga doen als ik bij haar thuis ben. Dat bedenk ik heel gedetailleerd. Ik krijg een gigantische erectie. Hoort dat wel, vraag ik me af, in een mortuarium?

Voor het eerst in lange tijd heb ik het gevoel dat mijn leven eindelijk weer wat vrolijker wordt. Zoals de zon heel fragiel en fris kan schijnen na een regenbui. Zoals de Passage du Gois weer tevoorschijn komt als het getij zich terugtrekt.

Ik wil er het beste van maken.

Half september gaat Mélanie voor het eerst sinds het ongeval terug naar huis. Ik sta naast haar op de drempel van haar appartement en zie hoe opvallend broos en bleek ze eruitziet. Ze loopt nog moeilijk, met krukken, en ik weet dat de volgende weken in beslag zullen worden genomen door fysiotherapie en revalidatie. Ze is heel blij weer thuis te zijn, en haar gezicht straalt als ze ziet dat al haar vrienden zijn gekomen ter gelegenheid van haar terugkeer, beladen met cadeautjes en bloemen.

Elke keer als ik langskom in de rue de la Roquette heeft ze wel iemand op bezoek, iemand die theezet, kookt, met haar naar muziek luistert of haar aan het lachen maakt. Als alles goed gaat, vertelt ze ons, zou ze in het voorjaar weer aan het werk kunnen. Of ze daar al dan niet zin in heeft, is een andere kwestie. 'Ik weet niet of de uitgeverswereld nog wel zo geweldig is voor mij,' vertrouwt ze Valérie en mij toe als we op een avond bij haar eten. 'Lezen gaat me moeilijk af, ik kan me gewoon niet concentreren, dat heb ik nooit eerder gehad.'

Het ongeval heeft mijn zus veranderd. Ze lijkt rustiger geworden, nadenkender, minder gestrest. Ze verft haar haar niet meer, en de glanzende zilveren draden tussen haar donkere krullen staan haar goed, maken haar nog eleganter dan ze al was. Een vriendin heeft haar een poes cadeau gegeven, een zwart beestje met goudgele ogen dat Mina heet.

Als ik met mijn zus praat, heb ik vaak de neiging haar zomaar te vragen: 'Mel, weet je eigenlijk nog wat je me vlak voor de botsing ging vertellen?' Maar ik durf niet. Ik ben nog op mijn hoede vanwege haar broosheid. Ik heb min of meer opgegeven af te wachten tot ze zich herinnert wat ze me probeerde te vertellen. Maar het speelt steeds door mijn hoofd.

'Hoe staat het eigenlijk met die ouwe geile aanbidder?' vraag ik haar op een dag, plagend, terwijl Mina op mijn schoot ligt te spinnen.

We zitten in haar grote, lichte woonkamer. Lange rijen boeken, zacht olijfkleurige wanden, een grote witte bank, een rond marmeren tafeltje, een open haard. Mélanie heeft wonderen verricht met dit appartement. Ze heeft het vijftien jaar geleden gekocht, zonder geld van onze vader te lenen, toen het nog bestond uit een reeks hokkerige bediendekamertjes op de bovenste verdieping van een eenvoudig gebouw in een arrondissement dat toen nog niet trendy was. Ze heeft wanden laten slopen, de parketvloeren laten renoveren en een open haard laten plaatsen. Dit alles heeft ze zonder mijn hulp of suggesties gedaan, wat ik indertijd opvatte als een behoorlijke belediging. Maar uiteindelijk begreep ik wel dat dit Mélanies manier was om voor zichzelf op te komen. En daar had ik bewondering voor.

Ze gooit haar hoofd achterover. 'O, die... Hij schrijft me nog steeds, en stuurt bloemen, en hij heeft zelfs aangeboden me een lang weekend mee naar Venetië te nemen, kun je je voorstellen: Venetië op krukken?' We lachen. 'God, wanneer heb ik voor het laatst seks gehad?' Ze kijkt me uitdrukkingloos aan. 'Ik kan het me niet eens herinneren. Waarschijnlijk met hem, die arme ouwe man.' Dan werpt ze een onderzoekende blik in mijn richting.

'En jouw seksleven, Tonio? Je doet ontzettend geheimzinnig, maar je hebt er al jaren niet zo opgewekt uitgezien.'

Ik glimlach en denk aan de gladde, romige dijen van Angèle. Ik weet niet helemaal zeker wanneer ik haar weer zal zien, maar juist dat wachten in verlangen maakt het des te opwindender. We spreken elkaar dagelijks over de telefoon, meerdere malen per dag, en dan zijn er nog sms'jes en e-mails, en 's avonds kan ik haar naakt zien op mijn webcam, als ik me als een schuldbewuste tiener in mijn slaapkamer opsluit. Ik heb mijn zus wel min of meer toegegeven dat ik een online-relatie op afstand heb met een ontzettend sexy lijkverzorger. 'Wauw,' verzucht ze. 'Eros en Thanatos. Wat een freudiaanse combinatie. Wanneer mag ik kennismaken met die dame?'

Ik zeg dat ik niet eens weet wanneer ik haar zelf de volgende keer in levenden lijve zal zien. Na een poosje zal het opwindende van de webcam er wel afgaan, vermoed ik, en zal ik de behoefte hebben haar lijfelijk aan te raken, haar te bezitten. Haar echt te bezitten. Ik zeg dit niet met zoveel woorden tegen Mélanie, maar ze snapt wat ik bedoel.

Later leg ik het aan Angèle voor in een extreem openhartig sms'je. Ik krijg onmiddellijk een sms van haar terug met de vertrektijd van de volgende trein van Montparnasse naar Nantes. Ik red die trein niet vanwege een belangrijke bespreking voor een nieuw contract. Een bankkantoor dat zal worden gebouwd in het 12de arrondissement, vlak bij Bercy. Weer zo'n saaie klus, maar ook nu iets wat ik me niet kan permitteren af te slaan.

Mijn hevige verlangen naar Angèle groeit, dag na dag. Ik weet dat het de volgende keer dat ik haar zie, vuurwerk zal worden. En alleen al de gedachte daaraan houdt me op de been.

Op een avond in oktober kom ik beneden in mijn kelder een ware schat tegen. Ik was op zoek naar een mooie fles wijn om Hélène, Emmanuel en Didier tijdens een etentje mee te verwennen, een wijntje dat hun zou smaken en dat ze zouden onthouden. Maar in plaats van terug te keren met een fles Croizet Bages, breng ik juichend een oud fotoalbum mee naar boven. Ik wist niet eens dat ik het had. Het zat in een kartonnen doos die ik na de scheiding nog niet had opengemaakt, ergens tussen een rommelige berg schoolrapporten, wegenkaarten, verkreukelde kussenslopen en Disney-badlakens met het weer erin. Ik kwam het heel toevallig tegen. Hoe was dit in mijn bezit gekomen en hoe kwam het dat ik me er niets van kon herinneren? Oude zwart-witfoto's van Mélanie en mij. Mijn eerste communie. Zeven jaar oud. Een lange witte jurk. Ernstige blik. Een nieuw horloge, fier aan mijn pols. Mélanie op haar vierde, mollige wangen en een gesmokt jurkje met ruches. De bijeenkomst in het appartement aan de avenue Henri-Martin. Champagne, jus d'orange en *macarons* van de naburige tearoom Carette. Mijn grootouders, die welwillend op me neer keken. Solange. Mijn vader. Mijn moeder. Ik moet erbij gaan zitten. Daar was ze dan. Donker haar. Lieve glimlach. Haar hand op mijn schouder. Zo jong. Ze had nog maar drie jaar te leven. Het was moeilijk te bevatten, als je naar die foto keek. Ze was een toonbeeld van jeugd.

Ik sla de bladzijden langzaam om en zorg ervoor dat er geen sigarettenas op komt. Ze zijn muf van het verblijf in de kelder. Noirmoutier. De laatste zomer. 1973. Mijn moeder moet al deze foto's in dit album hebben geplakt, besef ik. Dit is haar handschrift, rond en kinderlijk. Ik kan haar bijna zien, zoals ze aan haar bureautje zat op de avenue Kléber, over de bladzijden gebogen, geconcentreerd. Een schaar en een lijmpot. De speciale pen waarmee je op zwart papier kon schrijven. Mélanie staat op de Gois bij eb, met haar schepje en emmertje. Solange rookt een sigaret en poseert op de pier. Heeft mijn moeder deze foto's genomen? Had ze een fototoestel? Ik weet het niet meer. Mélanie op de pier aan het strand. Ikzelf voor het casino. Mijn vader, genietend van het zonnetje. Wij allemaal op het terras van het hotel. Wie zou die genomen hebben? vraag ik me af. Bernadette? Een andere serveerster? De volmaakte familie Rey op haar allerbest.

Ik sla het album dicht. Terwijl ik dat doe, dwarrelt er iets wits uit. Ik buig naar de vloer om het op te rapen. Het is een oude boarding pass. Ik staar ernaar, verbijsterd. Een vlucht naar Biarritz, lente 1989. Op Astrids meisjesnaam. Natuurlijk. Op deze vlucht heb ik Astrid leren kennen. Ze ging naar de bruiloft van een vriendin en ik zou wat kantoren renoveren in een nieuw winkelcentrum voor de architect bij wie ik toen werkte. Ik weet nog dat ik het in stilte geweldig vond dat zo'n knappe jonge vrouw het plekje naast mij had gekregen.

Ze had een gezond, Scandinavisch uiterlijk, als van iemand die graag in de buitenlucht is, en dat trok me direct in haar aan. Dit was niet zo'n gemanicuurde, gemaakte Parijse vrouw. Tijdens de vlucht piekerde ik me suf wat ik tegen haar kon zeggen. Maar ze had een Walkman met een hoofdtelefoon op haar oren en leek volledig in de ban van de *Elle*. De landing werd opeens akelig onrustig. Het leek erop dat we in Baskenland waren aangekomen op het moment dat de moeder aller stormen zich daar roerde. De piloot deed tweemaal een poging te landen, maar maakte beide keren een doorstart, waarbij de motoren gierden en schudden. De wind loeide om ons heen en de hemel veranderde in een donkergrijze schemering, hoewel het pas twee uur 's middags was. Astrid en ik wisselden angstige glimlachjes uit. Het vliegtuig hotste heen en weer, en bij elke luchtzak werd onze maag in een knoop gelegd.

De baardige man aan de andere kant van het gangpad leek groen te zijn geworden. Met een trefzeker gebaar reikte hij naar de papieren zak in de stoelzak, waarna hij die behendig openmaakte en met een monsterlijke, vettige boer in de zak braakte, voor ons gevoel eindeloos lang. Er zweefde een zure stank van knoflook en braaksel op Astrid en mij af. Ze wierp me een hulpeloze blik toe. Ik zag dat ze bang was. Ik niet, wat mij vrees aanjoeg was niet de mogelijkheid van neerstorten, maar dat ik misschien mijn spaghetti bolognese over de knieën van dit mooie meisje zou uitspugen. We hoorden niets anders dan het geluid van kotsende passagiers. Terwijl het vliegtuig duizelingwekkende rondjes draaide en ik uit alle macht probeerde mijn blik afgewend te houden van de bebaarde man, die nu een tweede zak met paarse kots had gevuld, gleed haar bevende hand voorzichtig in de mijne.

Zo heb ik mijn vrouw ontmoet. En het feit dat ze dat kaartje al die jaren had bewaard, vond ik hartverwarmend. De vijftien jaar tussen het overlijden van mijn moeder en Astrid leek een mistbank, een rit door een donkere tunnel. Ik denk niet graag terug aan die jaren. Ik had toen wat weg van een trekpaard met oogkleppen, was overweldigd door een kille eenzaamheid die aan me knaagde, waar ik niet van afkwam. Toen ik de avenue Kléber eenmaal had verlaten en met twee medestudenten op de linker Seineoever ging wonen, leek mijn bestaan iets minder somber. Er waren wat vriendinnetjes geweest, reisjes naar het buitenland, ik had Azië ontdekt, Amerika. Maar toen Astrid in mijn leven kwam, was er ineens licht. En geluk. En gelach. En vreugde.

Toen mijn huwelijk kapotging, toen ik uiteindelijk doorhad dat Astrid niet meer van me hield, dat ze van hem hield, van Serge, viel de bodem uit mijn bestaan. Ik was weer terug in die lange, donkere tunnel. In mijn dromen, maar ook overdag, doken fragmenten van mijn leven met Astrid op. Terwijl we meedogenloos op een echtscheiding afstevenden, ik verbijsterd, zij vastbesloten, klampte ik me radeloos vast aan elke herinnering die ik had, om maar op de been te blijven. Eén herinnering bleef maar terugkomen, achtervolgde me. Onze eerste reis als stel. San Francisco. We waren nog maar vijfentwintig, vlak voor de geboorte van Arno. We waren jong en zorgeloos, zoals dat heet. Krankzinnig verliefd. Er is een hele zwerm herinneringen aan die reis die ik zó naar boven kan halen. De rit over de Golden Gate Bridge in een cabriolet, terwijl Astrids haren in mijn gezicht waaiden, het hotelletje in Pacific Heights waar we waanzinnig hartstochtelijk de liefde bedreven, de uitgelaten ritjes in de tram.

Maar de eerste die me te binnen schiet is Alcatraz. We hadden een boot genomen voor een bezoek aan het eiland en kregen er een rondleiding met een gids. Je kon een glimp opvangen van de stad in haar glitterende, heuvelachtige glorie, nauwelijks drie kilometer weg, over koud en verraderlijk water. Zo dichtbij en toch zo ver weg. De cellen van het 'Seedy Block' waren de meest gewilde, omdat de zon er overvloedig door de ramen scheen. De gevangenen zaten het liefst aan deze kant, legde de gids uit, want deze cellen waren warmer, minder kil, zelfs in koude winternachten. En in sommige nachten, ging hij verder, bijvoorbeeld met de jaarwisseling, konden de gevangenen bij een gunstige windrichting vaag het geluid van de feesten op de St. Francis Yacht Club aan de overkant van de baai horen.

Heel lang heb ik me gevoeld als zo'n bewoner van de gevangenis van Alcatraz, die in wanhoop leeft op de restjes die door de wind mijn kant op worden geblazen, gelach, gezang en muziek, het gemompel van een menigte die ik hoor maar nooit zal kunnen zien.

De middag van een grauwe novemberdag. Vier weken tot de kerst. Parijs is getooid in fonkelend klatergoud als een opzichtige courtisane. Ik zit voor de vijfde keer sinds die ochtend aan mijn bureau te werken aan een gecompliceerde bouwtekening voor de kantoren van de bank in Bercy. Ik moet hem steeds opnieuw uitprinten. De printer maakt een kreunend geluid, als een barende vrouw. Florence is verkouden. Ik heb het nog steeds niet over mijn hart kunnen verkrijgen haar te ontslaan. Ze heeft iets intens meelijwekkends over zich. Vandaag lijkt ze onophoudelijk haar neus te moeten snuiten. Elke keer dat ze dat doet, duwt ze haar dikke, met Kleenex omhulde wijsvingers diep in haar neusgaten en draait ze ze rond als propellers. Ik moet me inhouden om niet uit te halen en haar in haar gezicht te meppen.

De afgelopen twee maanden zijn één wervelwind van conflicten en ruzies geweest. Arno zit zwaar in de problemen op school. Astrid en ik zijn twee keer op school ontboden voor een gesprek met de leerkrachten. Als hij zo doorgaat, waarschuwt men ons, zal hij niet alleen blijven zitten, maar van school worden gestuurd. Slechte cijfers, brutaal gedrag, vernielen van schooleigendommen, spijbelen, we ontdekken tot ons afgrijzen de reikwijdte van Arno's duistere daden. Hoe heeft onze alleraardigste, zorgeloze zoon zich kunnen ontwikkelen tot deze opstandige schurk? Margaux, even rustig als haar broer onbesuisd is, zit onbereikbaar in haar eigen koele wereld van stilte en minachting. Ze praat nauwelijks met ons, hangt dag in, dag uit aan haar iPod. De enige manier om met haar te communiceren is haar een sms'je te sturen, zelfs al zit ze in de aangrenzende kamer. Alleen Lucas blijft redelijk gezellig. Zolang als het duurt.

Op dit moment is het enige positieve nieuws uit mijn omgeving, afgezien van Angèle, dat Mélanie heel snel opknapt. Ze loopt al in normaal tempo, zonder aarzelen, en ze heeft door regelmatige lichaamsbeweging en fysiotherapie net dat beetje kracht dat ze miste, teruggekregen. Weer aan het werk gaan is geen prioriteit voor haar. Ik vermoed dat ze haar ziekteverlof zo lang mogelijk rekt. Uiteindelijk is ze toch met haar oude aanbidder naar Venetië geweest, maar er hangen nu nieuwe, jongere mannen om haar heen, die haar voortdurend meenemen naar restaurants, concerten en vernissages.

Ik wend me af van de plastic kerstboom die in de hal staat en waarin afwisselend rode en groene lampjes oplichten. Onze tweede kerst als gescheiden koppel is in aantocht. Astrid is in Tokio met Serge, die daar een belangrijke 'sushi shoot' (deze uitdrukking deed Emmanuel in bulderend gelach uitbarsten) voor een glossy voedingscatalogus heeft. Ze komt pas over een week terug. De kinderen zijn de hele week bij mij en tot nu toe is hun verblijf afzien geweest.

Mijn mobiel zoemt. Mélanie. We babbelen een poosje over de kerstcadeautjes, wie heeft wat nodig, wie zou wat willen hebben. We hebben het over onze vader. We zijn er beiden van overtuigd dat hij een of andere ziekte heeft, maar hij vertelt ons niets. Als we Régine erop aanspreken, antwoordt ze botweg dat ze van niets weet. Ik heb een keer geprobeerd iets van Joséphine te los te krijgen. Maar zij moest schaapachtig toegeven dat het haar niet eens was opgevallen dat onze vader er zo slecht uitzag.

Mélanie plaagt me met Angèle. 'Je Morticia' noemt ze haar. Ik heb Mel al toevertrouwd – niet dat ik iets te verbergen heb – dat deze vrouw me momenteel op de been houdt. Hoewel het me maar een paar keer is gelukt haar sinds de zomer te zien, is Angèle toch een nieuwe energiebron in mijn leven. Inderdaad, ze is irritant onafhankelijk, inderdaad, ze gaat waarschijnlijk ook met andere mannen om, inderdaad, ze ziet me alleen als ze daar zin in heeft, maar ze houdt mijn gedachten weg bij mijn ex-vrouw. Ze heeft mijn mannelijkheid nieuw leven ingeblazen, in elke betekenis van het woord. Al mijn vrienden hebben een verandering opgemerkt. Sinds Angèle Rouvatier mijn leven is binnengedanst ben ik gewicht kwijtgeraakt, ben ik vrolijk, ben ik opgehouden met zeuren. Ik let meer op mijn kleding. Ik houd van spierwitte, goed gesteven overhemden en mijn spijkerbroeken zijn tegenwoordig zwart, net als die van haar, en moeten perfect van snit zijn. Ik draag een lange zwarte jas die Arno 'cool' vindt en waar zelfs Margaux een goedkeurende blik voor over heeft. En elke ochtend doe ik de eau de toilette die Angèle me heeft gegeven op, een kruidige Italiaanse geur die me altijd aan haar, aan ons, doet denken.

Tijdens mijn lange gesprek met Mel hoor ik een piepje in mijn telefoon. Wisselgesprek. Ik roep: 'Wacht even!' en kijk op het schermpje. Het is het nummer van Margaux. Margaux belt me zo zelden dat ik tegen mijn zus zeg dat ik dit telefoontje moet aannemen en dat ik haar straks terugbel.

'Hoi, met je vader!' zeg ik luchtig tegen mijn dochter.

Ik hoor alleen stilte aan de andere kant.

'Ben je daar, Margaux?'

Een ingehouden snik. Mijn hart begint hard te kloppen.

'Schatje, wat is er aan de hand?'

Florence draait haar nieuwsgierige, fretachtige gezicht mijn kant op. Ik sta op, loop kwiek naar de ingang van het kantoor.

'Pap...'

Margaux lijkt kilometers ver weg, haar stem klinkt zwak.

'Zeg eens wat er is, kindje!'

'Pap!' Nu schreeuwt ze het uit. Het geluid lijkt mijn schedel te doorklieven.

'Wat is er toch?'

Mijn vingers beven zo dat ik de telefoon bijna laat vallen.

Ze snikt, de woorden komen snel en hakkelend. Ik kan er geen touw aan vastknopen. Ik zeg: 'Margaux, lieve schat, doe eens even rustig. Ik begrijp niet wat je zegt!'

Achter me kraakt de houten vloer onder de sluipende passen van Florence, die hier geen woord van wil missen. Ik draai me met een ruk om en kijk haar met een ijzige blik aan. Ze verstijft halverwege een stap en loopt ineengedoken terug naar haar bureau.

'Margaux, zeg wat. Alsjeblieft!'

Ik loop naar de ingang en zoek mijn toevlucht achter een grote voorraadkast.

'Pauline is dood.'

'Wat?' Ik hap naar adem.

'Pauline is overleden.'

'Maar hoe dan?' stamel ik. 'Waar ben je? Wat is er gebeurd?'

Haar stem klinkt nu vlak, volkomen emotieloos.

'Het is in de gymles gebeurd, net na de grote pauze. Ze is in elkaar gezakt.'

Mijn gedachten razen door mijn hoofd. Ik voel me hulpeloos, verward. Ik haast me terug naar mijn bureau, grijp mijn jas, mijn sjaal, mijn sleutels.

'Ben je nog in de gymzaal?'

'Nee, we zijn weer op school. Ze hebben Pauline naar het ziekenhuis gebracht. Maar het was al te laat.'

'Hebben ze Patrick en Suzanne gebeld?'

'Dat zal wel.'

Ik wil bijna dat ze weer ging huilen. Ik kan haar robotachtige stem niet verdragen. Ik zeg dat ik er zo aankom. Ik kijk Florence niet aan als ik wegspurt. Ik ren in dolle ontsteltenis naar de school.

In mijn achterhoofd denk ik, met enorme angst: Astrid is er niet, Astrid is weg, je zult dit alleen moeten afhandelen, jij, de vader, jij, de papa. Jij, die vent met wie je dochter de afgelopen maand nauwelijks een woord heeft gewisseld, jij, die vent die ze geen blik waardig keurt.

Ik voel de kou niet. Ik ren zo snel ik kan. Mijn benen lijken van lood te zijn. Mijn adem hangt in een wolk om me heen. Mijn met teer gevulde longen bonzen. Port Royal is twintig minuten hiervandaan. Als ik bij de school aankom staan er groepjes tieners en volwassenen buiten het gebouw. Iedereen heeft vochtige, dikke ogen, kijkt ontsteld. Eindelijk zie ik Margaux. Haar gezicht ziet grauw en glimt van de tranen. Er staat een rij mensen die haar allemaal willen omarmen, met haar willen meehuilen, en eerst vraag ik me af waarom. Dan realiseer ik het me. Ze was Paulines beste vriendin. Ze zitten al sinds hun kleutertijd op deze school. Dat is meer dan tien jaar. Tien jaar in een leven van veertien jaar. Er komen twee leerkrachten aan die ik ken en die tegen me beginnen te praten. Ik mompel iets terug, terwijl ik me door de menigte heen worstel naar mijn dochter. Als ik bij haar aankom, als ik haar in mijn armen neem, voelt ze breekbaar aan, als een verdwaald kind. Ik heb haar al zo lang niet omhelsd.

'Wat wil je?' vraag ik haar.

'Ik wil naar huis,' antwoordt ze heel stilletjes.

Ik neem aan dat er de rest van de dag geen lessen meer zullen zijn vanwege de omstandigheden. Het is al vier uur en de schemering valt. Ze neemt afscheid van haar vriendinnen en we sjokken over de boulevard de l'Observatoire. Het verkeer is lawaaiig, er wordt hard getoeterd, motoren grommen, maar tussen ons hangt slechts stilte. Wat kan ik tegen haar zeggen? Ik vind geen woorden. Ik kan slechts mijn arm om haar heen slaan en haar tegen me aan drukken terwijl we doorlopen. Ik merk opeens dat ze een paar zware tassen van verschillend formaat draagt. Ik probeer een ervan van haar over te nemen, om haar draaglast te verminderen, maar ze sist me woest toe: 'Nee!' Ze geeft me een andere, een die ik herken, de bekende, gehavende Eastpak. Ze klampt zich aan de andere vast alsof haar leven ervan afhangt. Dat moet die van Pauline zijn.

We lopen langs het ziekenhuis Saint-Vincent de Paul. Daar zijn mijn kinderen geboren. En Pauline ook. Pauline is hier geboren, veertien jaar geleden. Zo hebben we kennisgemaakt met Patrick en Suzanne, want de meisjes schelen maar twee dagen. Astrid en Suzanne lagen op dezelfde kamer. Ik heb Pauline voor het eerst gezien in dit ziekenhuis, in het kleine plastic wiegje naast dat van mijn dochter.

Pauline is dood. Ik kan het nog niet bevatten. De woorden snijden geen hout. Ik wil zekerheid krijgen, ik wil Margaux bombarderen met vragen, maar haar afgetobde gezicht weerhoudt me. We lopen door. De avond valt. Het vriest. Aan de terugweg lijkt geen einde te komen. Eindelijk ontwaar ik de enorme bronzen romp van de leeuw op de Place Denfert-Rochereau. Nog maar een paar minuten.

Zodra we in het appartement zijn, ga ik thee zetten. Margaux zit op de bank, met haar gezicht in haar handen en de tas van Pauline op haar schoot. Als ze naar me opkijkt wanneer ik binnenkom met het dienblad, heeft ze de harde, gesloten gelaatsuitdrukking van een volwassene. Ik zet het dienblad neer op de salontafel, schenk thee in een mok voor haar in, doe er melk en suiker bij, geef haar de mok. Ze pakt hem zwijgend aan. Ik vecht tegen het sterke verlangen naar een sigaret. Ik kan er wel een gebruiken, maar het lijkt niet passend nu te gaan roken.

'Kun je me vertellen wat er is gebeurd?'

Ze nipt langzaam aan haar thee. Dan zegt ze, met een zachte, gespannen stem: 'Nee.'

Opeens klettert de mok op de vloer, waardoor ik schrik en thee met melk mors tot een stervormige vlek. Margaux snakt naar adem en er wellen tranen op. Ik trek haar naar me toe, maar ze duwt me woest weg. Ik heb haar nog nooit zo boos gezien, haar gezicht is verwrongen, dieprood, opgezwollen van razernij. Ze gilt zo hard ze kan en spuugt druppeltjes speeksel in mijn gezicht.

'Hoe kon dit nou gebeuren, pap? Waarom Pauline? Ze was pas veertien!'

Ik weet niet hoe ik haar moet kalmeren, er schiet me geen enkel woord van troost te binnen. Ik voel me nutteloos. Ik kan niets bedenken. Ik zit helemaal vast, voel me verloren. Wat kan ik tegen mijn dochter zeggen? Hoe kan ik haar hierbij helpen? Waarom weet ik niet hoe? Was Astrid maar hier, dacht ik. Zij zou wel weten wat haar te doen stond, wat ze moest zeggen, moeders weten dat gewoon. Vaders niet. Deze in elk geval niet.

'Laten we je moeder bellen,' mompel ik machteloos, terwijl ik het tijdverschil met Japan probeer te berekenen. 'Zullen we haar maar bellen?'

Mijn dochter staart me minachtend aan. Ze staat tegenover me en houdt de tas van Pauline stevig tegen zich aan.

'Is dat alles wat je weet te bedenken?' fluistert ze, verbijsterd. '"Laten we je moeder bellen?" Denk je dat je me daar op dit moment mee helpt?'

'Margaux, alsjeblieft...' mompel ik.

'Je bent gewoon zielig,' sist ze. 'Dit is de ergste dag van mijn leven. En jij weet verdomme niet eens hoe je me kunt helpen. Ik haat je. Ik háát je.'

Ze draait zich om en loopt met grote stappen haar kamer in. De deur knalt dicht. Haar woorden bijten in mijn ziel. Ze steken. Het kan me niet schelen hoe laat het in Japan is. Ik ga het stukje papier met het nummer van het hotel in Tokio zoeken. Ik toets het nummer in met vingers die niet willen. 'Ik haat je. Ik háát je.' Ik krijg die woorden niet uit mijn kop.

De voordeur wordt dichtgeslagen en de jongens komen binnenlopen. Arno zoals gebruikelijk al bellend. Lucas begint iets tegen me te zeggen als het hotel zich meldt in Tokio. Ik steek mijn hand op om hem tot zwijgen te manen. Ik vraag naar Astrid, met haar meisjesnaam, maar herinner me opeens dat ze staat ingeschreven onder de naam van Serge. De receptionist informeert me met vlakke stem dat het bijna één uur 's nachts is, plaatselijke tijd. Ik zeg dat het om een noodgeval gaat. De jongens kijken me aan, verbaasd. Serge meldt zich met zijn monotone stem. Hij begint te klagen over het feit dat hij wakker is gebeld, maar ik kap hem af en vraag om Astrid. Dan haar stem, ijl van bezorgdheid.

'Wat is er, Antoine?'

'Pauline is dood.'

'Wat?' fluistert ze, mijlenver weg.

De jongens staren me aan, ontzet.

'Ik weet niet wat er is gebeurd. Margaux is in shock. Pauline is tijdens de gymles in elkaar gezakt. Ik weet het ook nog maar net.'

Stilte. Ik stel me haar voor, rechtop zittend in bed, met haar haren in de war, hij naast haar, een van die hightech, gestroomlijnde hotelkamers in een wolkenkrabber, de ultramoderne badkamer, het uitzicht, de zwarte duisternis van de kleine uurtjes. De 'sushi'-catalogus uitgespreid over een grote tafel, met zijn fotoapparatuur. Een openstaande laptop. Een screensaver met spiralen die gloeit in het donker.

'Ben je er nog?' vraag ik uiteindelijk, want de stilte duurt voort.

'Jawel,' antwoordt ze ten slotte, kalm, bijna kil. 'Kan ik Margaux even spreken?'

De jongens stappen struikelend naar achteren, onhandig en met open mond, zodat ik erlangs kan. Ik klop bij mijn dochter op de dichte deur. Geen reactie.

'Hier is je moeder.'

De deur gaat op een kier open, de telefoon wordt uit mijn hand gerukt, dan knalt hij weer dicht. Ik hoor een ingehouden snik, dan de angstige stem van Margaux. Ik ga terug naar de woonkamer, waar de jongens op me wachten, als versteend. Lucas is lijkbleek geworden. Hij vecht tegen de tranen.

'Papa,' murmelt hij, 'hoe is Pauline doodgegaan?'

Voordat ik hem antwoord kan geven, zoemt mijn mobiel. Patricks nummer verschijnt. Paulines vader. Met een zwaar gemoed neem ik het gesprek aan. Mijn mond wordt droog. Ik ken deze man al sinds de dag waarop zijn dochter werd geboren. De afgelopen veertien jaar hebben we eindeloze gesprekken gevoerd over kleuterscholen, andere scholen, vakanties, uitstapjes, goede en slechte leerkrachten, wie wie ophaalt en wanneer, Disneyland, verjaardagspartijtjes, slaapfeestjes, zomerkampen. Als ik het toestel tegen mijn oor druk, is het enige wat ik kan uitbrengen zijn naam.

'Hallo, Antoine...' Zijn stem klinkt uitgeput, is nauwelijks hoorbaar. 'Hoor eens...' Hij slaakt een zucht. Ik vraag me af waar hij is. Waarschijnlijk nog in het ziekenhuis. 'Ik heb je hulp nodig.'

'Ja, natuurlijk! Wat ik maar...'

'Ik denk dat Margaux Paulines spullen heeft. Haar schooltas en haar kleren.'

'Dat klopt. Wat wil je dat ik doe?'

'Houd alles maar gewoon bij je. Pauline... heeft haar identiteitskaart, sleutels en haar mobiel daarin zitten. Haar portemonnee... denk ik. Houd alles maar bij je, goed? Bewaar alles voorlopig maar...'

Zijn stem breekt. Zijn tranen zorgen ervoor dat ik direct volschiet.

'God, Patrick...' barst ik los.

'Ik weet het, ik weet het,' zegt hij en hij doet zijn uiterste best zijn stem niet te laten beven. 'Dank je. Dank je wel, man.'

Hij hangt abrupt op.

Dan komen de tranen, dikke, vette tranen. Ik kan ze absoluut niet inhouden. Het is vreemd, want er komt geen gesnik, het gaat niet met horten en stoten, zoals toen ik huilde in de nacht van het ongeval. Alleen een dikke stroom tranen die uit mij wegvloeit.

Heel langzaam leg ik de telefoon neer, laat ik me vallen op de bank met mijn gezicht in mijn handen. Mijn zoons blijven even staan, weten niet goed wat te doen. Lucas komt als eerste op me af, duwt zijn hoofd onder mijn armen door, zodat hij tegen me aan ligt, met zijn vochtige wangen glibberig tegen de mijne. Arno valt neer bij mijn voeten en omgordt mijn kuiten met zijn benige armen.

Het is voor het eerst van hun leven dat mijn jongens me zien huilen. Het is nu te laat. Ik kan er niet mee stoppen. Ik laat me gaan.

We blijven lange tijd zo zitten.

Paulines tas staat bij de voordeur. Met een stapeltje kleding keurig opgevouwen ernaast. Mijn ogen zoeken steeds opnieuw de tas en de kleding. Het is laat, twee of drie uur in de nacht. De nacht lijkt een bodemloze put. Ik ben helemaal leeggehuild. Uitgedroogd. Ik heb een half pakje gerookt. Mijn gezicht ziet er niet uit, opgezwollen. Mijn ledematen doen pijn. Maar de gedachte naar bed te gaan maakt me bang.

Bij Margaux brandt nog steeds licht. Ik hoor een regelmatige ademhaling als ik mijn oor tegen haar deur leg. Ze is van uitputting in slaap gevallen. De jongens ook. Het is stil in het appartement. Er rijdt vrijwel geen verkeer in de rue Froidevaux. Ik probeer niet naar de tas te kijken, maar het lijkt alsof hij me roept. Na een poosje geef ik eraan toe. Ik loop er op mijn tenen heen, pak hem behoedzaam op. Ik ga zitten met de tas en de kleren op schoot. Hoe is het mogelijk, vraag ik me af. Pauline is dood. En toch liggen haar spullen hier, op mijn schoot. Ik rits de tas open. Graai erin. Een haarborstel. Lange blonde haren nog steeds erin gevangen. Pauline is dood en hier heb ik wat plukjes van haar haar, glanzend tussen mijn vingers. Ik kan er met mijn verstand niet bij. Haar mobiel staat op stil alarm. 32 gemiste oproepen. Hebben haar vriendinnen haar nummer vandaag gebeld om gewoon haar stem te kunnen horen? Misschien had ik dat ook wel gedaan als mijn beste vriend was gestorven. Schoolboeken. Een keurig handschrift. Ze was een goede leerling. Beter dan Margaux. Ze wilde arts worden. Patrick was daar trots op. Veertien jaar oud en toch wist ze al wat ze wilde worden. Haar portemonnee. Paars met glitters. Haar identiteitskaart. Die was twee jaar oud. Op de foto stond de Pauline die ik kende. Dat magere meisje met wie ik verstoppertje speelde. Make-up, lipgloss, een deodorant. Haar agenda. Huiswerk voor de komende twee weken. Ik sla de bladzijden om. 'Dallad, zondag.' Een roze hartje. Dallad was de bijnaam van Margaux. Die van Pauline was 'Pitou'. Al sinds ze heel klein waren. Haar kleding. De kleren die ze had uitgetrokken om haar gymspullen aan te trekken. Een witte sweater en een spijkerbroek. Ik houd de sweater zachtjes tegen mijn gezicht. Een mengeling van sigarettenrook en fruitige parfum. Pauline is dood en haar geur zit nog in die sweater.

Ik denk aan Patrick en Suzanne. Waar zijn ze nu? Bij het lichaam van hun dochter? Thuis, waar de slaap niet wil komen? Had Pauline gered kunnen worden? Wist iemand dat ze hartfalen had? Zou ze nog leven als ze niet was gaan basketballen? Deze vragen buitelen door mijn hoofd. Ik voel een afschuwelijke paniek opkomen. Ik sta op, loop naar het raam, wrik het open en laat de ijzige lucht zich over mijn lichaam verspreiden. De begraafplaats strekt zich voor me uit, reusachtig groot en donker. Ik blijf maar aan Pauline denken, aan haar dode lichaam. Haar beugel. Wat zullen ze met haar beugel doen? Zal ze ermee worden begraven? Zal een of andere tandarts die uit haar mond moeten peuteren? Of is dat de taak van de lijkverzorger? Mijn hand strekt zich uit om mijn mobiel te pakken. Ik moet met iemand praten. Ik moet met Angèle praten.

De telefoon gaat twee keer over en ze neemt op. Een warme, slaperige stem.

'Hé, hallo, Monsieur Parisien. Ben je zó eenzaam?'

Ik voel me zo opgelucht nu ik haar stem hoor in het holst van de nacht, op dit vreselijke moment, dat ik bijna in snikken uitbarst. Ik vertel haar snel wat er is gebeurd.

'Oef,' zegt ze. 'Wat triest voor je dochter. Ze heeft haar vriendin zien sterven. Dat is heel erg. Hoe is ze eronder?'

'Niet best,' moet ik toegeven.

'En je vrouw is er niet, hè?'

'Klopt.'

Stilte.

'Wil je dat ik naar je toe kom?'

Dit komt zo onverwacht dat mijn adem stokt.

'Zou je dat dan doen?'

'Als je dat wilt.'

(Natuurlijk, ja, natuurlijk, kom alsjeblieft, kom naar me toe, stap nu op die Harley en rijd zo hard je kunt, ja, alsjeblieft, kom alsjeblieft, Angèle, ik heb je nodig, kom hierheen. Kom hierheen!) Wat zou ze van me denken als ik dat zei, als ik haar smeekte om nu direct te komen. Zou ze me zwak vinden? Zou ze met me te doen hebben? Heeft ze met me te doen?

'Ik wil je nergens mee belasten. Het is zo'n eind rijden.'

Ze slaakt een zucht.

'Jullie mannen ook. Jullie kunnen nooit eens iets ronduit zeggen. Als je me nodig hebt, kom ik. Laat het me maar weten. Nou, welterusten. Ik moet er morgen vroeg uit.'

Ze hangt op. Ik wil haar eigenlijk nog eens bellen, maar doe het niet. Ik stop de telefoon in mijn zak en ga op de bank liggen. Uiteindelijk dommel ik in slaap. Als ik wakker word, zijn de jongens ontbijt aan het maken. Ik kijk even in de spiegel. Ik zie eruit als een verkreukelde kruising tussen Mr Magoo en Boris Jeltsin. Margaux is al in de badkamer en zal daar waarschijnlijk nog wel even blijven. Ik hoor de douche lopen.

Bij het passeren van haar kamer werp ik een blik naar binnen. De lakens op haar bed zijn teruggeslagen. Vreemd, denk ik, nieuwe lakens. Deze heb ik nooit eerder gezien. Grote rode bloemen. Ik kom dichterbij. Dit zijn geen grote rode bloemen. Maar bloedvlekken. Margaux is vannacht ongesteld geworden. En uitgaande van wat Astrid me heeft verteld, is dit haar eerste keer.

Gaat het goed met haar? Is ze geschrokken? Hoe voelt ze zich? Is ze angstig, opgelucht, gegeneerd, voelt ze walging, heeft ze pijn, al deze dingen tegelijk? Margaux is ongesteld geworden. Mijn kleine meisje. Ze kan nu kinderen krijgen. Ze ovuleert. Produceert eicellen. Ik weet niet of ik dat wel zo'n prettige gedachte vind. Ik weet niet of ik er klaar voor ben. Maar Astrid is er niet en ik zal dit zo goed mogelijk moeten aanpakken. Natuurlijk wist ik dat mijn dochter ooit zou gaan menstrueren. Maar ik dacht, om de een of andere laffe en duistere reden, dat dit binnen het vrouwelijke bereik van Astrid viel, en niet iets was waar ik een rol in speelde. Hoe gaan vaders hier in vredesnaam mee om? Wat moet ik hiermee? Haar laten weten dat ik op de hoogte ben? Dat ik trots op haar ben? Dat ik er voor haar ben als ze me nodig heeft, met een John Wayne-achtige stoere houding, want, jazeker, ik weet alles van tampons (met of zonder applicators) en maandverband (voor licht en zwaar bloedverlies) en de buikkrampen voordat je ongesteld wordt. Ik ben immers een moderne man? Hoe kan ik met mijn dochter over haar menstruatie praten? En uitgerekend vandaag, na wat er gisteravond is gebeurd? Het lijkt onmogelijk. Het enige wat me te binnen schiet is Mélanie bellen. Ik heb geen enkele herinnering aan de menstruatie van Mel en hoe oud ze was toen ze ermee begon, maar nu Astrid er niet is, is zij de enige vrouwelijke bondgenoot die in me opkomt.

Ik hoor de badkamerdeur van het slot gaan en stap snel haar kamer uit. Margaux verschijnt met haar haren in een handdoek gewikkeld. Met roodpaarse kringen onder haar ogen. Ze mompelt 'goeiemorgen' en loopt vlak langs me heen. Ik steek mijn hand uit, die langs haar schouder schampt. Ze duikt weg.

'Hoe is het met je, lieverd?' vraag ik aarzelend. 'Hoe... voel je je?'

Ze haalt haar schouders op. De deur valt met een klik in het slot. Zou ze weten wat ze moet doen? Wat haar ongesteldheid betreft. Maandverband en tampons. Natuurlijk weet ze dat, Astrid heeft haar dat waarschijnlijk allang uitgelegd, of haar vriendinnen. Pauline vast ook. Ik ga koffie zetten. De jongens gaan naar school. Allebei geven ze me een onhandige knuffel. Op het moment dat ze weggaan, wordt er aangebeld.

Het is Suzanne, Paulines moeder. Heel even hangt er een pijnlijke, emotionele stilte terwijl we elkaar op de drempel aankijken. Haar handen vinden de mijne terwijl de jongens haar een snelle zoen geven en wegglippen, overdonderd.

Haar gezicht is opgezet, haar ogen zijn spleetjes. Toch glimlacht ze dapper naar me. Ik neem haar in mijn armen. Ze ruikt naar ziekenhuis, naar pijn, naar angst, naar verlies. We staan in een omhelzing en wiegen langzaam heen en weer. Ze is klein van stuk, haar dochter torende hoog boven haar uit. Ze kijkt naar me op. Waterige irissen.

'Ik kan wel een kop koffie gebruiken.'

'Tuurlijk! Komt eraan.'

Ik neem haar mee naar de keuken. Ze gaat zitten terwijl ze haar jas uittrekt en haar sjaal afdoet. Ik schenk een kop koffie voor haar in, met trillende handen. Ik ga tegenover haar zitten.

'Ik ben er voor je, Suzanne,' is alles wat ik weet te bedenken.

Maar ze lijkt het fijn te vinden, hoe zwakjes het ook moet klinken, want ze knikt en neemt bevend een slokje koffie. Ze zegt: 'Ik denk steeds dat ik straks wakker zal worden. Dat het alleen maar een nachtmerrie is.'

'Ja,' zeg ik zacht.

Ze heeft een groen vest aan. Een witte blouse. Een zwarte broek. Lage laarsjes. Zou ze die kleren hebben gedragen toen ze haar gisteren belden om te vertellen dat haar dochter dood was? Wat was ze aan het doen toen ze haar belden? Was ze op kantoor? In haar auto? Wat ging er door haar heen toen ze het nummer van de school zag oplichten, dat Pauline gespijbeld had, of dat er een probleem met een docent was geweest? Ik wil haar zeggen hoe afschuwelijk ik me voel sinds Margaux me belde.

Ik wil al mijn medeleven uitdrukken, al mijn droefheid, alle ellende die ik voel, maar er komt niets. Ik kan alleen haar hand pakken en die vasthouden alsof mijn leven ervan afhangt. Meer kan ik niet doen.

'De begrafenis is dinsdag. In de provincie. In Tilly. Waar mijn vader begraven ligt.'

'We zullen er zijn. Uiteraard.'

'Dank je wel,' zegt ze zachtjes. 'Ik kwam Paulines spullen ophalen. Haar tas, geloof ik, en wat kleren.'

'Alles ligt hier.'

Als ik opsta om de tas en de kleren te pakken, komt Margaux binnen. Ze ziet Suzanne, werpt zich op Suzanne met een schril kreetje dat me pijn doet, en verbergt haar hoofd tegen haar schouder, haar tengere lichaam schokt door het heftige snikken. Ik kijk toe hoe Suzanne haar troost, haar bemoedigende klopjes op haar haren geeft. Margaux huilt en de woorden stromen naar buiten, de woorden die ze gisteren tegen mij niet wilde zeggen.

'We hadden gym, zoals altijd op donderdag. We speelden basketbal. Pitou zakte opeens in elkaar op de vloer. Toen de leraar haar omdraaide, zag ik het al. Haar pupillen waren naar boven gedraaid, je zag alleen het oogwit nog. De leraar probeerde haar te reanimeren, deed alles wat je altijd op de tv ziet. Het duurde eindeloos. Iemand heeft een ambulance gebeld. Maar toen ze aankwamen, was het al voorbij.'

'Ze heeft geen pijn gehad,' fluistert Suzanne, terwijl ze Margaux over haar vochtige haren strijkt. 'Ze heeft geen pijn gevoeld, het was in een paar seconden gebeurd. Dat weet ik van de dokters.'

'Waar is ze aan doodgegaan?' vraagt Margaux simpelweg, en ze helt op haar hielen naar achteren zodat ze Suzanne kan aankijken.

'Ze denken dat er iets niet goed was met Paulines hart. Een probleem waar we geen van allen van afwisten. Haar broertje wordt deze week onderzocht om te zien of hij het ook heeft.'

'Ik wil haar zien,' zegt Margaux. 'Ik wil afscheid van haar nemen.'

Suzanne kijkt me aan.

'Houd me niet tegen, pap,' zegt Margaux snel, zonder me aan te kijken. 'Ik wil haar zien.'

'Ik houd je niet tegen, lieve schat. Ik begrijp het best.'

Suzanne drinkt haar koffie op.

'Natuurlijk mag je haar zien. Ze is nog in het ziekenhuis. Ik kan je erheen brengen, of je moeder kan dat later doen.'

'Mijn moeder zit in Japan,' zegt Margaux.

'Je vader kan je brengen,' zegt Suzanne terwijl ze opstaat. 'Ik moet nu gaan. Zoveel te doen. Papierwerk. De begrafenis. Ik wil dat het een prachtige begrafenis wordt.' Ze zwijgt even en bijt op haar lip. Haar mond vertrekt. 'Voor mijn prachtige dochter.'

Ze wendt zich snel af, maar ik zie haar gezicht vertrekken. Ze neemt de tas en de kleren in haar armen en loopt naar de deur. Als ze daar aankomt, recht ze haar rug, als een soldaat die ten strijde trekt. Mijn bewondering voor haar is immens.

'Tot ziens,' fluistert ze zonder op te kijken, terwijl ze met trillende handen op de deurknop de voordeur opent.

Ik breng de laatste tijd nogal wat tijd door in mortuaria van ziekenhuizen, bedenk ik terwijl Margaux en ik in het Pitié Salpêtrière wachten tot we het lichaam van Pauline mogen zien. Dit Parijse mortuarium is nogal somber, deprimerend, vergeleken met de lichte omgeving waarin Angèle werkt. Geen ramen, afbladderende verf, linoleum met krassen, en er lijkt geen enkele poging te zijn gedaan om de ruimte wat op te vrolijken. We zijn alleen en het enige geluid dat we horen zijn de klikkende voetstappen op de gang en het gemurmel van zachte stemmen ergens vandaan. De mortuariumbeheerder is een gezette man van in de veertig. Hij heeft geen troostende woorden, zelfs geen glimlachje voor ons over. Hij zal waarschijnlijk zoveel doden langs zien komen dat hij is afgestompt. Zelfs een veertienjarige die is gestorven aan hartfalen betekent maar weinig voor hem, vermoed ik. Maar ik heb het mis. Als hij terugkomt om ons op te halen, buigt hij zich over naar Margaux en zegt: 'Je vriendin is er klaar voor. Denk je dat je het aankunt, meisje?'

Margaux knikt, het hoofd opgeheven.

'Het valt niet mee om iemand van wie je houdt dood te zien. Misschien zou je je vader mee moeten nemen.'

Mijn dochter kijkt de man aan, neemt zijn slechte huid met de rode teint in zich op.

'Ze was mijn beste vriendin en ik heb haar zien sterven,' zegt ze met een strakke, geknepen stem.

Dat zinnetje zal ze de rest van haar leven blijven zeggen. De mortuariumbeheerder knikt.

'Je vader en ik wachten hier achter de deur, voor het geval je ons nodig hebt, oké?'

Ze staat op, strijkt haar kleding, haar haren glad. Haar gezicht ziet er weer jaren ouder uit. Ik wil haar tegenhouden, haar beschermen, haar in mijn armen nemen. Kan ze het aan? Zal ze er de kracht voor hebben? Zal ze instorten? Zal dit haar voor altijd beschadigen? Ik vecht tegen de aandrang haar bij haar mouw te pakken.

De mortuariumbeheerder neemt haar mee naar de kamer ernaast, doet de deur voor haar open en laat haar passeren.

Suzanne en Patrick komen binnen, met hun zoon. We kussen en omhelzen elkaar woordeloos. Het jongetje is bleek, vermoeid. We blijven wachten.

Dan horen we Margauxs stem. Ze zegt mijn naam. Niet 'papa', maar 'Antoine'. Zo heeft ze me nog nooit genoemd. Ze zegt mijn naam twee keer.

Ik ga de kamer binnen. Die heeft dezelfde afmetingen als de kamer in het ziekenhuis van Angèle. Ik ruik die bekende, overheersende geur. Mijn blik gaat naar het lichaam dat voor ons ligt opgebaard. Pauline ziet er erg jong uit. Ik kom naderbij. Zo jong, zo frêle. Haar welgevormde lichaam lijkt te zijn gekrompen. Ze draagt een roze blouse en een spijkerbroek. Gympen van Converse. Haar handen liggen gekruist over haar buik. Als laatste kijk ik naar haar gezicht. Geen make-up. Haar huid is blank en zuiver. Haar blonde haar eenvoudig achterovergekamd. Haar gesloten mond ziet er natuurlijk uit. Angèle zou tevreden zijn.

Margaux komt dicht bij me staan. Ik leg mijn hand tegen haar achterhoofd, zoals ik altijd deed toen ze nog klein was. Ze duikt er niet van weg, zoals ze de laatste tijd steeds doet.

'Dit kan ik niet begrijpen,' zegt ze.

Ze glipt de kamer uit. Ik sta naast het lichaam van Pauline, alleen. Astrid zal dit niet zien. Ze zit nog in Tokio en vliegt naar huis voor de begrafenis dinsdag. Serge en zij konden hun boeking niet op zo korte termijn omzetten. Ze heeft Pauline waarschijnlijk voor het laatst gezien in Malakoff, ongeveer een week geleden. Als Astrid landt zal Pauline in haar kist liggen, klaar voor de begrafenis. Ze zal Pauline nooit dood zien. Ik weet niet of dat beter voor haar is of juist niet. Ik heb een dergelijke situatie nooit met mijn ex-vrouw meegemaakt.

Terwijl ik hier sta, denk ik aan mijn vader. Mijn moeder is net als Pauline binnen een paar minuten overleden. Heeft mijn vader ook zo in het ziekenhuismortuarium gestaan, en zijn gedachten laten gaan over het lichaam van zijn vrouw, in een poging de situatie het hoofd te bieden? Wie heeft hem gebeld? Geen mobiele telefoons in 1974. Hij zal waarschijnlijk op zijn kantoor hebben gezeten, dat indertijd vlak bij de Champs-Élysées lag.

Ik staar naar het dode gezicht voor me. Zo jong. Zo fris. Veertien jaar oud. Ik leg mijn hand op haar hoofd, heel zachtjes. Vergeleken met Margauxs hoofd, Margauxs levendige warmte, is Pauline steenkoud. Ik heb nooit eerder in mijn leven een dode aangeraakt. Ik laat mijn hand even liggen. Vaarwel Pauline. Vaarwel kleine meid.

Eenzelfde ontzetting die ik gisteravond voelde toen ik Paulines tas vasthield, overspoelt me. Het kleurloze gezicht van Pauline versmelt opeens tot Margauxs gezicht. Er gaat een rilling door me heen. Dit had mijn dode dochter kunnen zijn. Ik had naar het dode lichaam van mijn dochter kunnen staan kijken. Haar stoffelijk overschot hebben kunnen aanraken. Ik probeer het beven tegen te gaan. Ik wilde dat Angèle bij me was. Ik denk aan de troost die ze me nu zou kunnen bieden, haar gezonde verstand, de kennis van de dood die ze in zich draagt. Ik probeer te doen alsof Angèle Paulines lichaam heeft verzorgd, de aandacht en het respect kennende die zij voor haar 'patiënten' heeft.

Een hand op mijn schouder. Patrick. Hij zegt niets. We staan daar samen en kijken neer op Pauline. Hij kan voelen hoe ik beef. Hij knijpt in mijn schouder, zonder iets te zeggen. Ik blijf maar beven en denk aan alles wat er van Pauline had kunnen worden. Alles wat voor haar in het verschiet lag, waar ze nooit achter zou komen, waar wij nooit achter zouden komen. Haar opleiding. Reizen. Vriendjes. Onafhankelijkheid. Haar carrière. Liefde. Moederschap. Middelbare leeftijd. Oud worden. Haar hele leven. Wat de toekomst zou brengen, maar nu was weggevaagd.

De ontzetting die ik voel vloeit weg en in plaats daarvan komt woede. Veertien jaar oud. Jezus, veertien jaar oud. Waarom gebeuren er zulke dingen? En als ze toch moeten gebeuren, hoe kun je je dan in vredesnaam vermannen en doorleven? Waar vind je de moed, de kracht om dat te doen? In een godsdienst? Vinden Patrick en Suzanne daarin troost? Is dat wat hun nu helpt?

'Suzanne heeft haar aangekleed. Alleen. Ze wilde niet dat iemand anders het zou doen,' zegt Patrick. 'We hebben samen haar kleding uitgezocht. Haar lievelingsspijkerbroek, haar lievelingsblouse.'

Hij steekt zijn hand naar haar uit en aait zachtjes zijn dochters koude wang. Ik kijk naar de roze blouse. Het beeld van Suzanne die met haar vingers uiterst zorgvuldig de lange rij knoopjes sluit op Paulines levenloze huid doemt voor me op en ligt in al zijn gruwelijke zwaarte op mijn schouders.

Margaux heeft er behoefte aan bij Suzanne en Patrick te blijven. Ik vermoed dat het haar manier is om dicht bij Pauline te zijn. Bij het verlaten van La Pitié check ik mijn mobiel. Ik heb een voicemailbericht van mijn zuster. *Bel me, dringend.* Mélanies stem komt me vreemd rustig voor, maar ik ben zo kapot van wat ik zojuist heb gezien, het lichaam van Pauline, dat ik er niets over zeg als ik haar aan de lijn krijg. Ik vertel haar haastig over de dood van Pauline, over Margaux, over de hele afschuwelijke situatie. Dat Astrid er niet is. Dat Margaux ongesteld is geworden. Het lichaam van Pauline. Patrick en Suzanne. Dat Suzanne Pauline heeft aangekleed.

Mélanie onderbreekt me, zegt nadrukkelijk: 'Antoine, luister eens.'

'Hoezo?' zeg ik, bijna ongeduldig.

'Ik moet met je praten. Je moet nu hierheen komen.'

'Dat lukt niet. Ik sta op het punt naar kantoor te gaan.'

'Je moet komen.'

'Waarom? Wat is er aan de hand?'

Een korte stilte.

'Omdat ik het weer weet. Ik weet weer waardoor ik dat ongeval heb gekregen.'

Een bizar bang voorgevoel plukt aan mijn hart. Ik wacht al drie maanden op dit moment, en nu is het aangebroken, het is eindelijk aangebroken, en ik weet niet of ik het aankan. Ik weet niet of ik er de kracht voor heb. Paulines dood heeft me volledig uitgeput.

'Oké,' zeg ik zwakjes. 'Ik kom eraan.'

Het ritje vanaf het ziekenhuis La Pitié verloopt traag, ook al ben ik niet ver van de woning van Mel verwijderd. Het verkeer kruipt vooruit. Ik probeer mijn kalmte te bewaren achter het stuur. Dan duurt het nog tijden voordat ik een parkeerplaats vind aan de drukke rue de la Roquette. Mélanie staat me op te wachten met de poes in haar armen.

'Wat vreselijk van Pauline,' zegt ze, en ze kust me. 'Wat moet het afschuwelijk zijn voor Margaux... Dit komt wel op een heel ongelukkig moment... Maar het is nu eenmaal... Het is me te binnen geschoten. Vanochtend. En ik moest het je echt vertellen.'

De poes springt op de vloer en duwt zich tegen mijn benen.

'Ik weet niet goed hoe ik het moet verwoorden,' zegt ze dan maar. 'Ik denk dat je er flink van zult schrikken.'

'Zeg het maar.'

We gaan zitten, tegenover elkaar. Haar slanke vingers spelen met de armbanden om haar pols. Een klikkend geluid, het irriteert me.

'In onze laatste nacht in het hotel werd ik wakker. Ik had dorst, het lukte me niet om weer in slaap te vallen. Ik probeerde te lezen, dronk een glas water, maar niets hielp. Dus ben ik stilletjes mijn kamer uit gelopen en naar beneden gegaan. In het hele hotel was het muisstil, er was niemand wakker. Ik liep door de ontvangsthal, de eetzaal en uiteindelijk weer terug naar boven. En toen gebeurde het.'

Ze zwijgt even.

'Wat gebeurde er dan?'

'Herinner je je kamer 9 nog?'

'Ja,' zeg ik, 'de kamer van Clarisse.'

'Onderweg naar boven kwam ik langs die kamer. En toen kreeg ik ineens een flashback. Zo heftig dat ik op de trap moest gaan zitten.'

'Wat zag je dan?' fluister ik.

'Onze laatste zomer. 1973. Ik was bang, het had gestormd, ik was jarig, weet je nog?'

Ik knik.

'Die nacht kon ik niet slapen. Ik liep de hoteltrap af naar de kamer van onze moeder.'

Ze zwijgt opnieuw. De kat zit tegen me aan te spinnen.

'De deur was niet op slot, en ik deed hem heel zachtjes open. De gordijnen waren niet gesloten en de kamer werd verlicht door de maan. En toen zag ik dat er iemand bij haar in bed lag.'

'Onze vader?' vraag ik, verbaasd.

Ze schudt haar hoofd.

'Nee. Ik kwam dichterbij, ik begreep er niets van. Ik was immers pas zes? Ik kon Clarisses zwarte haar onderscheiden. En ze hield iemand in haar armen. Niet onze vader.'

'Wie dan wel?' Mijn adem stokt.

Onze moeder, met een minnaar... Onze moeder, met een andere man. Terwijl mijn grootouders, en wij, haar kinderen, maar een paar kamers verderop sliepen. Onze moeder. Haar wollige oranje badpak. Spelletjes met ons op het strand. Onze moeder in de nacht met een andere man.

'Ik weet niet wie het was.'

'Hoe zag hij eruit?' zeg ik opgewonden. 'Had je hem ooit eerder gezien? Logeerde hij in het hotel? Kon je je hem herinneren?'

Mélanie bijt op haar lip en wendt haar ogen af. Dan zegt ze, zachtjes: 'Het was een vrouw, Antoine.'

'Hoe bedoel je?'

'Onze moeder hield een vrouw in haar armen.'

'Een vrouw?' herhaal ik, verbluft.

De poes springt weer bij haar op schoot en ze knuffelt haar heftig.

'Ja, Antoine, een vrouw.'

'Weet je het zeker?'

'Ja. Ik ben tot vlak bij het bed gelopen. Ze sliepen. Ze hadden de lakens teruggeslagen en ze waren naakt. Ik herinner me nog dat ik ze allebei prachtig vond, heel vrouwelijk. Die vrouw was gebruind, en slank, en ze had lang haar, ik kon in het schijnsel van de maan niet zien welke kleur, het leek zilverachtig blond. Ik heb daar een poosje naar hen staan kijken.'

'Denk je echt dat ze minnaars waren?'

Ze glimlacht laconiek.

'Tja, toen ik zes was, had ik daar natuurlijk geen idee van. Maar wat ik me nog heel duidelijk herinner, is dit: de hand van die vrouw lag om een van Clarisses borsten heen. Het was een seksueel gebaar van toe-eigening.'

Ik sta op, loop de kamer op en neer, en blijf staan voor het raam dat uitkijkt op de lawaaiige rue de la Roquette. Ik merk dat ik een paar minuten lang geen woord kan uitbrengen.

'Ben je geschokt?'

'In zekere zin wel.'

Opnieuw het geklik van de armbanden.

'Ik heb geprobeerd het je te vertellen. Ik kon het juiste moment, de juiste plek niet vinden. Ik merkte wel dat je in de gaten had dat er iets niet in orde was. En toen had ik het gevoel dat ik het niet meer voor me kon houden, en daarom wilde ik het je op de terugweg vertellen.'

'En heb je er iemand ooit iets over verteld de volgende dag, nadat dit was gebeurd?'

'Ik heb geprobeerd jou er iets over te vertellen, de volgende ochtend, toen we op het strand aan het spelen waren met Solange. Maar je wilde niet luisteren. Je joeg me weg. Ik heb er nooit met iemand over gesproken, en het is stukje bij beetje uit mijn geheugen verdwenen. Ik ben het gewoon vergeten. Ik heb er nooit aan teruggedacht, tot die nacht in het hotel, vierendertig jaar later.'

'Heb je die vrouw ooit teruggezien? Enig idee wie ze was?'

'Nee, ik kan me niet herinneren haar nog eens gezien te hebben. Geen idee wie ze was.'

Ik loop terug naar de stoel tegenover Mélanie.

'Zou onze moeder lesbisch zijn geweest?' vraag ik, met zachte stem.

'Die vraag heb ik mezelf ook gesteld,' zegt ze vlak.

'Zou dit zomaar een verhouding zijn geweest die uit de lucht kwam vallen, of zou ze al langer verhoudingen met vrouwen hebben gehad?'

'Dat spookt allemaal voortdurend door mijn hoofd. Steeds dezelfde vragen, en geen enkel antwoord.'

'Zou onze vader het geweten hebben? En onze grootouders?'

Ze staat op, loopt naar de keuken en zet water op, hangt theezakjes in bekers. Ik ben verdwaasd, als na een flinke klap op mijn hoofd.

'En weet je, die ruzie die jij hebt gezien, tussen Clarisse en Blanche? Je hebt me erover verteld op het strand.'

'Ja,' zeg ik. 'Zou je denken dat die daarover ging?'

Mélanie haalt haar schouders op.

'Misschien wel. Volgens mij stonden onze burgerlijke, fatsoenlijke grootouders niet erg open tegenover homoseksualiteit. En we hebben het wel over 1973.'

Ze geeft me een beker thee, gaat zitten.

'En onze vader?' vraag ik. 'Wat zou hij ervan weten?'

'Misschien was de hele familie Rey wel op de hoogte. Misschien is het op een schandaal uitgelopen. Maar er werd niet over gepraat. Niemand heeft erover gepraat.'

'En toen is Clarisse gestorven...'

'Ja,' zegt ze. 'En toen is onze moeder gestorven. En dus heeft niemand het er ooit nog over gehad.'

We blijven even stil zitten, tegenover elkaar, en drinken onze thee.

'Weet je wat ik het allerergste vind?' zegt ze uiteindelijk. 'En ik weet dat dat de oorzaak van het ongeval is geweest. Alleen erover praten doet al pijn, hier.' Ze legt haar vlakke hand op haar sleutelbeen.

'Wat vind je dan zo erg?'

'Voordat ik het zeg, moet je me vertellen wat jíj er zo erg aan vindt.'

Ik haal diep adem.

'Ik heb het gevoel dat ik geen flauw idee heb wie mijn moeder was.'

'Ja!' roept ze uit, en ze glimlacht voor het eerst, hoewel het niet haar gebruikelijke, ontspannen glimlach is. 'Dat is het precies.'

'En ik heb geen idee hoe we te weten kunnen komen wie ze was.'

'Maar ik wel,' zegt ze.

'Hoe dan?'

'De eerste vraag is: wil je het wel weten, Antoine? Wil je er echt achter komen?'

'Natuurlijk! Dat hoef je toch niet te vragen?'

Weer dat scheve glimlachje.

'Soms is het makkelijker iets niet te weten. Soms doet de waarheid pijn.'

Ik denk terug aan de dag dat ik de videoband van Serge en Astrid vond, die waarop ze seks hadden voor Astrids camera. De schok daarvan. De verwoestende pijn daarvan.

'Ik weet wat je bedoelt,' zeg ik langzaam. 'Die pijn ken ik.'

'Ben je er klaar voor om opnieuw met die pijn te worden geconfronteerd, Antoine?'

'Dat weet ik niet,' zeg ik naar waarheid.

'Ik wel,' zegt ze vastberaden. 'En ik ga de confrontatie aan. Ik kan niet doen alsof er niets is gebeurd. Ik wil mijn ogen hier niet voor sluiten. Ik wil weten wie onze moeder echt is geweest.'

Vrouwen zijn zoveel sterker dan wij mannen, bedenk ik, terwijl ik naar haar luister. Toch is er in fysieke zin niets krachtigs aan haar, eigenlijk ziet ze er fragieler uit dan ooit, met haar strakke spijkerbroek en beige sweater, maar ze straalt een enorme kracht uit, een enorme vastberadenheid. Mélanie is niet bang, en ik wel. Ze pakt mijn hand met een bijna moederlijk gebaar, alsof ze precies weet wat er door mijn hoofd speelt.

'Laat dit je er niet onder krijgen, Tonio. Ga gewoon naar huis en besteed aandacht aan je dochter, ze heeft je nodig. Als je er klaar voor bent, kunnen we het er nog eens over hebben. Het heeft geen haast.'

Ik knik, sta op, voel me wat licht in het hoofd. Een brok in mijn keel. De gedachte terug naar kantoor te gaan, Florence, de berg werk die op me ligt te wachten het hoofd te bieden, het lijkt onmogelijk. Ik geef mijn zuster een kus, loop naar de deur, en op het moment dat ik naar buiten stap zeg ik: 'Je zegt dat je weet waar je de waarheid kunt vinden?'

'Ja.'

'Waar dan?'

'Blanche.'

Onze grootmoeder. Ze heeft natuurlijk gelijk. Blanche moet wel antwoorden hebben. Een paar antwoorden. Maar of ze die antwoorden zal geven, of zal willen geven, is een tweede.

In plaats van naar kantoor te gaan, rijd ik rechtstreeks naar huis. Onderweg spreek ik een bericht in voor Florence, waarin ik kortweg zeg dat ik vandaag niet meer terugkom. Ik zet een kop koffie, steek een sigaret op en ga aan de keukentafel zitten. Ik heb nog steeds een brok in mijn keel. Mijn rug doet zeer. Het dringt tot me door hoe uitgeput ik ben.

Paulines dode gezicht keert bij vlagen terug in mijn gedachten. Ook zie ik beelden van wat Mélanie onthuld heeft. De door maanlicht beschenen kamer die ik niet heb gezien, maar die ik me maar al te goed kan voorstellen. Onze moeder, haar geliefde. Een vrouw. Ben ik zo perplex vanwege mijn moeders ontrouw of ben ik nog meer geschokt door haar biseksualiteit? Ik ben er niet zeker van wat me meer van streek maakt. En hoe staat Mélanie ertegenover, als vrouw? Doet het mij minder omdat ik vermoed dat een lesbische moeder een lichtere schok is voor een man dan een homoseksuele vader zou zijn? Een psychotherapeut zou zich hierop kunnen uitleven.

Ik denk aan mijn homovrienden, mannen en vrouwen, Mathilde, Milèna, David, Matthew, en aan wat ze me hebben verteld over het moment van uit de kast komen, over de reactie van hun ouders. Sommige ouders accepteerden het en toonden begrip, anderen wilden er niets van weten. Maar wat doe je, vraag ik me af, als je op latere leeftijd ontdekt dat een van je ouders homoseksueel is? Hoe ruimdenkend of tolerant je ook bent, dat slaat in als een bom. Vooral als die ouder dood is en geen antwoord meer kan geven op je vragen.

De voordeur slaat met een klap dicht en Arno komt met grote, soepele stappen binnen, gevolgd door een stuurs meisje met zwarte lippenstift. Ik kan niet goed zien of dit het gebruikelijke meisje is of een ander. Ze zien er allemaal hetzelfde uit, in gothic uitdossing, metalen armbanden, lange zwarte kleding. Hij zwaait, grijnst. Zij zegt nauwelijks gedag, staart naar de vloer. Ze gaan direct naar zijn kamer. Keiharde muziek. Een paar minuten later knalt de deur opnieuw en verschijnt Lucas. Zijn gezicht klaart op als hij me ziet. Hij stort zich in mijn armen, waarbij hij bijna mijn koffie omgooit. Ik zeg hem dat ik even een pauze nodig had, dat ik van kantoor ben weggegaan. Zo'n ernstig jochie. Hij wil weten wanneer zijn moeder terugkomt. Ik vertel het hem. Dinsdag, voor de begrafenis. Ik vraag me opeens af of de begrafenis wel zo'n goed idee is in zijn geval. Is hij er niet te jong voor? Moet hij er wel heen? Hij is pas elf. De begrafenis van Pauline boezemt zelfs mij angst in. Ik informeer behoedzaam hoe hij erover denkt. Hij bijt op zijn lip. Hij zegt dat hij het misschien wel aankan als wij er allebei zijn, Astrid en ik. Ik zeg dat ik het er met zijn moeder over zal hebben. Zijn kleine hand bedekt de mijne. Zijn onderlip trilt. Het is voor het eerst dat hij wordt geconfronteerd met de dood. Iemand die hij goed kende, iemand met wie hij is opgegroeid, want Pauline heeft talloze zomers en skivakanties met ons doorgebracht. Iemand die maar drie jaar ouder was dan hij nu is.

Ik probeer mijn zoon te troosten. Weet ik wel hoe dat moet? Toen ik zo oud was als hij, was mijn moeder overleden en niemand heeft mij destijds getroost. Was ik daarom zo slecht in hulp bieden, liefde en steun geven? Worden we niet voor altijd gevormd door onze jeugd, de littekens, de geheimen, de verborgen pijn uit die periode?

Zaterdag is Margaux nog steeds bij Patrick en Suzanne. Naar het schijnt heeft ze er behoefte aan bij hen te zijn, hebben zij er behoefte aan in haar gezelschap te zijn. Zou onze dochter zijn thuisgebleven als Astrid hier was geweest? Is ze niet hier omdat ze aanvoelt dat ik haar niet kan troosten, haar niet kan helpen? Ik vind het vreselijk om me dat alles af te vragen, maar heb het gevoel dat het nodig is. Ik ben het lang genoeg uit de weg gegaan.

Arno gaat uit, zoals gewoonlijk, en mompelt iets over een feest vanavond en dat hij laat thuiskomt. Als ik zijn slechte cijfers aankaart, zijn aanstaande rapport, zeg dat hij misschien beter zou kunnen gaan studeren dan feesten, werpt hij een vernietigende blik mijn kant uit, slaat hij zijn ogen ten hemel en smijt de deur dicht. Ik heb ogenblikkelijk de neiging hem bij zijn nekvel te grijpen en hem met een schop tegen zijn magere kont de trap af te laten stuiteren. Ik heb mijn kinderen nog nooit geslagen. Ik heb mijn leven lang nog nooit iemand geslagen. Maakt dat me een goed, een beter mens? Ik vraag het me af.

Lucas is stil, en dat baart me zorgen. Ik maak zijn lievelingseten klaar, biefstuk met patat en ketchup, chocolade-ijs toe. Hij mag zelfs Coca Cola hebben. Ik laat hem beloven dit niet tegen zijn moeder te zeggen. Als groot voorstander van gezonde voeding zou ze ontsteld zijn. Eindelijk, voor het eerst die avond, glimlacht hij. Hij vindt het wel leuk een geheimpje met me te delen. Ik kijk toe hoe hij zijn maaltijd verorbert. We zijn al heel lang niet meer op deze manier samen geweest. De omgang met Margaux en Arno is een voortdurende strijd, een worstelpartij zonder eind. Gemakkelijke, vloeiende momenten als deze zijn juweeltjes die ik wil koesteren en onthouden.

Omdat de vorige nacht rusteloos was verlopen, besluit ik vroeg mijn bed in te duiken. Lucas lijkt ook moe te zijn, en hij protesteert zowaar niet als ik voorstel te gaan slapen. Hij vraagt of ik zijn deur open en het licht op de gang aan wil laten. Dat heeft hij al jaren niet meer gedaan. Ik doe wat hij vraagt. Ik zijg in bed neer en doe een schietgebedje dat ik niet zal worden geplaagd door de beelden van de vorige nacht. Het dode gezicht van Pauline. Suzanne die het lichaam van haar dochter aankleedt. Mijn moeder in de door de maan verlichte slaapkamer met die vreemde vrouw in haar armen. Verrassend genoeg val ik snel en diep in slaap.

Ik word wakker van de telefoon, schel in het holst van de nacht. Mijn vingers zoeken het lichtknopje, de hoorn van de telefoon. De wekker naast het bed staat op 02.47 uur.

Een mannenstem, nors.

'Bent u de vader van Arno Rey?'

Ik ga rechtovereind in bed zitten, met een droge mond.

'Ja...'

'*Commissaire* Bruno, politie, 10de arrondissement. U moet hierheen komen, meneer, uw zoon zit in de problemen. Als minderjarige kan hij niet vrijkomen zonder uw toestemming.'

'Wat is er gebeurd?' vraag ik, ademloos. 'Is hij oké?'

'Hij zit in een ontnuchteringscel. Ja, nu is hij oké, maar u moet direct komen.'

Hij geeft me het adres, 26 rue Louis-Blanc, en hangt op. Ik struikel mijn bed uit, kleed me werktuiglijk aan, als een robot. Ontnuchteringscel. Betekent dat dat hij dronken is? Daar stoppen ze toch dronken mensen in? Uw zoon zit in de problemen... Wat voor problemen? Moet ik Astrid nog eens bellen in Tokio? Hoezo? Ze kan toch niets doen waar ze nu zit. Jazeker, klinkt dat inwendige stemmetje opnieuw, dat stemmetje waar ik zo'n hekel aan heb, jij hebt de verantwoordelijkheid, vriend, jij staat nu in de frontlinie, jij bent degene die zich in de orkaan moet begeven, jij bent degene die de vijand het hoofd moet bieden, dat is jouw taak, vriend, jij bent de papa. Jij bent de vader. Schiet op, man.

Lucas! Ik kan hem toch niet achterlaten? Stel dat hij wakker wordt en merkt dat het appartement leeg is? Ik zal hem wel moeten meenemen. Nee, zegt het inwendige stemmetje, je kunt hem niet meenemen, stel dat Arno er vreselijk aan toe is, verbeeld je wat een schade dat zou aanrichten, hij is al zo ontdaan door het overlijden van Pauline, dat kun je niet maken. Je kunt een kwetsbaar joch van elf niet midden in de nacht meenemen naar een politiebureau, omdat zijn broer een zuiplap is. Denk eens na, papa.

Ik pak de telefoon, bel het nummer van Mélanie. Haar stem is zo verbazingwekkend helder dat ik me een halve seconde lang afvraag of ze wel lag te slapen. Ik leg kort de situatie met Arno uit. Zou ze hierheen willen komen en de rest van de nacht in ons appartement willen doorbrengen als ik de sleutel voor haar onder de deurmat leg? Ik kan Lucas niet alleen laten en ik kan niemand anders bellen. Natuurlijk, zegt ze, ze komt eraan. Ze neemt een taxi. Haar stem klinkt kalm en geruststellend.

Het politiebureau bevindt zich ergens achter het Gare de l'Est, bij het Canal Saint-Martin. Parijs is nooit verlaten op zaterdagnacht. Er wandelen hele menigten mensen over de Place de la République en de boulevard Magenta, ondanks de kou. Het duurt even voordat ik er ben, kan parkeren. Ik vertel de agent bij de deur dat ik de vader van Arno Rey ben. Hij knikt, laat me binnen. Het gebouw ziet er even verwaarloosd en treurig uit als het mortuarium van het ziekenhuis. Er komt een klein, mager mannetje met lichtgrijze ogen naar me toe. Hij stelt zich voor. Commissaire Bruno.

'Kunt u uitleggen wat er is gebeurd?' vraag ik hem.

'Uw zoon is met een stel andere tieners gearresteerd.'

'Waarom?'

Zijn onbewogen houding irriteert me. Hij lijkt er lol in te hebben er de tijd voor te nemen en elke spier van mijn gezicht in de gaten te houden.

'Ze hebben een appartement gevandaliseerd.'

'Ik begrijp het niet.'

'Uw zoon is vanavond ongevraagd op een feestje komen binnenvallen. Samen met twee van zijn vrienden. Het feestje werd gegeven door een jong meisje, Émilie Jousselin. Ze woont aan de rue du Faubourg-Saint-Martin, hier om de hoek. Uw zoon was dus niet uitgenodigd. En toen uw zoon en zijn vrienden eenmaal binnen waren, hebben ze meer vrienden opgebeld. Makkelijk, met mobiele telefoons. Dus kwam er een hele troep andere vrienden opdagen. Vrienden van vrienden. Enzovoort. Minstens honderd man. En iedereen is dronken geworden, ze hadden allemaal sterkedrank bij zich.'

'Wat hebben ze gedaan?' vraag ik en ik probeer mijn stem vast te laten klinken.

'Ze hebben de boel kort en klein geslagen. Iemand heeft graffiti op de muren gespoten, porseleinen voorwerpen gebroken, de kleren van de ouders kapotgeknipt. Dat soort dingen.'

Ik slik even.

'Ik weet dat het schokkend is, meneer. Of u het gelooft of niet: het gebeurt geregeld. We hebben minstens één keer per maand met zoiets te maken. Tegenwoordig gaan ouders een weekend weg en weten dan niet eens dat hun kinderen een feestje plannen. Dit meisje had haar ouders niets verteld. Ze is vijftien. Ze heeft alleen gezegd dat er een paar vriendinnetjes kwamen logeren.'

'Zit ze bij mijn zoon op school?'

'Nee. Maar ze heeft haar feestje aangekondigd op haar Facebook-pagina. En zo is het allemaal begonnen.'

'Hoe weet u dat mijn zoon hieraan heeft meegedaan?'

'We zijn gebeld door buren die merkten dat het feestje uit de hand liep. Toen mijn mannen daar aankwamen, hebben ze zoveel jongeren gearresteerd als ze konden. De meesten zijn ontkomen. Maar uw zoon was erg dronken. Hij was nauwelijks in staat zich te bewegen.'

Ik kijk om me heen of ik een stoel zie om te gaan zitten. Die is er niet. Ik kijk omlaag naar mijn schoenen. Gewone leren loafers. Mijn dagelijkse schoenen. Mijn voeten in mijn dagelijkse schoenen. Toch hebben mijn voeten me vandaag naar het mortuarium in het ziekenhuis gedragen, naar het stoffelijk overschot van Pauline. Vervolgens naar het appartement van Mélanie, waar ik de waarheid te horen kreeg over de aanleiding van het ongeval. Vervolgens hierheen, nu, in het holst van de nacht, naar een politiebureau, waar ik zo meteen tegenover mijn dronken zoon zal staan.

‘Wilt u misschien een glas water?’ biedt commissaire Bruno aan.

Hij is dus toch menselijk. Ik neem het aanbod aan en kijk zijn magere lijf na. Hij is vrijwel direct weer terug, reikt me een glas aan.

‘Uw zoon komt eraan,’ zegt hij.

Een paar minuten later verschijnen er twee politieagenten, die Arno ondersteunen, die komt aansloffen met het onzekere loopje van een dronkaard. Zijn gezicht is bleek, zijn ogen zijn bloeddoorlopen. Hij kijkt me niet aan. Ik voel schaamte en boosheid door me heen trekken. Hoe zou Astrid reageren? Wat zou ze nu tegen hem zeggen? Zou ze hem een uitbrander geven? Hem troosten? Hem door elkaar schudden?

Ik teken wat papieren. Arno kan nauwelijks op zijn benen staan. Hij stinkt naar alcohol, maar ik merk wel dat hij inmiddels voldoende nuchter is om te begrijpen wat er gebeurt. Commissaire Bruno zegt dat ik waarschijnlijk op zoek moet gaan naar een advocaat, voor het geval dat de ouders van het meisje aangifte doen, wat ze waarschijnlijk zullen doen. We verlaten het politiebureau. Ik heb er geen zin in mijn zoon te helpen, ik laat hem gewoon achter me aan schuifelen naar de auto. Ik heb geen woord tegen hem gezegd. Ik wil hem niet eens aanraken. Hij vervult me met weerzin. Voor het eerst van mijn leven walg ik van mijn eigen vlees en bloed. Ik kijk toe hoe hij onhandig in de auto stapt. Een fractie van een seconde ziet hij er zo jong, zo kwetsbaar uit dat ik een spoortje medelijden voel. Maar de weerzin neemt weer de overhand. Hij frummelt met zijn autogordel, krijgt hem niet vast. Ik steek geen hand uit. Ik blijf zitten wachten tot hij het eindelijk voor elkaar heeft. Hij ademt zwaar door zijn mond, zoals hij deed toen hij klein was. Toen hij nog een leuk jochie was. Dat jochie dat ik op mijn schouders droeg, dat tegen me opzag, zoals Lucas nog steeds doet. Niet die slungelige, hooghartige puber met zijn ijzige sneer. Schamper verwonder ik me erover wat hormonen teweegbrengen, hoe ze onze kinderen in een mum van tijd transformeren tot wezens die we niet langer herkennen.

Vier uur in de ochtend, de straten zijn nu leeg, kerstversiering licht vrolijk op in de koude duisternis en er is niemand die het ziet. Ik heb nog steeds niet tegen mijn zoon gesproken. Wat zou mijn vader in deze situatie hebben gedaan? Ik kan een sardonisch glimlachje niet onderdrukken. Me tot moes hebben geslagen? Hij sloeg me wel, herinner ik me. Felle meppen in mijn gezicht. Niet vaak, ik was een stille puber, niet het opstandige, lompe soort zoals ik rechts naast me heb zitten.

Het stilzwijgen tussen ons houdt aan. Vindt hij het onaangenaam? Heeft hij enig idee wat er vannacht is gebeurd? Is hij bang voor me? Voor wat ik tegen hem zal zeggen? De onvermijdelijke preek? De consequenties? Geen zakgeld, niet meer uitgaan, betere cijfers, beter gedrag, aan de ouders schrijven om excuses aan te bieden...

Hij hangt als een zoutzak tegen het autoportier, lijkt in slaap te sukkelen. Als we in de rue Froidevaux aankomen, geef ik hem een por in zijn ribben, waardoor hij wakker schrikt. Hij klimt onzeker, wankelend de trap op. Ik wacht niet op hem. De sleutels liggen onder de mat en als ik de deur opendoe, zie ik Mélanie opgekruld op de bank liggen lezen. Ze staat op, omhelst me, en we kijken samen toe hoe Arno binnenkomt, onvast zwaaiend. Hij bekijkt zijn tante en zijn gezicht verbreedt zich tot een scheve grijns. Maar niemand glimlacht naar hem terug.

'Ach, kom nou, mensen, laat me even,' jammert hij.

Mijn hand haalt uit en ik geef hem een klap in zijn gezicht, zo hard ik kan. Het gaat snel, maar gek genoeg zie ik mijn beweging in slow motion. Arno snakt naar adem. De afdrukken van mijn vingers staan helderrood op zijn wang. Ik heb nog steeds geen enkel woord gesproken.

Hij staart me woedend aan. Ik staar terug. Ja, zegt het stemmetje, inderdaad, jij bent de papa. Jij bent de vader en jij bepaalt de regels, jouw regels, of deze kleine klootzak die toevallig je zoon is het leuk vindt of niet.

Mijn ogen boren zich in de zijne als fretboortjes. Ik heb nooit eerder op deze manier naar mijn zoon gekeken. Uiteindelijk slaat hij zijn blik neer.

'Kom eens mee, jongeman,' zegt Mélanie kordaat terwijl ze zijn arm grijpt. 'Je gaat nu meteen douchen en dan naar bed.'

Ze leidt hem van de deuropening vandaan, weg van mij. Mijn hart klopt pijnlijk. Ik ben buiten adem, hoewel ik me nauwelijks heb bewogen. Ik ga langzaam zitten. Ik hoor het geluid van de stromende douche en dan komt Mélanie terug. Ze gaat naast me zitten en legt haar hoofd tegen mijn schouder.

'Ik geloof niet dat ik je ooit zo kwaad heb gezien,' fluistert ze. 'Je was intimiderend.'

'Hoe is het met Lucas?'

'In dromenland.'

'Dank je wel,' mompel ik.

We blijven samen zitten. Haar bekende geur, de geur van mijn zus. Lavendel en specerijen.

'Astrid heeft heel veel niet meegemaakt,' merkt ze op. 'Het overlijden van Pauline. Arno, vanavond. Onze moeder.'

Vreemd genoeg moet ik op dit moment niet aan Astrid denken, maar aan Angèle. Aan háár aanwezigheid heb ik nu behoefte, aan haar warme, lenige lijf, haar spottende lachje, haar verrassende tederheid.

'Toen je Arno sloeg, leek je heel erg op onze vader,' zegt Mélanie zacht. 'Zoals hij boos op ons kon worden.'

'Dit was de eerste keer dat ik Arno ooit heb geslagen.'

'Heb je er spijt van?'

Ik slaak een zucht.

'Ik weet het niet. Ik voel alleen maar woede. Je hebt gelijk. Ik heb nog nooit zo'n woede gevoeld.'

Ik vertrouw Mélanie niet toe dat ik boos ben op mezelf omdat ik het gevoel heb dat Arno's gedrag eigenlijk mijn schuld is. Waarom ben ik toch zo'n slappe, doorzichtige vader? Omdat ik nooit streng optreed, nooit regels vaststel, zoals mijn eigen vader wel deed? Omdat ik na het vertrek van Astrid maar voor één ding bang was: dat mijn kinderen minder van me zouden houden als ik me autoritair zou opstellen?

'Houd eens op met piekeren, Tonio,' klinkt Mélanies troostende stem. 'Ga naar bed. Rust wat uit.'

Ik weet niet eens of ik nog wel slaap heb. Mélanie gaat naar de kamer van Margaux. Ik blijf nog even op en bekijk het oude album met alle zwart-witfoto's uit Noirmoutier. Ik kijk naar de foto's van mijn moeder en ik zie een vreemde. Ik zak weg in een onrustige slaap.

Op zondagochtend gaan Lucas en Mélanie brunchen in de rue Daguerre. Ik neem een douche en scheer me. Als Arno eindelijk uit zijn kamer komt, heb ik nog steeds absoluut niets tegen hem te zeggen. Hij lijkt zich ongemakkelijk te voelen onder mijn zwijgzaamheid. Ik zit gebogen over het *Journal du Dimanche* met een kop koffie, en hef mijn hoofd niet eens op als hij luidruchtig door de keuken schuifelt. Ik hoef niet op te kijken om te weten dat hij zijn gekreukte, vuile donkerblauwe pyjamabroek draagt, geen T-shirt. Broodmagere rug, uitstekende ribben. Een groepje rode pukkels tussen zijn benige schouderbladen. Lang, vet haar.

'Is er wat?' zegt hij binnensmonds, terwijl hij luidruchtig op zijn cornflakes kauwt.

Ik blijf geboeid doorlezen.

'Je kunt op z'n minst normaal tegen me praten,' dreint hij.

Ik sta op, vouw mijn krant op en loop de keuken uit. Ik moet lijfelijk uit zijn buurt blijven. Ik voel dezelfde weerzin die ik de afgelopen nacht in de auto ervoer. Ik had nooit gedacht dat zoiets mogelijk was. Je hoort altijd over kinderen die walgen van hun ouders, nooit het omgekeerde. Is dit een taboe, iets waar men niet over praat? Ben ik de enige ouder die dit zo voelt? Zou Astrid dit gevoel ooit kunnen hebben? Nee, dat kan niet, zij heeft deze kinderen gebaard, ze heeft ze gedragen.

De bel gaat. Ik werp een blik op mijn horloge. Al bijna twaalf uur. Te vroeg om Mel en Lucas terug te verwachten, ze zijn nog maar net weg. Waarschijnlijk Margaux, die haar sleutels is vergeten. Ik voel me nerveus bij de gedachte mijn dochter weer te zien, ik weet niet hoe ik mijn liefde voor haar tot uitdrukking moet brengen, al mijn bezorgdheid om dit broze, moeilijke moment in haar leven. Ik doe de deur bijna angstig open.

Maar het is niet het kleine figuurtje van Margaux dat op de drempel op me staat te wachten. Het is een lange vrouw met een zwart Perfecto-jasje aan, een zwarte spijkerbroek, zwarte laarzen, die een helm tegen haar heup houdt. Ik neem haar snel in mijn armen en druk haar woest tegen me aan. Ze ruikt naar leer en muskus, een bedwelmende combinatie. Ik hoor Arno's voetstappen op de krakende houten vloer achter me, maar het maakt me niet uit. Hij heeft me nog nooit met een andere vrouw dan zijn moeder gezien. 'Ik dacht dat je een beetje sexual healing wel kon gebruiken,' prevelt ze in mijn oor.

Ik trek haar de warmte van het appartement binnen. Arno staat te schutteren. Weg is de brutale puber. Hij kan zijn ogen niet van het Perfecto-jasje afhouden.

'Hallo, ik ben Angèle. De grootste fan van je vader,' zegt Angèle, en ze bekijkt hem langzaam van top tot teen. Ze steekt haar hand uit en ontbloot haar volmaakt witte tanden tot een wolfachtige glimlach. 'Ik geloof dat we elkaar al hebben ontmoet, in het ziekenhuis, afgelopen zomer.'

Arno's gezicht vertoont een fraaie mengeling van verrassing, schrik, onbehagen en vreugde. Hij geeft Angèle een hand en stuift weg als een schichtig konijntje.

'Gaat het goed met je?' vraagt ze me. 'Je ziet er...'

'Om de donder niet.' Ik trek een gezicht.

'Ik heb je weleens vrolijker gezien.'

'De afgelopen achtenveertig uur zijn...'

'Interessant geweest?'

Ik neem haar weer in mijn armen en wroet in de kruin van haar glanzende haren.

'Afschuwelijk is een beter woord. Ik weet niet waar ik moet beginnen.'

'Doe dan maar niet,' zegt ze. 'Waar is je kamer?'

'Wat?'

De lome, gretige grijns.

'Je hebt me wel gehoord. Je kamer?'

Ik lig in bed, met haar geur nog op mijn huid, en hoor hoe het doffe grommen van de Harley de stilte van de zondagnacht doorklieft. Ze is weg. Ze is de hele dag gebleven. Maar ik weet dat ze zal terugkomen en de gedachte alleen al troost me. Angèle lijkt een nieuwe vitaliteit in me aan te wakkeren, zoals de balsemvloeistof die ze in haar 'patiënten' pompt een levensechte kleur terugbrengt. Ik bedoel niet alleen de seks, die uiteraard een belangrijk en opwindend onderdeel van onze verhouding vormt, ik bedoel ook de terloopse, aardse manier waarmee ze de pijnlijke kwesties in mijn leven aanpakt. We hebben elke kwestie afzonderlijk doorgenomen, in mijn bed, terwijl we in elkaars armen lagen.

Margaux. Heeft ze een rouwconsulent geraadpleegd? Iemand met wie ze kan praten over het feit dat haar beste vriendin voor haar ogen is overleden? Dat was absoluut noodzakelijk. Ik heb er nota van genomen. Angèle vertelde over de manier waarop tieners met de dood omgingen, hoe sommigen van hen zich verloren gingen voelen, volkomen van streek waren, of in shock, en hoe anderen, zoals zijzelf al die jaren geleden, in één klap volwassen werden, maar een zekere hardheid kregen die nooit zou slijten.

Arno. Ik voelde me waarschijnlijk beter toen ik hem een klap had gegeven, maar onze communicatie werd er niet beter van. Er zou een moment komen, zei ze, dat ik ervoor moest gaan zitten om met hem te praten, echt met hem praten. Hij had absoluut grenzen nodig, en ik had absoluut gelijk om krachtig op te treden, maar dan zou ik deze nieuwe onbuigzaamheid consequent moeten toepassen. Ik lachte toen ze dat zei, en streelde de zachte curve van haar heupen. Wat wist ze eigenlijk over pubers, mompelde ik, had ze er ergens een verstopt zitten die ze vergeten had te vermelden? Ze had zich omgedraaid en me in het schemerlicht recht aangekeken. Wat wist ik eigenlijk over haar leven, afgezien van haar werk? Niet veel, moest ik toegeven. Welnu, ze had een zus, iets ouder, gescheiden, die in Nantes woonde. Nadège had drie ongezeglijke pubers, achttien, zestien en veertien. Hun pa was hertrouwd en had geen belangstelling, of voelde zich niet langer gedwongen te helpen bij hun opvoeding. Angèle hielp haar daarbij. Ze hield hen strak, maar ze ging eerlijk en redelijk met hen om. Elke week overnachtte ze een keer in Nantes, in het huis van haar zus. Het was goed te doen, want het ziekenhuis Le Loroux lag er maar twintig kilometer vandaan. Ze was dol op die kinderen, ook al waren ze soms een ramp in de omgang. En dus wist ze inderdaad alles over pubers, hoor.

Clarisse. Ik had Angèle de foto's laten zien. Wat een mooie vrouw, had ze uitgeroepen, precies je zuster. Toen heb ik haar verteld hoe het kwam dat Mélanie de beheersing over het stuur had verloren. Haar gezicht stond direct weer ernstig. Ik kon wel zien dat ze probeerde de juiste woorden te vinden. Ze wist hoe ze met de dood moest omgaan, ze wist hoe ze met pubers moest omgaan, maar dit specifieke onderwerp was een stuk lastiger. Ze was een paar minuten blijven zwijgen. Ik probeerde mijn moeder te beschrijven, haar onverbloemde eenvoud, haar landelijke jeugd waarover we niets wisten, het contrast tussen de welvarende familie Rey en haar kindertijd als plattelandsmeisje, maar ik merkte dat ik hakkelde, naar woorden zocht, niet bij machte was haar tot leven te wekken, Angèle duidelijk te maken wie mijn moeder precies was. Ja, dat was het, dat was de kern van de zaak, de donkere kern van de zaak: onze moeder was een vreemde. En zelfs nog meer sinds de flashback van Mélanie.

‘Wat ga je hiermee doen?’ vroeg Angèle.

‘Als ik zover ben, en ik denk dat dat heel snel zal zijn, na de begrafenis, na de kerst, wil ik mijn grootmoeder gaan opzoeken, met Mélanie.’

‘Waarom?’

‘Omdat ik er zeker van ben dat ze iets over mijn moeder en die vrouw weet.’

‘Waarom kun je er niet met je vader over praten?’

De vraag was zo simpel, zo natuurlijk dat ik met mijn mond vol tanden stond.

‘Mijn vader?’

‘Ja, waarom niet? Denk je niet dat hij ervan afweet? Hij was tenslotte haar echtgenoot.’

Mijn vader. Zijn ouder wordende gezicht, zijn gekrompen silhouet. Zijn rigiditeit. Zijn autoriteit. Het beeld van de Commendatore.

‘Angèle, je moet begrijpen, ik praat niet met mijn vader.’

‘Nou, ik praatte ook niet met mijn vader,’ zei ze lijzig. ‘Maar dat kwam doordat hij dood is.’

Ik moest glimlachen.

‘Je bedoelt dat je ruzie hebt gehad en dat jullie niet meer met elkaar praten?’ vroeg ze.

‘Nee,’ zei ik, en ik besefte maar al te goed hoe vreemd dit zou klinken. ‘Ik heb nog nooit met mijn vader gepraat, ik heb nog nooit een echt gesprek met hem gevoerd.’

‘Maar waarom dan niet?’ had ze gevraagd, verbluft.

‘Omdat het nu eenmaal zo is. Mijn vader is niet het type mens met wie je een gesprek kunt voeren. Hij toont nooit liefde, toont nooit genegenheid. Hij wil altijd en eeuwig de baas zijn.’

‘En jij laat dat toe?’

‘Ja,’ gaf ik toe. ‘Dat heb ik toegelaten, omdat dat het makkelijkst was. Omdat hij me in de steek heeft gelaten. Soms heb ik bewondering voor de uitbarstingen van mijn zoon, omdat ik nooit de confrontatie met mijn vader heb durven aangaan. In mijn familie praat niemand met elkaar. Dat is wat we geleerd hebben niet te doen.'

Ze kuste de zijkant van mijn nek.

'Mmm, laat dat met je eigen kinderen niet gebeuren, vriend.'

Het was interessant geweest om haar met Mélanie, Lucas, Arno in de weer te zien, en met Margaux, die later eindelijk thuiskwam. Ze hadden haar kil kunnen bejegenen, haar aanwezigheid had hun kunnen storen, vooral op dit netelige moment, nu er zo veel verschillende, ontwrichtende dingen waren gebeurd die ons afwisselend pijn, angst en boosheid hadden bezorgd. Maar ze konden Angèles intelligente gevoel voor humor, haar directheid, haar warmte wel waarderen, voelde ik. Toen ze tegen Mélanie zei: 'Ik ben de beruchte Morticia en ik ben blij je te ontmoeten', was het een fractie van een seconde ongemakkelijk, maar daarna had Mélanie hardop gelachen en leek ze het oprecht leuk te vinden haar te zien. Margaux had haar naar haar werk gevraagd, bij een kopje koffie. Ik was discreet de keuken uit geglipt. De enige die niet in de ban van Angèle leek te zijn, was Lucas. Ik trof hem mokkend in zijn kamer aan. Ik hoefde hem niet te vragen wat er aan de hand was, dat voelde ik intuïtief aan. Hij was loyaal ten opzichte van zijn moeder, en hij voelde zich gekwetst een andere vrouw in ons huis te zien, een vrouw waar ik overduidelijk voor was gevallen. Ik had de moed niet om er meteen met hem over te praten. Er lag op dit moment te veel op mijn bordje. Ik zou het wel regelen, ik zou wel met hem gaan praten. Ik zou zeker niet doen wat mijn vader altijd had gedaan: alles afdekken.

Toen ik terugkwam in de keuken zat Margaux stilletjes te huilen en hield Angèle haar hand vast. Ik aarzelde even in de deuropening, niet zeker wat ik moest doen. Angèles ogen keken in de mijne. Haar goudgele ogen stonden droevig en wijs, bijna de blik van een bejaarde. Ik trok me weer terug. In de woonkamer zat Mélanie te lezen. Ik ging naast haar zitten.

'Ik ben blij dat ze hier is,' zei mijn zuster na een tijdje.

Ik was er ook blij om. Maar ik wist dat ze spoedig zou vertrekken, later die avond. De lange, koude rit terug naar de Vendée. En ik zou de dagen tellen tot ik haar weer zou zien.

Op maandagochtend, de dag voor de begrafenis van Pauline, heb ik een afspraak met Xavier Parimbert, de baas van een goed bekend staande feng shui-internetsite, op zijn kantoor bij de avenue Montaigne. Deze afspraak is al een poosje geleden gemaakt. Ik ken de man niet persoonlijk, maar heb wel van hem gehoord. Hij is klein en tanig, waarschijnlijk begin zestig, zijn haar is geverfd op de manier van Aschenbach, en hij heeft het kwieke figuur van iemand die zijn gewicht met een adelaarsblik in de gaten houdt. Hetzelfde type man als mijn schoonvader, een type waar ik steeds minder mee op heb. Hij gaat me voor zijn enorme zilver met witte kantoor in, wuift een overgedienstige assistent weg, zegt me plaats te nemen en komt direct ter zake.

'Ik heb uw werk gezien, en met name het kinderdagverblijf dat u voor Régis Rabagny hebt ontworpen.'

Op enig ander moment in mijn leven zou ik alle moed hebben verloren bij zo'n zin. Rabagny en ik hebben onze zakelijke samenwerking niet op een prettige manier beëindigd. Ik was ervan overtuigd dat hij me geen goede publiciteit had gegeven. Maar sindsdien was Pauline overleden en zou ze morgen begraven worden, was er een harde waarheid over mijn moeder als een boemerang teruggekomen, om over Arno's revolte maar niet te reppen. En nu merk ik dat de naam Rabagny van me afglijdt als water van een eendenrug, en ook dat het me niet veel uitmaakt of deze parmantige zestiger op het punt staat me af te zeiken.

Maar dat doet hij niet. Hij vereert me met een verbazingwekkend honingzoet glimlachje.

'Niet alleen is het kinderdagverblijf indrukwekkend, er is nog iets anders dat ik erg aantrekkelijk vind.'

'En wat mag dat zijn? Dat het feng shui is?'

Mijn ironie ontlokt hem een beleefd gegrinnik.

'Ik bedoel de manier waarop u met Monsieur Rabagny bent omgegaan.'

'Kunt u iets duidelijker zijn?'

'U bent de enige die ik ken, afgezien van mezelf, die hem heeft gezegd dat hij naar de hel kan lopen.'

Nu is het mijn beurt om te grinniken, als ik terugdenk aan die dag. Hij was met een laatste, botte aanval gekomen, opnieuw over een kwestie waar ik of mijn mensen niets mee te maken hadden, en ik was zo doodziek van de klank van zijn stem dat ik heel duidelijk en tot Florences verbijstering in de telefoonhoorn had gezegd: 'Rot nou maar eens op.'

Hoe Xavier Parimbert hier ook maar enige lucht van kon hebben gekregen, is mij een raadsel.

Hij glimlacht nog eens, alsof hij met een uitleg gaat komen.

'Régis Rabagny is toevallig mijn schoonzoon.'

'Wat een pech,' merk ik op.

Hij knikt.

'Dat heb ik zelf ook vaak gedacht. Maar mijn dochter houdt van hem. En als het om de liefde gaat...'

De telefoon op zijn bureau gaat en hij steekt een elegant gemanicuurde hand uit.

'Ja? Nee, nu niet. Waar? Aha.'

Terwijl het gesprek verdergaat, laat ik mijn blik over de bedrieglijk eenvoudige ruimte gaan. Ik weet niets van feng shui, behalve dat het een heel oude Chinese kunstvorm is die berust op de aanname dat wind en water effect hebben op ons welbevinden. Iets wat betrekking heeft op de manier waarop onze omgeving ons beïnvloedt. Dit moet het meest opgeruimde kantoor zijn dat ik ooit heb gezien, geen rommel, geen papierwerk, niets storends voor het oog. Aan één kant wordt een hele wand ingenomen door een aquarium. Vreemde, kronkelende zwarte vissen zwemmen loom heen en weer tussen luchtbelletjes door. In een andere hoek staan weelderige exotische planten. Een groepje brandende wierookstaafjes geeft een subtiel, ontspannend aroma af. Op het bord achter zijn bureau zie ik foto na foto van Parimbert met beroemdheden.

Parimbert legt uiteindelijk de hoorn neer en richt zijn volledige aandacht op mij.

'Wilt u misschien groene thee met een zemelkoek?' vraagt hij opgewekt, alsof hij een tegenstribbelend kind een speciale lekkernij aanbiedt.

'Graag,' antwoord ik, want ik voel aan dat een weigering me niet in dank zou worden afgenomen.

Hij drukt op een speciale zoemer op zijn bureau en er komt een slanke oosterse vrouw in het wit binnen met een dienblad. Met neergeslagen blik maakt ze een buiging, en schenkt ceremonieel, met geoefende, sierlijke bewegingen, thee uit een zware, gedecoreerde pot. Parimbert beziet het tafereel onaangedaan. Ik krijg een zwaar verteerbaar uitziend stuk gebak aangeboden, dat, naar ik aanneem, de zemelkoek is. Er volgt een ogenblik van stilte terwijl hij eet en drinkt in een welhaast religieuze stilte. Ik bijt in de koek en betreur dat vrijwel direct. De koek heeft de rubberachtige consistentie van kauwgom. Parimbert neemt flinke teugen van zijn groene thee en smakt met zijn lippen van genoegen. Ik vind de drank veel te heet om hem zo gretig door te slikken.

'Zo,' zegt hij, met een laatste smak, 'laten we ter zake komen.'

Een brede, geheimzinnige grijns. De thee heeft onappetijtelijke groene restjes op zijn tanden achtergelaten, alsof er opeens een welig tierend mini-oerwoud aan zijn tandvlees is ontsproten. Ik wil in lachen uitbarsten en besef op hetzelfde pijnlijke moment dat dit de eerste keer is dat ik wil lachen sinds Paulines dood. Een schuldgevoel neemt de overhand. De drang tot lachen trekt weg.

'Ik heb een plan,' zegt Parimbert geheimzinnig. 'En ik geloof werkelijk dat u degene bent die dat plan gaat uitvoeren.'

Hij wacht zelfgenoegzaam af. Ik knik. Hij gaat verder.

'Ik wil dat u zich een denkkoepel voorstelt.'

Hij spreekt het woord uit met schroomvallig ontzag, alsof hij had gezegd: 'heilige graal' of 'Dalai Lama'. Ik wacht af en knik, terwijl ik probeer te begrijpen wat een denkkoepel is en van ganser harte hoop dat ik er niet al te onnozel uitzie.

Parimbert staat op met zijn handen in de zakken van zijn onberispelijk geperste grijze broek gestoken, en begint te ijsberen over de gewreven houten vloer. Dan blijft hij theatraal in het midden van het kantoor staan.

'Een denkkoepel is een plek waar ik slechts een handjevol mensen mee naartoe zou nemen, heel zorgvuldig uitgekozen mensen, een plek om in harmonie samen te komen en na te denken. Die plek zou hier moeten komen, in dit pand. Ik wil dat het een iglo van intelligentie wordt. Begrijpt u?'

'Zeker,' zeg ik. Opnieuw is de neiging om te gniffelen onbedwingbaar.

'Ik heb hierover nog met niemand gepraat. Ik wil dat u carte blanche hebt. Ik weet dat u hiervoor de juiste man bent. Daarom bent u uitgekozen. En u zult er ook naar worden betaald.'

Hij noemt een bedrag dat aan de royale kant is, hoewel ik nog steeds geen idee heb hoe groot deze denkkoepel moet worden en uit welk materiaal hij dient te worden opgetrokken.

'Ik wil dat u met ideeën komt. Zet ze gewoon op papier en kom ermee bij me langs. Laat uw positieve energie zijn loop nemen. Wees creatief. Toon lef. Laat u leiden door uw innerlijke kracht. U hoeft hier niet beschroomd te zijn. De denkkoepel moet in de buurt van mijn kantoor komen. U zult een plattegrond van deze verdieping toegestuurd krijgen.'

Ik neem afscheid en loop de avenue Montaigne af. De winkels met luxeartikelen draaien overuren voor de kerst. Elegante vrouwen op hoge hakken, beladen met boodschappentassen van designerlabels, trippelen voorbij. Het verkeer ronkt. De lucht is donkergrijs. Op weg naar de linkeroever denk ik aan Pauline. De begrafenis. Haar ouders, broer en zus. Ik denk aan Astrid, die op dit moment onderweg naar huis is en later vandaag zal landen. Ik bedenk dat de kerstdagen naderen, onverbiddelijk, ondanks de dood van een tiener, dat er desondanks vrouwen winkelen op de avenue Montaigne, en dat mannen als Parimbert zichzelf zo serieus nemen.

Ik zit achter het stuur, Astrid rechts van me, de jongens en Margaux achterin. Dit is een van de eerste keren sinds de scheiding dat we met z'n allen in de Audi zitten. Als het gezin dat we ooit waren. Tien uur 's ochtends en de lucht is grijs, net als gisteren. Astrid vecht tegen haar jetlag. Ze heeft nog niet veel gezegd. Ik ben haar eerder in Malakoff gaan ophalen. Ik had gevraagd of Serge mee zou gaan en zij zei van niet.

Het is een uur rijden naar Tilly, het stadje waar de familie van Suzanne een huis heeft. Paulines hele klas zal er zijn. Lucas heeft besloten dat hij mee wil gaan. Zijn eerste uitvaart. Wat was de mijne na die van mijn moeder? Waarschijnlijk Robert, mijn grootvader. En later een goede vriend die bij een auto-ongeval was omgekomen. En nog een vriend, die kanker had. Ik besef dat het ook voor Margaux haar eerste uitvaart is, en voor Arno. Ik kijk even naar hen in de achteruitkijkspiegel. Geen iPods, valt me op. Hun bleke gezichten staan betrokken. Ze zullen zich deze dag blijven herinneren. Ze zullen zich deze dag de rest van hun leven blijven herinneren.

Arno is sinds zaterdag in zichzelf gekeerd. Ik heb mijn vaderzoongesprek met hem nog steeds niet gevoerd. Ik weet dat ik het moet inplannen, dat het geen zin heeft het te ontlopen. Astrid weet het nog niet van Arno. Het is mijn taak het haar te vertellen. Na de uitvaart.

Na de uitvaart. Zal daardoor iets worden afgesloten? Hoe zullen Suzanne en Patrick hier ooit overheen komen? Zal Margaux weer de oude kunnen worden, langzaam maar zeker? De provinciale wegen zijn stil en verlaten. Monotone winterlandschappen. Bladloze, levenloze bomen. Als de zon maar eens doorkwam en deze somberheid zou verjagen. Ik merk dat ik snak naar dat eerste ochtendzonnetje, het warme gevoel van de zonnestralen op mijn huid, en ervan te genieten, met mijn ogen dicht. God, of wie daarboven ook zit, alstublieft, stuur alstublieft wat zon naar de uitvaart van Pauline. Ik geloof niet in God, had Margaux op felle toon gezegd in het mortuarium, God zou iemand van veertien nooit laten doodgaan. Ik denk terug aan mijn godsdienstige opvoeding, elke zondag de mis in de Saint-Pierre de Chaillot, mijn eerste communie, die van Mélanie. Heb ik het bestaan van God in twijfel getrokken toen mijn moeder overleed? Heb ik het Hem kwalijk genomen dat Hij mijn moeder had laten doodgaan? Als ik die donkere jaren overdenk, merk ik dat ik er maar erg weinig van heb onthouden. Alleen de pijn en het verdriet komen weer boven. En onbegrip, dat ook. Misschien heb ik het gevoel gehad, net als mijn dochter vandaag, dat God me had verraden. Maar het verschil was dat Margaux dit tegen mij kon zeggen. Ik had dit op geen enkele wijze ooit tegen mijn vader kunnen uiten. Dat zou ik nooit hebben gedurfd.

Het kerkje zit stampvol. De hele klas is er, alle vrienden en vriendinnen van Pauline, al haar docenten. Maar ook haar vrienden en vriendinnen uit andere klassen, van andere scholen. Ik heb nog nooit zoveel jonge mensen bijeen gezien voor een uitvaart. Rij na rij in het zwart geklede tieners, elk met een witte roos in de hand. Suzanne en Patrick, opgesteld bij de deur, begroeten iedereen die binnenkomt. Ik ben onder de indruk van hun moed. Onwillekeurig stel ik me Astrid en mezelf voor, in dezelfde situatie. Ik zie aan Astrid dat ze hetzelfde denkt. Ze omhelst Suzanne vertwijfeld. Patrick kust haar. Astrid is al in tranen.

We zitten vlak achter hen. Het lawaai van over de vloer schurende stoelen neemt langzaam af. Dan klinkt ergens vandaan een vrouwenstem die het zuiverste en droevigste gezang zingt dat ik ooit heb gehoord. Ik kan de zangeres niet zien. De kist wordt door Patrick, zijn broers en zijn vader binnengedragen.

Margaux en ik hebben het lichaam van Pauline gezien. Wij weten dat ze in die kist ligt en haar roze blouse, haar spijkerbroek en haar gympen van Converse aan heeft. We weten dat omdat we haar hebben gezien, we hebben gezien hoe haar haren achterover zijn geborsteld, hoe haar handen over haar buik zijn gevouwen.

De priester, een vrij jonge man met een blozend gezicht, begint te spreken. Ik hoor zijn stem, maar kan zijn woorden niet verstaan. Ik vind het ondraaglijk om hier te zijn. Mijn hart begint snel en dof te bonzen, het doet zeer. Ik kijk naar Patricks rug, recht voor me. Hoe kan hij zo rechtop blijven staan? Waar haalt hij die kracht vandaan? Is dit waar het op neerkomt als je in God gelooft? Is geloven in God de enige manier die ons helpt zo'n gruwelijke verschrikking te verwerken?

De stem van de priester ronkt maar door. We gaan zitten en staan weer op. We bidden. Dan wordt de naam van Margaux genoemd. Ik kijk ervan op, ik wist niet dat ze iets zou gaan zeggen tijdens de dienst. Astrid kijkt me vragend aan. Ik schud mijn hoofd.

Margaux staat naast de kist met haar vriendin. Er valt een korte stilte. Ik vraag me angstig af of ze het zal klaarspelen. Of ze in staat zal zijn te spreken, om zelfs maar iets uit te brengen. Dan klinkt de stem van mijn dochter, zo krachtig dat het me verbaast. Geen stem van een verlegen tiener. De stem van een zelfverzekerde jonge vrouw.

Zet stil die klokken. Telefoon eruit.
Verbied de honden hun banaal geluid.
Sluit de piano's, roep met stille trom
de laatste tocht van deze dode om.

W.H. Auden. 'Begrafenisblues'. Ze hoeft het niet van papier te lezen. Ze zegt de verzen op alsof ze het gedicht zelf heeft geschreven. Haar stem is hard, diep, vol ingehouden woede en pijn.

> Ze was mijn Noord, mijn Zuid, mijn West en Oost,
> ze was al mijn verdriet en al mijn troost,
> mijn nacht, mijn middag, mijn gesprek, mijn lied,
> voor altijd, dacht ik. Maar zo was het niet.

Voor het eerst hapert haar stem. Ze sluit haar ogen. De kerk is volkomen stil. Astrid houdt mijn hand zo stevig vast dat het pijn doet. Margaux haalt diep adem en dan komt haar stem terug, maar nu fluistert ze, zo zachtjes dat we het nauwelijks kunnen verstaan.

> Laat in de sterren kortsluiting ontstaan,
> maak ook de zon onklaar. Begraaf de maan.
> Giet leeg die oceaan en kap het woud:
> niets deugt meer, nu ze niet meer van me houdt.

Als ze terugloopt naar haar stoel, vult de kerk zich met een gespannen en emotionele stilte die eindeloos lijkt te duren. Astrid houdt Lucas vast. Arno heeft de arm van zijn zus vastgepakt. De lucht zwelt en vibreert van de tranen. Dan gonst de stem van de priester verder, en komen andere tieners iets zeggen, maar ook nu kan ik de woorden niet verstaan. Ik staar naar de geplaveide stenen vloer en ik wacht tot alles voorbij is, met opeengeklemde kaken. Ik merk dat ik niet kan huilen. Ik denk terug aan de tranenvloed die uit mijn ogen kwam op de dag dat Pauline stierf. Nu zit Astrid te huilen op de stoel naast me. Ze huilt zoals ik op die dag deed, huilt hartstochtelijk. Ik leg mijn arm om haar heen, houd haar dicht tegen me aan. Ze klampt zich aan me vast alsof haar leven ervan afhangt. Lucas kijkt naar ons. Hij heeft ons dat niet zien doen sinds voor Naxos.

Buiten lijkt het alsof mijn gebeden zijn verhoord, want er schijnt een bleek zonnetje schuchter tussen de wolken door op ons neer. We volgen Paulines kist langzaam naar de aanpalende begraafplaats. Het is een flinke menigte. Vanachter hun ramen turen dorpelingen naar ons. Zoveel jonge gezichten. Margaux is vooruitgelopen om zich bij haar klasgenoten te voegen. Ze zijn de eersten die zien hoe Paulines kist wordt neergelaten in het graf. Een voor een gooien ze hun roos in het open graf. De meesten huilen onbeschroomd. Ouders en docenten vegen stilletjes hun tranen weg. Ook dit lijkt eindeloos te duren. Een jong meisje zakt met een ijle kreet in elkaar. Men haast zich naar haar toe. Een docent tilt haar zorgzaam op, draagt haar weg. Astrids hand zoekt opnieuw de mijne.

Na de teraardebestelling is er een bijeenkomst in het huis van de familie. Maar de meeste mensen nemen afscheid, hebben haast om terug te keren naar hun normale dag, hun leven, hun werk. Wij blijven voor de lunch omdat Pauline Margauxs beste vriendin was. Omdat we er behoefte aan hebben en vinden dat we er moeten zijn. De eetkamer vult zich met goede vrienden en familie. De meesten kennen we. De vier tieners die er zijn waren de beste vriendinnen van Pauline. Maken deel uit van de hechte vriendinnengroep. We kennen deze meisjes. Valentine, Emma, Bérénice en Gabrielle. We kennen al hun ouders. Ik observeer hun bedroefde gezichten en kan wel raden waar ze aan denken, waar we allemaal aan denken, stuk voor stuk. Dat dit de begrafenis van onze dochter had kunnen zijn. Dat dit ons had kunnen overkomen. Dat had het lichaam van onze dochter kunnen zijn geweest, daar op die kleine begraafplaats, in dat graf, in die kist die bedekt is met witte rozen.

In de late namiddag, als de schemering de lucht al donker kleurt, vertrekken we. We zijn een van de laatste gezinnen die vertrekken. Zo te zien zijn mijn kinderen uitgeput, als na een lange reis. Eenmaal in de auto sluiten ze hun ogen en lijken ze in slaap te vallen. Astrid blijft ook zwijgen. Ze laat haar hand op mijn dijbeen liggen, zoals ze vroeger altijd deed tijdens de lange ritten naar de Dordogne.

Als we op de provinciale weg uitkomen, die naar de snelweg leidt, slippen de wielen van de auto over een dikke laag modder. Een zuigend, sissend geluid. Ik tuur naar de weg, maar zie niet wat erop ligt. Er dringt een verstikkende stank door tot in de auto, waardoor de kinderen ruw worden gewekt. Rotting, etter. Astrid houdt een tissue stijf tegen haar neus. We rijden langzaam door, de wielen soppen nog steeds door iets heen. Dan slaakt Lucas een kreetje, wijst vooruit. Er ligt een levenloze vorm midden op de weg en de auto voor ons wijkt abrupt uit om die te vermijden. Het is het vlezige karkas van een dier. Nu zie ik dat het wegdek bezaaid ligt met ingewanden. Terwijl ik me afzet tegen de smerige stank, houd ik mijn handen stevig aan het stuur. Weer een kreet van Lucas. Opnieuw doemt er een vormeloos ding voor ons op, de gebroken ledematen van weer een dier. Er verschijnt een zwaailicht van de politie ten teken dat we langzamer moeten rijden. We krijgen te horen dat een vrachtwagen met slachtafval van een abattoir uit de buurt zijn hele lading heeft verloren. Emmers met bloed vol organen, huid, vellen, vetweefsel, darmen en dierenlijken liggen overal op de weg over nog eens vijf kilometer.

Het is als een blik in de hel. We kruipen vooruit. De stank van bederf is ondraaglijk. Uiteindelijk verschijnt het bord waarop de snelweg staat aangekondigd. Er wordt hoorbaar gezucht van opluchting. We haasten ons naar Parijs. Ik breng hen naar Malakoff, tot vlak voor het huis aan de rue Émile Zola. Ik laat de motor lopen.

'Wil je misschien blijven eten?' oppert Astrid.

Ik haal mijn schouders op.

'Waarom niet?'

De kinderen stappen achter elkaar uit de auto. Ik hoor de blije blaf van Titus aan de andere kant van het hek.

'Is Serge er ook?' vraag ik voorzichtig.

'Nee.'

Ik vraag niet waar hij dan wel is. Dat kan me tenslotte niet schelen, ik ben gewoon blij dat hij er niet is. Ik kan er niet aan wennen dat die vent in mijn huis woont. Ja, het voelt nog steeds aan als mijn huis. Mijn huis, mijn vrouw, mijn tuin. Mijn hond. Mijn oude leventje.

We zitten net als vroeger te eten, in de open keuken die ik met zoveel zorg heb ontworpen. Titus weet niet waar hij het zoeken moet van blijdschap. Hij legt steeds zijn vochtige bek op mijn knie en staart me in extase aan, kan zijn ogen niet geloven. De kinderen blijven een poosje bij ons, maar gaan uiteindelijk naar bed. Ik vraag me af waar Serge is. Ik blijf verwachten dat hij elk moment door de voordeur binnen kan komen vallen. Astrid praat niet over hem. Ze praat over de kinderen, over vandaag. Ik luister. Hoe kan ik uitleggen dat ik het gevoel heb dat ik lichtjaren verder ben? Dat ik er was toen dit alles gebeurde?

Terwijl ze doorpraat, leg ik een vuur aan in de open haard. Ik kan zien dat dat allang niet meer is gebeurd. Het rooster is leeg en stoffig. De stapel hout is dezelfde die ik jaren geleden heb gekocht. Geen genoeglijke tête-à-têtes bij het haardvuur dus voor Serge en Astrid. Ik houd mijn handen voor het hete vuur. Astrid komt naast me op de vloer zitten en legt haar hoofd op mijn arm. Ik rook niet, want ik weet dat ze daar een hekel aan heeft. We kijken naar de vlammen. Als een voorbijganger toevallig een blik door het raam zou werpen, zou hij een gelukkig stel zien. Hij zou aannemen dat dit een gelukkig huwelijk was.

Ik vertel haar over Arno. Ik beschrijf het politiebureau, de staat waarin Arno zich bevond, en hoe kil ik me de volgende ochtend heb opgesteld. Hoe hij reageerde. Ik zeg dat ik nog niet met hem heb gepraat, maar dat ik dat wel ga doen. Dat we een goede advocaat moeten zoeken. Ze luistert, verbijsterd.

'Waarom heb je me niet gebeld?'

'Daar heb ik niet aan gedacht. Maar wat had je nu kunnen doen vanuit Tokio? Je was al zo geschokt over de dood van Pauline.'

Ze knikt.

'Je hebt gelijk.'

'Margaux is ongesteld geworden,' zeg ik.

'Ja, dat weet ik, ze heeft het verteld. Ze zei dat je het behoorlijk goed had aangepakt, voor een vader.'

Ik voel me glimmen van trots.

'Echt waar? Daar ben ik blij om. Ik heb het niet zo geweldig gedaan toen Pauline was overleden.'

'Hoe bedoel je?'

'Ik kon gewoon de juiste woorden niet vinden. Ik kon haar niet troosten. Daarom stelde ik voor jou te bellen. Daar was ze laaiend over.'

Ik sta op het punt haar te vertellen over mijn moeder. Maar ik houd het voor me. Niet nu. Nu gaat het om ons eigen gezinnetje, onze kinderen, hun respectievelijke problemen. Astrid gaat *limoncello* uit de vriezer halen en komt terug met die heel kleine kristallen glaasjes die ik jaren geleden op de rommelmarkt van Porte de Vanves heb gekocht. Zwijgend nemen we kleine slokjes. Ik vertel haar over Parimbert en de denkkoepel. Ik beschrijf het feng shui-kantoor, de zwarte vissen, de groene thee, de zemelkoeken. Ze lacht. We lachen allebei.

Waar zou Serge zijn, vraag ik me af. Waarom is hij er niet? Ik wil het haar vragen. Ik doe het niet. We hebben het over Mélanie, dat ze zo voorspoedig geneest. We hebben het over Astrids werk. Over de komende kerstdagen. Als we eens gezamenlijk kerst zouden vieren in Malakoff, stelt ze voor. Vorig jaar was het zo ingewikkeld, kerstavond bij haar, oudejaarsavond bij mij. Als we het dit jaar nu eens samen zouden doen, de dood van Pauline heeft alles zo triest gemaakt, zo broos. Ja, waarom ook niet, zeg ik. Maar ik denk: en Serge dan, wat doet hij? Ik zeg niets, maar ze moet hebben aangevoeld dat ik stille vragen heb.

Ze zegt: 'Serge ging helemaal over de rooie in Tokio, toen je belde.'

'Hoezo?'

'Hij is niet de vader van deze kinderen. Hij heeft geen grip op ze.'

'Wat bedoel je daarmee?'

'Hij is jonger. Hij weet niet hoe hij hiermee moet omgaan.'

Het vuur knispert vrolijk door. Titus' machtige gesnurk is te horen. Ik wacht af.

'Hij is weggegaan, hij moet over de dingen nadenken. Hij zit bij zijn ouders in Lyon.'

Waarom voel ik geen opluchting door mijn lichaam stromen? In plaats daarvan merk ik tot mijn bevreemding dat ik verstar, op mijn hoede ben.

'Gaat het wel met je?' vraag ik voorzichtig.

Ze draait haar gezicht naar mij toe. Het is getekend door vermoeidheid en pijn.

'Niet echt,' fluistert ze.

Dit zou voor mij het sein moeten zijn geweest. Het moment om haar in mijn armen te nemen, het moment waarop ik al zo lang wacht, het moment waarop ik haar kan terugwinnen. Alles kan terugwinnen.

Het moment waarover ik vaak heb gedroomd, die eerste nachten aan de rue Froidevaux, toen ik in dat lege bed stapte en het gevoel had dat er niets meer was om voor te leven. Het moment waarnaar ik had uitgekeken sinds Naxos, sinds ze was vertrokken. Het moment dat ik me zo helder had voorgesteld.

Maar ik zeg niets, ik kan niet zeggen wat ze wil dat ik zeg. Ik kijk alleen maar naar haar en knik meelevend. Ze speurt mijn gezicht af, mijn ogen. Ze vindt niet wat ze zoekt, want ze barst in snikken uit.

Ik pak haar hand, kus hem zachtjes. Ze snikt, veegt haar wangen droog. Ze fluistert: 'Weet je, soms wil ik het weer terug. Dolgraag.'

'Wat wil je dan terug?' vraag ik.

'Ik wil jou terug, Antoine. Ik wil ons oude leventje terug.' Haar gezicht vertrekt weer tot een grimas. 'Ik wil het allemaal weer terug.'

Ze plant koortsachtige kussen op mijn hele gezicht. Zoute kussen. Haar warmte, haar geur. Ik wil met haar meehuilen en haar ook kussen, maar dat lukt me niet. Iets wat sterker is houdt me tegen. Ik houd haar stevig tegen me aan, kus haar uiteindelijk toch, maar de passie is verdwenen. De passie is dood. Ze streelt me, kust mijn hals, mijn lippen, en het voelt alsof het pas gisteren was dat we dit voor het laatst deden, niet twee jaar geleden. Verlangen roert zich, verlangen naar vroeger tijden, omwille van de herinneringen. En neemt weer af. Nu houd ik haar vast zoals ik mijn dochter, mijn zuster zou vasthouden, mijn moeder, als dat had gekund. Ik houd haar vriendschappelijk vast, ik kus haar zoals een broer een zus kust.

Er bekruipt me langzaam een gevoel van verbazing. Hoe is dit mogelijk? Ik houd niet meer van Astrid. Ik geef zielsveel om haar, ze is de moeder van mijn kinderen, maar ik houd niet meer van haar. Ik voel genegenheid, zorgzaamheid, respect, maar ik houd niet meer van haar zoals vroeger. En zij weet dat ook. Ze voelt het. Ze houdt op met kussen, met haar doelgerichte liefkozingen. Ze trekt zich terug en bedekt haar gezicht met trillende vingers.

'Sorry,' zegt ze, en haalt diep adem, beverig. 'Ik weet niet wat me bezielde.'

Ze snuit haar neus. Een lange stilte. Ik gun haar de tijd. Ik houd haar hand vast.

'Lucas heeft me verteld over je vriendin. Die lange, donkere.'

'Angèle.'

'Hoe lang ken je haar al?'

'Sinds het ongeval.'

'Ben je verliefd op haar?'

Ik wrijf over mijn voorhoofd. Ben ik verliefd op Angèle? Natuurlijk ben ik dat. Maar dat kan ik op dit moment echt niet tegen Astrid zeggen.

'Ze maakt me gelukkig.'

Astrid glimlacht, een dapper glimlachje.

'Mooi zo. Fijn. Ik ben blij voor je.' Weer een stilte. 'Hoor eens, ik ben opeens ontzettend moe. Ik denk dat ik naar bed ga. Zou jij Titus willen uitlaten voor zijn laatste plasje?'

Titus staat al te wachten bij de deur en kwispelt met zijn staart van voorpret. Ik trek mijn jas aan en we stappen de bijtende kou in. Hij waggelt blij door de tuin en tilt af en toe zijn poot op. Ik wrijf in mijn handen, blaas erop om ze warm te houden. Ik wil snel weer het warme huis in. Astrid is al naar boven. Terwijl Titus zich laat vallen voor het uitdovende vuur, loop ik naar boven om afscheid te nemen. Bij Lucas is het licht uit. Bij Arno is het licht uit. Dat van Margaux is aan. Ik twijfel of ik zal aankloppen. Maar ze hoort mijn stappen. Haar deur gaat op een kiertje open.

'Dag, pap.' Ze zweeft op me af als een spookje in haar witte nachtpon. Knuffelt me heel snel en loopt weer terug. Ik loop het gangetje uit naar wat vroeger mijn slaapkamer was. Er is niet veel veranderd. Astrid is in de aangrenzende badkamer. Ik ga op het bed zitten en wacht op haar. In deze kamer heeft ze me verteld dat ze wilde scheiden. Dat ze van hem hield. Dat ze bij hem wilde zijn. Niet bij mij. Dat het haar ontzettend speet. Dat ze niet langer kon blijven liegen. Ik weet nog hoe geschokt en gekwetst ik was. Dat ik naar mijn trouwring staarde en dacht dat dit niet waar kon zijn. Dat zij maar bleef praten over ons huwelijk en dat het inmiddels comfortabel en uitgelopen was als een paar versleten pantoffels, en hoe ik bij dat beeld ineengekrompen was. Ik wist wat ze bedoelde. Ik wist precies wat ze bedoelde. Maar was dat dan alleen mijn schuld geweest? Is het altijd de schuld van de man? Omdat ik de fut uit ons dagelijks leventje had laten wegsijpelen? Omdat ik nooit bloemen meebracht? Omdat ik had toegelaten dat een onstuimige, jongere prins haar had meegetroond naar een plaats waar ik haar niet meer kon bereiken? Wat zag ze toch in Serge, had ik me vaak afgevraagd. Zijn jeugd? Zijn hartstocht? Het feit dat hij geen vader was? In plaats van om haar te vechten, te vechten als een duivel, was ik opzij gestapt. Een leeggelopen ballon. Een van mijn eerste, kinderachtige reacties was een onenightstand geweest met de assistente van een collega. Dat had me geen goed gedaan. Toen we getrouwd waren, was ik niet het ontrouwe type geweest. Daar was ik niet goed in. Sommige mannen zijn dat wel. Ik had een kortstondige affaire gehad tijdens een zakenreisje met een aantrekkelijke jongere vrouw, vlak na de geboorte van Lucas. Achteraf voelde ik me afschuwelijk. Mijn schuldgevoel was ondraaglijk. Ik vond vreemdgaan maar ingewikkeld. Ik ben ermee opgehouden. En daarna hebben we die lange, barre periode in ons huwelijk gehad, vlak voordat ik het merkte van Serge. Er gebeurde niet veel meer in bed en ik was er laks in, heb niet de moeite genomen het tot op de bodem uit te zoeken. Misschien wilde ik het niet weten. Misschien wist ik al, diep vanbinnen, dat ze liefde en lust voelde voor een andere man.

Astrid komt uit de badkamer met een lang T-shirt aan. Ze glipt met een vermoeide zucht het bed in. Ze strekt haar hand naar me uit. Ik pak hem aan en ga naast haar liggen, geheel gekleed.

'Ga nog niet weg,' mompelt ze. 'Wacht nog even tot ik slaap. Alsjeblieft.'

Ze doet het bedlampje uit. De kamer lijkt eerst donker, maar dan kan ik de meubels onderscheiden, bij het zwakke licht van de straatlantaarn dat door de gordijnen wordt gefilterd. Ik zal wachten tot ze in slaap is en dan zal ik stilletjes vertrekken. Er wervelen tegelijkertijd verschillende beelden door mijn hoofd. De kadavers op de weg. De kist met Pauline. Xavier Parimbert en zijn zelfvoldane glimlach. Mijn moeder met een vrouw in haar armen. Dan ineens zoemt een wekker oorverdovend naast mijn hoofd. Ik weet even niet hoe laat het is, of waar ik ben. Er tettert een radio. France Info. Het is zeven uur 's ochtends. Ik ben in Astrids slaapkamer, in Malakoff. Ik moet in slaap zijn gevallen. Ik voel haar warme handen op me, op mijn huid, en dat gevoel is te prettig om me terug te trekken. Ik ben nog versuft van de slaap, niet in staat om mijn ogen te openen. Nee, zegt het stemmetje, nee, nee, nee, niet doen, niet doen. Haar handen, die mijn kleren uittrekken. Nee, nee, nee. Jawel, zegt het vlees, zeker wel. Hier ga je spijt van krijgen, dit is het allerstomste wat je nu kunt doen, jullie gaan er allebei verdriet door krijgen. O, dat genot van haar zo bekende fluwelige huid. Wat heb ik dit gemist. Je kunt nu nog stoppen, Antoine, je kunt nog opstaan, je kleren aantrekken en als de wiedeweerga dit huis verlaten. Ze weet precies hoe ze me moet aanraken, ze is het niet vergeten. Wanneer hebben Astrid en ik voor het laatst gevrijd? Dat was waarschijnlijk hier, in dit bed. Twee jaar geleden. Stommeling die je bent. Achterlijke idioot. Het is snel gebeurd, een snelle flits van huivering en genot. Ik houd haar stevig tegen me aan, mijn hart gaat tekeer. Ik zeg niets, zij ook niet. We weten allebei dat dit een vergissing is. Ik sta langzaam op, strijk onhandig over haar haren. Ik zoek mijn kleren bij elkaar, glip de badkamer in. Als ik de kamer verlaat, ligt zij nog in bed, met haar rug naar me toe. Beneden zit Lucas aan het ontbijt. Hij ziet me, zijn gezicht schiet in een verrukte grijns. Droefheid overvalt me.

'Papa! Je bent blijven slapen!'

Ik glimlach terug en krimp inwendig ineen. Ik weet dat hij ervan droomt Astrid en mij weer herenigd te zien. Dat heeft hij nooit onder stoelen of banken gestoken. Hij heeft het tegen Mélanie gezegd. Tegen mij. Tegen Astrid. Hij denkt dat er nog steeds een kans bestaat.

'Ja, ik was moe.'

'Heb je in mama's kamer geslapen?'

Zijn blik is hoopvol.

'Nee,' lieg ik, en ik haat mezelf erom, 'ik heb hier beneden op de bank geslapen. Ik ben alleen even boven in de badkamer geweest.'

'O,' zegt hij vlak. 'Kom je vanavond weer terug?'

‘Nee, knul. Vanavond niet. Maar weet je, we gaan de kerstdagen met z’n allen doorbrengen. Hier in dit huis. Net als vroeger. Wat vind je daarvan?’

‘Te gek!’ zegt hij. En hij wekt de indruk het inderdaad leuk te vinden.

Buiten is het nog donker en Malakoff lijkt vast in slaap te zijn als ik de rue Pierre Larousse uit rijd, dan zo Parijs in, de rue Raymond Losserand door, die naar de rue Froidevaux leidt. Ik wil niet denken aan wat er net is gebeurd. Het voelt als een nederlaag, hoe prettig het ook was. Inmiddels is zelfs het genot weggezakt. Er is niets anders over dan een bitterzoet gevoel van spijt.

De kerstavond in Malakoff was een succes geweest en Astrid had het allemaal prima geregeld. Mélanie was er, mijn vader, die er niet al te best uitzag, misschien zelfs nog lustelozer, en ook Régine en Joséphine. Ik had al heel lang niet zoveel Reys in één kamer bijeen gezien.

Serge was er niet bij. Toen ik Astrid tactvol vroeg hoe het met hem ging, slaakte ze een zucht. 'Het ligt ingewikkeld.' Toen we de tafel hadden afgeruimd, de cadeautjes waren uitgepakt en iedereen voor het haardvuur in de woonkamer gezellig zat te kletsen, hadden Astrid en ik in Serges studeerkamer een gesprek over de kinderen. Over hun huidige ontwikkeling, dat we het gevoel hadden geen grip op hen te hebben. Dat we van hen verachting, geen respect, geen affectie, geen liefde terugkregen. Margaux leek gehuld te gaan in aanhoudende stille minachting en weigerde de rouwtherapeut die we hadden gevonden, te consulteren. En zoals we hadden voorzien was Arno van het lycée gestuurd. We gaven hem op bij een strenge kostschool in de buurt van Reims. De advocaat die zijn zaak behartigde, verwachtte dat de kwestie zou neerkomen op de betaling van een schadevergoeding aan de familie Jousselin. Hoe groot dat bedrag zou moeten zijn, wisten we nog niet. Gelukkig waren we niet de enige ouders die hierbij betrokken waren. Dit alles was ongetwijfeld normaal en maakte deel uit van de moderne adolescentie en de risico's die daarmee gepaard gaan. Maar ook in dat licht gezien was het niet makkelijker te verdragen. Dat gold voor ons beiden. De wetenschap dat zij dezelfde kwellingen moest doorstaan was een opluchting voor me, en ik probeerde haar dat duidelijk te maken. 'Dat zie je verkeerd,' had ze toen gezegd, 'voor mij is het erger, ik heb ze op de wereld gezet.' Ik probeerde de afkeer te beschrijven die ik voelde in de nacht van Arno's arrestatie. Ze had geknikt en haar gezicht was een mengeling geweest van ontsteltenis en inzicht. 'Ik snap wat je bedoelt, Antoine, maar voor mij is het erger, deze kinderen zijn uit mij voortgekomen' – ze legde haar handpalm op haar buik – 'en ik voel dat nog steeds. Ik heb ze op de wereld gezet, jarenlang zijn ze zo lief geweest en nu dit.' Ik kon hier slechts zwakjes aan toevoegen: 'Dat weet ik, ik was erbij toen ze geboren werden.' Ze had zelfvoldaan geglimlacht.

Begin januari treft het rookverbod Frankrijk. Gek genoeg is het makkelijker om me daaraan te onderwerpen dan ik dacht. En er staan zoveel mensen als ik in de vrieskou voor restaurants en kantoren te paffen, dat ik het gevoel heb deel uit te maken van een samenzwering. Eentje met blauwe vingers. Ik verneem dat Serge is teruggekomen, Lucas vertelt me dat hij nu weer thuis is. Onwillekeurig vraag ik me af of Astrid hem ooit over ons heeft verteld, over die nacht na de begrafenis van Pauline. En hoe hij daarop heeft gereageerd. Op kantoor blijkt Parimbert een onruststoker te zijn, net als zijn gehate schoonzoon. Onder de minzame buitenkant en de bedrieglijke glimlach regeert hij met ijzeren vuist. Onderhandelen met hem is een slopende klus, die me opbreekt tot ik geen greintje energie overheb.

Het enige lichtpuntje aan mijn grauwe firmament was de surpriseparty die Hélène, Didier en Emmanuel voor mijn verjaardag hadden gegeven. Die vond plaats in de woning van Didier. Didier is een collega, maar het verschil tussen hem en mij is dat we ongeveer gelijktijdig zijn gaan werken en hij zich nu in een totaal andere wereld van succes en voorspoed beweegt. Dat heeft hem nooit verwaand gemaakt, wat heel goed had gekund. Het enige wat we nu gemeen hebben is dat zijn vrouw hem heeft verlaten voor een jongere man, een of andere arrogante eurosociety-bankier uit de City. Zijn ex-vrouw, die ik heel graag mocht, werd een kloon van Posh Spice. Haar opvallende Griekse neus lijkt nu op een contactdoos. Didier is een lange, veel te magere vent met lange, smalle handen en een schrikaanjagende gierende lach. Hij woont in een spectaculaire loft in het 20ste arrondissement vlak bij Ménilmontant, die is gebouwd in een enorm voormalig oud pakhuis dat verscholen ligt tussen twee bouwvallige gebouwen. Toen hij het vele jaren geleden kocht, hadden wij gegniffeld en hem plagend gezegd dat hij in de winter zou bevriezen en in de zomer zou verbranden. Maar hij trok zich niets van ons aan en verbouwde het geheel in rustig tempo tot een glorieuze, centraal verwarmde constructie van glas en baksteen met airconditioning, die ons allemaal groen deed zien van jaloezie.

Ik had nauwelijks nagedacht over mijn komende vierenveertigste verjaardag. Er is een tijd geweest dat het voor mij, als huisvader, vertederend was cadeautjes van mijn kinderen te krijgen, van die onvaste tekeningen en uit klei gebakken ongeproportioneerde creaties. Maar ik was geen huisvader meer. En ik wist dat ik de avond van mijn verjaardag alleen zou doorbrengen. Net als vorig jaar. Die ochtend kreeg ik een sms'je van Mélanie, en nog een, van Astrid. Ook van Patrick en Suzanne. Zij waren vertrokken op een lange reis naar het oosten. Ik denk dat ik precies hetzelfde had gedaan, als ik mijn dochter had verloren. Mijn vader dacht eigenlijk nooit aan mijn verjaardag. Maar tot mijn verbazing belde hij me op kantoor. Wat klonk zijn stem zacht en mat, dacht ik. Er was niets van die trompetachtige, bazige toon van vroeger in te bespeuren.

'Wil je misschien een hapje komen eten voor je verjaardag?' vroeg hij. 'Alleen jij en ik, Régine gaat ergens eten en bridgen.'

De avenue Kléber. De oranje met bruine eetkamer uit de jaren zeventig met de veel te felle verlichting. Mijn vader en ik, tegenover elkaar aan de ovale tafel. Zijn gevlekte, bevende hand, waarmee hij de wijn inschonk. Je moet gaan, Antoine, hij is nu oud, waarschijnlijk eenzaam. Je moet je er even toe zetten, doe het voor hem, één keer. Eén keertje maar.

'Dank u wel, maar ik heb vanavond andere plannen.'

Leugenaar. Lafaard.

Toen ik ophing werd ik overvallen door schuldgevoel. Ik moet hem eigenlijk terugbellen, zeggen dat ik het toch heb kunnen regelen. Ongemakkelijk wendde ik me naar mijn computer, terug naar de denkkoepel. De denkkoepel, hoe lachwekkend ik het idee aanvankelijk ook had gevonden, kostte een hoop energie, maar op een verrassend motiverende manier. Ik was voor het eerst sinds heel lange tijd bezig met een project waaraan ik plezier beleefde, dat me aanspoorde, dat me stimuleerde. Ik had onderzoek gedaan naar iglo's, de geschiedenis en de specifieke eigenschappen ervan, ik had koepels opgezocht en teruggedacht aan de prachtige koepels die ik had bezocht in Florence, in Milaan. Ik had het ene vel na het andere volgeschetst, vormen en lijnen getekend waarvan ik nooit had gedacht ze te kunnen bedenken, ideeën gekregen waarvan ik nooit had gedacht dat die ooit in me op zouden komen.

Een piepje gaf aan dat er een e-mail was gekomen. Hij was van Didier: 'Je advies nodig over een belangrijke zakelijke overeenkomst. Een vent met wie jij hebt gewerkt. Kun je vanavond rond acht uur even langskomen?' Ik mailde terug: 'Ja natuurlijk.'

Toen ik bij Didier op de stoep stond, verwachtte ik dus helemaal niets. Hij begroette me, liet me binnen zonder een spier te vertrekken. Ik volgde hem de enorme woonruimte binnen, die me eigenaardig stil voorkwam, alsof alles verstomd was, en plotseling was er een explosie van gilletjes en kreten rond om me heen. Verbijsterd ontdekte ik Hélène en haar man, Mélanie, Emmanuel en twee vrouwen die ik niet kende en die later de nieuwe vriendinnen van Emmanuel en Didier bleken te zijn. De muziek werd op volle sterkte gedraaid, er werd champagne geschonken, er waren paté en tarama, salades, sandwiches, fruit en een chocoladetaart, gevolgd door een lawine van cadeaus. Ik genoot ervan. Voor het eerst sinds wat een eeuwigheid leek, ontspande ik me, genoot ik van de champagne, genoot ik ervan in het middelpunt van de belangstelling te staan.

Didier bleef maar op zijn horloge kijken, ik vroeg me af waarom. Toen de deurbel ging, stond hij haastig op.

'Aha,' kondigde hij aan, 'de *pièce de résistance.*'

En hij opende de deur met zwier.

Ze zweefde de kamer in, gekleed in een lange witte jurk, een verbazingwekkende jurk voor hartje winter, zomaar, uit het niets, met haar kastanjebruine haar opgestoken en een geheimzinnig glimlachje rond haar lippen.

'Happy birthday, mister Parisien,' fluisterde ze à la Marilyn Monroe, en liep op me af om me te kussen.

Iedereen klapte en juichte. Ik betrapte Mélanie en Didier op het uitwisselen van triomfantelijke blikken en vermoedde dat zij dit alles hadden georganiseerd achter mijn nietsvermoedende rug om. Niemand kon zijn ogen van Angèle afhouden. Emmanuel stond haar aan te gapen en stak op discrete wijze joviaal zijn duim naar me op. Ik merkte wel dat de dames, Hélène, Patricia en Karine ernaar uitzagen Angèle naar haar beroep te vragen. Ik stelde me voor dat ze daaraan wel gewend was, waarschijnlijk werd ze dagelijks op die manier uitgehoord. Toen de eerste schuchtere vraag kwam, iets als: 'Hoe kun je je de hele dag alleen maar met dode mensen bezighouden?' antwoordde ze, zonder oneerbiedig te zijn: 'Omdat het andere mensen helpt bij het leven.'

Het was een heerlijke avond. Angèle in haar witte jurk, als een sneeuwprinses. De schoonheid van Didiers loft, het dakraam dat uitkwam op de koude duisternis van de nacht. We lachten, dronken, dansten zelfs. Mélanie verklaarde dat ze voor het eerst sinds heel lang weer had gedanst. We klapten allemaal nog eens. Ik voelde me licht in het hoofd, een mengeling van champagne en vreugde. Toen Didier me vroeg hoe het met Arno ging, antwoordde ik kortaf: 'Rampzalig.' Zijn hyena-achtige lach barstte los, waardoor iedereen hem navolgde. Toen vertelde ik hun over het gesprek van man tot man dat ik uiteindelijk met mijn zoon had gehad toen hij van school was gestuurd. De preek die ik hem had gegeven, die me triest had gestemd toen ik besefte hoezeer ik klonk als mijn eigen vader, vermanend, berispend, zwaaiend met mijn vinger. Toen stond ik op en deed ik Arno's slome houding na, zijn chagrijnige, stuurse blik. En ik imiteerde zelfs zijn stem, schor, lijzig, onmiddellijk herkenbaar als die van een ongezeglijke puber: 'Kom op, pa, toen jij zo oud was als ik had je geeneens internet, geen mobieltjes, jullie leefden toen nog in de middeleeuwen. Ik bedoel maar, hé, jij bent geboren in de jaren zestig, wat begrijp jij nou van deze tijd?' Dat lokte weer boegeroep uit. Ik was opgetogen, voelde me gestimuleerd door iets wat ik nog nooit had ervaren. Ik maakte mensen aan het lachen. Dat was me nooit eerder in mijn leven gelukt. In onze relatie was Astrid altijd de jolige, de grappige van ons beiden. Zij maakte de grapjes, zij liet iedereen schaterlachen. Ik was de stille toeschouwer. Tot vanavond.

'Ik moet jullie echt iets vertellen over mijn nieuwe opdrachtgever, Parimbert,' zei ik tegen mijn nieuwe publiek. Ze hadden natuurlijk wel van hem gehoord, hij had zichzelf op elke poster op elke straathoek laten zetten en je kon de tv of je computer niet aanzetten zonder te worden geconfronteerd met zijn brede grijns. Ik deed na hoe hij door een kamer liep, met zijn vuisten diep in zijn zakken, zijn schouders opgetrokken en met zijn eigenaardige grimas, die ik tot in detail beheerste, alsof hij wilde laten merken hoe hard en hoe krachtig hij nadacht: zijn mond getuit als die van een oud dametje, gevolgd door het snel naar binnen zuigen van zijn boven- en onderlip zodat hij eruit kwam te zien als een gedroogde pruim. En dan die manier van hem om bepaalde woorden met een hoofdletter uit te spreken om ze al sprekend te beklemtonen, *sotto voce*: 'Antoine, luister eens. Bedenk hoe sterk de Berg in je Rug moet zijn. Bedenk hoe elk Deeltje om je heen Levend is, vol van Energie en Intelligentie. Bedenk dat het Absoluut noodzakelijk is je Innerlijke Ruimte te Zuiveren.'

Ik heb ze verteld over de denkkoepel, de nachtmerrieachtige en toch ongelooflijk inspirerende complexiteit ervan, over Parimbert zoals hij naar mijn ruwe schetsen stond te turen, te ijdel om een bril te dragen. Hij leek nooit tevreden of ontevreden te zijn met mijn creaties, alleen maar verbluft, alsof ze enorm belangwekkend waren. Ik begon te vermoeden dat hij geen flauw idee had hoe de denkkoepel eruit moest komen te zien, dat hij het idee op zichzelf gewoon erg leuk vond. 'Antoine, denk eraan: de denkkoepel is een bol vol talent, een bevrijdende cel, een besloten ruimte die in feite weet hoe wij bevrijd kunnen worden.' Ze gierden van het lachen. Hélène veegde tranen weg. Toen vertelde ik hun over het seminar waarvoor Parimbert me had uitgenodigd, waar ik een hele dag lang in een modern complex in de chique voorsteden in het westen van de stad was voorgesteld aan zijn team. Zijn zakenpartner was een angst inboezemende oosterling met een ingevallen gezicht als een masker, van wie het geslacht moeilijk te bepalen was. Alle mensen die met Parimbert samenwerkten leken óf elk moment in elkaar te kunnen zakken óf aan de drugs te zijn, met hun glazige, benevelde gezichtsuitdrukking. Ze waren allemaal gekleed in zwart of wit. Sommigen waren heel jong, nog maar net klaar met hun studie. Anderen waren behoorlijk op leeftijd. Niemand zag er ook maar enigszins normaal uit. Om één uur begon mijn maag te knorren en keek ik uit naar de lunch. Maar ook al tikten de minuten voorbij, er leek tot mijn ongenoegen geen lunch te worden aangekondigd. Parimbert stond aan het verste eind van de zaal met achter zich opflitsende schermen, en bleef maar doorzeuren over het succes van de website en hoe hij aan het Uitbreiden was over de Hele Wereld. Ik vroeg de hologige maar elegant uitziende dame naast me onopvallend naar het tijdstip van de lunch. Ze staarde me aan alsof ik 'sodomie' had gezegd of 'groepsverkrachting'. 'Lunch?' herhaalde ze op een fluistertoon vol walging. 'We lunchen niet. Nooit.'

Verslagen vroeg ik: 'Waarom niet?' terwijl mijn maag des te luidruchtiger ging borrelen. Ze verwaardigde zich niet te antwoorden. Om vier uur werd er op vorstelijke wijze groene thee met zemelkoeken binnengebracht. Maar mijn maag stribbelde tegen. De rest van de dag voelde ik me gevaarlijk licht in het hoofd, en ik was zo gauw ik kon naar de dichtstbijzijnde boulangerie gerend om er een hele baguette te verstouwen.

'Je was ontzettend grappig,' zei Mélanie toen we afscheid namen. Didier, Emmanuel en Hélène waren het daarmee eens. Een mengeling van bewondering en verbazing. 'Ik had geen idee dat je zo grappig kon zijn.'

Later, toen ik in slaap viel en ik mijn sneeuwprinses dicht tegen me aan hield, voelde ik me gelukkig. Een gelukkig man.

Zaterdagmiddag. Mélanie en ik staan bij de reusachtige smeedijzeren poort die toegang geeft tot het gebouw waarin onze grootmoeder woont. We hebben die ochtend opgebeld, de gelijkmatige, blijmoedige Gaspard geïnformeerd dat we Blanche zouden komen opzoeken. De laatste keer dat ik hier ben geweest was voor de zomer. Meer dan zes maanden geleden. Mélanie toetst de digitale code in en dan lopen we de enorme, met rood tapijt beklede hal binnen. De *concierge* gluurt naar ons vanachter de kanten vitrage van haar loge, knikt ons toe als we langskomen. Er is hier niet veel veranderd. Het tapijt is misschien net wat meer versleten. Een verrassend stille lift van ijzer en glas is onlangs in de plaats gekomen van de krakende ouderwetse.

Onze grootouders zijn hier meer dan zeventig jaar geleden komen wonen. Toen ze trouwden. Onze vader en Solange zijn hier geboren. In die tijd behoorde het grootste deel van dit indrukwekkende Haussmanniaanse gebouw toe aan de grootvader van Blanche, Émile Fromet, een welgestelde onroerendgoedbezitter die verscheidene residenties bezat in de wijk Passy in het 16de arrondissement. We kregen in onze kindertijd vaak verhalen te horen over Émile Fromet. Er hing een portret van hem boven een schoorsteenmantel, een onverzettelijk uitziende man met een geduchte kin, die Blanche gelukkig niet had geërfd, maar die ze wel had doorgegeven aan haar dochter, Solange. We wisten al op heel jonge leeftijd dat de bruiloft van Blanche en Robert Rey een groots evenement was geweest, de onberispelijke verbintenis tussen een dynastie van advocaten en een familie van artsen en onroerendgoedbezitters. Een groep fatsoenlijke, hooggeachte, invloedrijke, welgestelde mensen met eenzelfde opvoeding, eenzelfde afkomst, dezelfde religie. Het huwelijk van onze vader met een meisje van het platteland in het zuiden moet nogal wat beroering hebben teweeggebracht, in de jaren zestig.

Gaspard doet de deur voor ons open, zijn asymmetrische gezicht bloost van genoegen. Ik heb echt met de man te doen. Hij moet vijf jaar ouder zijn dan ik, op z'n hoogst, en ziet eruit alsof hij mijn vader zou kunnen zijn. Geen familie, geen kinderen, geen leven buiten de familie Rey om. Zelfs toen hij jong was leek hij al afgeleefd, zoals hij achter zijn moeder aan door het appartement schuifelde. Gaspard woont hier al sinds mensenheugenis, in een kamertje onder het dak, de familie Rey volledig toegewijd, net als zijn moeder Odette. Odette had zich tot haar dood voor onze grootouders afgebeuld. Ze terroriseerde ons toen we nog klein waren, dwong ons om vilten pantoffels te dragen als we over de pasgeboende parketvloer liepen, drong erop aan dat we zachtjes praatten, want 'Madame' lag te rusten en 'Monsieur' zat *Le Figaro* te lezen in zijn werkkamer en wilde niet gestoord worden. Niemand wist wie de vader van Gaspard was. Niemand vroeg er ook naar. Toen Mélanie en ik klein waren, deed Gaspard allerlei klusjes in het appartement, loopjongenswerk, en hij leek niet veel tijd op school door te brengen. Zijn moeder is tien jaar geleden overleden en hij heeft toen het onderhoud van het appartement overgenomen. Dat verschafte hem een nieuw aanzien waar hij trots op was.

Mélanie en ik groeten hem. Onze komst is het hoogtepunt van zijn week. Toen Astrid en ik de kinderen nog meebrachten om hun overgrootmoeder te bezoeken, in de goede oude Malakofftijd, was hij altijd opgetogen geweest.

Zoals altijd wanneer ik binnenkom, valt me op hoe donker het hier is. De ligging op het noorden is hier mede debet aan. In het appartement van vierhonderdvijftig vierkante meter komt nooit een straaltje zon binnen. Zelfs midden in de zomer hangt er een naargeestige, sombere sfeer. Solange, onze tante, gaat juist weg. We hebben haar al heel lang niet gezien. Ze zegt kort gedag, niet onvriendelijk, geeft Mélanie een tikje op haar wang, vraagt niet naar onze vader. Broer en zus wonen bij elkaar in de buurt, hij aan de avenue Kléber, zij aan de rue Boissière, vijf minuten verderop, maar ze zien elkaar nooit. Ze hebben nooit goed met elkaar kunnen opschieten. Dat zal ook nooit gebeuren. Daarvoor is het te laat.

Het appartement bestaat uit een lange reeks ruime kamers met beschimmelde plafonds. *Grand salon* (die nooit is gebruikt, te groot, te koud), *petit salon*, eetkamer, bibliotheek, *office*, vier slaapkamers, twee ouderwetse badkamers, en heel ver achterin de keuken, die niet meer van deze tijd is. Elke dag reed Odette een piepende serveertafel op wieltjes, beladen met spijzen over de eindeloze gang van de keuken naar de eetkamer. Ik kan het geluid van die wieltjes nog oproepen.

Op weg hierheen hebben we besproken hoe we onze grootmoeder zullen aanpakken. We kunnen nu eenmaal niet met de deur in huis vallen: 'Wist u dat uw schoondochter het met vrouwen deed?' Mélanie stelde voor dat we eens zouden rondkijken. Wat bedoelde ze, vroeg ik, wilde ze gaan rondsnuffelen? Zeker wilde ze gaan rondsnuffelen, en ze trok zo'n grappig gezicht dat ik wel moest glimlachen. Ik voelde me vreemd opgewonden, alsof zij en ik een nieuw en vreemd avontuur aangingen. Maar Gaspard dan, had ik gevraagd, hij gedroeg zich daar als een waakhond. Mélanie had dat nonchalant weggewuifd, Gaspard zal geen probleem zijn, het probleem is eerder waar we moesten zoeken.

'Hé, moet je horen,' had ze opgewekt gezegd toen ik de auto langs de avenue Henri-Martin parkeerde.

'Ja?'

'Ik heb een man ontmoet.'

'Weer zo'n oude geilaard?'

Ze had haar ogen ten hemel geslagen.

'Nee, hij is zelfs iets jonger dan ik. Een journalist.'

'En?'

'En.'

'Heb je verder niks te vertellen?'

'Nu even niet.'

De verpleegster die vandaag dienst heeft is er een die we nooit eerder hebben gezien. Maar ze schijnt alles van ons te weten, en begroet ons met onze voornaam. Ze laat weten dat onze grootmoeder nog slaapt, en dat het niet verstandig is haar nu te wekken, omdat ze een slechte nacht heeft gehad. Kunnen we nog een uurtje wachten? Misschien ergens koffie gaan drinken, of winkelen, oppert ze opgewekt glimlachend.

Mélanie draait zich om, op zoek naar Gaspard. Hij staat niet ver weg instructies te geven aan een werkster. Ze fluistert me toe: 'Ik ga rondsnuffelen. Houd hem aan de praat.'

Ze glipt weg. Ik luister voor mijn gevoel urenlang naar Gaspards geweeklaag over het probleem om goed personeel te krijgen, de snelstijgende prijzen van vers fruit, de nieuwe buren op de vierde verdieping, die zoveel herrie maken. Mélanie komt eindelijk terug en spreidt haar vingers alsof ze wil zeggen: niks gevonden.

We besluiten een uur later terug te komen. Als we naar de deur lopen, zegt Gaspard haastig dat hij heel graag koffie of thee voor ons wil zetten, we kunnen in de petit salon gaan zitten, dan komt hij het brengen, het is vandaag koud buiten, we kunnen gezellig hier blijven. Hij lijkt zo graag te willen dat we blijven dat we het gevoel hebben niet te kunnen weigeren. We wachten in de petit salon op hem. Een werkster is de gang aan het stoffen. Ze knikt ons toe in het voorbijgaan.

Deze kamer brengt de meeste herinneringen boven. De openslaande deuren, die uitkomen op het balkon. Het donkergroen fluwelen bankstel. Een grote, lage, glazen tafel. De zilveren sigarettendoos van mijn grootvader staat er nog. Hier kwamen mijn grootouders samen om koffie te drinken of televisie te kijken. Hier speelden we charade. Luisterden we naar de gesprekken van de grote mensen.

Gaspard komt terug met een dienblad, koffie voor mij, thee voor Mélanie. Hij schenkt onze kopjes met zorg vol, geeft suiker en melk aan. Hij gaat op een stoel tegenover ons zitten met zijn vuisten op zijn knieën, zijn rug recht.

We vragen hem hoe het de laatste tijd met onze grootmoeder gaat. Hij zegt, niet al te best, haar hart heeft weer opgespeeld en ze brengt nu haar dagen grotendeels slapend door. Ze wordt suf van de medicijnen.

'Je herinnert je onze moeder toch nog wel?' vraagt Mélanie onverwacht, nippend aan haar thee.

Hij glimlacht en zijn gezicht begint te stralen.

'Jullie moeder! *Petite* Madame Rey. Ja, natuurlijk herinner ik me haar. Jullie moeder was onvergetelijk.'

Slimme meid, denk ik.

Mélanie gaat door.

'Wat weet je nog van haar?'

Gaspard weet zijn glimlach nog breder te maken.

'Ze was een erg lieve, aardige vrouw. Ze gaf me cadeautjes, nieuwe sokken, en chocolaatjes... en soms bloemen. Ik was er kapot van dat ze stierf.'

Het appartement om ons heen is opeens stilgevallen. Zelfs de werkster die de grand salon aan het afstoffen is, doet haar werk geluidloos.

'Hoe oud was je toen?' vraag ik.

'Nou, Monsieur Antoine, ik ben vijf jaar ouder dan u, dus was ik vijftien. Zó triest allemaal.'

'Wat weet je nog van de dag dat ze stierf?'

'Het was afschuwelijk, afschuwelijk... te zien hoe ze het huis uit werd gedragen... op die brancard...'

Hij lijkt zich ineens onprettig te voelen, wrijft in zijn handen, schuift zijn voeten heen en weer. Hij kijkt ons niet langer aan. Hij kijkt omlaag, naar het vloerkleed.

'Was je dan op de avenue Kléber toen het gebeurde?' vraagt Mélanie verbaasd.

'De avenue Kléber?' stamelt hij, in verwarring gebracht. 'Dat weet ik niet meer, nee. Het was zo'n verschrikkelijke dag. Ik weet het niet meer.'

Hij staat haastig op en stuift de kamer uit. Een fractie van een seconde later staan we op en volgen we hem.

'Gaspard,' zegt Mélanie resoluut, 'geef eens antwoord op mijn vraag, alsjeblieft. Waarom zei je dat je zag dat ze het huis werd uit gedragen?'

We staan bij de deur, alleen wij drieen, in de schaduw van die donkere ruimte. De hoge boekenplanken lijken voorover te hellen, de bleke gezichten op de oude schilderijen boven ons hoofd staan verwachtingsvol, oplettend. De marmeren buste op de schrijftafel naast ons is ook in afwachting.

Gaspard staat met zijn mond vol tanden, zijn wangen zijn vuurrood. Hij beeft. Zijn voorhoofd glanst van plotseling uitgebroken zweet.

'Wat is het probleem?' vraagt Mélanie rustig.

Hij slikt hoorbaar, zijn grote adamsappel hupt omhoog en omlaag.

'Nee, nee,' fluistert hij, terwijl hij hoofdschuddend achteruit deinst. 'Ik kan het niet.'

Ik grijp hem bij zijn schouder. Onder de goedkope stof van zijn kostuum, voelt zijn bovenarm benig en slap aan.

'Is er iets wat je ons zou moeten vertellen?' vraag ik, en mijn stem klinkt strenger dan die van mijn zus.

Hij huivert, veegt zijn voorhoofd af met de rug van zijn hand, doet weer een stap naar achteren.

'Niet hier!' weet hij hees uit te brengen.

Mélanie en ik wisselen een blik.

'Waar dan wel?' vraagt ze.

Hij is al halverwege de gang, zijn benen trillen.

Hij fluistert: 'In mijn kamer. Op de zesde verdieping. Over vijf minuten.'

Hij verdwijnt. De stofzuiger wordt abrupt aangezet en we schrikken ervan. We kijken elkaar heel even aan. Dan lopen we de deur uit.

Je bereikt de bediendekamers via een smal, kronkelig trappenhuis; er is geen lift. Hier wonen de minder gefortuneerde bewoners van dit dure pand, die dagelijks over deze steile trap naar boven moeten zwoegen. Hoe hoger je komt, hoe meer de verf is afgebladderd. Hoe onwelriekender de lucht die er hangt. De stank van piepkleine, niet-geventileerde kamers, van wonen in ordeloosheid, van het gebrek aan fatsoenlijke badkamers. De vieze lucht van een gemeenschappelijk toilet op de gang. Ik ben hier nooit eerder geweest. Mélanie ook niet. Het contrast tussen de overdaad van de voorname appartementen en dit vieze, overbevolkte deel van het huis dat is weggestopt onder de daken, is gênant.

Zes trappen te beklimmen. We doen het in stilte. We hebben nog geen woord gewisseld sinds we het appartement van Blanche hebben verlaten. Er buitelen allerlei vragen door mijn hoofd, en dat geldt ook voor Mélanie, daar ben ik zeker van.

Als we de bovenste verdieping bereiken, lijken we ons in een andere wereld te bevinden. Kale vloeren, een gang vol bochten, met aan weerszijden tientallen genummerde deuren. Het loeien van een haardroger. Luide metalige televisiestemmen. Mensen die ruziemaken in een vreemde taal. Een schetterende mobiele telefoon. Een krijsende baby. Er gaat een deur open en een vrouw staart ons nors aan. De kamer achter haar heeft een schuin aflopend, bevlekt plafond, smerige vloerkleden, smoezelige meubels. Welke deur is van Gaspard? Hij heeft het ons niet verteld. Heeft hij zich verstopt? Is hij bang? Ik weet gewoon dat hij ons op staat te wachten, handenwringend, bevend. Hij probeert moed te verzamelen.

Ik kijk naar Mélanies tengere, rechte schouders onder haar winterjas. Ze loopt vastberaden en zelfverzekerd. Ze wil de waarheid weten. Ze is niet bang. Waarom ben ik bang, en is mijn zus het niet?

Gaspard staat aan het eind van de gang, nog steeds met een rood gezicht. Hij laat ons snel binnen alsof hij niet wil dat we worden gezien. Zijn krappe kamertje is bloedheet na het kille trappenhuis. Het elektrische kacheltje staat voluit te branden en geeft een zacht zoemend geluid en de geur van verbrande haren en stof af. De kamer is zo klein dat hij, Mélanie en ik elkaar raken. Er zit niets anders op dan op het smalle bed te gaan zitten. Ik kijk rond, neem de kraakheldere meubeltjes, het kruis aan de wand, de wastafel met een scheur erin, de provisorische kasten met een plastic gordijntje ervoor, in me op. Gaspards leven, blootgelegd in al zijn ellende. Wat zou hij doen als hij hier thuiskomt na Blanche te hebben achtergelaten bij de nachtzuster? Geen televisie. Geen boeken. Op een plankje zie ik een bijbel en een foto staan. Ik kijk er zo onopvallend mogelijk naar. Met een schok realiseer ik me dat het een foto van mijn moeder is.

Gaspard blijft staan, want er is geen zitplaats voor hem. Hij wacht tot wij iets zeggen, en zijn ogen schieten van Mélanie naar mij. Ik hoor de radio uit de kamer hiernaast. De wanden zijn zo dun dat ik elk woord van het nieuws kan verstaan.

'Je kunt ons vertrouwen, Gaspard,' zegt Mélanie. 'Dat weet je toch.'

Hij legt snel een vinger op zijn lippen, zijn ogen wijd open van angst.

'U moet zachtjes praten, Mademoiselle Mélanie,' fluistert hij. 'Iedereen kan hier alles horen!'

Hij komt dichterbij. Ik ruik de zurige lucht van zijn oksels. Instinctief wijk ik terug.

'Uw moeder...' mompelt hij. 'Ze was mijn enige steun. Ze was de enige die me echt... begreep.'

'Ja,' zegt Mélanie en ik verbaas me over haar geduld. Ik heb hier geen belangstelling voor, wil dat hij ter zake komt, en snel ook. Ze legt sussend haar hand op mijn arm, alsof ze precies weet wat ik denk.

'Uw moeder was als ik, ze was van eenvoudige komaf, kwam uit het zuiden, en ze was niet moeilijk en veeleisend, ze was een eenvoudig, goed mens. Ze dacht nooit alleen aan zichzelf. Ze was edelmoedig, warm.'

'Ja,' zegt Mélanie weer, terwijl ik van ongeduld mijn handen tot vuisten bal.

De radio in de kamer hiernaast wordt uitgezet en het kamertje vult zich met stilte. Gaspard wordt weer zweterig en angstig. Hij kijkt keer op keer naar de deur, handenwringend. Waarom voelt hij zich toch niet op zijn gemak? Hij duikt onder zijn bed en haalt er een kleine transistorradio vandaan, probeert onhandig hem aan te zetten. De zwoele stem van Yves Montand.

'C'est si bon, de partir n'importe où, bras dessus bras dessous...'

'Je zou ons wat vertellen over de dag waarop onze moeder overleed,' zeg ik ten slotte, zonder aandacht te besteden aan Mélanies gebaar dat ik me koest moet houden.

Gaspard verzamelt voldoende moed om me recht in mijn gezicht te kijken.

'U moet begrijpen, Monsieur Antoine, dat dit... moeilijk... voor me is.'

'C'est si bon...' murmelt Montand, nonchalant, zorgeloos. We wachten tot Gaspard verder gaat. Dat doet hij niet.

Mélanie legt haar hand op zijn arm.

'Je hebt niets van ons te vrezen,' fluistert ze. 'Volstrekt niet. We zijn je vrienden. We kennen je al vanaf onze geboorte.'

Hij knikt, het vel van zijn wangen deinst op en neer als gelatinepudding. Zijn ogen vullen zich met tranen. Tot onze afschuw vertrekt zijn gezicht zich tot een grimas en begint hij geluidloos te snikken. We kunnen niets anders doen dan afwachten. Ik wend mijn blik af van de trieste aanblik van Gaspards fletse, geteisterde gezicht. Eindelijk is het liedje van Montand afgelopen. Er begint een nieuw wijsje, ik ken het. Ik kan me niet herinneren wie het zingt.

'Wat ik nu ga zeggen, heb ik nooit iemand verteld. Niemand weet ervan. Niemand weet ervan en niemand heeft er sinds 1974 over gesproken.'

Gaspards stem klinkt zo zacht dat we ons voorover moeten buigen. Het bed kraakt als we dat doen.

Een kilte besluipt me. Is het verbeelding of voel ik die kilte echt opkruipen langs mijn ruggengraat? Gaspard zit ineengedoken op de vloer. Ik zie de kruin van zijn hoofd, de kale plek.

Opnieuw horen we Gaspard fluisteren.

'Op de dag dat ze stierf was jullie moeder op bezoek gekomen bij je grootmoeder. Het was vroeg, jullie grootmoeder zat nog te ontbijten. Jullie grootvader was die dag weg.'

'En waar was jij?' informeert Mélanie.

'Ik was in de keuken, mijn moeder aan het helpen. Ik was sinaasappels aan het persen. Jullie moeder was dol op versgeperst sinaasappelsap. Vooral op het mijne. Het herinnerde haar aan Zuid-Frankrijk.' Een aandoenlijk, triest glimlachje. 'Ik was die ochtend heel blij jullie moeder te zien. Ze kwam niet zo vaak langs. Eigenlijk was ze al heel lang niet bij jullie grootouders langs geweest, sinds Kerstmis al niet. Toen ik de deur opendeed, leek het of de zon scheen op de overloop. Ik wist niet dat ze zou komen. Ze had niet gebeld. Mijn moeder was niet ingelicht. Ze was boos, mijn moeder, ze wond zich erover op dat petite Madame Rey zomaar op de stoep stond. Ze droeg haar rode jas, en wat was ze mooi met haar lange zwarte haren, haar blanke huid, haar groene ogen, een echte schoonheid. Net als u, Mademoiselle Mélanie. U lijkt zoveel op haar dat het soms pijn doet om naar u te kijken.' Opnieuw wellen er tranen op. Maar hij slaagt erin ze terug te dringen. Hij haalt langzaam adem, neemt er de tijd voor. 'Ik was in de keuken aan het opruimen. Het was een prachtige winterdag. Ik had veel klusjes te doen en ik deed ze grondig. En toen stormde mijn moeder binnen, haar gezicht zag wit. Ze hield haar hand over haar mond alsof ze moest braken. Toen wist ik dat er iets vreselijks was gebeurd. Ik was pas vijftien jaar, maar ik wist het gewoon.'

De kilte kruipt door mijn borstkas, langs mijn bovenbenen, die beginnen te beven. Ik durf mijn zus niet aan te kijken. Maar ik voel hoe verstijfd ze naast me zit.

Er klinkt opeens een stompzinnig wijsje. Ik wou dat Gaspard het uitzette.

'Pop pop pop musik, pop pop pop musik. Talk about pop musik.'

'Mijn moeder kon even niets uitbrengen. Toen gilde ze: "Bel dokter Dardel, snel! Zoek zijn nummer op in het adresboekje van Monsieur in de studeerkamer, zeg dat hij onmiddellijk moet komen!" Ik rende naar de studeerkamer en ik belde hem op, trillend over mijn hele lijf, en de dokter zei dat hij er direct aan kwam. Wie was er ziek? Wat was er gebeurd? Was het Madame? Ze had een hoge bloeddruk, dat wist ik. Ze had pas nieuwe medicijnen gekregen. Allerlei pillen die ze bij het eten moest innemen.'

Dokter Dardel is een bekende naam. Hij was de beste vriend van mijn grootouders en hun huisarts. Hij is begin jaren tachtig overleden. Een man met wit haar en een gedrongen postuur. Zeer gerespecteerd.

Gaspard zwijgt even. Wat probeert hij ons te vertellen? Waarom doet hij er zo lang over?

'New York London Paris Munich everyone's talking 'bout pop musik.'

'Schiet in vredesnaam eens op,' mompel ik met opeengeklemde kaken.

Hij knikt haastig.

'Jullie grootmoeder was in de petit salon, nog steeds in haar ochtendjas. Ze liep heen en weer door de kamer. Jullie moeder zag ik niet. Ik begreep er niets van. De deur van de petit salon stond op een kier. En toen zag ik een stukje van de rode jas. Op de vloer. Er was iets gebeurd met petite Madame Rey. Iets wat niemand me wilde vertellen.'

We horen voetstappen krakend de deur passeren. Hij zwijgt, wacht tot ze verstommen. Mijn hart bonkt zo hard dat ik ervan overtuigd ben dat ze het allebei kunnen horen.

'Dokter Dardel was er in een mum van tijd. De deur naar de petit salon ging dicht. Toen hoorde ik een ambulance. Sirenes vlak voor het gebouw. Mijn moeder wilde op geen van mijn vragen antwoord geven. Ze zei dat ik mijn mond moest houden en gaf me een draai om mijn oren. Ze kwamen petite Madame ophalen. Dat was de laatste keer dat ik haar heb gezien. Ze zag eruit alsof ze sliep, met haar zwarte haar om haar gezicht. Ze droegen haar weg op een brancard. Later die dag kreeg ik te horen dat ze dood was.'

Mélanie staat onhandig op, stoot met haar voet tegen de radio. Die valt stil. Gaspard staat ook moeizaam op.

'Waar heb je het over, Gaspard?' zegt ze vinnig, en ze vergeet te fluisteren. 'Bedoel je dat onze moeder dat aneurysma hier heeft gehad?'

Hij is verlamd door angst. Hij stamelt: 'Mijn moeder heeft me verboden dit ooit te vertellen. Ik weet niet waarom. Ik weet het niet. Ik heb het nooit gevraagd.'

Hij lijkt op het punt te staan opnieuw in huilen uit te barsten. Mélanie jammert: 'En onze vader dan? Onze grootvader? En Solange?'

Hij schudt het hoofd.

'Ik weet niet wat zij weten, Mademoiselle Mélanie. Dit is de eerste keer dat ik er ooit met iemand over heb gesproken.' Zijn hoofd zakt omlaag als een verwelkte bloem. 'Het spijt me. Het spijt me ontzettend.'

'Vind je het erg als ik rook?' zeg ik abrupt.

'Nee, nee, natuurlijk, ga uw gang.'

Ik ga bij het kleine raampje staan, steek een sigaret op. Gaspard pakt de foto van de boekenplank.

'Jullie moeder had mij in vertrouwen genomen, weet u. Ik was nog wel jong, pas vijftien, maar ze vertrouwde me. Jullie moeder vertrouwde me.' Hij zegt dit met mateloze trots. 'Volgens mij was ik een van de weinige mensen die ze vertrouwde. Ze kwam vaak de trap op om me hier in deze kamer op te zoeken, om met me te praten. Ze had geen vrienden in Parijs. Dus praatte ze met mij.'

'En wat vertelde ze dan als ze je opzocht?' vraagt Mélanie.

'Zoveel dingen, Mademoiselle Mélanie. Zoveel mooie dingen. Ze vertelde van alles over haar jeugd in de Cévennes. Over het dorpje waar ze toen woonde, in de buurt van Le Vigan, en dat ze daar sinds haar huwelijk nooit meer was geweest. Ze vertelde me dat haar vader en moeder op de markt fruit verkochten. Ze heeft haar ouders verloren toen ze nog klein was. Haar vader heeft een ongeluk gehad en haar moeder had een slecht hart. Ze is door haar oudere zus opgevoed. Dat was een harde vrouw, die het maar niks vond dat ze met uw vader trouwde, een Parijzenaar. Ze was soms eenzaam. Ze miste het zuiden, het eenvoudige leven daar, de zon. Ze was eenzaam, want uw vader was heel vaak van huis voor zijn werk. Ze praatte over u en Mademoiselle Mélanie. Ze was enorm trots op u. U was het middelpunt van haar wereldje.'

Stilte.

'Ze zei dat jullie al het andere goedmaakten. Wat moeten jullie een moeder als zij missen, Mademoiselle Mélanie, Monsieur Antoine. Wat moeten jullie haar missen. Ik had een moeder die me nooit enige liefde gaf. Jullie moeder was een en al liefde. Ze gaf ons alle liefde die ze in zich had.'

Ik hoef hem niet aan te kijken om te weten dat zijn ogen vol tranen staan. Ik hoef ook niet naar Mélanie te kijken. Ik rook mijn sigaret op en gooi hem het raam uit naar de binnenplaats. Er komt een krachtige vlaag ijzige lucht binnen. In de kamer naast ons begint muziek te spelen, zo hard dat we ervan opschrikken. Ik kijk op mijn horloge. Het loopt al tegen zessen en de avond is gevallen.

'Je moet ons nog even binnenlaten in het appartement van onze grootmoeder,' zegt Mélanie, met een stem die nog steeds beeft.

Gaspard knikt deemoedig.

'Natuurlijk.'

De hele weg terug naar beneden wordt er geen woord gezegd.

De verpleegster neemt ons mee de grote, met luiken verduisterde slaapkamer in, waar we met moeite een ziekenhuisbed kunnen zien staan. Het hoofdeinde is iets verhoogd en op het bed ligt de nietige figuur van onze grootmoeder. We vragen de verpleegster beleefd even de kamer uit te gaan, omdat we een privékwestie met onze grootmoeder hebben te bespreken. Ze doet wat we vragen.

Mélanie knipt het bedlampje aan en nu kunnen we eindelijk het gezicht van onze grootmoeder zien. Blanche ligt met haar ogen gesloten, en haar oogleden trillen als ze de stem van Mélanie hoort. Ze ziet er oud en vermoeid uit, alsof ze het leven beu is. Haar ogen gaan langzaam open en haar blik blijft even rusten op Mélanie, dan op mij. Geen reactie. Weet ze eigenlijk wel wie we zijn? Mélanie pakt haar hand, praat tegen haar. Opnieuw die blik, van Mel naar mij, in stilte. Een dikke ketting van rimpels rond haar verschrompelde hals. Bijna vierennegentig, reken ik uit.

De kamer om ons heen is ook niet veranderd. Zware ivoorkleurige gordijnen, dikke tapijten, een boekenkast, een kaptafel voor het raam met de bekende voorwerpen, die daar sinds mensenheugenis staan: een ei van Fabergé, een gouden snuifdoos, een kleine marmeren piramide en nog dezelfde foto's, die staan te verstoffen in hun zilveren lijstjes: onze vader en Solange als kind, Robert, onze grootvader, dan Mel, Joséphine en ik. Een paar foto's van mijn kinderen als baby. Geen enkele van Astrid. Of van Régine. En geen enkele van onze moeder.

'We willen het met u hebben over onze moeder,' zegt Mélanie duidelijk. 'Over Clarisse.'

De ogen trillen opnieuw en sluiten zich. Dit lijkt een afwijzing.

'We willen weten wat er is gebeurd op de dag van haar overlijden,' gaat Mélanie verder, zonder acht te slaan op de oogleden.

De perkamenten ogen gaan trillend open, en Blanche kijkt ons beiden in stilte aan, heel lang. Ik weet zeker dat ze geen woord zal zeggen.

'Kunt u ons vertellen wat hier is gebeurd op 12 februari 1974, *Grand'Mère*?'

We wachten af. Niets. Ik wil tegen Mélanie zeggen dat dit geen zin heeft. Dat het niet gaat lukken. Maar ineens lijken de ogen van Blanche wijder open te gaan, en krijgt haar blik een eigenaardige uitdrukking, bijna als van een reptiel, en dat verontrust me. Ik zie haar uitgedroogde borstkas zwaar op en neer gaan. De ogen knipperen niet, blijven ons aanstaren, dreigend – tartende donkere vlekjes in een gelaat dat zo doods aandoet als een kale schedel.

Naarmate de minuten voortkruipen ga ik inzien dat mijn grootmoeder nooit zal spreken, dat ze alles wat ze weet zal meenemen in haar graf. En ik verafschuw haar daarom. Ik verafschuw elke millimeter van haar weerzinwekkende, verkreukelde huid, elke millimeter van wat ze is, Blanche Violette Germaine Rey née Fromet, uit het 16de arrondissement, geboren in weelde, geboren in voorspoed, geboren in perfectie.

We staren elkaar aan, mijn grootmoeder en ik, eindeloos lang, zo lijkt het, wat Mélanie onthutst van haar naar mij doet kijken. Ik zorg ervoor dat Blanche ervan doordrongen raakt hoe intens mijn weerzin is, dat ze die helemaal over zich heen krijgt, onverbloemd, over haar onberispelijke nachtjapon. Mijn verachting voor haar is zo groot dat ik beef van top tot teen. Mijn handen jeuken om een van die geborduurde hoofdkussens te pakken en er dat witte gezicht mee te smoren, de arrogantie in die vlammende blik uit te doven.

De strijd tussen haar en mij is fel en geluidloos, en hij duurt eindeloos lang. Ik hoor het tiktakken van de zilveren wekker op het nachtkastje, de voetstappen van de verpleegster vlak achter de deur, het onderdrukte brullen van het verkeer op de drie rijstroken van de avenue. Ik hoor mijn zus nerveus ademen, ik hoor het gieren van Blanches oude longen, het pompen van mijn eigen hart, zoals het ook, nog maar kort tevoren, in Gaspards kamer deed.

Ten slotte sluiten de ogen zich. Blanches knokige hand kruipt heel traag over de sprei, als een uitgedroogd insect, en drukt op een belletje. Er klinkt een schel gerinkel.

De verpleegster schiet onmiddellijk te hulp.

'Madame Rey is nu moe.'

We vertrekken in stilte. Gaspard is nergens te bespeuren. Terwijl ik de trap af loop, de lift negerend, denk ik aan mijn moeder die precies hier op deze plek op een brancard naar buiten werd gedragen, met haar rode jas aan. Ik heb een beklemd gevoel op mijn borst.

Buiten is het kouder dan ooit. We merken dat we niet met elkaar kunnen praten. Ik ben afgepeigerd, en Mélanie ook, te oordelen naar de bleke kleur op haar gezicht. Ik steek een sigaret op en zij pakt haar mobiel, kijkt of er berichten zijn. Ik bied aan haar met de auto naar huis te brengen. Op het stuk van de Tocadéro naar de Bastille is het verkeer druk, zoals gewoonlijk op zaterdagavond. We zeggen niets, maar ik weet dat ze precies hetzelfde denkt als ik.

De waarheid over de dood van onze moeder. Iets wat zo gruwelijk is dat we het even op afstand houden door er niet over te praten.

Parimberts assistente is een gezette vrouw die Claudia heet en die haar overtollige gewicht verbergt onder een als een toga wijd uitwaaiende zwarte jurk. Ze praat tegen me op een hooghartig, irritant amicaal toontje. Als ik maandagmorgen op kantoor kom, hangt ze al aan de lijn om me door te zagen over de deadline voor de denkkoepel. Het project was door Parimbert geaccepteerd, maar er was opnieuw vertraging ontstaan, toen een van mijn leveranciers de speciale lichtgevende panelen die ik had besteld, niet op tijd kon leveren. De panelen die voortdurend van kleur veranderden en de totale binnenkant van de koepel vormden. Op elke andere dag, op elk ander punt in het traject zou ik nederig achterover hebben geleund en het mens hebben laten kijven. Maar nu niet meer. Ik denk aan haar door cafeïne verkleurde gebit, haar harige bovenlip, haar patchouliparfum, haar uithalen als ware ze de *Königin der Nacht*, en mijn afkeer, ongeduld en ergernis laten net genoeg energie opborrelen om te exploderen met de efficiënte precisie van een snelkookpan. Het doet me zoveel goed dat het bijna aanvoelt alsof ik net seks heb gehad. In de aangrenzende kamer hoor ik Florence naar adem happen.

Ik smijt de hoorn neer. Tijd voor een snel sigaretje op de kille binnenplaats. Ik trek snel mijn jas aan. Dan gaat mijn mobiel. Het is Mélanie.

'Blanche is dood,' meldt ze op vlakke toon. 'Vanochtend overleden. Solange heeft me net gebeld.'

Het overlijden van Blanche doet me niets. Ik hield niet van haar. Ik zal haar niet missen. De weerzin die ik zaterdag bij haar bed voelde is nog vers. Toch was ze mijn vaders moeder en ik denk aan hem. Ik weet dat ik hem hoor te bellen. Ik hoor Solange te bellen. Ik doe het niet. Ik ga buiten in de kou mijn sigaret roken. Ik denk aan de moeilijke dagen die we voor de boeg hebben met betrekking tot de erfenis van Blanche, en hoe Solange en mijn vader erover zullen ruziën. Dat wordt een onfrisse toestand. Het is al een keer gebeurd, een jaar of twee geleden, en toen was Blanche nog niet eens dood. Wij werden erbuiten gehouden, niemand vertelde ons iets, maar we wisten dat er conflicten en problemen waren tussen broer en zus. Solange had het gevoel dat François het lievelingskind was, dat hij altijd was voorgetrokken. Na een poosje ging ze haar broer mijden. En ons.

Mélanie vraagt of ik later die dag wil langskomen en Blanche nog wil zien. Ik zeg dat ik het zal overwegen. Ik voel een heel lichte afstand tussen mijn zus en mij, een nieuw gevoel, dat nog niet bestond, een gevoel dat ik nooit eerder heb gehad. Ik weet dat ze niet te spreken is over mijn koele houding jegens Blanche, over de manier waarop ik haar bleef aanstaren afgelopen zaterdag, over de manier waarop ik haar liet merken wat ik van haar vond. Mélanie vraagt of ik onze vader al heb gebeld. Ik zeg dat ik dat zal doen. Opnieuw klinkt ze afkeurend. Ze zegt dat ze onderweg is naar onze vader. En de manier waarop ze dat zegt impliceert dat ik dat eigenlijk ook zou moeten doen. En wel heel snel.

Als ik eindelijk bij mijn vader aankom, is het al donker. Margaux is stil tijdens de rit, ze heeft oorplugjes in en haar blik is onlosmakelijk verbonden met haar mobiel, haar vingers vliegen over de toetsen als ze de ene sms na de andere verstuurt. Lucas zit achterin, verdiept in zijn Nintendo. Ik heb het gevoel alleen in de auto te zitten. De kinderen van nu zijn de zwijgzaamste aller tijden.

Mélanie doet de deur voor ons open. Haar gezicht ziet er bleek en verdrietig uit. Haar ogen staan vol tranen. Zou ze van Blanche hebben gehouden, vraag ik me af, zal ze haar missen? We zagen onze grootmoeder nog maar nauwelijks. Wat betekende ze voor Mélanie? Maar dan besef ik dat Blanche de enige grootmoeder was die we hadden. Clarisses ouders waren al gestorven toen zij nog klein was. Onze grootvader is al jaren geleden overleden, toen wij tieners waren. Blanche is onze laatste schakel met onze kindertijd en daarom huilt mijn zus.

Mijn vader ligt al in bed. Ik ben verbaasd dat te horen. Ik werp een snelle blik op mijn horloge. Halfacht. Mélanie zegt met zachte stem dat onze vader erg moe is. Klinkt er verwijt door in haar stem of verbeeld ik me dat? Ik vraag haar wat er met hem aan de hand is, maar ze wuift me weg als Régine verschijnt, met te veel make-up op en een mistroostige blik. Ze omhelst ons op een afwezige, nonchalante manier, biedt iets te drinken en wat crackers aan. Ik leg uit dat Arno op kostschool is, dat hij thuiskomt voor de begrafenis.

'Praat me niet van de begrafenis,' gromt Régine, terwijl ze met onvaste hand een flink glas whisky voor zichzelf inschenkt. 'Ik heb hier allemaal geen zin in, ik heb nooit met Blanche overweg gekund, ze heeft me nooit gemogen, dus ik zie absoluut niet in waarom ik iets met haar begrafenis te maken zou moeten hebben, hoor.'

Joséphine komt binnen, ze ziet er stukken eleganter uit dan gewoonlijk. Ze geeft ons een kus en gaat naast haar moeder zitten.

'Ik heb Solange net gesproken,' zegt Mélanie met vaste stem. 'Zij gaat alles regelen voor de begrafenis. Je hoeft je geen zorgen te maken, Régine.'

'Nou, als Solange het heft in handen neemt, zullen we geen van allen iets hoeven doen. Ook je arme vader niet. Hij is veel te vermoeid om nu met Solange te worden geconfronteerd. Blanche en Solange zijn altijd onbeschoft tegen me geweest, hebben me altijd neerbuigend behandeld omdat ik niet het juiste figuur had en omdat mijn ouders niet net zo rijk waren,' ratelde Régine door, terwijl ze nog een whisky inschonk, die ze woest naar binnen gooide. 'Ze lieten me altijd voelen dat ik niet goed genoeg was voor François, dat ik niet paste binnen de familie Rey. Die vreselijke Blanche en haar nog vreselijker dochter.'

Lucas en Margaux wisselen een verbaasde blik. Joséphine laat luidruchtig haar adem ontsnappen. Ik besef ineens dat Régine meer dan aangeschoten is. Alleen Mélanie blijft naar de vloer staren.

'Niemand is ooit goed genoeg om een Rey te zijn,' zegt Régine met dikke tong. Haar tanden zijn besmeurd met lippenstift. 'Ze zorgden er verdomd goed voor dat we dat allemaal beseften. Zelfs al kom je uit een hoogstaande familie met fatsoenlijk geld. Zelfs al kom je uit een familie van keurige mensen. Nooit goed genoeg om zo'n kut-Rey te worden.'

Ze begint te tieren, haar lege glas klettert op de tafel. Joséphine slaat haar ogen ten hemel en trekt haar moeder zachtjes maar doortastend overeind. Ik merk aan haar routineuze handelingen dat dit veelvuldig voorkomt. Ze trekt de huilende Régine mee de kamer uit.

Mélanie en ik kijken elkaar aan. Ik denk aan wat ik nog voor de boeg heb. De met kaarsen verlichte slaapkamer aan de avenue Henri-Martin waar het lichaam van Blanche op me ligt te wachten.

Wat me vanavond angst inboezemt, is echter niet de aanblik van mijn dode grootmoeder. Ze was al bijna dood toen ik haar twee dagen geleden zag, afgezien van die afschuwelijke, woedende blik in haar ogen.

Wat me angst inboezemt is het feit dat ik daar weer heen moet gaan. Terug naar de plek waar mijn moeder is doodgegaan.

Mélanie brengt mijn kinderen naar huis. Zij is al met Solange en onze vader naar het lichaam van Blanche geweest. Ik kom alleen aan bij het huis van mijn grootmoeder. Het is al laat. Bijna elf uur. Ik ben doodop. Maar ik weet dat Solange daar op me wacht. Op de enige zoon. Het is mijn plicht daar te zijn.

De grand salon is tot mijn verbazing gevuld met elegante, van champagne nippende onbekenden. Vermoedelijk vrienden van Solange. Gaspard, gekleed in een strak grijs pak, legt uit dat het inderdaad vrienden van haar zijn en dat ze vanavond zijn gekomen om Solange bij te staan. Hij voegt er op zachte toon aan toe dat hij iets belangrijks met me te bespreken heeft. Zou ik op hem willen wachten voordat ik vertrek? Ik zeg dat ik dat zal doen.

Ik heb altijd gedacht dat mijn tante een eenzaam, teruggetrokken mens was, maar als ik zie hoeveel mensen er vanavond zijn komen opdagen, vermoed ik dat ik het mis had. Maar wat weet ik eigenlijk van mijn tante? Ze heeft nooit goed overweg gekund met haar oudere broer. Ze is nooit getrouwd. Ze heeft altijd haar eigen leven geleid en na de dood van onze moeder en de zomers op Noirmoutier hebben we haar niet vaak meer gezien. Ze heeft zich echter wel intensief met Blanche beziggehouden, vooral na de dood van Robert, haar vader en mijn grootvader.

Solange komt op me af als ik in de deuropening blijf staan. Ze draagt een barokke geborduurde jurk die er net iets te feestelijk uitziet voor de gelegenheid, en een parelcollier. Ze pakt mijn hand. Haar gezicht is opgezet, haar blik is vermoeid. Ik vraag me af hoe haar leven zal zijn, nu ze niet langer voor haar moeder hoeft te zorgen, geen verpleegsters meer hoeft in te huren en geen leiding meer hoeft te geven aan het personeel in dat enorme appartement. Ze neemt me mee naar de slaapkamer van Blanche, en ik kan niet anders dan haar volgen. Om het bed heen staan mensen te bidden. Ik ken ze niet. Er wordt een kaars ontstoken. Ik staar naar die stille gestalte op het bed. Maar het enige wat ik lijk te zien zijn die afschuwelijke ogen die me woedend aankijken. Ik wend mijn blik af.

Mijn tante gaat me nu voor naar de lege petit salon. Het geroezemoes en de zachte stemmen van haar gasten zijn hier nauwelijks te horen. Ze sluit de deur. Haar gezicht, dat me zo sterk aan dat van mijn vader herinnert, maar dan met een forsere kin, lijkt versteend, opeens, minder toeschietelijk. Ik word me er plotseling van bewust dat dit misschien geen prettig gesprek zal worden. Het is alleen al onaangenaam om in deze kamer te zijn. Ik kijk steeds omlaag naar het vloerkleed. Hier is het lichaam van mijn moeder neergevallen. Precies hier, bij mijn voeten.

'Hoe is het vanavond met François?' vraagt ze terwijl ze met haar parelketting speelt.

'Ik heb hem niet gezien, hij sliep.'

Ze knikt.

'Ik heb gehoord dat hij zich goed houdt.'

'Wat Blanche aangaat?' vraag ik.

Een korte stilte. De parels tikken.

'Nee, wat zijn kanker aangaat.'

Ik sta als aan de grond genageld. Kanker. Natuurlijk. Kanker. Mijn vader heeft kanker. Hoe lang al? Wat voor kanker? Hoe erg is hij eraan toe? Niemand in deze familie zegt ooit iets.

Er wordt de voorkeur aan gegeven te zwijgen. Een traag, giftig zwijgen. Een heimelijk zwijgen, dat alles bedekt als een dodelijke, verstikkende lawine.

Ik vraag me af of ze het weet. Of ze, alleen door me aan te kijken, kan raden dat ik nu voor het eerst iets hoor over de ziekte van mijn vader. Dat die voor het eerst wordt genoemd.

'Ja,' zeg ik, met een strak gezicht. 'Je hebt gelijk. Hij houdt zich goed.'

'Ik moet terug naar mijn gasten,' zegt ze uiteindelijk. 'Tot ziens, Antoine. Bedankt voor je komst.'

Ze beent weg, met rechte rug. Als ik naar de voordeur ga, komt Gaspard juist uit de grand salon, met een dienblad in zijn handen. Ik maak een gebaar waarmee ik wil zeggen dat ik beneden op hem zal wachten. Ik loop de trap af en steek net buiten het gebouw een sigaret op.

Gaspard verschijnt een paar minuten later. Hij ziet er beheerst uit, een beetje moe. Hij komt direct ter zake.

'Monsieur Antoine, ik moet u iets vertellen.'

Hij schraapt zijn keel. Hij ziet er rustiger uit. Niet zoals laatst in zijn kamer.

'Uw grootmoeder is nu dood. Ik was bang voor haar, heel erg bang, begrijpt u wel? Nu kan ze me geen angst meer inboezemen.' Hij zwijgt even, trekt aan zijn stropdas. Ik besluit hem niet aan te sporen. 'Een week of twee na het overlijden van uw moeder, kwam een vrouw Madame hier opzoeken. Ik deed de deur voor haar open. Een Amerikaanse dame. Toen uw grootmoeder haar zag, raakte ze door het dolle heen. Ze schreeuwde naar die dame en zei dat ze onmiddellijk diende te vertrekken. Ze was woedend. Ik had haar nog nooit zo kwaad gezien. Er was die dag niemand anders thuis dan uw grootmoeder en ik. Mijn moeder was boodschappen aan het doen en uw grootvader was weg.'

Een chique vrouw met een nertsjas aan komt op ons toelopen. Vleugjes Shalimar. We zwijgen terwijl ze het gebouw binnenloopt. Dan gaat Gaspard verder, en hij komt iets dichter bij me staan.

'Die Amerikaanse sprak goed Frans. Ze schreeuwde terug naar uw grootmoeder, ze zei dat ze wilde weten waarom uw grootmoeder haar nooit had teruggebeld, waarom uw grootmoeder haar had laten volgen door een privédetective. En toen krijste ze zo hard ze kon: "U gaat me nu vertellen hoe Clarisse is gestorven, en wel onmiddellijk!"'

'Hoe zag ze eruit, die Amerikaanse?' vraag ik, en mijn hart gaat sneller kloppen.

'Ze was in de veertig, met lang blond haar dat bijna wit was, lang, een sportief type.'

'En wat gebeurde er toen?'

'Uw grootmoeder zei dat ze de politie zou bellen als ze niet direct zou vertrekken. Toen beval ze mij de dame uit te laten. Ze ging de kamer uit en ik was alleen met die Amerikaanse dame. Ze zei iets in het Engels dat heel naar klonk, en zonder me één blik waardig te keuren smeet ze de deur achter zich dicht.'

'Waarom heb je ons dit laatst niet verteld?'

Hij bloosde.

'Ik kon me er niet toe zetten u er iets van te vertellen tot uw grootmoeder er niet meer was. Dit is een goede baan, Monsieur Antoine, en ik doe dit werk al mijn hele leven. Ik krijg behoorlijk betaald. Ik heb respect voor uw familie. Ik wilde geen problemen.'

'Is er nog meer wat je me moet vertellen?'

'Jawel.' Hij knikt gretig. 'Toen die Amerikaanse dame dat zei over die detective die haar volgde, schoten me ineens een paar telefoontjes voor uw grootmoeder te binnen, van een bureau. Ik ben van nature niet nieuwsgierig, en ik vond ze toen niet vreemd, maar na die ruzie, schoot het me allemaal weer te binnen. En toen vond ik iets... eh... verhelderends in de prullenmand van uw grootmoeder, op de dag nadat die Amerikaanse dame was geweest.'

Zijn gezicht wordt nog roder.

'Ik hoop niet dat u denkt...'

Ik glimlach.

'Nee, natuurlijk denk ik niet dat je iets verkeerds hebt gedaan, Gaspard, je was toch gewoon haar prullenbak aan het legen?'

Hij ziet er zo opgelucht uit dat ik haast moet grinniken.

'Ik heb dit al die jaren bewaard,' fluistert hij.

Hij geeft me een verfrommeld stukje papier.

'Waarom heb je dit bewaard, Gaspard?'

Hij rekt zich uit tot zijn volle lengte.

'Omwille van uw moeder. Omdat ik haar aanbad. Omdat ik u wil helpen, Monsieur Antoine.'

'Mij helpen?'

Zijn stem blijft rustig. Hij kijkt heel plechtig.

'U wil helpen te begrijpen wat er is gebeurd. Op de dag dat ze stierf.'

Ik strijk langzaam het vel papier glad. Het is een factuur, geadresseerd aan mijn grootmoeder, van Agence Viaris, Particuliere detectives, rue d'Amsterdam, 9de arrondissement. Een vrij pittig bedrag, valt me op.

'Uw moeder was een lieve vrouw, Monsieur Antoine.'

'Dank je, Gaspard,' zeg ik. Ik schud hem de hand. Het is een ongemakkelijk moment, maar hij lijkt er tevreden mee.

Ik zie hem weglopen, met zijn kromme rug en zijn dunne benen. Hij verdwijnt in de glazen lift. Ik rijd zo snel ik kan naar huis.

Een snelle blik op internet bevestigt mijn bange vermoeden. Het Agence Viaris bestaat niet meer. Het is opgegaan in een grotere groep met de naam 'Rubis Détective: professionele onderzoeksdiensten, surveillance, schaduwen, undercover-operaties, activiteitenonderzoek, kredietwaardigheidsonderzoek'. Ik had er geen idee van dat dit soort zaken in deze tijd nog steeds bestond. En het is zelfs een bloeiende zaak, volgens de stijlvolle moderne website met ingenieuze plug-ins. Het kantoor bevindt zich vlak bij de Opéra. Ik zie een e-mailadres staan. Ik besluit hen te mailen en de situatie uit te leggen. Dat ik de resultaten van het onderzoek waartoe mijn grootmoeder, Blanche Rey, in 1973 opdracht had gegeven, nodig heb. Ik zet er het factuurnummer op de nota voor mijn grootmoeder bij. Zou ik zo snel mogelijk bericht terug kunnen krijgen? Dringend, dank u. Ik geef ook mijn mobiele nummer door.

Ik wil Mélanie hierover bellen en dat doe ik ook bijna, maar het loopt al tegen enen. Ik lig lang te woelen in bed voordat ik eindelijk in slaap val.

Mijn vader en zijn kanker. De komende begrafenis van mijn grootmoeder. De blonde Amerikaanse vrouw.

'U gaat me nu vertellen hoe Clarisse is gestorven, en wel onmiddellijk!'

Zodra ik de volgende ochtend op kantoor ben, zoek ik het telefoonnummer van Laurence Dardel op. Dat is de dochter van dokter Dardel, en ze zal nu vermoedelijk midden vijftig zijn. Haar vader was de goede vriend en huisarts die de akte van overlijden van mijn moeder heeft getekend, want hij was volgens Gaspard als eerste aanwezig aan de avenue Henri-Martin op die beslissende februaridag in 1974. Laurence is zelf arts geworden en heeft de meeste van haar vaders patiënten en hun gezinnen overgenomen. Ik had haar in geen jaren meer gezien, we gingen niet echt vriendschappelijk met elkaar om. Als ik haar praktijk bel, krijg ik te horen dat ze op dat moment visite loopt in het ziekenhuis waarvoor ze werkt. Kennelijk is het enige wat erop zit een afspraak te maken. Dan hoor ik dat dokter Dardel pas over een week een plekje heeft. Ik bedank en hang op.

Ik herinner me dat haar vader aan de rue Spontini woonde, niet ver van de rue de Longchamp. Hij had daar ook zijn huisartsenpraktijk. Die van haar bevindt zich aan de avenue Mozart, maar ik ben er vrij zeker van dat ze nog steeds in het appartement aan de rue Spontini woont, dat ze van haar vader heeft geërfd. Ik weet nog goed dat ik daar in mijn jeugd na de dood van mijn moeder weleens ging thee drinken, bij Laurence en haar man. Ze hadden kinderen, veel jonger dan wij. Ik kan me weinig van hen herinneren. Laurence Dardel was getrouwd met een man wiens naam ik niet meer weet. Zij had haar meisjesnaam behouden vanwege haar werk. Ik kan er op geen enkele manier achter komen of ze nog steeds aan de rue Spontini woont zonder er zelf heen te gaan.

Na een ochtend gestaag te hebben doorgewerkt, bel ik mijn vader rond het middaguur. Ik krijg Régine aan de lijn, die me vertelt dat hij bij zijn zuster is om de begrafenis van Blanche te regelen, die, zoals verwacht, zal plaatsvinden in de kerk van Saint-Pierre de Chaillot. Ik zeg tegen haar dat ik vanavond, niet te laat, zal terugbellen. Laat in de middag heb ik op het kantoor van Parimbert een bespreking met hem, een van de laatste. De denkkoepel wordt op dit moment al geplaatst en er moeten nog wat kleinigheden worden gladgestreken.

Als ik daar aankom zie ik tot mijn verontrusting dat Rabagny, zijn onuitstaanbare schoonzoon, ook aanwezig is. Ik sta nog meer versteld als de man overeind komt en mij glimlachend de hand schudt – de hand die ik hem nog nooit heb zien gebruiken –, waarbij hij een onappetijtelijke hoeveelheid tandvlees blootlegt, en me vertelt wat een geweldige prestatie ik met die denkkoepel heb geleverd. Parimbert kijkt toe met de gebruikelijke zelfvoldane grijns op zijn gezicht en ik kan hem bijna horen spinnen. Rabagny stelt zich enorm aan, zijn gezicht is bezweet, haast paarsbruin. Tot mijn verbazing hakkelt hij zelfs. Hij is ervan overtuigd dat de denkkoepel en de structuur met de lichtpanelen die van kleur veranderen, een revolutionair concept van het grootste artistieke en psychologische belang is, dat hij met mijn permissie zou willen exploiteren. Dit zou een enorme vlucht kunnen nemen, hijgt hij, dit zou de hele wereld over kunnen gaan, hij heeft het allemaal al uitgedacht, hij heeft alles heel goed overwogen, ik moet een contract tekenen en dat natuurlijk door mijn advocaat laten beoordelen, maar dit moet echt snel ontwikkeld worden en, als alles goed verloopt, zal ik binnenkort miljarden hebben verdiend. En hij ook. Er zit niet veel anders op dan af te wachten tot hij weer eens ademhaalt, wat hij uiteindelijk ook doet, speeksel sproeiend en paars ziend om zijn halskwabben. Ik blijf afstandelijk, stop het aangereikte contract in mijn zak en vertel hem op ijzige toon dat ik erover zal nadenken. Hoe killer ik me opstel, hoe kruiperiger hij wordt. Ten slotte vertrekt hij na een angstaanjagend moment waarop hij vlak naast me blijft rondspringen als een overenthousiaste pup en ik vrees dat hij me zelfs een zoen zal geven.

Parimbert en ik gaan aan het werk. Hij is niet helemaal tevreden met de zithoeken, die naar zijn zin te comfortabel zijn, en niet geschikt voor de immense intellectuele inspanning die zal plaatsvinden in de koepel. Hij zou liever harde, ascetische stoelen hebben, waarin men wordt gedwongen kaarsrecht te zitten als in de schoolklas van een strenge onderwijzer. Men mag niet worden verleid tot wegzakken in luiheid.

Hoe zoetgevooisd zijn stem ook is, Parimbert blijft een veeleisende klant, en ik verlaat zijn kantoor veel later dan ik had voorzien, afgepeigerd. Ik besluit rechtstreeks naar de rue Spontini te rijden. Het verkeer schiet niet op op dit uur van de dag, maar meer dan twintig minuten zou het me niet moeten kosten om er te komen. Ik parkeer de auto in de buurt van de avenue Victor-Hugo en loop een café binnen om daar nog even te wachten. Ik heb nog steeds niets gehoord van het Bureau Rubis. Ik speel met de gedachte mijn zuster te bellen en haar te vertellen wat ik van plan ben. Maar als ik mijn mobiel pak, gaat de beltoon. Angèle. Mijn hart maakt een sprongetje, zoals altijd als ze belt. Ik sta op het punt haar te vertellen over mijn bezoek aan de woning van Laurence Dardel, maar op het laatste moment houd ik me in. Ik wil dit voor mezelf houden, deze zoektocht, of wat het ook is. Deze missie naar waarheidsvinding. Ik praat over andere dingen, over ons volgende weekend samen dat eraan zit te komen.

Dan bel ik mijn vader. Zijn stem klinkt zwak. Niets voor hem. Zoals gewoonlijk is ons gesprek kort en emotieloos. Het lijkt alsof mijn vader en ik van elkaar zijn gescheiden door een torenhoge, stevige muur, we converseren wel met elkaar, maar er is geen sprake van uitwisseling, liefde of genegenheid. Er is geen band. En zo is het ons hele leven geweest. Waarom zou dat ook ooit veranderen? Ik zou niet weten waar ik moest beginnen. Hem naar zijn kanker vragen? Tegen hem zeggen dat ik ervan afweet? Zeggen dat ik het erg vind? Onmogelijk. Hij heeft me daartoe niet geprogrammeerd. En zoals gewoonlijk, zoals elke keer als ik ophang na met mijn vader te hebben gesproken, roert hopeloosheid zijn vermoeide staart.

Het is bijna acht uur. Laurence Dardel is nu waarschijnlijk wel thuis. Rue Spontini 50. Ik heb de toegangscode niet en blijf buiten wachten, rokend, ijsberend om warm te blijven, tot er eindelijk iemand het gebouw uit komt. Ik zie op de lijst bij de deur van het conciërgekantoortje dat de familie Fourcade-Dardel op de derde verdieping woont. In deze statige Haussmanniaanse gebouwen hangt altijd dezelfde geur, bedenk ik onderweg naar boven: kruidige etensluchtjes, bijenwas waarmee het houtwerk is geboend, bloemige luchtverfrissers.

Op mijn belletje wordt opengedaan door een jongeman van in de twintig met een hoofdtelefoon op. Ik leg uit wie ik ben en vraag hem of zijn moeder thuis is. Voordat hij me antwoord kan geven, verschijnt Laurence Dardel. Ze kijkt me onderzoekend aan en zegt glimlachend: 'Jij bent Antoine, is het niet? De zoon van François?'

Ze stelt me voor aan haar eigen zoon Thomas, die met zijn hoofdtelefoon op wegloopt, en neemt me mee de woonkamer in. Ze is in de loop der tijd weinig veranderd, haar gezicht is nog zoals ik het me herinner: klein, scherpgesneden en puntig, haar wimpers zijn asblond en haar haar is achterovergekamd tot een keurig knotje. Ze biedt me een glas wijn aan, dat ik aanneem.

'Ik heb in de *Figaro* gelezen dat je grootmoeder is overleden,' zegt ze. 'Jullie zullen er allemaal verdrietig om zijn. We komen natuurlijk naar de begrafenis.'

'Ik had geen bijzondere band met haar,' zeg ik.

Ze trekt een wenkbrauw op.

'O? Ik dacht dat Mélanie en jij dol op haar waren.'

'Niet echt.'

Er valt een stilte. De kamer waarin we zitten is conventioneel en burgerlijk. Er is niets wat er niet hoort. Geen vlekje op het lichtgrijze vloerkleed, nergens een stofje te zien. Traditioneel meubilair, fantasieloze schilderijen, rijen medische boeken. En toch zou je van dit appartement een juweeltje kunnen maken, zie ik, terwijl mijn deskundige blik langs lelijke verlaagde plafonds, overbodige lambrisering en onpraktische deuren gaat. Mijn neus vangt een doordringende eetlucht op. Het is etenstijd, besef ik.

'Hoe gaat het met je vader?' vraagt Laurence beleefd.

Ze is tenslotte arts. Ik hoef niet te doen alsof.

'Hij heeft kanker.'

'Ja,' zegt ze.

'Dat weet je dus?'

'Ik weet het al een tijdje.'

'Hoe lang weet je het al?'

Ze legt haar hand onder haar kin, tuit haar lippen.

'Mijn vader heeft het me verteld.'

Ik voel heel licht iets samentrekken in mijn borstkas.

'Maar je vader is al begin jaren tachtig overleden.'

'Ja,' zegt ze. 'In 1982.'

Ze heeft dezelfde gedrongen bouw als haar vader, dezelfde korte, brede handen.

'Bedoel je dat mijn vader in 1982 al ziek was?'

'Ja, dat klopt. Maar hij is behandeld en heeft het gehaald. Toen is het volgens mij een tijdlang goed met hem gegaan. Tot voor kort.'

'Ben jij zijn huisarts?'

'Nee, maar mijn vader wel, tot hij stierf.'

'Hij lijkt erg vermoeid te zijn,' zeg ik. 'Uitgeput, zelfs.'

'Dat komt door de chemokuren,' zegt ze. 'Daar krijg je een douw van.'

'Slaan ze aan?'

Ze kijkt me neutraal aan.

'Dat weet ik niet, Antoine. Ik ben zijn arts niet.'

'Hoe wist je dan dat hij weer ziek was?'

'Omdat ik hem laatst zag en ik zag het aan hem.'

Dus net als dokter Besson had ook zij het opgemerkt.

'Mijn vader heeft Mélanie en mij niet verteld dat hij ziek is. Zijn zuster weet het, Joost mag weten hoe, want ze spreken elkaar nauwelijks. Ik weet niet eens welke vorm van kanker hij heeft. We weten niets. Hij wil er niets over zeggen.'

Ze knikt, maar geeft geen commentaar. Ze drinkt haar glas wijn leeg en zet het neer.

'Waarom ben je hier, Antoine? Kan ik iets voor je doen?'

Voordat ik haar antwoord kan geven, maakt de voordeur een klikkend geluid en komt er een forse, kalende man binnen. Ik herken haar echtgenoot vaag. Laurence vertelt hem wie ik ben.

'Antoine Rey. Dat is lang geleden! Je gaat steeds meer op je vader lijken.'

Ik gruw ervan als mensen dat zeggen. Zijn naam schiet me te binnen, Cyril. Na een paar minuten koetjes en kalfjes waarbij hij zijn deelneming betuigt met het overlijden van Blanche gaat hij de kamer uit. Ik merk dat Laurence onopvallend op haar horloge kijkt.

'Ik zal niet te veel van je tijd in beslag nemen, Laurence. En inderdaad kun je iets voor me doen.' Ik zwijg even. Ze kijkt me verwachtingsvol aan. Ze heeft een krachtige, competente blik, die haar een zekere onverzettelijkheid verleent. Bijna mannelijk. 'Ik wil inzicht krijgen in het medische dossier van mijn moeder.'

'Mag ik vragen waarom?'

'Ik wil een paar dingen checken. Zoals bijvoorbeeld haar akte van overlijden.'

Ze knijpt haar ogen tot spleetjes.

'Wat wil je precies weten?'

Ik buig voorover en zeg met vastberaden stem: 'Ik wil precies weten hoe en waar mijn moeder is gestorven.'

Ze lijkt van haar stuk gebracht.

'Is dat nodig?'

Haar houding irriteert me. Dat laat ik merken.

'Is het dan een probleem?'

Mijn stem klinkt heel wat scherper dan ik had bedoeld. Ze schrikt terug alsof ik haar een por heb gegeven.

'Nee, geen enkel probleem, Antoine, je hoeft niet boos te worden.'

'Mag ik het dossier dan hebben?'

'Ik zou ernaar moeten zoeken. Ik weet niet zeker waar het is. Dat kan even duren.'

'Hoe bedoel je?'

Ze kijkt opnieuw op haar horloge.

'Ik heb de dossiers van mijn vader allemaal hier, maar op dit moment heb ik geen tijd om het voor je op te zoeken.'

'En wanneer heb je die tijd wel?'

Alweer heeft mijn stem een nare ondertoon waar ik niets aan kan doen. De spanning stijgt tussen ons, een voelbare vijandigheid die me verbaast.

'Ik zal het zo snel mogelijk opzoeken. Ik bel je als ik het heb.'

'Prima,' zeg ik, en ik sta haastig op.

Zij staat ook op, haar puntige gezicht ziet rood. Ze kijkt me aan.

'Ik kan me het overlijden van je moeder nog goed herinneren. Het was een afschuwelijke tijd voor je familie. Ik was een jaar of twintig, ik had Cyril nog maar pas ontmoet en ik studeerde geneeskunde. Ik weet nog dat mijn vader me belde en zei dat Clarisse Rey was gestorven aan een aneurysma. Dat ze dood was toen hij bij haar aankwam, dat hij niets meer kon doen.'

'Toch moet ik dat dossier zien,' zeg ik resoluut.

'Het is nooit goed om het verleden op te rakelen. Je bent oud genoeg om dat te weten.'

Ik zeg niets. Dan vind ik een van mijn kaartjes in mijn zak. Ik geef het haar.

'Hier is mijn nummer. Bel me alsjeblieft zodra je het dossier hebt gevonden.'

Ik loop zo snel ik kan het huis uit, zonder gedag te zeggen, mijn wangen gloeien. Ik sluit de deur achter me en ren in stilte de trap af. Ik wacht niet eens tot ik buiten ben voordat ik een sigaret opsteek.

Ondanks mijn wrevel, de angst voor wat ik niet weet en niet begrijp, voel ik me, als ik in het kille duister naar mijn auto ren, dicht bij mijn moeder, dichter bij haar dan ik me sinds jaren heb gevoeld.

Het Agence Rubis belt me aan het eind van de volgende dag. Een charmante, efficiënte vrouw die Delphine heet. Geen probleem om me het dossier te geven, het is tenslotte al meer dan dertig jaar oud. Het enige wat ik hoef te doen is langskomen op hun kantoor, waar ze mijn identiteit kan controleren en ik een papier moet ondertekenen.

Ik doe er lang over om van Montparnasse naar de Opéra te komen, ik kom vast te zitten in het verkeer. Ik luister naar de radio, haal af en toe diep adem, probeer te zorgen dat mijn ongerustheid niet de overhand krijgt. Ik heb de laatste weken niet goed geslapen. Slapeloze nachten, talloze vragen. Ik voel me geremd door iets wat ik niet kan doorgronden. Ik ben steeds van plan mijn zuster te bellen, haar alles te vertellen wat ik heb gehoord, en toch doe ik het niet. Ik wil eerst het hele verhaal zelf te weten komen. Ik wil alle kaarten in mijn hand hebben. Het dossier Rey dat de Agence Rubis me straks zal geven. Het medische dossier van dokter Dardel over mijn moeder. En ik denk dat ik dan zal weten wat ik moet doen en hoe ik het Mélanie kan vertellen.

Delphine laat me ruim tien minuten wachten in een in ivoor en karmozijnrood uitgevoerde wachtkamer. Is dit de kamer waar echtgenoten die hun partner van overspel verdenken vol angst en spanning zitten te wachten? Op dit late uur is er verder niemand. Uiteindelijk verschijnt Delphine, een vrouwelijk type, gekleed in robijnrood, ze schenkt me een warme glimlach. Privédetectives zien er heden ten dage niet meer uit als Columbo.

Ik teken een ontvangstbewijs, laat haar mijn *carte d'identité* zien, en ze overhandigt me een grote, beige enveloppe die met een dikke klodder lak is verzegeld. Die is in geen jaren open geweest, dat is duidelijk. Er staat in grote zwarte letters 'REY' op getypt. Ik krijg te horen dat hier de originelen in zitten van wat er naar mijn grootmoeder is gestuurd. Ik wil de enveloppe het liefst zodra ik in de auto zit openmaken, maar ik dwing mezelf ertoe te wachten.

Thuisgekomen zet ik koffie, steek een sigaret op en ga aan de keukentafel zitten. Ik adem diep in. Ik heb nog steeds de kans de enveloppe weg te bergen. Hem nooit open te maken. Niets te weten te komen. Ik kijk om me heen in de keuken die ik zo goed ken. Het kokende water in de ketel, een laagje kruimels op het aanrechtblad, een niet leeggedronken glas melk. Het is stil in het appartement, Lucas ligt ongetwijfeld te slapen, en Margaux zal achter haar computer zitten. Ik wacht, nog even. Ik wacht heel lang.

Dan pak ik een mes en snijd de enveloppe open. De zegellak breekt in tweeën. Het is gebeurd.

Als eerste vallen er een paar zwart-witte knipsels uit de *Vogue* en de *Jours de France* uit. Mijn ouders bij cocktailparty's, evenementen, paardenraces. 1967, 1969, 1971, 1972. Monsieur en Madame François Rey. Madame draagt Dior, Jacques Fath, Schiaparelli. Had ze die jurken te leen gekregen? Ik kan me niet herinneren dat ze die ooit heeft gedragen. Wat zag ze er prachtig uit. Zo fris, zo mooi.

Nog meer knipsels, nu uit *Le Monde* en *Le Figaro*. Mijn vader en de rechtszaak Vallombreux, de zaak die hem begin jaren zeventig beroemd maakte. Ik vind nog twee kleine knipseltjes: mijn geboorteaankondiging en die van Mélanie, in het 'Carnet du Jour' van *Le Figaro*. Dan vind ik een grote, bruine enveloppe. Daarin zitten drie zwart-witfoto's, twee kleurenfoto's. Slecht van kwaliteit, korrelige close-ups. Maar ik herken mijn moeder moeiteloos. Ze staat er samen op met een lange, platinablonde, langharige vrouw, die ouder lijkt dan zij. Drie van de foto's zijn in Parijs gemaakt, op straat. Mijn moeder kijkt glimlachend op naar de blonde vrouw. Ze houden elkaars hand niet vast, maar ze staan elkaar duidelijk heel na. Het is herfst of winter, ze dragen beiden een jas. De twee kleurenfoto's zijn gemaakt in een restaurant of een hotelbar. Ze zitten aan een tafeltje. De blonde vrouw rookt een sigaret. Ze draagt een paarse blouse en een parelketting. Mijn moeder kijkt somber, haar ogen zijn neergeslagen en haar mond staat strak. Op een van de foto's streelt de blonde vrouw mijn moeders wang.

Ik leg alle foto's netjes bijeen op de keukentafel. Ik kijk er een poosje naar. Een mozaïek van mijn moeder en deze vreemde. Ik weet dat dit de vrouw is die Mélanie in het bed van mijn moeder heeft gezien. Dit is de Amerikaanse over wie Gaspard het had.

In de enveloppe zit een getypte brief van het Agence Viaris, die is geadresseerd aan mijn grootmoeder. De datum is 12 januari 1974. Een maand voordat mijn moeder stierf.

Geachte Madame Rey,

Volgens uw instructies en ons contract volgt hier de informatie die u wenste met betrekking tot Clarisse Rey, geboren Elzyère en Mejuffrouw June Ashby. Mejuffrouw Ashby heeft de Amerikaanse nationaliteit en is geboren in 1925 in Milwaukee, Wisconsin. Ze bezit een galerie in New York City aan de West 57th Street. Ze is elke maand voor zaken in Parijs en verblijft dan in Hotel Régina, aan de place des Pyramides in het 1ste arrondissement.
Mejuffrouw Ashby en Madame Rey hebben elkaar in de weken van september tot december 1973 elke keer als mejuffrouw Ashby in Parijs was ontmoet, hetgeen neerkomt op een totaal aantal van vijf keer. Madame Rey kwam telkens 's middags Hotel Régina binnen en ging rechtstreeks naar de kamer van mejuffrouw Ashby. Madame Rey kwam dan ongeveer twee uur later weer naar beneden. Bij één gelegenheid, op 4 december, kwam Madame Rey na het diner en verliet ze het hotel pas de volgende ochtend bij zonsopgang.

Wij sluiten onze factuur bij.

Agence Viaris, Particuliere detectives

Ik bekijk de foto's van June Ashby nauwkeurig. Een opvallende vrouw. Haar ogen lijken donker, maar de foto's zijn niet best, ik kan het niet goed zien. Ze heeft hoge jukbeenderen, de brede schouders van een zwemster. Ze ziet er niet uit als een 'butch'. Ze heeft juist iets intens vrouwelijks, met die lange, slanke benen, de parelketting om haar hals, de hangende oorbellen. Ik vraag me af wat ze in het Engels zei, die dag waarop ze langskwam om de confrontatie met Blanche aan te gaan, dat wat zo vreselijk klonk volgens Gaspard. Ik vraag me af waar ze nu is. Ik vraag me af hoe ze zich mijn moeder herinnert.

Ik voel een beweging en draai me snel om. Margaux staat vlak achter me, met haar kamerjas aan. Haar haren zijn uit haar gezicht gestreken, zo lijkt ze op Astrid.

'Wat is dit allemaal, papa?'

Mijn eerste reactie is de foto's beschaamd weg te stoppen, ze terug in de enveloppe te proppen en een of ander verhaal te verzinnen over het uitzoeken van oude documenten. Maar ik doe niets.

Het is te laat om te liegen. Te laat om mijn mond te houden. Te laat om te doen alsof ik van niets weet.

'Dit heb ik vanavond gekregen.'

Ze knikt.

'Die brunette, ze lijkt heel veel op Mélanie... Is dat niet je moeder?'

'Ja, dat is mijn moeder. En die blonde dame is... haar vriendin.'

Margaux gaat zitten en onderzoekt elke foto belangstellend.

'Waar gaat dit allemaal over?'

Niet meer liegen. Niet meer zwijgen.

'Mijn grootmoeder heeft mijn moeder en deze vrouw laten volgen door een privédetective.'

Margaux staart me aan.

'Waarom zou ze dat hebben gedaan?' Dan dringt het tot haar door. Ze is tenslotte nog maar veertien. 'O,' zegt ze langzaam, haar gezicht wordt rood. 'Ze waren zeker elkaars minnares?'

'Inderdaad, ja.'

Stilte.

'Je moeder had een verhouding met deze vrouw?'

'Klopt.'

Margaux krabbelt nadenkend aan haar hoofd. Ze fluistert: 'Is dit zo'n gigantisch familiegeheim waar niemand ooit over praat?'

'Het lijkt er wel op.'

Ze pakt een van de zwart-witfoto's.

'Wat leek ze veel op Mélanie. Ongelooflijk.'

'Ja.'

'Wie is die andere vrouw, haar vriendin? Heb je haar ooit ontmoet?'

'Een Amerikaanse. Dit is allemaal lang geleden gebeurd. Als ik haar al ontmoet heb, weet ik er niets meer van.'

'Wat ga je hiermee doen, papa?'

'Dat weet ik nog niet,' antwoord ik naar waarheid.

Ik krijg onverhoeds een visioen van de Passage du Gois die door tongen van zeewater wordt opgeslokt. Algauw zullen slechts de reddingspalen aangeven dat er een weg ligt onder het oppervlak. Een ongemakkelijk gevoel overspoelt me.

'Gaat het wel, pap?'

Margaux strijkt met haar hand langs mijn arm. Dit gebaar is zo'n zeldzaamheid dat het me zowel verrast als ontroert.

'Het gaat prima met me, lieverd. Dank je wel. Ga nu maar naar bed.'

Ze laat toe dat ik haar een kus geef. Ze glipt weg.

Er zit nog maar één ding in de enveloppe, een dun velletje papier dat is verfrommeld en toen gladgestreken. Het is beschreven briefpapier van het Hotel Saint-Pierre. De datum is 19 augustus 1973. De schok mijn moeders handschrift te zien voelt als een vuistslag. Ik lees de eerste regels met bonzend hart.

Je hebt net je kamer verlaten en ik schuif dit onder je deur in plaats van het achter te laten op ons gebruikelijke geheime plekje, en ik hoop van harte dat je het nog krijgt voordat je op de trein terug naar Parijs stapt.

Mijn hoofd lijkt wat helderder, hoewel ik mijn hart nog steeds pijnlijk voel roffelen, net als een paar dagen geleden in de kamer van Gaspard. Ik loop naar de computer en typ 'June Ashby' in op Google. Het eerste wat tevoorschijn komt is de galerie die haar naam draagt aan 57th Street in New York City. Gespecialiseerd in moderne en hedendaagse kunst door vrouwen. Ik zoek naar gegevens over haar, maar die staan niet op de site.

Ik ga terug naar Google, scrol omlaag. Dan zie ik het. 'June Henrietta Ashby is in mei 1989 overleden aan longfalen in het Mount Sinai Hospital in New York City. Ze is 64 jaar geworden. Haar befaamde galerie aan 57th Street, opgericht in 1966, is gespecialiseerd in moderne Europese kunst door vrouwen, die ze introduceerde bij Amerikaanse kunstliefhebbers. De galerie wordt nu geleid door haar zakelijk partner, Donna W. Rogers. June Ashby was actief in de homobeweging, medeoprichter van de lesbische sociëteit en hervormingsbeweging 'Daughters of Hope'.

Ik voel een snijdende droefheid nu ik weet dat June Ashby dood is. Ik had deze vrouw graag leren kennen, de vrouw van wie mijn moeder hield, die ze in Noirmoutier had ontmoet, in de zomer van 1972. De vrouw die ze in het geheim had bemind, meer dan een jaar lang. De vrouw met wie mijn moeder de rest van de wereld tegemoet had willen treden, de vrouw met wie ze ons had willen grootbrengen. Te laat. Negentien jaar te laat.

Ik druk het bericht af en bevestig het aan de rest van de documenten die ik in de enveloppe heb gevonden. Ik zoek op Google naar Donna W. Rogers en 'Daughters of Hope'. Donna is een vrouw van in de zeventig met een intelligent gezicht en kort koperkleurig haar die eruitziet als een buitenmens. De lesbische sociëteit heeft een uitgebreide en interessante website. Ik surf erdoorheen, lees over vergaderingen, concerten, bijeenkomsten. Kooklessen, yoga, poëzieseminars, politieke conferenties. Ik stuur de link door naar Mathilde, een architect met wie ik een paar jaar geleden heb samengewerkt. Haar vriendin, Milèna, heeft een trendy bar in het Quartier Latin waar ik vaak kom. Ondanks het late uur zit Mathilde achter haar computer en ze mailt me direct terug. Ze is benieuwd waarom ik haar die link heb gestuurd. Ik leg uit dat die sociëteit mede is opgericht door een vrouw die de minnares van mijn moeder is geweest. Dan gaat mijn mobiel. Het is Mathilde.

'Hé! Ik wist niet dat je moeder een *goudou* was,' zegt ze.

'Ik ook niet.'

Er valt een stilte, maar geen ongemakkelijke.

'Wanneer ben je erachter gekomen?'

'Niet zo lang geleden.'

'En wat is je gevoel erbij?'

'Raar, om het zachtjes uit te drukken.'

'En weet ze dat jij ervan afweet? Heeft ze het je zelf verteld?'

Ik slaak een zucht.

'Mijn moeder is in 1974 gestorven, Mathilde. Ik was toen tien jaar.'

'O, wat vervelend,' zegt ze snel. 'Sorry, hoor.'

'Geeft niet.'

'En het feit dat ze lesbisch was... wist je vader dat?'

'Dat weet ik niet. Ik weet niet wat mijn vader weet.'

'Wil je misschien even naar de bar komen, zodat we wat kunnen drinken en kletsen?'

Ik kom bijna in de verleiding. Ik verkeer graag in Mathildes gezelschap en de tent van haar vriendin is een leuke nachtbar. Maar vanavond voel ik me uitgeput en dat zeg ik tegen haar. Ze laat me beloven dat ik binnenkort langskom. Dat doe ik.

Later, in bed, bel ik Angèle. Ik krijg haar voicemail. Ik laat geen bericht achter. Ik probeer haar vaste lijn. Geen gehoor. Ik doe mijn best me daar niet aan te ergeren, maar dat lukt niet. Ik weet dat ze met andere mannen omgaat. Ze is daar tactvol in. Ik wil haar zeggen dat ze dat niet moet doen. Ik besluit het binnenkort tegen haar te zeggen. Maar wat zal haar reactie zijn? Dat we niet zijn getrouwd? Dat ze allergisch is voor monogamie? Dat zij in Clisson woont en ik in Parijs, en hoe gaan we dat oplossen? Inderdaad, hoe gaan we dat doen? Ze zal nooit naar Parijs willen verhuizen, ze heeft een hekel aan de vervuiling en het lawaai van de stad, en zou ik mezelf willen begraven in dat provinciestadje? En ze zou me zelfs kunnen vragen (want daar heeft ze vast haar vermoedens over) of ik de laatste tijd nog met Astrid naar bed ben geweest en haar dat niet heb verteld?

Ik mis haar deze nacht, hier in mijn lege bed, met zoveel vragen die rondtollen in mijn hoofd. Ik mis haar intelligentie, de snelheid waarmee haar hersenen werken. Ik mis haar lichaam, de geur van haar huid. Ik sluit mijn ogen en laat mezelf vlug klaarkomen, denkend aan haar. Het lucht enigszins op, maar ik voel me er niet gelukkiger door. Ik voel me eenzamer dan ooit. Ik sta op om in de donkere stilte een sigaret te gaan roken.

Ik zie June Ashby's fijne gelaatstrekken voor me. Ik zie voor me hoe ze aanbelt bij de familie Rey, lang als ze is en vervaarlijk in haar woede, haar verdriet. Blanche en zij, een op een. De nieuwe wereld tegenover *la vieille Europe*, belichaamd door het Parijse 16de arrondissement.

'U gaat me nu vertellen hoe Clarisse is gestorven, en wel onmiddellijk.'

Ik heb haar stem nooit gehoord, en dat zal ook nooit gebeuren, maar het lijkt alsof ik hem deze nacht hoor, een lage, krachtige stem, waarin het Amerikaanse accent krachtig doorklinkt in het verfijnde Frans. Ik hoor haar 'Clarisse' zeggen op de manier waarop Amerikanen het doen, met de klemtoon op de laatste lettergreep en een zachte 'r'.

'U gaat me nu vertellen hoe Clarisse is gestorven, en wel onmiddellijk.'

Later, als ik eindelijk de slaap vat, verdwijnt het onrustbarende visioen van zeewater dat zich hermetisch sluit over de Gois geen moment uit mijn woelige dromen.

Het is achter de rug. Blanche ligt in het familiegraf van de Reys op de begraafplaats Trocadéro. We staan bij de graftombe, onder een verrassend blauwe hemel, met een klein groepje: mijn kinderen, Astrid, Mélanie, Solange, Régine en Joséphine, wat goede vrienden, trouwe bedienden, en mijn broze vader, die op een wandelstok leunt die ik hem nooit eerder heb zien gebruiken. Het valt me op dat zijn ziekte geleidelijk de overhand heeft gekregen, zijn huid, ziekelijk, gelig, heeft een wasachtige consistentie. Hij is het meeste van zijn haar kwijt, zelfs zijn wimpers en wenkbrauwen. Mélanie staat naast hem, en ik merk dat ze geen moment van zijn zijde wijkt. Ze houdt zijn arm vast en kijkt hem vol medeleven aan, als een moeder die haar kind troost. Ik weet dat mijn zus een nieuwe vriend heeft, Eric, een jonge journalist die ik nog niet heb ontmoet, maar ondanks deze nieuwe man in haar leven lijkt ze nu volledig op te gaan in onze vader en zijn welbevinden. Tijdens de plechtigheid, in de koude, donkere kerk, lag haar hand voortdurend om zijn schouder. Ik zie hoe bezorgd ze is, hoe hij haar ontroert. Waarom ben ik toch niet ontroerd? Waarom wekt de kwetsbaarheid van mijn vader slechts medelijden bij me op? Ik sta hier en denk helemaal niet aan mijn vader. Noch aan mijn grootmoeder. Ik denk aan mijn moeder, wier doodskist in dat open graf ligt, misschien een meter onder me. Is June Ashby hier ooit geweest? Heeft ze ooit gestaan waar ik nu sta, met haar blik gericht op de grafsteen met Clarisses naam? En als ze hier heeft gestaan, werd ze toen wellicht overvallen door dezelfde vragen die mij op dit moment kwellen?

Na de begrafenis gaan we allemaal naar de avenue Henri-Martin voor een samenzijn ter ere van Blanche. Een aantal vrienden van Solange komt ook. Dezelfde elegante, welgestelde groep mensen die hier op de avond van Blanches overlijden waren. Solange vraagt me haar te helpen bloemen naar de grand salon te brengen, die bij uitzondering voor de gelegenheid is opengesteld. Gaspard en twee medewerkers hebben een smakelijk buffet neergezet, en ik zie hoe Régine, met een dikke laag rouge op haar wangen, als eerste champagne neemt. Joséphine is hevig aan het flirten met een blozende, flemende heer en heeft het niet in de gaten. Mijn vader zit stilletjes in een hoekje, samen met Mélanie.

Ik ben alleen met Solange in de *office*, en help bij het zoeken naar vazen voor de weeïg zoet geurende lelies die maar blijven binnenstromen met elke keer dat de bel gaat. Bij ingeving spreek ik haar aan terwijl ze geconcentreerd bezig is de bloemen te schikken.

'Kun jij je een vrouw herinneren die June Ashby heet?' vraag ik recht op de man af.

Haar zorgvuldig opgemaakte gezicht vertrekt geen spier.

'Heel vaag,' mompelt ze.

'Een Amerikaanse, blond, lang, ze had een galerie in New York.'

'Komt me wel bekend voor.'

Ik zie haar handen even aarzelen boven de witte bloemknoppen, haar korte, dikke vingers vol juwelen, haar nagels felrood gelakt. Ze is nooit een mooie vrouw geweest, Solange. Het kan niet makkelijk voor haar zijn geweest om een schoonzuster te hebben met Clarisses uiterlijk.

'June Ashby heeft een paar zomers doorgebracht in Noirmoutier, in het Hotel Saint-Pierre. Toen wij daar ook waren.'

'Aha.'

'Kun je je herinneren dat ze bevriend was met mijn moeder?'

Nu kijkt ze me eindelijk aan. Geen spoortje warmte in die bruine ogen.

'Nee. Daar herinner ik me niets van.'

Er komt een kelner binnen met een dienblad vol glazen. Ik wacht tot hij weg is.

'Wat kun je je wel herinneren over haar en mijn moeder?'

Weer die kille blik.

'Niets. Ik herinner me niets over haar en je moeder.'

Als ze liegt, is ze een zeer bedreven leugenares. Haar ogen zijn strak op mij gericht, volhardend, ze is van top tot teen beheerst, kalm. De boodschap die ze me stuurt is duidelijk: vraag niet door.

Ze loopt weg met haar armen vol lelies, haar rug is even rigide als anders. Ik ga terug naar de grand salon en zie een kamer vol mensen die ik niet ken en die ik beleefd groet.

Laurence Dardel, die een zwart pakje draagt dat haar jaren ouder maakt, overhandigt me onopvallend een bruine enveloppe. Het medische dossier. Ik bedank haar. Ik leg het weg bij mijn jas, maar ik kan me nauwelijks beheersen om hem open te scheuren. Mélanies ogen volgen me van verre en ik voel een schuldbewuste steek. Heel gauw, zeg ik tegen mezelf, heel gauw zal ik dit alles aan haar vertellen. Alles over June Ashby, de ruzie met Blanche, het rapport van de privédetective.

Ik merk dat ook Astrid me in de gaten houdt. Ze vraagt zich ongetwijfeld af waarom ik er zo nerveus uitzie. Ze is bezig Margaux te troosten, die zich ellendig voelde tijdens de begrafenis, vanwege de pijnlijke, nog verse herinneringen aan Pauline die erdoor bovenkwamen.

Arno komt naast me staan. Hij heeft buitengewoon verlof gekregen van zijn kostschool, om naar de begrafenis van zijn overgrootmoeder te gaan. Zijn haar is korter, schoner, en hij heeft zich geschoren.

'Ha, pa.'

Hij strekt zijn arm uit en geeft me een schouderklopje, loopt naar de tafel waar drankjes en petit fours zijn uitgestald en schenkt een sapje in. Na een vrij lange periode waarin we helemaal niet met elkaar hebben gepraat, afgezien van het minimale, is onze verhouding enigszins ontdooid. Ik vermoed dat de kostschool met de strikte tijden, verkwikkende hygiëne en het pittige, verplichte sportprogramma hem goed doet. Astrid denkt er net zo over.

Hij buigt zich naar me over en fluistert: 'Die foto's, je weet wel. Margaux heeft het me verteld.'

'Dat van mijn moeder?'

'Yep. Ze heeft alles uitgelegd. Over de brief van dat bureau en zo. Niet mis, hoor.'

'Wat vind jij ervan?'

Hij grinnikt.

'Dat ik een lesbische oma had, bedoel je?'

Ik moet er zelf ook om grinniken.

'Best cool eigenlijk,' zegt hij, 'hoewel het, denk ik, niet zo cool was voor *grand-père*.'

'Nee, dat denk ik ook niet.'

'Best lastig voor je ego, als man, zou je denken. Om een vrouw te hebben die het liever met vrouwen doet, toch?'

Uit de mond van een zestienjarige vind ik dat behoorlijk volwassen en relevant klinken. Hoe zou ik hebben gereageerd als Astrid een verhouding met een vrouw had gehad? Is dat niet de ultieme kleinering voor een man? De meest krenkende vorm van overspel? De perfecte manier om een man zich allesbehalve viriel te laten voelen? Maar als ik denk aan Serge en zijn harige kont op Astrids fotocamera, heb ik toch het gevoel dat iets ergers dan dat niet bestaat.

'Hoe gaat het met Serge?' informeer ik, en ik blijf daarmee ruim buiten het bereik van Astrid.

Arno schrokt een hele chocolade-éclair naar binnen.

'Die reist veel.'

'En je moeder? Hoe is het met haar?'

Arno kijkt me scherp aan, terwijl hij zijn mond leegeet.

'Weet ik niet. Vraag het aan haar. Ze zit naar ons te kijken.'

Ik schenk een glas champagne voor mezelf in en Gaspard komt haastig op me af om me van dienst te zijn.

'Wanneer zie je Angèle weer?' vraagt Arno.

De champagne voelt ijskoud en prikkelend aan op mijn tong.

'Over een week of twee.' En bijna voeg ik eraan toe: ik kan niet wachten.

'Heeft ze kinderen?'

'Nee. Ze heeft een stel neefjes en nichtjes van jouw leeftijd, geloof ik.'

'Ga je dan naar Nantes?'

'Ja. Ze komt niet zo graag in Parijs.'

'Jammer.'

'Hoezo?'

Hij bloost.

'Ze is best cool.'

Ik lach en strijk door zijn haar, zoals ik deed toen hij nog klein was.

'Je hebt gelijk. Ze is best cool.'

De minuten verstrijken. Arno vertelt over zijn school, zijn nieuwe vrienden. Ik luister en knik. Dan komt Astrid erbij om mee te praten. Na een poosje gaat Arno nog meer eten halen, en blijven zij en ik *en tête à tête*. Ze lijkt gelukkiger te zijn, Serge en zij blijken opnieuw te zijn begonnen. Ik ben blij het te horen. Dat zeg ik ook. Ze vraagt naar Angèle, ze is benieuwd naar haar, ze heeft al zoveel over haar gehoord van de kinderen. Als ik haar nu eens op een avond meeneem naar Malakoff, voor een etentje? Prima, zeg ik, maar Angèle is niet vaak in Parijs. Ze blijft liever in haar geliefde Vendée.

En heel plotseling, ondanks het prettige gesprek met mijn vrouw, het soort gesprek dat ik al een tijd niet met haar heb gehad, komt het me als absoluut onmogelijk voor om niet nu, op dit en geen ander moment, een blik te werpen in het medische dossier van mijn moeder. Ik kan beslist niet wachten tot ik thuis ben.

Ik mompel iets over naar het toilet gaan, trek me terug en pak onopvallend de enveloppe, laat hem onder mijn jasje glijden en spurt naar de grote badkamer verderop in de gang. Eenmaal binnen, met de deur op slot, maak ik hem koortsachtig snel open. Laurence Dardel heeft er een briefje bij geschreven.

Beste Antoine, hierbij tref je het volledige medische dossier van je moeder aan. Het zijn fotokopieën, zoals je wel ziet, maar er is niets weggelaten. Al mijn vaders aantekeningen zitten erbij. Ik kan me niet voorstellen dat het op enigerlei wijze nuttig voor je kan zijn, maar je hebt er, als zoon van Clarisse Rey, recht op om het dossier in te zien. Mocht je verder nog vragen hebben, neem dan gerust contact met me op. Het allerbeste, L.D.'

'Pedante trut,' zeg ik onwillekeurig hardop. 'Ik heb haar nooit gemogen.'

Het eerste document is de akte van overlijden. Ik kijk er geconcentreerd naar en doe het licht aan om beter te kunnen zien. Onze moeder is inderdaad overleden aan de avenue Henri-Martin. Niet aan de avenue Kléber. *Doodsoorzaak: aneurysma.* Er schiet me iets te binnen. 'Wacht eens even...' mompel ik hardop voor me heen. 'Wacht eens even...' 12 februari 1974... Ik kwam die middag met de au pair uit school... Ik kreeg zodra we thuiskwamen van onze vader te horen dat Clarisse plotseling was overleden, dat haar lichaam in het ziekenhuis was... Ik heb niet gevraagd wáár ze was overleden. Ik nam als vanzelfsprekend aan dat dat in ons huis aan de avenue Kléber was. Dus heb ik er nooit naar gevraagd. En Mel ook niet.

Ik weet dat ik het bij het rechte eind heb. Mélanie en ik hebben het niet te horen gekregen omdat we er niet naar gevraagd hebben. We waren nog zo klein. We waren geschokt. Ik herinner me duidelijk dat onze vader ons uitlegde wat een aneurysma was, hoe het gebeurd was, dat er in haar hoofd een ader was gescheurd, hoe Clarisse was gestorven, heel plotseling, heel snel, pijnloos, maar dat is alles wat hij ooit over haar dood gezegd heeft. En als Gaspard zich niet versproken had, zouden we nog steeds denken dat onze moeder aan de avenue Kléber gestorven was.

Terwijl ik het dossier doorblader rammelt de deurknop, en ik schrik ervan.

'Ik kom eraan!' zeg ik haastig, terwijl ik de bladzijden opvouw en ze onder mijn jasje verstop. Ik spoel het toilet door, draai de kraan open en was mijn handen. Als ik de deur opendoe staat Mélanie me op te wachten met haar vuisten op haar heupen.

'Waar ben jij mee bezig?' vraagt ze.

Haar blik schiet door de badkamer.

'Gewoon nadenken. Over het een en ander,' zeg ik, driftig mijn handen afdrogend.

'Houd je soms iets voor me verborgen?'

'Natuurlijk niet. Ik ben ergens mee bezig, voor ons allebei. Ik ben de puzzelstukjes in elkaar aan het passen.'

Ze stapt de badkamer binnen, sluit de deur zachtjes achter zich. Alweer ben ik verrast door de gelijkenis tussen haar en onze moeder.

'Luister eens, Antoine. Onze vader is stervende.'

Ik staar haar aan.

'Heeft hij het je verteld? Van zijn kanker?'

Ze knikt.

'Ja, hij heeft het me verteld. Kortgeleden.'

'Je hebt er tegen mij niets over gezegd.'

'Hij had gevraagd of ik dat niet wilde doen.'

Ik sta haar aan te gapen, verbijsterd. Dan smijt ik de handdoek op de grond, woede schiet door mijn lijf.

'Dat is toch niet te geloven. Ik ben verdomme zijn zóón!'

'Ik snap hoe je je voelt. Maar hij kan niet met je praten. Hij weet niet hoe. En jij bent er ook niet zo goed in waar het hem aangaat.'

Ik leun achterover tegen de wand en sla mijn armen over elkaar. De woede borrelt in me op. Razend wacht ik af tot ze iets zegt.

'Hij heeft niet veel tijd meer, Antoine. Hij heeft maagkanker. Ik heb met zijn behandelend arts gesproken. De vooruitzichten zijn niet best.'

'Wat probeer je me te zeggen, Mélanie?'

Ze loopt naar de wastafel, draait de kraan open, houdt haar handen onder het stromende water. Ze draagt een donkergrijze jurk, een zwarte maillot, zwarte lakschoenen met een gouden gesp. Haar met zilver doortrokken haar is achterovergekamd en vastgezet met een zwartfluwelen strik. Ze bukt zich om de handdoek te pakken, droogt haar handen af.

'Ik weet dat je op oorlogspad bent.'

'Oorlogspad?' herhaal ik.

'Ik weet wat je hebt gedaan. Ik weet dat je Laurence Dardel hebt gevraagd om je het medisch dossier van onze moeder te geven.'

De ernst in haar stem legt me het zwijgen op.

'Ik weet dat Gaspard je een document heeft gegeven, dat heeft hij me verteld. Ik weet dat je waarschijnlijk weet wie die blonde vrouw was. En ik heb je ook Solange zojuist horen ondervragen.'

'Wacht even, Mélanie,' barst ik los, en mijn gezicht wordt rood van schaamte bij het idee dat ze denkt dat ik zulke belangrijke gegevens voor haar zou verbergen, 'je moet begrijpen dat ik je dat alles uiteraard zou vertellen, ik...'

Ze steekt haar slanke, blanke hand op.

'Luister eerst eens naar mij.'

'Oké,' zeg ik, nerveus, met een ongemakkelijk glimlachje. 'Ik ben een en al oor.'

Ze glimlacht niet terug. Ze leunt voorover, haar groene ogen bevinden zich maar een paar centimeter van de mijne.

'Wat je ook te weten komt, ik wil er niets over horen.'

'Wat?' vraag ik ademloos.

'Je hebt me wel gehoord. Ik wil er niets van weten.'

'Maar waarom dan? Ik dacht van wel. Weet je nog, die dag dat je je herinnerde waardoor we verongelukt waren? Je zei toen dat je er klaar voor was de pijn van het weten te dragen.'

Zonder te antwoorden doet ze de deur open en ik vrees dat ze zonder verder iets te zeggen zal wegglippen. Maar ze draait zich snel om, en als ze me weer aankijkt, is haar blik zo vol van verdriet dat ik haar in mijn armen wil nemen.

'Ik ben van gedachten veranderd. Ik ben er niet klaar voor. En als je achter de waarheid komt... Praat er niet met onze vader over. Zeg het nooit tegen hem.'

Iets in haar stem breekt en ze stuift weg met gebogen hoofd. Ik sta daar maar, niet in staat me te bewegen. Hoe is het mogelijk dat een broer en zus zo verschillend zijn? Hoe is het mogelijk dat Mélanie liever met een geheim dan met de waarheid leeft? Hoe kan ze doorleven zonder te weten? Zonder te willen weten? Waarom wil ze onze vader per se in bescherming nemen?

Terwijl ik daar zo sta, in verwarring, met mijn schouder tegen de deurpost, duikt mijn dochter op uit de lange gang.

'Yo, pap,' zegt ze. Dan ziet ze mijn gezicht. 'Rotdag?'

Ik knik.

'Voor mij ook,' zegt ze.

'Voor allebei dus.'

En tot mijn verbazing omhelst ze me, stevig. Ik omhels haar ook en geef haar een kus op haar kruin.

Pas later, veel later, als ik weer thuis ben, kom ik op het idee.

Ik heb het briefje van mijn moeder aan June Ashby in mijn handen en ik lees het voor de zoveelste keer. Dan valt mijn oog op het artikeltje over de dood van June Ashby dat ik heb afgedrukt. De naam van haar zakenpartner. Donna W. Rogers. Ik weet wat ik wil doen. Het staat me heel helder voor ogen. Ik vind het telefoonnummer op de website van de June Ashby Gallery. Ik kijk op mijn horloge.

Vijf uur namiddag in New York City. Doe het dan, zegt het stemmetje. Doe het gewoon. Je hebt niets te verliezen. Ze is misschien niet eens aanwezig, ze weet zich misschien helemaal niets over je moeder te herinneren, ze neemt de telefoon misschien niet eens op, maar doe het gewoon.

Nadat de telefoon enkele malen is overgegaan klinkt er een opgewekte mannenstem: 'June Ashby Gallery, wat kan ik voor u doen?'

Mijn Engels vlot niet erg, ik heb de taal al maanden niet gesproken. Ik vraag aarzelend naar Madame Donna Rogers.

'Mag ik vragen wie u bent?' vraagt de vriendelijke stem.

'Antoine Rey, ik bel vanuit Parijs, in Frankrijk.'

'En mag ik vragen waar het om gaat?'

'Wilt u Madame Rogers alstublieft zeggen dat het... dat het een zeer persoonlijke kwestie betreft?'

Mijn Franse accent is zo zwaar dat ik me doodongelukkig voel. Hij vraagt me aan de lijn te blijven.

Dan hoor ik een resolute vrouwenstem en ik weet dat zij het moet zijn, Donna Rogers. Ik kan een paar tellen niets uitbrengen. Dan barst ik los: 'Ja, hallo... Mijn naam is Antoine Rey. Ik bel vanuit Parijs.'

'Aha,' zegt ze. 'Bent u een van mijn cliënten?'

'Eh, nee,' antwoord ik onhandig. 'Ik ben geen cliënt, Madame. Ik bel u over iets anders. Ik bel u over... over mijn moeder...'

'Uw moeder?' vraagt ze. Dan zegt ze beleefd: 'Neemt u me niet kwalijk, hoe zei u dat uw naam was?'

'Rey. Antoine Rey.'

Stilte.

'Rey. En de naam van uw moeder...'

'Clarisse Rey.'

Er valt zo'n lange stilte aan de andere kant van de lijn dat ik bang ben dat ze er niet meer is.

'Hallo?' zeg ik aarzelend.

'Ja, ik ben er nog. U bent de zoon van Clarisse.'

Dat is een constatering, geen vraag.

'Inderdaad, ik ben haar zoon.'

'Wilt u even aan de lijn blijven?'

'Natuurlijk.'

Ik hoor vaag wat gedempte woorden, wat geruis en gefrommel. Dan de mannenstem: 'Blijft u even aan de lijn, meneer, ik verbind u door met Donna's kantoor.'

Eindelijk zegt ze: 'Antoine Rey.'

'Ja.'

'U moet ergens in de veertig zijn, neem ik aan?'

'Vierenveertig.'

'O, ja.'

'Hebt u mijn moeder gekend, Madame?'

'Ik heb haar nooit ontmoet.'

Ik begrijp haar antwoord niet goed, maar mijn Engels hapert zo dat ik niet snel genoeg reageer.

Ze gaat verder: 'Ik bedoel, June heeft me veel over haar verteld.'

'En wat heeft ze u dan verteld over mijn moeder? Wilt u me dat zeggen?'

Er valt een lange stilte. Dan zegt ze zachtjes, zo zachtjes dat ik mijn uiterste best moet doen om haar te verstaan: 'Uw moeder was Junes grote liefde.'

Vanwaar ik zit schiet het landschap voorbij, vaal, grijsbruin. De trein rijdt zo snel dat de regendruppels niet tegen de ruiten blijven zitten, maar ik weet dat het regent, het is de hele week al nat. Druilerig weer, typisch weer voor het eind van de winter, op z'n slechtst. Ik verlang hevig naar de lichtheid van het Mediterrane gebied, het blauw en het wit, de verzengende hitte, o, wat zou ik graag ergens in Italië zitten, aan de kust van Amalfi, waar ik jaren geleden met Astrid ben geweest, die droge, poederige geur van pijnbomen die staan te wiegen op de rotsen van baaitjes, de door de zon verwarmde stevige zoute bries op mijn gezicht.

De TGV naar Nantes zit bomvol, het is vrijdagmiddag. Ik zit in een wagon met bedachtzame mensen, mensen die boeken of tijdschriften lezen, met oortelefoontjes in naar muziek luisteren. Tegenover me zit een jonge vrouw ijverig in een aantekenboekje met een zwart moleskin-omslag te schrijven. Ik kan mijn ogen niet van haar afhouden. Ze is bijzonder aantrekkelijk. Een volmaakt ovaal gezicht, een grote bos kastanjebruin haar, een mond als een vrucht. Haar handen zijn ook prachtig: lange spitse vingers, sierlijke polsen. Ze kijkt niet één keer naar me op. Alleen als ze van tijd tot tijd een blik naar buiten werpt vang ik een glimpje van de kleur van haar ogen op. Amalfi-blauw. Naast haar zit een dikke vent, gekleed in het zwart, verdiept in zijn Blackberry. En naast mij zit een zeventigjarige vrouw gedichten te lezen in een klein boekje. Ze ziet er ontzettend Brits uit, een dot zilveren haren, een gebogen neus, een glimlach waarbij ze veel tanden laat zien, en enorme handen en voeten.

Parijs-Nantes is nauwelijks twee uur, maar ik tel de minuten af, die met een slakkengangetje lijken te verstrijken. Ik heb Angèle niet meer gezien sinds ze afgelopen januari op mijn verjaardag verscheen, en mijn verlangen naar haar lijkt bodemloos. De dame naast me staat op en komt terug uit de bar met een kop thee en wat crackers. Ze glimlacht even vriendelijk naar me en ik glimlach terug. Het mooie meisje krabbelt maar door, en de man in het zwart stopt eindelijk zijn Blackberry weg, geeuwt en wrijft uitgeput over zijn voorhoofd.

Ik overdenk de afgelopen week. Mélanies onvoorziene waarschuwing na de begrafenis van Blanche. *'Wat je ook te weten komt, ik wil er niets over horen.'* De vijandigheid van Solange, toen ik de naam van June Ashby noemde. *'Ik herinner me niets over haar en je moeder.'* En de emotie in de stem van Donna Rogers. *'Uw moeder was Junes grote liefde.'* Ze had me die dag aan de telefoon om mijn adres in Parijs gevraagd. Ze kon me een paar dingen sturen, dingen die June had bewaard, en die ik misschien graag zou willen hebben.

Ik had het pakketje een paar weken later ontvangen. Het bevatte een stapeltje brieven, wat foto's en een kleine spoel super 8-film. En een kaartje van Donna Rogers.

Beste Antoine,

June heeft dit allemaal heel goed bewaard tot ze stierf. Ik weet zeker dat ze het fijn zou vinden als ze wist dat ze nu in jouw bezit zijn. Ik weet niet wat er op het filmpje staat, dat heeft ze me nooit verteld, maar ik heb liever dat je daar zelf achter komt.

Met hartelijke groet,
Donna W. Rogers

Toen ik de brieven met licht trillende vingers opende en de eerste begon te lezen, dacht ik heel even aan Mélanie, en ik wenste dat ze hier met mij kon zijn, naast me kon zitten in de beslotenheid van mijn slaapkamer om die kostbare restanten van het leven van onze moeder met me te delen. De brief was gedateerd 28 juli 1973. Noirmoutier, Hotel Saint-Pierre.

> Vandaag heb ik op de pier op je gewacht, maar je kwam niet. Het werd koud en na een poosje ben ik weggegaan, denkend dat het misschien moeilijk voor je was om deze keer weg te komen. Ik heb hun gezegd dat ik behoefte had aan een strandwandelingetje na het diner, en ik vraag me af of ze me geloofden, zij kijkt voortdurend naar me alsof ze iets weet, hoewel ik er zeker van ben, heel zeker, dat niemand ervan afweet. Niemand weet ervan.

Mijn ogen vulden zich met tranen en ik voelde dat ik niet zou kunnen doorlezen. Dat gaf niets. Ik kon ze altijd later lezen. Als ik me sterker voelde. Ik vouwde de brieven op en legde ze weg. De foto's waren zwart-witportretten van June Ashby, genomen in een professionele fotostudio. Ze zag er heel mooi uit, met krachtige, opvallende gelaatstrekken, doordringende ogen. Op de achterkant van de foto's stond in het ronde, kinderlijke handschrift van mijn moeder: 'Mijn allerliefste'. Er waren nog meer foto's, kleurenfoto's van mijn moeder, waarop ze een blauwgroene avondjurk droeg die ik nooit had gezien. Ze stond voor een passpiegel in een kamer die ik niet herkende. Ze glimlachte in de spiegel naar degene die de foto nam, June, nam ik aan. Op de volgende foto stond mijn moeder in dezelfde pose, maar dan spiernaakt. De jurk lag aan haar voeten, een verkreukeld blauwgroen hoopje. Ik voelde mijn gezicht rood worden en ik keek snel weg van mijn moeders lichaam, een lichaam dat ik nooit naakt had gezien. Ik voelde me een gluurder. Ik wilde de andere foto's niet bekijken. Hier lag de liefdesverhouding van mijn moeder in alle schaamteloosheid uitgestald. Zou het anders zijn als June Ashby een man was geweest? Ik dwong mezelf hierover na te denken, intensief. Nee, ik dacht van niet. In elk geval niet voor mij. Was het feit dat ze een lesbische verhouding had voor Mélanie moeilijker te verteren? Was het erger voor mijn vader? Was dat de reden dat Mélanie het niet wilde weten? Ik was toch opgelucht dat mijn zus niet bij me was, dat ze de foto's niet had gezien. Toen pakte ik de spoel met het super 8-filmpje. Wilde ik echt weten wat erop stond? Stel dat het onverdraaglijk intiem was? Stel dat ik er later spijt van zou krijgen dat ik het bekeken had? De enige manier om erachter te komen was het filmpje te laten overzetten op dvd. Een bedrijf dat dit werk deed was snel gevonden op internet. Als ik de film de volgende ochtend direct opstuurde, zou ik mijn dvd een paar dagen later ontvangen.

De dvd zit nu in mijn rugzak. Ik kreeg hem vlak voordat ik de deur uit ging om de trein te halen, en heb nog geen tijd gehad om hem te bekijken. '5 minuten' staat op het hoesje gedrukt. Ik haal hem uit mijn rugzak en laat hem nerveus door mijn handen gaan. Vijf minuten wat? De uitdrukking op mijn gezicht moet zo gespannen zijn, dat ik voel dat het mooie meisje naar me kijkt. Haar blik is nieuwsgierig, niet onvriendelijk. Ze kijkt weg.

Het daglicht wordt zwakker terwijl de trein zich voortspoedt; hij begint licht te zwaaien bij het bereiken van zijn topsnelheid. Nog een uur. Ik denk aan Angèle die op het station van Nantes op me wacht, en aan de natte rit op de Harley naar Clisson, een half-uurtje verderop. Ik hoop dat de regen dan zal zijn afgenomen. Maar regen lijkt haar nooit te storen, ze heeft overal de juiste kleding voor.

Ik haal mijn moeders medische dossier uit mijn rugzak. Ik heb het zorgvuldig doorgelezen. Ik ben er niets wijzer van geworden. Clarisse is rond de tijd van haar huwelijk bij dokter Dardel in de praktijk gekomen. Ze was vaak verkouden en leed aan migraine. Ze was 1,58 meter, kleiner dan Mélanie. 48 kilo. Een klein, tenger vrouwtje. Al haar vaccinaties klopten. Haar zwangerschappen werden begeleid door dokter Giraud, gynaecoloog in de Belvédère-kliniek, waar Mélanie en ik zijn geboren.

Opeens horen we een luide, onheilspellende klap, waarna de trein sterk overhelt, alsof we tegen takken of een boomstronk aan zijn gereden. Een paar mensen gillen van schrik. Het dossier van mijn moeder glijdt op de grond en de Engelse dame morst thee over het hele tafeltje. Ze roept: '*Oh, dear!*' en begint het vocht met een doekje op te deppen. De trein vertraagt direct en komt schuddend tot stilstand. We wachten allen in stilte af en kijken elkaar aan. De regen striemt tegen de ruiten. Sommige mensen staan op, proberen naar buiten te turen, en paniekerig gemompel stijgt op aan weerszijden van de wagon. Een tijdlang gebeurt er niets. Ergens huilt een kind zachtjes. Dan klinkt er een ingehouden stem uit de luidspreker: 'Dames en heren, onze trein kan niet verder wegens een technisch probleem. Later meer informatie. Excuses voor het oponthoud.' De dikke man tegenover me slaakt een zucht van ergernis en pakt zijn Blackberry. Ik stuur Angèle een sms en beschrijf wat er is gebeurd. Ze sms't vrijwel direct terug en haar bericht bezorgt me kippenvel. *Ik vind het rot je dit te zeggen, maar dat is geen technisch probleem. Dat is een zelfmoord.*

Ik sta op, waarbij ik de Engelse dame laat schrikken, en loop snel naar de kop van de trein. Onze wagon bevindt zich in het voorste deel, vlak bij de locomotief. De passagiers in de volgende treinstellen zijn net zo rusteloos en ongeduldig. Veel van hen zitten te bellen. Het lawaainiveau wordt steeds hoger. Ik kom twee conducteurs in hun donkere uniform tegen. Ze kijken zeer chagrijnig.

Mijn hart zinkt me in de schoenen, ik weet nu dat Angèle gelijk had.

'Neemt u me niet kwalijk,' zeg ik, terwijl ik hen de doorgang versper tussen twee treinstellen in, bij de toiletten. 'Kunt u me vertellen wat er aan de hand is?'

'Technische problemen,' mompelt een van hen, en hij wrijft

met een bevende hand over zijn vochtige voorhoofd. Hij is jong en zijn gezicht ziet er akelig wit uit.

De andere man is ouder en heeft duidelijk meer ervaring.

'Was het een zelfmoord?' vraag ik.

De oudere man knikt somber.

'Inderdaad, ja. En we blijven hier nog wel even staan. Sommige mensen zullen het niet leuk vinden.'

De jonge man leunt tegen de deur naar het toilet, zijn gezicht is nog bleker geworden. Ik heb medelijden met hem.

'Het is zijn eerste,' verzucht de oudere man. Hij zet zijn pet af en strijkt met zijn vingers door zijn dunner wordende haar.

'Is diegene... dood?' slaag ik erin te vragen.

De man kijkt me vragend aan.

'Nou, meestal wel als een hogesnelheidstrein zo hard gaat,' gromt hij.

'Het was een vrouw,' fluistert de jonge man. Zijn stem klinkt zo zacht dat ik hem nauwelijks kan verstaan. 'De bestuurder zei dat ze met haar gezicht naar de trein op haar knieën op de rails zat, met haar handen in elkaar, alsof ze zat te bidden. Hij kon er niets aan doen. Niets.'

'Kom op, knul, verman je even,' zegt de oudere man ferm en hij klopt met zijn hand op zijn arm. 'We moeten een mededeling gaan doen, er zitten vanavond zevenhonderd passagiers in deze trein, en die moeten hier nog een uur of twee blijven zitten.'

'Waarom duurt dat zo lang?' informeer ik.

'De stoffelijke resten moeten stukje bij beetje worden opgeraapt,' zegt de oudere conducteur laconiek, 'en ze liggen meestal over een afstand van een paar kilometer verspreid over het spoor. Uit wat ik net gezien heb, met die regen en zo, ziet het er niet zo best uit.'

De jonge man wendt zich af alsof hij moet overgeven. Ik bedank de andere man en loop wankelend terug naar mijn plaats. Ik vind een flesje water in mijn rugzak en drink het haastig leeg. Maar mijn mond voelt nog steeds droog aan. Ik stuur Angèle een sms. *Je had gelijk.* Ze sms't terug: *Dat zijn de ergste zelfmoorden. De smerigste. Arme ziel. Wie het ook was.*

De mededeling komt uiteindelijk door. 'Door een zelfmoord op het spoor zal de trein flinke vertraging oplopen.'

De mensen om ons heen kreunen en zuchten. De Engelse dame onderdrukt een kreetje. De dikke man laat zijn vuist hard neerkomen op het tafeltje. Het mooie meisje had haar oortelefoontjes in en heeft de mededeling niet gehoord. Ze wriemelt ze eruit.

'Wat is er gebeurd?' vraagt ze.

'Iemand heeft zelfmoord gepleegd en nu zitten we hier vast in de *middle of nowhere*,' dreint de man in het zwart. 'En over een uur begint mijn vergadering.'

Ze staart hem aan met haar volmaakte saffierblauwe ogen.

'Sorry, zei u net dat er iemand zelfmoord heeft gepleegd?'

'Dat zei ik inderdaad, ja,' zegt hij lijzig, zwaaiend met zijn Blackberry.

'En dan zit u te zeuren dat we te laat aankomen?' sist ze met ijzige stem.

Hij staart terug naar haar.

'Ik heb een belangrijke vergadering,' mompelt hij.

Ze kijkt hem vernietigend aan. Dan staat ze op, draait zich om op weg naar de bar en zegt, zo hard dat de hele wagon haar kan horen: 'Klootzak!'

De Engelse dame en ik drinken samen iets aan de bar, een chardonnay, om onszelf wat op te vrolijken. Het is inmiddels donker en het regent niet meer. Enorme schijnwerpers verlichten het spoor, en er zijn politiemensen, ambulances en brandweerlieden, die een gruwelijk ballet vormen. Ik kan nog steeds de klap voelen van het moment waarop de trein het lichaam van die arme vrouw raakte. Wie was ze? Hoe oud was ze? Wat voor wanhoop, welke verloren hoop zou haar vanavond hier gebracht hebben, waar ze in de regen heeft staan wachten, is neergeknield bij de rails met samengevouwen handen?

'Of u het gelooft of niet, ik ben onderweg naar een begrafenis,' zegt de Engelse dame, die Cynthia heet. Ze grinnikt droogjes.

'Wat triest!' roep ik uit.

'Een oude vriendin van me. Gladys. Morgenochtend. Ze had allerlei vreselijke problemen met haar gezondheid, maar ze was er ontzettend dapper onder. Ik had grote bewondering voor haar.'

Haar Frans is uitstekend, met slechts een spoortje van een Brits accent. Als ik er een opmerking over maak, glimlacht ze opnieuw.

'Ik woon mijn hele leven al in Frankrijk. Getrouwd met een Fransman.' Ze knipoogt.

Het knappe meisje komt de barwagon weer binnen en gaat niet ver van ons vandaan zitten. Ze praat in haar telefoon, druk gesticulerend. Ze ziet er geagiteerd uit.

Cynthia vervolgt: 'En precies toen we die arme ziel raakten die had besloten een eind aan zijn of haar leven te maken, zat ik een gedicht uit te zoeken om voor te lezen bij de uitvaart van Gladys.'

'En hebt u een gedicht gevonden?' vraag ik.

'Ja, ik heb er een. Hebt u ooit gehoord van Christina Gabriel Rossetti?'

Ik trek een gezicht.

'Sorry, ik weet niet zoveel van poëzie.'

'Ik ook niet. Maar ik wilde een gedicht kiezen dat niet morbide of treurig is, en ik geloof dat ik dat uiteindelijk heb gevonden. Christina Rossetti was een victoriaanse dichteres, volgens mij compleet onbekend in Frankrijk, ten onrechte, want ik ben van mening dat ze heel getalenteerd was. Haar broer Dante Gabriel Rossetti heeft haar in de schaduw gesteld, hij was veel beroemder. U hebt misschien wel schilderijen van hem gezien. Pre-rafaëlitische dingen. Vrij goed.'

'Van schilderijen weet ik ook niet veel.'

'Ach, kom nou, ik ben ervan overtuigd dat u zijn werk hebt gezien, van die melancholieke, zinnelijke vrouwen met loshangend roodbruin haar, een volle mond en lange jurken.'

'Misschien wel.' Ik haal mijn schouders op en moet glimlachen om de expressieve manier waarop ze met haar handen een volle boezem aanduidt. 'En dat gedicht van zijn zuster? Wilt u het me voorlezen?'

'Dat zal ik doen. En dan zullen we even stilstaan bij degene die zojuist is gestorven, hè?'

'Het was een vrouw. Dat heb ik gehoord van de conducteurs.'

'Dan zal ik dit gedicht voor haar lezen. God hebbe haar ziel.'

Cynthia pakt de poëziebundel uit haar tas, laat haar overdreven grote uilenbril over haar neus glijden en begint op luide, theatrale toon te lezen. Iedereen in de barwagon draait zich om.

Als ik gestorven ben, mijn lief,
Zing dan geen treurig lied voor mij;

Plant dan geen rozen op mijn graf,
Geen donkere cyperessenrij:
Wees boven mij het groene gras,
Nat van de regen en de dauw;
En denk dan aan me, als je wilt;
Zo niet, vergeet me gauw.

Haar stem gaat door, stijgt boven de plotselinge stilte uit, boven de schrapende, schurende geluiden van wat er buiten aan de gang is en waarover ik niet wil nadenken. Het is een aangrijpend gedicht, mooi in zijn eenvoud, en op de een of andere manier put ik er hoop uit. Als ze klaar is met voorlezen, bedanken sommige mensen haar mompelend, en het gezicht van het knappe meisje is nat van tranen.

'Dank u wel,' zeg ik.

Cynthia knikt.

'Fijn dat het u bevalt. Ik vind het passend.'

Het meisje komt bedeesd op ons af. Ze vraagt Cynthia om de gegevens van het gedicht en schrijft ze op in haar aantekenboekje. Ik vraag haar om bij ons te komen zitten en ze neemt dankbaar plaats. Ze zegt dat ze hoopt dat we haar niet onbeleefd vonden, om wat ze eerder tegen die man in het zwart had gezegd.

Cynthia lacht erom.

'Onbeleefd? Kind, je was geweldig.'

Het meisje glimlacht beschaamd. Ze is ongewoon knap om te zien. Haar figuur is uitzonderlijk, met stevige borstjes die maar net te zien zijn onder een wijde, donkere sweater, de lange lijn van haar heupen en benen, ronde billen in een strakke Levi's.

'Weet u, ik moet steeds maar denken aan wat er gebeurd is,' fluistert ze, 'ik voel me bijna verantwoordelijk, alsof ik diegene zelf heb gedood.'

'Zo is het niet gebeurd,' zeg ik tegen haar.

'Misschien niet, maar ik kan er niets aan doen. Ik blijf die hobbel voelen.' Ze rilt. 'En ik blijf ook maar denken aan de man die de trein bestuurde... Kunt u zich dat voorstellen? En met die hogesnelheidstreinen zul je wel nooit op tijd kunnen remmen. En het gezin van die persoon, ik hoorde u zeggen dat het een vrouw was... Ik vraag me af of ze het al weten. Is ze eigenlijk al geïdentificeerd? Misschien weet niemand het nog. Misschien hebben haar nabestaanden geen idee dat hun moeder, zuster, dochter, vrouw, wat dan ook, dood is. Ik vind het ondraaglijk.' Ze begint weer te huilen, heel zachtjes. 'Ik wil weg uit deze afschuwelijke trein, ik wil dat dit nooit gebeurd is, ik wil dat diegene nog leeft!'

Cynthia pakt haar hand. Ik durf dat niet, ik wil niet dat dit lieve meisje denkt dat ik haar wil versieren.

'We voelen het allemaal zo,' zegt Cynthia sussend. 'Wat er vanavond is gebeurd, is verschrikkelijk. Afgrijselijk. Je moet er wel door van streek zijn.'

'Die man... die man die maar bleef zeggen dat hij te laat zou komen,' snikt ze, 'en er waren er nog meer, ik hoorde ze.'

Mij zal die klap ook altijd bijblijven. Ik zeg het niet tegen haar, want haar adembenemende schoonheid is sterker dan de lelijke kracht van de dood. Deze avond word ik overspoeld met de dood. Nooit eerder in mijn leven heeft de dood zo sterk om me heen gehangen, als het zoemen van een vasthoudende nachtvlinder. De begraafplaats waarop mijn appartement uitkijkt. Pauline. De kadavers op de weg. De rode jas van mijn moeder op de vloer van de petit salon. Blanche. Angèles vrouwelijke handen die lijken verzorgen. Die wanhopige vrouw zonder gezicht, die in de motregen op de trein zit te wachten.

En ik ben blij, ontzettend blij, zelfs opgelucht, dat ik slechts een man ben, niet meer dan een man die in het aanschijn des doods eerder geneigd is zijn handen uit te steken en de borsten van deze heerlijke vreemde vrouw te betasten dan in tranen uit te barsten.

Ik raak nooit uitgekeken op Angèles exotisch aandoende slaapkamer met zijn saffraangele plafond en de warme, kaneelkleurige rode wanden, die zo interessant contrasteren met het mortuarium waar ze werkt. De deur, de raamkozijnen en de plinten zijn nachtblauw geschilderd. Er hangen geborduurde oranje met gele sari's voor de ramen en kleine Marokkaanse filigrain-lantaarns laten een flikkerend kaarslicht over het bed schijnen, dat is bedekt met lichtgeelbruine lakens. Vanavond zijn de kussens bestrooid met rozenblaadjes.

'Wat ik zo leuk aan jou vind, Antoine Rey,' zegt ze, terwijl ze aan mijn riem frommelt (en ik aan de hare), 'is dat je onder die romantische, keurige, charmante buitenkant, die schone spijkerbroek en die spierwitte overhemden, die groene truien van shetlandwol, niets anders dan een wellusteling bent.'

'Geldt dat niet voor de meeste mannen?' vraag ik, inmiddels in een strijd gewikkeld met haar kniehoge, zwartleren motorlaarzen.

'De meeste mannen zijn wellustelingen, maar sommige meer dan andere.'

'Er zat een meisje in de trein...'

'Mmm?' vraagt ze, terwijl ze de knoopjes van mijn overhemd losmaakt.

Eindelijk kletteren haar laarzen op de vloer.

'Ongelooflijk aantrekkelijk.'

Ze grinnikt en glipt uit haar zwarte spijkerbroek.

'Je weet best dat ik geen jaloers type ben.'

'Zeker weet ik dat. Maar dankzij haar lukte het me door die drie ondraaglijke uren van wachten heen te komen in de trein, terwijl ze die arme vrouw van de rails aan het krabben waren.'

'En hoe ben je door die drie uren heen gekomen dankzij dat ongelooflijk aantrekkelijke meisje, als ik vragen mag?'

'Door het lezen van victoriaanse gedichten.'

'Ja, vast.'

Ze lacht, met dat zachte, sexy keelgeluid waar ik zo gek op ben, en ik pak haar beet, druk haar tegen me aan, kus haar gretig. Ik neuk haar alsof mijn leven ervan afhangt, de geurige rozenblaadjes komen in haar haren en in mijn mond terecht en smaken bitterzoet, ik heb het gevoel dat ik geen genoeg van haar kan krijgen, alsof dit onze laatste keer is, ik ben door het dolle heen van lust, ik verlang er hevig naar haar te vertellen dat ik van haar houd, maar er komen geen woorden uit mijn mond, alleen gezucht, gekreun en gegrom.

'Je zou eigenlijk wat vaker met de trein moeten reizen,' mompelt ze slaperig, als we uitgeput op de verfrommelde linnen lakens liggen.

'En ik heb medelijden met al die dode mensen waar je aan zit te frunniken. Ze hebben er geen idee van dat je zo goed bent in bed.'

Pas later, veel later, nadat we hebben gedoucht, na wat kaas met brood van Poilane, een paar glaasjes bordeaux en twee sigaretten, en nadat we ons in de woonkamer hebben geïnstalleerd, Angèle lekker languit op de bank, zegt ze: 'Vertel maar. Vertel me nu maar alles over June en Clarisse.'

Ik pak het medische dossier, de foto's, de brieven, het rapport van de detective en de dvd uit mijn rugzak. Ze kijkt naar me, met haar glas in de hand.

'Ik weet niet waar ik moet beginnen,' zeg ik langzaam, enigszins beduusd.

'Doe maar alsof je een verhaal vertelt. Doe alsof ik er niets van afweet, helemaal niets, ik heb je nooit eerder gezien en jij moet het allemaal uitleggen, heel nauwkeurig, met alle kloppende feiten. Een verhaal. Er was eens...'

Ik reik naar haar pakje Marlboro's en pak er een uit. Ik steek hem niet aan, ik houd hem zo tussen mijn vingers. Ik ga staan, tegenover de oude open haard met zijn stervende vuur, de kooltjes gloeien rood in het duister. Ik vind dit ook een prettige kamer, het formaat, de balken, de wanden vol boeken, de antieke, vierkante houten tafel, de rustige achtertuin, die ik nu niet kan zien, want de luiken zijn gesloten voor de nacht.

'Er was eens, in de zomer van 1972, een getrouwde vrouw die met haar schoonouders en haar twee kinderen naar het eiland Noirmoutier ging. Ze houdt er twee weken vakantie, en haar man zal in de weekends naar haar toe komen, als hij het niet te druk heeft. Ze heet Clarisse, ze is heel mooi en lief en niet zo'n gekunstelde Parisienne...'

Ik zwijg even. Het voelt vreemd aan, om zo in de derde persoon over mijn moeder te praten.

'Ga door,' dringt Angèle aan. 'Je doet het prima.'

'Clarisse komt uit de Cévennes, en haar ouders waren eenvoudige boerenmensen. Maar door haar huwelijk is ze toegetreden tot een rijke, welgestelde Parijse familie. Haar echtgenoot is een jonge advocaat, een buitenbeentje, François Rey, die bekendheid geniet vanwege de zaak-Vallombreux uit het begin van de jaren zeventig.'

Mijn stem trilt. Angèle heeft gelijk, het is een verhaal. Het verhaal van mijn moeder. En ik heb het nog nooit aan iemand verteld. Na een korte stilte ga ik door: 'In het Hotel Saint-Pierre ontmoet Clarisse een Amerikaanse vrouw genaamd June, die ouder is dan zijzelf. Hoe ze elkaar hebben ontmoet? Misschien zijn ze op een avond gelijktijdig naar beneden gekomen om iets te drinken. Misschien op een middag aan het strand. Misschien bij het ontbijt, de lunch, het diner. June heeft een galerie in New York City.

Ze is lesbisch. Was ze daar met een vriendin? Was ze alleen? We weten alleen dat... Clarisse en June die zomer verliefd op elkaar worden. Het is niet... zomaar een affaire, een zomerliefde... het gaat niet alleen om de seks... dit is echte liefde. Een stormachtige, onverwachte, wervelwind van een liefde... Echte liefde... van het soort dat je maar eens in je leven meemaakt...'

'Steek die sigaret eens op,' beveelt Angèle, 'dat helpt vast.'

Ik doe wat ze zegt. Ik inhaleer diep. Ze heeft gelijk. Het helpt.

'Natuurlijk mag niemand erachter komen,' ga ik verder. 'Er staat te veel op het spel. June en Clarisse zien elkaar wanneer ze maar kunnen, de rest van het jaar 1972 en begin 1973, wat niet vaak is, want June woont in New York. Maar ze komt ongeveer eens per maand voor zaken naar Parijs, en dan treffen ze elkaar in Junes hotel. En dan, in de zomer van 1973, zijn ze van plan weer een poosje samen door te brengen in Noirmoutier. Het verloopt die zomer allemaal niet zo makkelijk voor June en Clarisse. Hoewel Clarisses echtgenoot er niet vaak is, vanwege zijn werk en zijn reizen, krijgt de schoonmoeder, Blanche, op een dag een afschuwelijk, hardnekkig vermoeden. Ze weet het. En op die dag neemt ze een besluit.'

'Hoe bedoel je?' vraagt Angèle verontrust.

Ik geef geen antwoord. Ik ga verder met mijn verhaal, geconcentreerd en zonder haast.

'Hoe is Blanche erachter gekomen? Wat heeft ze gezien? Was het een korte blik vol verlangen die net iets te lang heeft geduurd? Een zachte hand die een naakte arm liefkoost? Was het een verboden kus? Was het een schim die ze toevallig 's nachts van de ene kamer naar de andere zag snellen? Wat Blanche ook heeft gezien, wat het ook geweest is, ze heeft het voor zich gehouden. Ze heeft haar echtgenoot er niets van verteld. Ze heeft haar zoon niets verteld. Waarom? Omdat de schande te groot was. De gruwel en de schande dat haar schoondochter, inmiddels een lid van de familie Rey, en moeder, een verhouding had, en alsof dat niet erg genoeg was, ook nog eens een verhouding met een vrouw. De familienaam van de Reys mocht niet worden bezoedeld. Over haar lijk. Daarvoor had ze te hard gewerkt. Daarvoor was ze niet op de wereld gekomen. Zij, een Fromet uit Passy, gehuwd met een Rey uit Chaillot, nee, het was ondenkbaar. Het was schandelijk. Er moest een eind aan komen. En snel ook.'

Vreemd genoeg ben ik heel rustig terwijl ik dit verhaal vertel, het verhaal van mijn moeder. Ik kijk niet naar Angèles gezicht, want ik weet dat ze erdoor is aangeslagen. Ik weet hoe mijn woorden door haar worden opgevat, het bereik ervan, de kracht. Ik heb dit verhaal nooit eerder verteld, nooit eerder die exacte reeks zinnen uitgesproken, nooit gezegd wat ik nu zeg, en elk woord dat komt is als een geboorte, de schok van koude lucht tegen een kwetsbaar, naakt lijfje dat uit de baarmoeder glijdt.

'Blanche confronteert Clarisse met wat ze weet, in Noirmoutier, in het hotel. Clarisse huilt, ze is overstuur, er volgt een scène in de kamer van Blanche op de eerste verdieping. Blanche waarschuwt haar, ze is angstaanjagend, onheilspellend. Blanche bedreigt haar, zegt dat ze de verhouding aan haar echtgenoot, haar zoon zal onthullen. Ze zegt dat ze haar haar kinderen zal afnemen. Clarisse snikt, ja, ja, natuurlijk, ze zal June nooit meer ontmoeten. Maar dat kan ze niet. Ze heeft er geen macht over. Ze ontmoet June opnieuw, en nog eens en nog eens, en ze vertelt het haar allemaal, maar June lacht het weg, zij is niet bang voor een snobistische oude dame. De dag waarop June naar Parijs vertrekt om vandaar naar New York te vliegen, schuift Clarisse een liefdesbrief onder de deur van June door. Maar June zal hem nooit krijgen. Hij wordt onderschept door Blanche. En dan beginnen de problemen pas echt.'

Angèle staat op om het vuur op te poken, want het wordt koud in de kamer. Het is al laat, hoe laat weet ik niet, ik ben me bewust van een vermoeidheid die als lood op mijn oogleden ligt. Maar ik weet dat ik tot het eind van het verhaal moet gaan, het stuk waar ik enorm tegenop zie, het stuk waarvan ik zou willen dat ik het niet hardop hoefde te vertellen.

'Blanche weet dat Clarisse en June nog steeds geliefden zijn. In de brief die ze heeft onderschept, leest ze dat Clarisse droomt van een toekomst met June en de kinderen. Hoe dan ook, waar dan ook. Ze leest dit met walging en weerzin. Nee, er is geen toekomst voor June en Clarisse. Er is geen toekomst mogelijk voor hen. Niet in haar wereld. En haar kleinkinderen, Reys, zullen hier absoluut niet bij betrokken worden. Ze gaat naar een privédetective in Parijs en legt uit dat ze haar schoondochter wil laten volgen. Ze betaalt er een smak geld voor. Ook nu vertelt ze niets aan de familie. Clarisse denkt dat ze veilig is. Ze wacht de dag af waarop June en zij vrij zullen zijn. Ze weet dat ze haar man zal moeten verlaten, ze weet wat dat inhoudt, ze is bang om haar kinderen, maar ze is nu eenmaal verliefd, en ze denkt dat ze door de liefde een oplossing zal vinden. Haar kinderen zijn voor haar het kostbaarste, samen met June. Ze droomt graag van een plek, een veilige plek, waar ze ooit met June en haar kinderen zal kunnen leven. June is ouder, wijzer. Zij weet wel beter. Zij weet dat twee vrouwen niet als stel kunnen samenleven en toch normaal behandeld worden. Dat kan misschien in New York, maar niet in Parijs. Niet in 1973. En zeker niet in het milieu waarin de familie Rey verkeert. Ze probeert dit aan Clarisse uit te leggen. Ze zegt dat ze moeten afwachten, de tijd ervoor nemen, dat het met minder problemen kan lukken, als ze rustig en met beleid te werk gaan. Maar Clarisse is jonger en ongeduldiger. Ze wil het niet afwachten. Ze wil er niet de tijd voor nemen.'

Nu voel ik dan toch de pijn komen, als een goede maar gevaarlijke vriend die je met een bang voorgevoel binnenlaat. Mijn borstkas voelt aan alsof er een band omheen wordt aangehaald, hij is te klein voor mijn longen. Ik onderbreek mijn verhaal en haal een paar keer diep adem. Angèle gaat achter me staan. Ze drukt haar warme lichaam tegen het mijne. Dat geeft me de kracht om door te gaan.

'De kerstdagen zijn afschuwelijk voor Clarisse. Ze heeft zich nooit eerder zo eenzaam gevoeld. Ze mist June verschrikkelijk.

June leidt haar drukke, actieve leventje in New York, met haar galerie, haar sociëteit, haar vrienden, haar kunstenaars. Clarisse heeft alleen haar kinderen. Ze heeft geen vrienden, afgezien van Gaspard, de zoon van haar schoonmoeders dienstbode. Kan ze hem wel vertrouwen? Wat kan ze hem vertellen? Hij is pas vijftien, nauwelijks ouder dan haar zoon, het is een aardige, niet al te snuggere jonge jongen. Wat kan hij begrijpen? Weet hij wel dat twee vrouwen verliefd op elkaar kunnen worden? Dat ze daarmee niet automatisch slechte, immorele zondaressen zijn? Haar echtgenoot wijdt zich volledig aan zijn werk, zijn rechtszaken, zijn cliënten. Misschien probeert ze het hem te vertellen, misschien laat ze af en toe iets doorschemeren, maar hij heeft het te druk om naar haar te luisteren. Te druk met het beklimmen van de maatschappelijke ladder. Te druk met het plaveien van zijn weg naar succes. Hij heeft haar uit het niets vandaan gehaald, ze was maar een meisje uit de Provence, een meisje dat zo weinig wereldwijs was dat zijn ouders ervan geschrokken waren. Maar ze was wel mooi. Ze was het liefste, levendigste en bekoorlijkste meisje dat hij ooit had ontmoet. Ze gaf niets om zijn geld, zijn familienaam, de Reys, de Fromets, het onroerend goed, het bezit, de heersende orde. Ze maakte hem aan het lachen. Niemand had François ooit eerder aan het lachen gemaakt.'

Angèles armen glijden soepel om mijn hals en haar warme lippen kussen mijn nek. Ik recht mijn schouders. Ik kom aan het eind van mijn verhaal.

'Blanche krijgt het dossier van de detective in januari 1974. Alles zit erin. Alles. Hoe vaak de vrouwen elkaar ontmoet hebben, waar, wanneer. Compleet met foto's. Ze walgt ervan. Ze wordt er gek van. Ze vertelt het bijna aan haar echtgenoot, ze gooit het bijna onder zijn neus, zo woedend is ze, zo ontzet, zo vol walging. Maar ze doet het niet. June Ashby merkt dat ze worden gevolgd. Ze weet het spoor te herleiden tot de residentie van de Reys. Ze belt naar Blanche om haar te vertellen dat ze zich 'verdomme met haar eigen zaken moet bemoeien', maar Blanche neemt haar telefoontjes niet aan, June krijgt de dienstbode, of de zoon van de dienstbode aan de lijn. June zegt tegen Clarisse dat ze voorzichtig moet zijn, ze probeert haar te waarschuwen, uit te leggen dat het allemaal even moet betijen, dat ze zich koest moeten houden, dat ze moeten afwachten. Maar Clarisse kan daar niet mee leven. Clarisse kan niet leven met de gedachte gevolgd te worden, ze weet dat Blanche haar bij zich zal roepen, om haar de bezwarende foto's te laten zien, ze weet dat Blanche haar zal dwingen June nooit meer te ontmoeten, dat ze zal dreigen de kinderen van haar af te nemen. En dus wacht Clarisse op een ochtend, op een koude, zonnige winterochtend in februari, tot haar kinderen op weg naar school zijn, ze wacht tot haar echtgenoot naar kantoor is, en dan trekt ze haar mooie rode jas aan en loopt ze van de avenue Kléber naar de avenue Henri-Martin. Het is maar een korte wandeling, een die ze vaak heeft gemaakt, met de kinderen, met haar man, maar de laatste tijd niet meer, niet sinds de kerstdagen, niet sinds ze weet dat Blanche June uit haar leven wil bannen. Ze loopt snel, tot ze buiten adem is, tot haar hart te hard klopt, te snel, maar ze loopt door, zonder er acht op te slaan, vastberaden om zo snel mogelijk haar doel te bereiken. Ze loopt de trap op, en belt met een trillende vinger aan, en Gaspard, haar vriend, haar enige vriend, doet open en glimlacht. Ze zegt dat ze Madame moet spreken, onmiddellijk. Madame is in de petit salon, waar ze zit te ontbijten. Odette vraagt of ze thee of koffie wil, ze zegt nee, ze is zo weer weg, ze heeft alleen maar iets tegen Madame te zeggen en dan gaat ze weer. Is Monsieur er ook? Nee, Monsieur is er vandaag niet. Blanche zit haar post te lezen. Ze heeft haar zijden kimono aan en heeft krulspelden in haar haren. Als ze opkijkt naar Clarisse, lijkt ze niet erg blij haar te zien. Ze geeft Odette opdracht de deur te sluiten en hen alleen te laten. Dan staat ze op. Ze zwaait een document heen en weer onder Clarisses neus, snauwt: weet je wat dit is, heb je enig idee? Jazeker weet ik dat, zegt Clarisse rustig, dat zijn foto's van June en mij, u hebt ons laten volgen. Blanche voelt een ongekende woede in zich opkomen. Wie denkt die boerenmeid wel dat ze is? Geen scholing. Geen opvoeding. Uit de goot. Ongemanierde, slonzige, ordinaire boerenmeid. Inderdaad, ik heb foto's van je walgelijke affaire, ik heb alles in handen, hier, kijk maar eens. Zie je wel? Ik heb alles, wannéér je haar ontmoet, wáár je haar ontmoet. En nu gaat dit allemaal rechtstreeks naar François, zodat hij weet wat voor een vrouw zijn echtgenote eigenlijk is, zodat hij kan zien dat ze niet geschikt is om de moeder van zijn kinderen te zijn. Clarisse antwoordt, heel rustig, dat ze niet bang is, Blanche moet dat maar doen, Blanche moet het allemaal maar laten zien aan François, aan Édouard, aan Solange, Blanche mag het aan de hele wereld laten zien, ik houd van June en zij houdt van mij, en we willen de rest van ons leven samen met de kinderen doorbrengen, dat is precies wat er moet gebeuren, geen stiekem gedoe meer, geen leugens, ik zal het François zelf wel vertellen, we zullen gaan scheiden, we zullen het aan onze kinderen uitleggen, zo zachtaardig mogelijk, François is mijn echtgenoot en ik moet het hem zelf vertellen, want ik respecteer hem. Blanche wordt steeds giftiger, haar woede groeit tot enorme, onredelijke proporties. Wat weet jij van respect? Wat weet jij nu van familiewaarden? Je bent niets anders dan een sloerie. En ik zal niet toestaan dat jij onze naam bezoedelt met je weerzinwekkende lesbische gedrag. Je zult vanaf heden deze vrouw niet meer ontmoeten, en je zult precies doen wat je wordt bevolen. Je zult je naar je positie gedragen.'

Ik stop, mijn stem is alleen nog maar wat schor gekras. Mijn keel is kurkdroog. Ik ga naar de keuken en schenk met trillende hand een glas water in. Ik drink het in één teug leeg en het glas rikketikt tegen mijn voortanden. Terwijl ik terugloop naar Angèle zie ik opeens een totaal onverwacht en onaangenaam beeld voor mijn ogen, alsof er tegen mijn wil een dia voor geschoven wordt.

Ik zie een vrouw, knielend op spoorrails, bij schemering, en ik zie dat de trein op zeer hoge snelheid op haar af rijdt. De vrouw heeft een rode jas aan.

'Odette staat vlak achter de gesloten deur – ze staat daar al sinds Madame haar opdracht gaf de kamer te verlaten –, met haar oor bijna vastgeplakt tegen het deurpaneel, hoewel dat niet nodig is, want Madame schreeuwt erg hard. Ze heeft alles gehoord, de hele ruzie, en hoort nu het ferme "Nee. Dag Blanche" van Clarisse, dan is er een schermutseling, de weerklank van een kort handgemeen, een sissende ademteug, een uitroep, maar wier stem het is kan ze niet onderscheiden, en dan een doffe klap, iets zwaars dat op de vloer valt. Madames stem, die zegt: "Clarisse! Clarisse!" en dan: "O, mijn God." De deur gaat open, Madame heeft een verwilderde blik in haar ogen, ze lijkt versteend, ze ziet er volstrekt belachelijk uit met die krulspelden die op haar hoofd heen en weer springen, en het duurt een paar minuten voordat ze iets kan zeggen, tegen Odette kan zeggen: "Er is een ongeluk gebeurd, bel dokter Dardel, vlug. Schiet op!" Wat voor ongeluk, denkt Odette terwijl ze snel naar haar zoon loopt en hem opdraagt onmiddellijk dokter Dardel te bellen, waarna ze op haar korte, stevige beentjes terugrent naar de petit salon, waar Madame zit te wachten, machteloos op de bank, wat voor ongeluk? Wat is er gebeurd? Ze hadden een meningsverschil, kreunt Madame met geknepen stem, ze wilde weggaan, en ik hield haar tegen, ik was nog niet klaar met wat ik haar wilde vertellen, en ik pakte haar mouw en toen viel ze gewoon, ze viel voorover en sloeg met haar hoofd tegen de hoek van de tafel, kijk daar, waar die het scherpst is. En Odette kijkt en ziet de scherpe hoek, de hoek van glas, en ze ziet hoe stil Clarisse op het vloerkleed ligt, geen beweging, geen ademhaling, geen kleur meer op haar gezicht, en ze zegt: "O, Madame, ze is dood." Dan komt dokter Dardel, de betrouwbare huisarts, de oude, trouwe vriend van de familie. Hij onderzoekt Clarisse en hij zegt hetzelfde: "Ze is dood." Blanche staat daar handenwringend te snikken, ze zegt tegen de dokter dat het een afschuwelijk ongeluk was, een stompzinnig, vreselijk stompzinnig ongeluk. Hij kijkt naar Blanche, hij staat op het punt de akte van overlijden te tekenen, zijn pen hangt boven het document, en hij zegt: "Er zit maar één ding op. Er is maar één oplossing, Blanche. Je moet me vertrouwen."'

Ik zwijg. Dat is het eind van het verhaal.

Angèle draait me om, zodat ik haar gezicht kan zien. Ze legt haar beide handen op mijn wangen en kijkt me heel lang alleen maar aan.

'Is het zo gegaan, Antoine?' vraagt ze zachtjes.

'Ik heb er ontzettend hard over nagedacht. Ik denk dat dit het dichtst bij de waarheid komt.'

Ze loopt naar de open haard, legt haar voorhoofd tegen het gladde hout van de schoorsteenmantel, dan draait ze haar hoofd om en kijkt ze me aan.

'Ben je er ooit in geslaagd om er met je vader over te praten?'

Mijn vader. Waar moet ik beginnen om haar dat uit te leggen? Hoe kan ik ons laatste gesprek, een paar dagen geleden, omschrijven? Toen ik die avond uit kantoor kwam, voelde ik me gedwongen hem ermee te confronteren. Wat Mélanie er ook van gezegd had. Hoe hard ze ook had geprobeerd het uit mijn hoofd te praten, om redenen die alleen zij kende. Ik moest nu met hem praten. Ik zou niet langer wachten. Geen giswerk meer. Wat wist hij precies over de dood van Clarisse? Wat hadden ze hem verteld? Wist hij van June Ashby?

Toen ik aankwam, zaten mijn vader en Régine te eten voor de televisie. Ze zaten naar het nieuws te kijken. De aankomende Amerikaanse presidentsverkiezingen. De lange, slanke man, nauwelijks ouder dan ik, die men 'de zwarte Kennedy' noemde. Mijn vader was zwijgzaam, lusteloos. Weinig trek. Bergen pillen slikken. Régine fluisterde dat hij de week erop een poosje in het ziekenhuis zou verblijven. Er was een nare periode ophanden. Ze schudde moedeloos haar hoofd. Toen ze klaar met eten waren, en Régine in een andere kamer met een vriendin zat te bellen, zei ik tegen mijn vader, in de hoop dat hij zijn blik van de televisie zou losmaken, dat ik graag met hem wilde praten, als hij geen bezwaar had. Hij knikte en produceerde een soort grom die ik interpreteerde als een positieve reactie. Maar toen hij eindelijk zijn blik op mij richtte, was die zo vervuld van vermoeidheid dat ik er direct het zwijgen toe deed. De ogen van iemand die wist dat hij stervende was en het niet kon verdragen nog langer in dit ondermaanse te blijven. Er zat pure ellende in die ogen, evenals een kalme overgave die me ontroerde. Verdwenen was de non-conformistische advocaat. Verdwenen was de dictatoriale vader. Verdwenen was de arrogante zedenmeester. Ik zat te kijken naar een oude, zieke man met een slechte adem die klaar was om te sterven en die niet langer naar mij of wie ook wilde luisteren.

Het was te laat. Te laat om contact te zoeken en hem te zeggen dat ik om hem gaf, te laat om hem te vertellen dat ik wist dat hij kanker had, dat ik wist dat hij stervende was, te laat om hem naar Clarisse en June te vragen, te laat om het risico te nemen het bij hem aan te kaarten. Hij knipperde langzaam met zijn ogen, niet eens verwonderd, hij wachtte tot ik iets zou zeggen, en toen ik dat uiteindelijk niet deed, trok hij zwakjes zijn schouders op en richtte zijn blik weer op de televisie. Hij vroeg me niet eens wat ik eigenlijk wilde. Ik had het gevoel dat hij het doek op een toneel had laten vallen. De voorstelling was voorbij. Kom op, Antoine, dit is je vader, maak contact, pak zijn hand, zorg dat hij weet dat je er voor hem bent, ook al kun je het eigenlijk niet opbrengen, doe je best, vertel hem dat je om hem geeft, vertel het hem voordat het te laat is, kijk eens naar hem, hij is stervende, er is niet veel tijd meer. Er is geen tijd meer.

Ik dacht terug aan de tijd waarin hij nog jong was en zijn glimlach oplichtte als een baken in zijn verder strenge gezicht, toen zijn haar nog donker en vol was, niet zoals de povere, schaarse sprietjes van nu. Ik dacht terug aan de tijd waarin hij ons in zijn armen nam en ons liefdevol kuste, toen hij Mélanie op zijn schouders droeg in het Bois de Boulogne, toen zijn beschermende hand op mijn onderrug, die me voortstuwde, maakte dat ik me de sterkste jongen ter wereld voelde. Ik dacht terug aan de tijd na de dood van mijn moeder, toen hij in zichzelf gekeerd raakte, toen de lieve kusjes wegbleven, toen hij veeleisend, star werd, kritiek begon te leveren, te oordelen, maakte dat ik me doodongelukkig voelde. Ik wilde hem vragen waarom het leven hem zo bitter had gemaakt, zo vijandig. Was het omdat hij Clarisse was kwijtgeraakt? De enige persoon die hem ooit gelukkig had gemaakt was kwijtgeraakt? Was het omdat hij erachter was gekomen dat ze hem ontrouw was geweest? Dat ze van iemand anders hield? Dat ze van een vrouw hield? Was dat het geweest, die uiterste vernedering, wat mijn vaders hart, zijn ziel, gebroken had?

Maar ik vroeg hem niets. Helemaal niets. Ik stond op en liep naar de deur. Hij bewoog zich niet. De televisie galmde maar door. Net als Régines stem in de andere kamer.

'Dag vader.'

Hij gromde weer, keek me niet eens aan. Ik ging weg en deed de deur achter me dicht. In het trappenhuis kon ik niet langer bittere tranen van spijt en pijn binnenhouden, die in mijn vlees leken te snijden.

'Nee, ik kon niet met mijn vader praten. Ik kon het gewoon niet.'

'Geef jezelf niet de schuld, Antoine. Maak het niet nog moeilijker voor jezelf.'

Het verlangen naar slaap overvalt me alsof iemand een zware deken over mijn hoofd gooit. Angèle leidt me naar het bed, en ik voel verwondering om de zachtheid van haar handen, die respectvolle, zorgzame handen die elke dag met de dood bezig zijn. Ik val in een onrustige slaap, zink weg in een bodemloze, donkere zee. Heel vreemde dromen komen voorbij, mijn moeder met haar rode jas, die knielend de trein op zich af ziet komen, mijn vader met zijn gelukkige glimlach van jaren her, die een verraderlijk steile, met sneeuw bedekte bergtop beklimt, zijn gezicht gebruind door de zon, Mélanie in een lang, zwart gewaad, drijvend aan het oppervlak van een zwart zwembad, met haar armen wijd en een zonnebril op haar neus, en ikzelf, met grote passen lopend door een dicht, overdadig begroeid bos, blootsvoets over modderige aarde vol insecten.

Als ik wakker word is de ochtend aangebroken, en één paniekerige seconde lang weet ik niet waar ik ben. Dan herinner ik het me. Angèles huis. In haar opmerkelijk gerenoveerde negentiende-eeuwse huis, dat ooit een klein basisschooltje is geweest. Het staat aan een rivier, in het hart van Clisson, dat schilderachtige historische stadje vlak bij Nantes waarvan ik nog nooit had gehoord voordat ik haar leerde kennen. Klimop kruipt omhoog tegen de granieten muren, twee brede schoorstenen zien uit op het pannendak en een betoverende ommuurde tuin, vroeger het schoolplein voor de leerlingen. Ik lig in Angèles comfortabele bed. Maar zij ligt niet naast me. De plek naast me is koud. Ik sta op, loop snel de trap af. Het heerlijke aroma van koffie en toast komt me tegemoet. Er schijnt een bleek, citroengeel zonnetje door de ramen. Buiten is de tuin bedekt met een fijn laagje rijp, als glazuur op een taart. Vanwaar ik sta kan ik net het bovenste stukje van de ruïne van het middeleeuwse kasteel van Clisson onderscheiden.

Angèle zit aan tafel met haar armen om een opgetrokken knie gevouwen, volledig verdiept in een document. Haar open laptop staat binnen handbereik. Als ik dichterbij kom, zie ik dat ze het medische dossier van mijn moeder bestudeert. Ze kijkt op en aan de kringen onder haar ogen zie ik dat ze niet veel heeft geslapen.

'Wat ben je aan het doen?' vraag ik.

'Ik zat op jou te wachten. Ik wilde je niet wakker maken.'

Ze staat op, schenkt een kopje koffie in, reikt het me aan. Ik zie dat ze al is aangekleed. Ze draagt haar gebruikelijke zwarte spijkerbroek, laarzen en haar zwarte coltruitje.

'Zo te zien heb je niet veel geslapen.'

'Ik heb je moeders medische dossier doorgelezen.'

Iets aan de manier waarop ze dat zegt, maakt dat ik haar wat aandachtiger aankijk.

'Is je iets opgevallen?'

'Ja,' zegt ze. 'Inderdaad. Ga eens zitten, Antoine.'

Ik ga naast haar zitten. Het is warm en zonnig in de keuken en na die onrustige slaap, die verontrustende, levendige dromen, denk ik dat ik geen verdrietige dingen kan verdragen. Ik zet mezelf schrap.

'Wat is je opgevallen?'

'Ik ben geen arts, zoals je weet. Maar ik werk in een ziekenhuis en ik zie elke dag dode mensen. Ik lees ook medische dossiers, en ik praat met artsen. Ik heb je moeders dossier doorgenomen terwijl jij lag te slapen. Ik heb notities gemaakt. En ik heb het een en ander nagezocht op internet, en ook wat mailtjes gestuurd naar vrienden van me die wel arts zijn.'

'En?' vraag ik, opeens niet in staat mijn koffie op te drinken.

'Je moeder had al twee jaar lang aanvallen van migraine voordat ze stierf. Niet heel vaak, maar wel krachtige aanvallen. Kun je je daar iets van herinneren?'

'Een paar wel. Ze moest dan in het donker gaan liggen en dokter Dardel kwam langs.'

'Een dag of twee voor ze stierf had ze migraine en is ze bij haar huisarts geweest. Kijk, hier staat het.'

Ze geeft me de fotokopie met de aantekening. Het schuine handschrift van dokter Dardel. Ik had dit al gezien, het was de laatste aantekening op de patiëntenkaart van Clarisse voordat ze stierf. 7 februari 1974. Migraine, misselijkheid, braken, pijn aan de ogen. Dubbelzien.

'Ja, dat heb ik gezien,' zeg ik. 'Wat is ermee?'

'Wat weet je van aneurysma's in de hersenen, Antoine?'

'Nou, ik weet dat een aneurysma een soort klein uitstulpinkje is, of een heel klein blaasje dat zich vormt op het oppervlak van een slagader in de hersenen. Ik weet ook dat een aneurysma een dunne wand heeft, vergeleken met de dikkere wand van een normale slagader in de hersenen. En het gevaar is dat die zwakkere wand kan scheuren.'

'Dat is heel duidelijk. Oké.'

Ze schenkt nog eens koffie in.

'Waarom vraag je me dit?'

'Omdat ik denk dat je moeder is gestorven aan een gescheurd aneurysma in haar hoofd.'

Ik kijk haar zonder iets te zeggen verbijsterd aan. Uiteindelijk murmel ik: 'Dus je denkt niet dat ze ruzie had met Blanche?'

'Ik zal je vertellen wat er volgens mij is gebeurd. Maar daarna is het aan jou, Antoine. Je moet nu eenmaal geloven wat jij denkt dat de waarheid is.'

'Je denkt dus dat ik het verhaal heb overdreven? Dat ik me dingen in mijn hoofd haal? Dat ik te achterdochtig ben?'

Ze legt sussend een hand op mijn schouder.

'Natuurlijk niet. Rustig even. Je grootmoeder was een homofobe ouwe tang. Luister gewoon even naar me, oké? 7 februari 1974. Dokter Dardel komt bij je moeder langs op de avenue Kléber. Ze heeft een ernstige aanval van migraine. Ze ligt op bed, in het donker. Hij geeft haar de gebruikelijke medicatie, en een dag later knapt ze weer op. Denkt hij. En denkt zij. Denkt iedereen. Maar het nare van een aneurysma in de hersenen is dat het kan opzwellen, langzaam maar zeker, en misschien had je moeder het al een poosje in haar hoofd, zonder dat iemand het wist, en kwamen haar incidentele migraines daar wel vandaan. Als een aneurysma opzwelt, oefent het, voordat het scheurt, voordat het gaat bloeden, druk uit op de hersenen, of op plekken bij de hersenen, zoals bijvoorbeeld oogzenuwen, of gelaats- of halsspieren. Migraine, misselijkheid, braken, pijn aan de ogen. Dubbelzien. Als dokter Dardel net iets jonger was geweest, en misschien wat dynamischer, had hij je moeder met deze symptomen vast direct naar het ziekenhuis doorgestuurd. Mijn twee vrienden die arts zijn, hebben me dit bevestigd per e-mail. Misschien had dokter Dardel die dag een druk spreekuur, misschien had hij andere dringende dingen aan zijn hoofd, misschien maakte hij zich er geen zorgen om. Maar het aneurysma in het hoofd van je moeder zwol steeds verder op. En op 12 februari 1974, een paar dagen later, is het gescheurd.'

'Vertel me eens hoe jij denkt dat het is gebeurd.'

'Het is gebeurd terwijl ze bij je grootmoeder was, op die ochtend van 12 februari. Het verhaal blijft hetzelfde, je moeder in haar rode jas, lopend naar de avenue Henri-Martin. Maar je moeder loopt waarschijnlijk niet zo snel, want ze voelt zich helemaal niet lekker. Ze is duizelig en loopt met onvaste tred. Misschien, hoogstwaarschijnlijk, heeft ze een stijve nek. Maar ze wil de confrontatie met je grootmoeder aangaan, en in haar ogen is dit het laatste stukje van haar migraineaanval. Ze maakt zich geen zorgen over haar gezondheid. Ze maakt zich veel meer zorgen om June. En om de confrontatie met je grootmoeder.'

Ik verberg mijn gezicht in mijn handen. De gedachte dat mijn moeder pijn leed en met haar laatste krachten de avenue Henri-Martin uit is gelopen, met armen en benen die een ton leken te wegen, om de confrontatie met Blanche aan te gaan als een dapper soldaatje op weg naar de oorlog is ondraaglijk.

'Ga maar door.'

'Het verhaal gaat verder, ongeveer zoals het jouwe. Gaspard doet de deur open, misschien valt het hem op hoe grauw ze eruitziet, hoe kortademig ze is, maar ze heeft maar één doel, je grootmoeder de waarheid zeggen. Misschien valt je grootmoeder ook wel iets op, dat Clarisses gezicht onrustbarend bleek is, dat ze lijzig praat, dat ze niet rechtop lijkt te staan, alsof ze aangeschoten is. Het verloop van het gesprek is hetzelfde. Blanche zwaait met de foto's, met het rapport van de detective, en Clarisse zegt dat ze niet van haar standpunt afwijkt, dat ze het nooit zal uitmaken met June, dat ze van June houdt. En dan gebeurt het. Plotseling. Als een blikseminslag. De meest verschrikkelijke pijn. Alsof ze in haar achterhoofd wordt geschoten. Clarisse verliest haar evenwicht, legt haar handen tegen haar slapen, en valt neer. Misschien stoot ze haar hoofd wel tegen de hoek van de tafel, maar ze is al dood. Je grootmoeder kan niets meer doen. De dokter kan niets meer doen. Als hij binnenkomt, weet hij wat er is gebeurd. Hij weet dat hij een fout heeft gemaakt toen hij haar een paar dagen eerder niet naar het ziekenhuis heeft doorgestuurd. Hij heeft die schuld waarschijnlijk zijn hele leven met zich meegedragen.'

Nu begrijp ik waarom Laurence Dardel het niet prettig vond dat ik naar dat dossier vroeg. Ze wist dat iemand met een deskundige blik de medische fout van haar vader direct zou ontdekken.

Angèle komt op mijn knieën zitten, wat niet eenvoudig is, gezien haar lange benen.

'Heb je hier iets aan? Misschien?' vraagt ze zacht.

Ik leg mijn armen om haar heen en nestel mijn kin in de welving van haar hals.

'Ja, ik geloof van wel. Wat wel pijn doet is dat ik niet weet wat er precies is gebeurd.'

Ze streelt mijn haar, sussend.

'Toen ik die dag uit school kwam, de dag waarop mijn vader zichzelf had doodgeschoten, lag er nergens een briefje. Hij had niets achtergelaten. We werden er gek van. Mijn moeder werd er gek van. Vlak voordat ze overleed, een paar jaar geleden, heeft ze me verteld hoe vreselijk het was om niet te weten waarom hij zelfmoord had gepleegd, ook na al die jaren nog. Er was geen andere vrouw in het spel. Geen financiële problemen. Geen gezondheidsproblemen. Niets.'

Ik houd haar stevig tegen me aan en overdenk hoe ze als dertienjarige haar dode vader heeft gevonden. Zonder een briefje. Zonder verklaring. Er gaat een rilling door me heen.

'We zijn er nooit achter gekomen. We moesten ermee leren leven. Op den duur lukte me dat. Het was niet eenvoudig, maar het is me gelukt.'

En de gedachte komt bij me op dat dit precies is wat ik voor elkaar zal moeten krijgen.

'Het is tijd,' zegt Angèle beslist. We zitten aan de koffie na de lunch, en de zon is zo uitzonderlijk warm dat we voor de keuken buiten op de patio kunnen zitten. De kleine tuin komt traag tot leven. Het voorjaar is op komst. Ik voel het kriebelen aan mijn verstopte Parijse neus. Grassig, vochtig, fris en krachtig. Verrukkelijk.

Ik kijk haar even verbaasd aan.

'Tijd waarvoor?'

'Tijd om te gaan.'

'Waarheen?'

Ze glimlacht.

'Dat zul je wel zien. Trek iets warms aan. De wind kan verraderlijk zijn.'

'Wat ben je van plan?'

'Voor jou een vraag...'

Ik voelde me aanvankelijk niet erg op mijn gemak, bij haar achter op de Harley Davidson. Ik was niet gewend aan motorfietsen, ik was er telkens onzeker over welke kant ik op moest leunen in een bocht, en als stedeling was ik ervan overtuigd dat motoren te gevaarlijk waren om er vertrouwen in te hebben. Ik had in mijn hele leven nog nooit motorgereden. En ik had ook nog nooit achterop gezeten, laat staan bij een vrouw. Angèle reed elke dag op haar motor van Clisson naar het ziekenhuis in Le Loroux, of het nu regende of sneeuwde. Ze had een hekel aan auto's, aan vastzitten in het verkeer. Ze had haar eerste Harley gekocht op haar twintigste. Dit was Harley nummer vier.

Een knappe vrouw op een vintage Harley valt op, merkte ik algauw. Het herkenbare diepe grommen van de uitlaat van de Harley trekt de aandacht, maar het in zwart leer gehulde, welgevormde figuurtje dat erop zit doet dat evenzeer. Bij haar achterop zitten was een veel plezieriger ervaring dan ik had gedacht, want ik zit strak tegen haar aan in een quasi-seksuele houding, met mijn dijen om haar heen, mijn kruis stevig tegen haar prachtige billen gedrukt en mijn borst en buik vast tegen haar heupen en haar rug.

'Schiet eens op, meneer de Parijzenaar, we hebben niet de hele dag de tijd!' roept ze, en ze gooit me mijn helm toe terwijl de Harley uitnodigend gromt.

'Worden we ergens verwacht?'

'Eigenlijk wel, ja!' zegt ze opgetogen, en ze kijkt op haar horloge, 'en als je niet voortmaakt, komen we te laat.'

We slingeren over hobbelige landweggetjes tussen de velden door, die zijn beroerd door de eerste betoverende belofte van het voorjaar. De zon is beslist warm te noemen, maar de lucht blijft toch nog frisjes. We rijden voor mijn gevoel een uurtje, maar het lijkt helemaal niet lang. Het is eigenlijk zelfs puur genieten om zo lekker stevig tegen Angèles rug te zitten, terwijl de ronkende trillingen van de Harley voelbaar zijn in mijn lendenen en de zon mijn rug streelt.

Pas als ik de borden naar de Gois zie, begrijp ik waar we zijn. Ik had me helemaal niet gerealiseerd hoe dicht Clisson bij Noirmoutier lag. Ik zie dat het landschap er in de winter volkomen anders uitziet, met bruinere, meer beige tinten, nergens groen. Het zand aan de kust lijkt ook donkerder te zijn, aardser, maar niet minder mooi. De eerste reddingspalen lijken me te begroeten en de meeuwen boven ons cirkelen door de lucht met doordringende kreten, alsof ze zich mij herinneren. Het strand strekt zich uit tot in de verte, donkerbruin met grijze spikkels, langs de fonkelende donkerblauwe zee onder de zon en de zwarte, ongelijkmatige lijnen gevormd door schelpdieren, schelpen en zeewier, steentjes, kurk en stukken hout.

Er zijn geen auto's meer op de Gois, en de vloed komt vanaf de rechterzijde aan; de eerste schuimige watermassa's spoelen al over de verbindingsweg heen.

Het is hier vrijwel verlaten, niet zoals in de zomer, wanneer grote mensenmenigten bijeenkomen om te zien hoe de zee het land verovert. Angèle gaat niet langzamer rijden, integendeel, ze gaat zelfs harder rijden, en ik trek haar aan haar jasje om de aandacht te trekken, want door haar en mijn helm ben ik niet verstaanbaar. Ze negeert me op een geweldige manier, door de Harley naar een volgende versnelling te trekken, en de weinige mensen die op het vasteland staan geparkeerd, wijzen geschrokken naar ons terwijl we langsscheuren. Ik hoor ze bijna uitroepen: hé, gaan ze de Gois over? Ik trek aan haar jasje, deze keer wat harder. Iemand toetert luid om ons te waarschuwen, maar het is te laat, de wielen van de Harley laten aan beide zijden indrukwekkende fonteinen zeewater opspatten, die gutsend neerkomen op de bestrate verbindingsweg. Ik hoop van ganser harte dat Angèle weet wat ze doet. Ik heb als kind veel te veel verhalen gelezen over ongevallen op de Gois bij vloed om niet te weten dat dit een krankzinnige rit is. In de afgelopen honderd jaar zijn hier minstens dertig mensen omgekomen. En Joost mag weten hoeveel daarvoor al. Ik houd haar uit alle macht vast en doe een schietgebedje dat de Harley niet in een slip raakt en ons de zee in lanceert, een schietgebedje dat de motor niet te nat wordt door een van die schuimige golven die met de minuut hoger lijken te worden. Angèle rijdt de vier kilometer strak door en met een zo overtuigd zelfvertrouwen dat ik begin te vermoeden dat dit niet de eerste keer is.

Het is een magnifieke, opwindende rit. En ik voel me opeens

veilig, heerlijk veilig, veiliger dan ik me ooit in mijn leven heb gevoeld sinds mijn vader zijn hand zo beschermend op mijn rug legde, toen ik nog een jochie was. Veilig, met mijn lichaam om het hare gewikkeld, zoals we daar over het water lijken te glijden, over wat niet langer een weg is, omdat die niet langer zichtbaar is. Veilig, als ik opkijk naar het eiland voor ons uit, naar de zo bekende reddingspalen die als stippen onze weg aangeven door het fonkelende oppervlak van de zee en ons wenken, zoals een vuurtoren een schip wenkt naar de veilige haven. En ik wens dat dit ogenblik altijd zou mogen voortduren, dat de schoonheid en de perfectie ervan nooit zouden hoeven wegvallen. We rijden het land op te midden van het geklap en gejuich van voorbijgangers die vlak bij het kruis staan dat waakt over de monding van de Gois.

Angèle zet de motor uit en doet haar helm af.

'Ik wed dat je het in je broek hebt gedaan van angst,' giechelt ze met een brede glimlach op haar gezicht.

'Nee!' zeg ik naar adem happend, en ik leg mijn helm op de grond, zodat ik haar wild kan kussen, wat opnieuw gejuich en geklap veroorzaakt achter ons. 'Ik was niet bang. Ik had vertrouwen in je.'

'En terecht. De eerste keer dat ik dit deed, was ik vijftien. Op de Ducati van een vriend.'

'Jij reed op je vijftiende al op Ducati's?'

'Je zou nog raar opkijken als je wist wat ik allemaal op mijn vijftiende deed.'

'Geen belangstelling,' zeg ik luchtig. 'Hoe komen we nu terug? De Gois overstroomt nu helemaal.'

'We nemen de brug terug. Wel wat minder romantisch.'

'Een stuk minder romantisch. Ik had best graag met jou willen stranden op een van die reddingspalen. Ik kan van alles bedenken wat ik met je zou doen.'

De hoge bult van de brug is te zien vanwaar we nu staan, hoewel hij meer dan vijf kilometer ver is. De weg is nu verdwenen, volledig opgeslokt door het water. De zee heeft haar suprematie heroverd, immens en glinsterend.

'Ik kwam hier vaak met mijn moeder. Ze was dol op de Gois.'

'En ik kwam hier vaak met mijn pa,' zegt ze. 'Wij hebben hier ook een paar zomers doorgebracht, toen ik klein was. Maar niet bij het Bois de la Chaise, dat was te chic voor ons, Monsieur! Wij gingen naar het strand bij de Guérinière. Mijn vader is geboren in La Roche-sur-Yon. Hij kende deze plek door en door.'

'Dan zijn we misschien wel allebei op dezelfde dag naar de Gois gegaan, toen we klein waren.'

'Wie weet.'

We gaan op het met gras begroeide heuveltje bij het kruis zitten. We zitten daar schouder aan schouder, delen een sigaret, vlak bij waar ik met Mélanie zat op de dag van het ongeval. Ik denk aan mijn zuster, die uit eigen vrije wil zit opgesloten in een bol van onwetendheid. Ik overdenk alles wat ik nu weet, wat zij nooit zal weten, tenzij ze me ernaar vraagt. Ik pak Angèles hand en druk er een kus op. Ik denk aan de lange reeks 'alsen' die me naar deze hand, deze kus heeft geleid. Als ik niet had besloten een verrassing voor Mélanies veertigste verjaardag te organiseren. Als Mélanie die flashback niet had gehad. Als het ongeval niet was gebeurd. Als Gaspard zich niet versproken had. Als hij die factuur niet had bewaard. Maar er komt nog een 'als' tevoorschijn. Als dokter Dardel mijn moeder op 7 februari, de dag waarop ze die zware migraineaanval had gehad, nu eens naar het ziekenhuis had doorgestuurd? Had ze dan gered kunnen worden? Zou ze nu dan nog hebben geleefd? Zou ze mijn vader hebben verlaten? Zouden June en zij dan samenwonen? In Parijs? In New York?

'Houd daar eens mee op,' klinkt Angèles stem.

'Waarmee?'

Ze legt haar kin op haar knieën en ziet er opeens eigenaardig jong uit, zoals ze naar de zee zit te staren met de wind, die krachtig door haar haren speelt. Dan zegt ze met zachte stem: 'Antoine, ik heb overal gezocht naar dat briefje. Terwijl mijn vader daar lag, met zijn bloed en hersenen verspreid over de hele keuken, en nog voordat ik om hulp ging bellen, zocht ik naar dat briefje, ondertussen krijsend zo hard ik kon, met de tranen die over mijn wangen stroomden, bevend van top tot teen, zocht ik er overal naar, ik kamde het hele godverdomse huis uit, de tuin, de garage, voortdurend speelde het door mijn hoofd dat mijn moeder elk moment kon thuiskomen van het kantoor waar ze werkte, en ik moest dat briefje vinden voordat ze er was. Ik heb het nooit gevonden. Er was geen briefje. En toen doemde dat monsterlijke "waarom" op, was hij dan zo ongelukkig, wat hadden we niet gezien, hoe konden we zo blind zijn geweest, mijn moeder, mijn zus en ik? En als me wél iets zou zijn opgevallen, of als ik die dag vroeger was thuisgekomen uit school, of als ik helemaal niet naar school was gegaan? Zou hij dan ook zelfmoord hebben gepleegd? Of zou hij er nu nog zijn?'

Ik begrijp waar ze heen wil. Ze gaat verder. Haar stem is nu krachtiger, maar ik vang toch een trilling in haar stem op die me ontroert.

'Mijn vader was zo'n kalme, rustige man, net als jij, niet spraakzaam, veel stiller dan mijn moeder. Hij heette Michel. Ik lijk op hem. Dezelfde ogen. Hij leek nooit depressief, hij dronk niet, hij was gezond, atletisch, hij las graag, al die boeken in mijn huis zijn van hem, hij had bewondering voor Chateaubriand, Romain Gary, voor de natuur, en de Vendée, en de zee, en hij leek een bedaarde, gelukkige vent, dat dachten we althans. Die dag waarop ik hem vond had hij zijn beste grijze pak aan, een pak dat ik hem alleen bij speciale gelegenheden, Kerstmis of oudejaarsavond, had zien dragen. En hij droeg een stropdas en zijn beste zwarte schoenen. Zo zag hij er in het dagelijks leven nooit uit. Hij werkte in een boekhandel en hij droeg ribfluwelen broeken en truien. Hij zat aan tafel toen hij zichzelf doodschoot. Ik dacht dat het briefje misschien onder zijn lichaam terecht was gekomen, toen hij voorover viel na het schot, maar ik durfde hem niet aan te raken, toen was ik nog bang van dode lichamen, anders dan nu. Maar toen ze hem kwamen halen, lag er geen briefje onder hem. Niets. Toen hoopte ik maar dat er een brief met de post zou komen, dat hij misschien op de dag van zijn dood een brief voor ons had gepost, maar er kwam niets. Pas toen ik met mijn werk als lijkverzorger begon, en toen ik mijn eerste zelfmoordgevallen kreeg, begon ik op een onverwachte manier langzaam met het rouwproces. Maar dat was pas later, jaren later, minstens tien jaar. Ik herkende mijn eigen angsten en wanhoop toen ik de naasten van degenen die zichzelf van het leven hadden beroofd ontmoette. Ik luisterde naar hun verhalen, ik deelde in hun verdriet, soms huilde ik zelfs met hen mee. Velen van hen vertelden me waarom hun geliefde naasten de dood hadden verkozen, velen wisten het. Een gebroken hart, ziekte, wanhoop, lijden, angst, er waren zoveel redenen. En toen wist ik het ineens, op een dag, terwijl ik bezig was met de verzorging van het lichaam van een man die zo oud was als mijn vader toen, en die zich had doodgeschoten omdat zijn werkdruk te hoog was. Deze man was dood, en mijn vader ook. De familie van deze man wist waarom hij de trekker had overgehaald, wij niet. Maar wat voor verschil maakte dat eigenlijk? Het enige wat achterbleef was de dood. Een dood lichaam om te balsemen, in een doodskist te leggen en te begraven. Met gebeden erbij en het begin van een rouwproces. Ook als ik het had geweten, had ik daarmee mijn vader niet terug. Het weten zou het verdriet zeker niet makkelijker hebben gemaakt. Weten maakt de dood nooit makkelijk.'

Er trilt een nauwelijks zichtbaar traantje naast haar oog en ik strijk het zachtjes weg met mijn duim.

'Je bent een geweldige vrouw, Angèle Rouvatier.'

'Ga nu niet sentimenteel zitten doen, Antoine,' waarschuwt ze. 'Daar heb ik een hekel aan. Laten we gaan. Het wordt al laat.'

Ze staat op en loopt naar de Harley. Ik kijk toe hoe ze haar helm opzet, haar handschoenen aantrekt, en behendig de motor aanzet met de kickstarter. De zon lijkt nu wat minder krachtig en het wordt kil.

We bereiden samen een makkelijke maaltijd, zij en ik, zij aan zij. Groentesoep (prei, wortelen en aardappelen), citroen en tijm (uit de tuin), gebraden kip met basmatirijst, appelkruimeltaart. Een koele fles Chablis houdt ons gezelschap. Het huis is gezellig en warm, en ik word me ervan bewust hoezeer ik er geniet van de rustige sfeer, de afmetingen, de dorpse eenvoud. Ik had nooit gedacht dat een stadsmens als ik het zo naar mijn zin zou hebben in zo'n rustieke omgeving. Zou ik hier ooit met Angèle kunnen wonen? In deze tijd met computers, mobiele telefoons en hogesnelheidstreinen was het technisch mogelijk. Ik denk aan mijn toekomstige werklast. Rabagny was bezig een lucratieve deal voor me te maken aangaande het patent voor de denkkoepel. Ik zou het algauw weer druk hebben met hem en Parimbert, met een zeer ambitieus, opwindend, Europees project dat zou zorgen dat er geld met bakken tegelijk zou binnenkomen. En het leek erop dat er niets was dat ik niet ook hier voor hen kan doen. Het was slechts een kwestie van organiseren en slim plannen.

Maar zou Angèle me hier wel willen hebben? *Ik ben niet het type dat wil trouwen. Ik ben geen gezinsmens. Ik ben geen jaloers type. Ga nu niet sentimenteel zitten doen, Antoine.* Misschien vloeit de verleidelijke bekoring van Angèle wel voort uit het feit dat ik weet dat ik haar nooit helemaal zal bezitten. Ik kan haar neuken tot ze geen pap meer kan zeggen, waar ze overduidelijk van geniet, en het verhaal van mijn moeder ontroert haar ongetwijfeld echt, maar ze zal nooit met me willen samenleven. Ze is als de kat uit het verhaal van Kipling: 'De kat die zijn eigen weg ging'.

Na het eten herinnerde ik me opeens de dvd die was gemaakt van het super 8-filmpje. Hoe kon ik die zijn vergeten? Hij ligt in de woonkamer, bij de foto's en de brieven. Ik ga hem snel halen en overhandig hem aan Angèle.

'Wat is dit?' vraagt ze.

Ik leg uit dat het filmpje me was toegestuurd door Donna Rogers uit New York. June Ashby's zakenpartner. Ze laat hem in de dvd-drive van haar laptop glijden.

'Ik denk dat je hier maar alleen naar moet kijken,' mompelt ze, terwijl ze teder over mijn haren strijkt, en voordat ik kan beslissen of ik haar er wel of niet bij wil hebben, gooit ze het Perfecto-jasje over haar schouders en glipt ze langs de deur de donkere tuin in, een vlaag koude landlucht achterlatend.

Ik ga achter de computer zitten en wacht gespannen af. Het eerste beeld dat op het scherm verschijnt is het gezicht van mijn moeder, in de zon, in close-up gefilmd. Ze heeft haar ogen gesloten, alsof ze slaapt, maar er speelt een heel licht glimlachje om haar lippen. Heel geleidelijk opent ze haar ogen, die ze afschermt met haar hand, en met een acute mengeling van pijn en vreugde kijk ik in die ogen, ik sta versteld, wat waren ze groen, groener dan die van Mélanie, wat stonden ze zacht en vriendelijk, wat een serene, heldere, liefdevolle ogen.

Ik heb mijn moeder nooit eerder op film gezien. Hier is ze dan, op het scherm van Angèles computer, wonderbaarlijk gewekt uit de dood, en ik krijg bijna geen adem, vervuld als ik ben van vreugde en emotie. Plots opgekomen tranen lopen langs mijn wangen en ik veeg ze snel weg. Ik sta versteld van de fraaie kwaliteit van de film. Ik verwachtte grove beelden met slechte kleuren. Nu loopt ze over een strand, en mijn hartslag versnelt zich als ik de Plage des Dames herken, de pier, de vuurtoren, de houten kleedhokjes, en haar wollige oranje badpak. Er overvalt me een heel vreemd gevoel, ik weet gewoon dat ik net buiten beeld ben, bezig een zandkasteel te bouwen, en ik roep naar haar, maar June, die ongetwijfeld degene is die filmt, heeft geen belangstelling voor het zandkasteel van een klein jochie. Dan verspringt de film naar de reddingspalen en het lange stuk weg van de Passage du Gois, en ik zie mijn moeder, in de verte, een piepklein figuurtje, bij laagtij langs de rand van de verbindingsweg lopen, op een grauwe, stormachtige dag, met een witte sweater en een korte broek aan, haar zwarte haren in de wind. Ze lijkt aanvankelijk ver weg, met haar handen in haar zakken, maar dan komt ze steeds dichterbij met haar onvergetelijke dansende loopje, de voeten naar buiten gedraaid, rug en hals recht. Zo sierlijk, zo lichtvoetig. Ze loopt precies daar waar Angèle en ik diezelfde middag nog hebben gereden, op weg naar het eiland, net als wij, in de richting van het kruis. Haar gezicht is nog niet te onderscheiden, dan wordt het duidelijker, en ik zie dat ze glimlacht. Ze begint hard te lopen, tot vlak voor de camera, lacht, strijkt een plukje haar weg van haar ogen. Haar glimlach is vol liefde, loopt over van liefde. Dan legt ze een van haar kleine, gebruinde handen op haar borst, precies waar haar hart zit, geeft er een kus op, en legt haar handpalm op de camera. De roze huid van haar handpalm is het laatste beeld van de film. Het laatste beeld dat ik zie.

Ik klik op de video om het filmpje weer op te starten, onder de indruk van de beelden van mijn moeder, in leven, bewegend, lopend, ademend, glimlachend. Ik weet niet hoe vaak ik hem bekijk. Steeds opnieuw. Tot ik het uit mijn hoofd ken, tot ik het gevoel heb dat ik erbij was. Tot ik het niet langer kan bekijken omdat mijn pijn ondraaglijk is. Tot ik mijn moeder zo hevig mis dat ik op de ongelijkmatige stenen vloer wil gaan liggen huilen. Mijn moeder zal mijn kinderen nooit kennen. Mijn moeder zal nooit weten wie ik nu ben. Wie ik ben geworden. Haar zoon. Een man die zijn leven leidt zo goed hij kan, een man die zijn best doet, wat dat ook moge zijn. Iets in me is ontketend, is geknapt, laat los. Ik voel het verdwijnen. Ik voel de beklemming verdwijnen. Daarvoor in de plaats komt een doffe pijn, en ik weet dat die voor altijd bij me zal blijven.

Ik zet de video uit, en haal de dvd uit de drive. Ik stop hem terug in zijn hoesje. De tuindeur staat op een kier, en ik glip de tuin in. De lucht is zoet en koel. De sterren twinkelen. In de verte jankt een hond. Angèle zit op een stenen tuinbank en kijkt omhoog naar de sterren.

'Wil je erover praten?' vraagt ze.

'Nee.'

'Gaat het?'

'Ja.'

Ze leunt naar me toe. Ik leg een arm om haar schouders en we ondergaan samen de rustige koude van de avond, het incidentele geblaf van de hond in de verte, de sterren die op ons neerstralen. Ik denk aan de roze handpalm van mijn moeder die de camera bedekte. Ik denk aan de Harley die over de Gois gleed. Ik denk aan Angèles lenige rug tegen mijn borst, haar vaste gehandschoende handen aan het brede stuur. En ik voel me geborgen, net als die middag, in de wetenschap dat deze vrouw, met wie ik al dan niet de rest van mijn leven zal doorbrengen, deze vrouw, die me misschien morgenochtend wel wegstuurt of me voor altijd bij zich houdt, deze buitengewone vrouw die met de dood werkt, me nieuw leven heeft ingeblazen.

HARTELIJK DANK AAN:

Nicolas, voor zijn geduld en zijn hulp.
Laure, Catherine en Julia, mijn eerste lezers.
Abha, voor haar feedback en advies.
Erika en Catherine, voor mij de ware Angèles.
Sarah, voor haar vermanende blikken.
Chantal, omdat ze me de ruimte heeft gegeven aan de rue Froidevaux.
Harold, die advocaat van de duivel speelde.
Guillemette en Olivier, die me hebben laten kennismaken met Noirmoutier.
Mélanie en Antoine Rey, die me hun naam hebben willen lenen.
Héloïse en Gilles, die me opnieuw hun vertrouwen hebben geschonken.